U0090966

古典文學研究輯刊

九編

曾永義主編

第21冊

「鬧熱」及其背後的「冷清」
——《長生殿》研究

陳勁松著

國家圖書館出版品預行編目資料

「鬧熱」及其背後的「冷清」——《長生殿》研究／陳勁松 著
— 初版 — 新北市：花木蘭文化出版社，2014〔民 103〕
目 2+248 面；19×26 公分
（古典文學研究輯刊 九編；第 21 冊）
ISBN：978-986-322-553-9（精裝）
1. 清代戲曲 2. 傳奇戲曲 3. 戲曲評論
820.8 103000762

古典文學研究輯刊
九　編　第二一冊　ISBN：978-986-322-553-9

「鬧熱」及其背後的「冷清」
——《長生殿》研究

作　　者　陳勁松
主　　編　曾永義
總 編 輯　杜潔祥
副總編輯　楊嘉樂
編　　輯　許郁翎
出　　版　花木蘭文化出版社
社　　長　高小娟
聯絡地址　235 新北市中和區中安街七二號十三樓
　　　　　電話：02-2923-1455／傳眞：02-2923-1452
網　　址　http://www.huamulan.tw 信箱 hml 810518@gmail.com
印　　刷　普羅文化出版廣告事業
初　　版　2014 年 3 月
定　　價　九編 27 冊（精裝）新台幣 48,000 元

「鬧熱」及其背後的「冷清」
——《長生殿》研究

陳勁松　著

作者簡介

陳勁松，男，1972年8月生於上海。2011年6月畢業於上海師範大學人文與傳播學院古代戲劇與民俗專業，獲文學博士學位。現任上海師範大學謝晉影視藝術學院副教授，碩士生導師，2006年任韓國江陵大學客座教師。與導師翁敏華教授合作編著出版了《長生殿：精妙評點·雅致插畫》（華東師大出版社，2006年6月版）、《四大名劇精讀》（上海古籍出版社，2012年2月版）、《中國戲劇》（上海文藝出版社，2013年6月版），並在各類刊物上發表論文多篇。

提　要

1688年，洪昇的傳奇巨製《長生殿》甫一面世，便引起極大的轟動，直至今日依然盛演不衰。有關《長生殿》的評論與研究，也隨著劇作的「誕生」，從未間斷。相當長一段時間以來，學界對《長生殿》的研究，多採用文藝學的研究手法，從案頭出發，對其主題、人物及藝術特色進行分析。隨著時代的發展，《長生殿》學術研究也漸呈百花齊放之態。尤其是上世紀九十年代至今，宗教學、民俗學、人類學等方法紛紛「登場亮相」，拓寬了以往的研究思路與方法。然而，學界至今還沒有一部能把這些新的理論與方法糅合起來，進行《長生殿》研究的專著。在廿一世紀的今天，無疑是一件憾事。本人擬在吸收學界最新研究的基礎上，以「鬧熱」的戲劇觀作為研究理論與線索，從創作技巧、民俗積澱、域外傳播、演出效果等方面，多視角、多層面地對《長生殿》這部作品，進行深入地研究和挖掘。既還原出《長生殿》表面「鬧熱」的「形」，又抓住清初江南文人處於兩難境地，無路可走的「冷清」之「魂」。

本書的研究思路分為以下七個部分：

緒論：對《長生殿》的研究歷史與現狀進行綜述，並闡明本書的研究思路和創新點。

第一章：揭示出「鬧熱」的戲劇觀，與明清易代之際審美趣味的契合，並闡明其在戲劇史上的意義和價值。然後從作者對素材的「輕抹」與「重描」，對大眾審美心理的洞察及把握，對戲劇敘述節奏的掌控和調度等三個方面展開詳細論述，深入研究探討洪昇是如何讓《長生殿》「鬧熱」起來的。

第二章：從帝王「推崇」與節日狂歡兩個角度，對《長生殿》盛演至今的文化機理進行分析探討。《長生殿》的演出與日後產生的持續效應，凸顯了康熙在文藝政策上的政治韜略，緩和了滿漢之間的民族矛盾，對清初的政治穩定也起到了一定的作用；《長生殿》中的節日狂歡元素與民間世俗活力的釋放，也是《長生殿》熱演不衰的重要因素。《長生殿》中的四大節日，以及在節日中的民眾狂歡，無疑是《長生殿》的「鬧熱」在民間生活上的反映，和舞臺上《長生殿》的「鬧熱」相映成趣。

第三章：擺脫以往較為單一的文藝學研究手法，在分析《長生殿》中李隆基、楊玉環這兩個人物形象時，著力將二者的文學形象、民俗形象及舞臺形象之間的互動關係闡述清楚。在具體研究過程中，運用道教文化與人類生殖文化的大視野，並結合劇中出現的節俗文化，對二人民間偶像化成因進行探討。

第四章：以白居易《長恨歌》對佛經文學的借鑒，及其在鄰國日、韓的流播為線索，深入探討李、楊愛情及其民間信仰在文化交流中的傳承與嬗變。首先從繪畫藝術與舞臺表演的關係上，揭示李、楊形象與佛教藝術飛天之間的淵源；接著，闡述兩人形象及愛情在日、韓戲劇文化中的嬗變。

第五章：以洪昇接受的哲學思想為突破點，從劇中的李、楊之「悔」與洪昇所述的「蘧然夢覺」（《長生殿・前言》）兩個層面，彰顯清初江南文人的兩難境地，從而揭示出《長生殿》「鬧熱」背後的「冷清」。

結語：從洪昇的遭遇出發，揭示在所謂康雍乾「盛世」的外衣底下，其愈發嚴苛的文藝政策，造成了清代士人階層的集體「失語」，《長生殿》終成絕響。清代中葉，文人創作的缺失，崑曲的衰落，使得戲曲的發展轉而向元雜劇「藉故」（借用故事），並傳承其精神。「花部」「鬧熱」的背後，掩不住的是文人傳奇創作的大「冷清」。

目次

緒　論

清代戲劇家洪昇創作的傳奇《長生殿》，無疑是中國戲劇史上一朵絢麗的奇葩。曾永義先生評價這部作品「寄意之深遠、結構之嚴謹、音律之精審、文詞之美妙、以及人物塑造之成功，就戲曲文學史上來說，實堪居於集大成的地位」〔註1〕。如此經典的傳世之作自然引起了時人及後世的關注與評論。有關《長生殿》研究的文字與資料用汗牛充棟來形容亦不爲過，其中，有關《長生殿》研究的述評也已經有了很多佳作，這其中具有代表性的有：鄭尚憲和黃仕忠的《建國以來〈長生殿〉研究綜述》〔註2〕、李曉的《二十世紀的〈長生殿〉研究》〔註3〕、李舜華的《世紀回眸：洪昇與〈長生殿〉的研究》〔註4〕、謝柏梁和屈桂林的《萬古不磨李楊情——20世紀的〈長生殿〉研究》〔註5〕、吳新雷的《〈長生殿〉的討論》〔註6〕、朱錦華博士論文《〈長生殿〉演出史研究》的《緒論》〔註7〕、王麗梅《曲中巨擘——洪昇傳》一書的第十

〔註1〕曾永義著：《〈長生殿〉研究》（增訂本）〔M〕，臺北：臺灣商務印書館，1980年版，第42頁。

〔註2〕本文參看中山大學中文系編：《〈長生殿〉討論集》〔C〕，北京：文化藝術出版社，1987年版，第159頁～第186頁。

〔註3〕本文刊載於《戲曲藝術》〔J〕，2000年第2期。以下所引李曉先生之觀點均出自本書，不再出注。

〔註4〕本文刊載於《北京社會科學》〔J〕，2001年第2期。以下所引李舜華先生之觀點均出自本書，不再出注。

〔註5〕謝柏梁、高福民主編：《千古情緣：〈長生殿〉國際學術研討會論文集》〔C〕，上海：上海古籍出版社，2006年版，第571頁。

〔註6〕韓兆琦等主編、李修生等著：《中國古代戲劇研究論辯》〔C〕，南昌：百花洲文藝出版社，2007年版，第209頁～第264頁。

〔註7〕朱錦華撰：《〈長生殿〉演出史研究》〔D〕，上海戲劇學院，2007年。

五章《千古流芳》等〔註8〕。有這些「珠玉」在前，已然將《長生殿》研究的各家路數一一呈現。筆者擬在這些研究成果的基礎上，以「方法與視野」爲主要論述線索，對《長生殿》研究再一次進行梳理，把握《長生殿》研究的歷史與現狀，並闡明本書的研究思路與創新方向。

對《長生殿》研究的綜述，筆者謹從以下三個方面展開探討：

一、話語對接的困惑與糾偏——上世紀初至 87 年研討會的《長生殿》研究

以上所列各家之《長生殿》研究綜述，大多將建國前後的《長生殿》研究作爲一道「分水嶺」。李曉認爲：「這時期（49 年以前）的研究的最大缺陷，是缺少對《長生殿》的文學方面的研究。隨著建國後對古典文學遺產的重視整理和研究工作的展開，《長生殿》的文學研究才成爲一個『熱門』。」李舜華認爲：「總的來說，這時（建國以前）的研究還只處於萌芽狀態，一個重要的原因即是資料的缺乏。」筆者則認爲，從上世紀初到 1987 年中山大學召開《長生殿》會議這段時間，可以看作一個學術過程進行整體觀照。從學術史的角度說，中國大陸學界在以西方文藝學研究手法研究中國文學（包括戲曲文學），所觸及的一系列問題均在這一階段得以展現。把「建國後」作爲研究節點，其政治象徵意味要大於學術意義。

「文學史」本是由西方轉道日本舶來的，以「文學史」的名義，對中國文學的源流、變遷加以描述的，在中國，始於 20 世紀初。1904 年及以後兩年，福建人林傳甲編寫了一部 7 萬字左右的《中國文學史》講義，大約同一時期，東吳大學國文教授黃人也開始編寫另外一部篇幅更大的《中國文學史》，這兩種教材是現在仍能看到的中國文學史的開山之作。其編寫背景則是中國對外屢戰屢敗之後，近代中國努力在新的世界格局裏，探索新的自我定位，尋找可以與世界對接交流的「話語」方式〔註9〕。但是，以往的戲曲點評，往往是建立在感悟幽思之上的片段即興之作，缺乏縝密的邏輯思維和驗證。因此，對於中國古代戲劇研究者來說，上世紀初文化語境和思維方式的巨大轉變，

〔註 8〕王麗梅著：《曲中巨擘——洪昇傳》〔M〕，杭州：浙江人民出版社，2007 年版，第 263 頁～第 279 頁。

〔註 9〕以上內容參考了戴燕著：《文學史的權力》〔M〕，北京：北京大學出版社，2002 年版，前言第 1 頁～第 2 頁。

必定給他們的研究帶來極大的困惑，難免會出現「新瓶裝舊酒」的現象。這一時期的《長生殿》研究也遇到了同樣的問題。近世曲家將研究的重點放在了文字與音律之上，這正是他們對《長生殿》大力推崇的地方：1924 年出版了曲家殷溎深訂譜的《〈長生殿〉曲譜》，吳梅也有未竟之作《〈長生殿〉斠律》，探討本劇南北曲曲律之工，可惜只寫到「幸恩」齣〔註 10〕。而王季烈還是繼承了明清文人傳統的「曲談」方式，在《螾廬曲談》中對《長生殿》的「排場」作出了精妙的分析〔註 11〕。繼 1913 年王國維先生完成了《宋元戲曲史》後，1926 年，吳梅先生也完成了《中國戲曲概論》，其間對《長生殿》作出了高度評價，認爲此劇「盡善盡美，傳奇家可謂集大成者矣」〔註 12〕。可是由於本書冠以「概論」之名，因此，對戲曲史的梳理難免倉促，對《長生殿》的研究失之太簡。在戲曲研究方面，吳梅也有著明顯的缺憾，他「重度曲、製曲的實踐功能，卻極少涉及舞臺表演和舞臺藝術等更重大的問題。他將聲歌之道限於律學、音學和辭章，也就是這種傾向的表現」〔註 13〕。江巨榮先生的評論可謂一語中的。相比於國內文人的「執拗」和轉型的「尷尬」，1930 年，日本學者青木正兒的《中國近世戲曲史》一書，在《宋元戲曲史》的研究思路與基礎上，非常嫻熟地完成了與西方學術話語的對接。本書在對整個戲曲史的梳理上，顯得脈絡清晰，從容不迫。在《長生殿》研究上，有著現在文學史（戲曲史）常見的作者介紹、版本流變、故事梗概、《長生殿》演出之禍等內容。其中，最體現作者功力的還是針對作品本身的心得和看法：如評論劇作後半部分「冗慢遲緩」，並認爲全劇「關目布置，針線照應之嚴格，插演過場之趣味豐富，其結構上殆無所間然，其曲辭之典麗整潔，亦稀類比，然所乏者生動之趣致與潑辣之才氣耳」〔註 14〕。且不論其觀點正確與否，青木氏所提出的相關問題，也值得如今的學界仔細探究一番。

中國文學史的敘事格局，大體形成在 20 世紀的 20～30 年代，1930 年代，中國文學史的出版在數量上達到了一個高峰。對中國文學瞭解較深的中國學者，不大願意丟掉自己的特色，覺得過去的中國文學既與西洋不同，就不宜也

〔註 10〕王衛民編：《吳梅戲曲論文集》〔C〕，北京：中國戲劇出版社，1983 年版。

〔註 11〕筆者會在正文論述中加以引用，此處不贅。

〔註 12〕吳梅著、江巨榮導讀：《顧曲麈談·中國戲曲概論》〔M〕，上海：上海古籍出版社，2000 年版，第 192 頁。

〔註 13〕同上，《導讀》第 13 頁～第 14 頁。

〔註 14〕〔日〕青木正兒著，王古魯譯著、蔡毅校訂：《中國近世戲曲史》〔M〕，北京：中華書局，2010 年版，第 281 頁。

不能把「文學史」當成一個絕對的量器，不管事實如何，裝進去一刀切齊，而當他們寫作中國文學史時，寧肯雜糅新舊，小說戲曲、經史子傳混作一團〔註15〕。戲曲被文學史「收編」，其文學性的一面被放大，《長生殿》研究也經歷了從「曲本位」到「文本位」的過程。但是，問題接踵而來，此後的文藝學研究方法，和49年以後的政治形勢掛上了鈎，「極左」思潮又使《長生殿》研究陷入新的困局。1954年，正值洪昇逝世250週年，爲此山東大學中文系舉辦《長生殿》討論會，議題集中在如何評價李、楊愛情以及洪昇對此的描寫。對於《長生殿》主題之討論，形成了「愛情主題」、「政治主題」和「雙重主題」：關德棟的《洪昇與〈長生殿〉》〔註16〕一文，旗幟鮮明地提出了「愛情主題」，周來祥、徐文鬥的《〈長生殿〉的主題思想究竟是什麼》〔註17〕一文亦支持此說，從普遍人性的角度論述了李、楊之間的愛情。他們的觀點遭到了強烈的反對，徐人中、周琪紛紛撰文加以批駁〔註18〕，山東大學劉天成等三人也撰文《批判〈「長生殿」的主題思想究竟是什麼〉一文中的人性論觀點》〔註19〕，批判了周、徐二人觀點中「露骨的資產階級人性論」。山東大學的此次研討會，以關德棟「承認了自己的看法的片面性」而告終。《長生殿》「愛情主題」的提法，在當時的境遇可想而知；持「政治主題」的則有袁世碩的《試論洪昇劇作〈長生殿〉的主題思想》〔註20〕、左明的《〈長生殿〉的人民性》〔註21〕；持「雙重主題」說的學者認爲，《長生殿》既描寫了愛情也寫了政治，既表達了同情也寄寓了批判。不過，持此說者，還分爲「雙重主題矛盾說」和「雙重主題統一說」。徐朔方的《長生殿·前言》和游國恩等主編的《中國文學史》〔註22〕，都指出了《長生殿》內容和主題的複雜性。而程千帆則撰寫了《論〈長生殿〉

〔註15〕戴燕著：《文學史的權力》〔M〕，北京：北京大學出版社，2002年版，第31頁。

〔註16〕《青島日報》1954年3月23日。

〔註17〕《文史哲》1957年第2期。

〔註18〕徐人忠撰：《怎樣正確評價唐明皇與楊貴妃的「愛情」——批判周來祥、徐文鬥兩先生的「『長生殿』的主題思想究竟是什麼」的修正主義觀點》（《文史哲》1958年第12期）；周琪撰：《評〈長生殿〉研究中的「眞摯愛情」說》（《光明日報》1964年12月27日）。

〔註19〕《山東文學》1960年10期。

〔註20〕《文史哲》1954年第9期。

〔註21〕《新民報晚刊》1954年7月2～4日。

〔註22〕〔清〕洪昇著、徐朔方校注：《長生殿》〔M〕，北京：人民文學出版社，1958年版；游國恩等主編：《中國文學史》〔M〕，北京：人民文學出版社，1964年2月版，第1045頁。

的思想性——對目前有關〈長生殿〉評論的商榷》〔註23〕，明確支持後一種說法。關於《長生殿》主題的討論，到了八十年代，「極左」思潮退去之後，才會呈現出一番新的景象。50～70年代，也有一些學術成果不能忽略：李鼎芳的《談洪昇〈長生殿〉處理史實的態度及其他》〔註24〕、徐朔方的《〈長生殿〉的作者怎樣向在他以前的幾種戲曲學習》〔註25〕等文章，對洪昇創作本身進行了有益的探討；熊德基的《洪昇生平及其作品》〔註26〕，對洪昇的家世進行研究，並認爲洪昇之父可能是洪起鮫；王衛民的《關於〈長生殿〉寫作時間問題》〔註27〕，認爲「從《沉香亭》到《舞霓裳》又到《長生殿》的最後完成，前後共經歷了二十五年左右。」「《長生殿》的三次加工與修改與從《沉香亭》到《長生殿》三次更名修改，可能是偶然的相同，由於作者說得不夠明確，以致於給後人造成理解上的混亂。」這些文章爲《長生殿》研究在日後的繼續深入打下了基礎。就在大陸學界爲《長生殿》主題爭論不休時，臺灣的曾永義先生在1969年出版了《〈長生殿〉研究》這本小書。說其「小」，是因爲這本書頁數不多，但是「小」書卻作出了「大」文章。這部作品分四個方面對《長生殿》進行研究：作者洪昇的生平事迹、《長生殿》在戲曲文學上的成就、《長生殿》的排場研究、《長生殿》斠律。從編排上看，作者把《長生殿》這部作品的文學性與舞臺性得以充分展示，並平衡了兩者間的關係；既有對傳統曲學研究的傳承與發展，又有與西方研究手法上的對接和交流。令人耳目一新。尤其在研究《長生殿》排場時，他能夠「約略說明該齣關目的承遞與排場和聯套的關係。而在聯套與排場上，對於前人有所承襲者，或對於後世有所影響者，亦略加提示，以見其淵源沿襲之脈絡」〔註28〕。這些都是非常寶貴的研究成果。本書對於《長生殿》主題的總結茲陳於下：

> 昉思是假藉著天寶之亂的素材，寓故國之思與遭遇之感於明皇與貴妃的濃情蜜意之中；由於眷戀故國，因之，對降賊漢奸刻意諷刺，對異族入主，極端的憎恨。〔註29〕

〔註23〕《文藝月報》1955年第4期和第5期。

〔註24〕《文學遺產增刊》第1輯，作家出版社，1955年版。

〔註25〕《光明日報》1954年8月15日版。

〔註26〕《福建師院學報》1956年第1期。

〔註27〕《文學遺產增刊》第12輯，中華書局，1963年2月版。

〔註28〕曾永義著：《〈長生殿〉研究》（增訂本）〔M〕，臺北：臺灣商務印書館，1980年版，第94頁。

〔註29〕同上，第58頁。

六十年代初，人民文學出版社出版了周貽白的《中國戲劇史長編》一書，體現了老派學者的功力，書中寫道：「總之，《長生殿》因商校準確，故通本格律完整，無懈可擊，至於文辭之佳，排場關目之嚴，實與《桃花扇》異曲同工。」〔註30〕

1979年，改革開放初期，章培恒撰寫了《洪昇年譜》一書，將《長生殿》研究，向前推進了一大步。在這本書中，他對洪昇的字號、籍貫，祖父與曾祖父，以及洪昇的思想意識，《長生殿》演出之禍等問題，都進行了嚴謹地考證與論述〔註31〕。79年至87年研討會之間，有關《長生殿》的研究成果，堪稱是對以往文藝學運用的一種「糾偏」。這段時間出版了張庚和郭漢城主編的《中國戲曲通史》〔註32〕，並出版了兩本關於《長生殿》研究的專著：王永健的《洪昇和〈長生殿〉》〔註33〕和孟繁樹的《洪昇及〈長生殿〉研究》〔註34〕，從體例和結構上說兩者相仿，作者生平與思想、《長生殿》的主題思想與藝術成就，是兩部作品探討的核心部分。除此之外，孟繁樹與熊篤兩位學者還分別提出了《長生殿》研究的「新」見：孟繁樹提出了《長生殿》主題：

> 以李楊的愛情故事爲主線，敷衍唐王朝由盛而衰的歷史，作者在寫李楊生死情緣時，既批判了他們愛情的雜質和污穢，又肯定了他們對待愛情的誠摯態度和專一精神，從而寄託自己的愛情理想；與此同時，作者有意識地將李楊愛情的演變與安史之亂的發生聯繫起來，眞實地寫出天寶年間各種複雜尖銳的社會矛盾和政治鬥爭，形象地總結了唐王朝「樂極哀來」的歷史教訓，從而寄託了作者的勸懲思想。〔註35〕

熊篤則認爲：「『窮欲』並不一定來源於『情鍾』；而僅僅在女色上『窮欲』，政治上倘無大錯，他也未必就『弛了朝綱』，準此，則洪昇歌頌李、楊的『情鍾』、『精誠不散』和批判他們的『逞侈窮欲』而誤國，在邏輯上並不存在『自

〔註30〕周貽白著：《中國戲劇史長編》〔M〕，上海：上海書店出版社，2004年版，第403頁。

〔註31〕章培恒著：《洪昇年譜》〔M〕，上海：上海古籍出版社，1979年版。

〔註32〕張庚、郭漢城主編：《中國戲曲通史》〔M〕，北京：中國戲劇出版社，1981年版。

〔註33〕王永健著：《洪昇和〈長生殿〉》〔M〕，上海：上海古籍出版社，1982年版。

〔註34〕孟繁樹著：《洪昇及〈長生殿〉研究》〔M〕，北京：中國戲劇出版社，1985年版。

〔註35〕孟繁樹撰：《〈長生殿〉新識》〔A〕，《青海社會科學》〔J〕，1984年第1期。

相矛盾』。」〔註36〕李曉的《從形象到主題——探討〈長生殿〉的主題思想》〔註37〕，也認爲愛情與政治並不矛盾，「後半部主要是寫李、楊情緣的延續。這是根據傳說故事敷衍而成的，其次是除奸、平逆。這跟蘊藏在愛情主題之內的制欲、除奸的思想一脈相承」。此外，陳玉璞的《「弛了朝綱，佔了情場」——讀〈長生殿〉札記》〔註38〕和周明的《情緣總歸虛幻——重新認識〈長生殿〉的主題思想》〔註39〕都持「政治主題說」；黃天驥將「愛情主題」巧妙地化爲「情緣主題」，並在其文中著重論述了洪昇的民族意識〔註40〕；王永健則提出了「主、副主題」說〔註41〕。值得一提的是，這個階段的研究成果對《長生殿》下半部分的優劣，也有一定的論爭：董每戡的《論〈長生殿〉》就持「失敗論」。他認爲：「以下十一齣戲，悉係洪昉思根據歷來的傳說和自己的想像構成，正在此處，使整個劇本的組織鬆散，顯示了拼湊的痕迹，恐怕跟『應莊親王世子之請』大有關聯，應付他人所好，便生捏營造出李、楊在天上重圓的結局。教完整的正劇變成不成其爲喜劇的喜劇形式，尤其影響到主題思想的明確性。」〔註42〕周明和熊篤對下半部分都持肯定意見，在以上所列舉的他們的文章中，周明提出：「《長生殿》的結構謹嚴，思想一致，上下部各有側重，又互相聯結，形成了一個逐步深化的整體。」熊篤認爲：「無論從情節的發展和表現主題的需要上，還是以描寫悲劇性格和結構布局的完整上，下半部都是不可缺少的。」1987 年《長生殿》討論會上，與會大部分學者認爲，《長生殿》後半部分不可否定。80 年代初期，日本的竹村則行以《長恨歌》、《長生殿》爲藍本，同時與史書相對照，從《長生殿》中出現的季節推移，來看李、楊愛情的發生、發展、高潮與永恒，由此體現出作者洪昇高超的藝術創造力〔註43〕。這其實是把日本「物哀」的美學理論，滲透到了《長

〔註36〕熊篤撰：《〈長生殿〉新論》〔A〕，王季思等著：《中國古代戲曲論集》〔C〕，北京：中國展望出版社，1986 年版，第 244 頁。

〔註37〕《江蘇戲劇》1984 年第 5 期。

〔註38〕《天津師院學報》1981 年第 3 期。

〔註39〕《文學評論》1983 第 3 期。

〔註40〕黃天驥撰：《論洪昇的〈長生殿〉》〔A〕，《文學評論》〔J〕，1982 年第 2 期。

〔註41〕王永健著：《洪昇和〈長生殿〉》〔M〕上海：上海古籍出版社，1982 年版。

〔註42〕董每戡著：《五大名劇論》（下）〔M〕，北京：人民文學出版社，1984 年版，第 387 頁～第 388 頁。

〔註43〕〔日〕竹村則行撰，朱則傑節譯：《論〈長生殿〉的季節推移》〔A〕，《戲曲研究》〔J〕，第 38 輯，文化藝術出版社，1991 年版。

生殿》研究之中，如此巧妙的研究方法與視角值得借鑒。

1987 年，中山大學舉辦的《長生殿》研討會，是對世紀初以來文藝學方法在《長生殿》研究應用上的一次大辯論〔註 44〕。與會學者各抒己見，然而，很多問題無法達成共識，這也從側面印證了，戲曲文學自有其特殊的藝術規律，單一的文藝學研究方法已經很難在這個領域再形成有價值的突破，這不僅僅是針對《長生殿》一部作品而言。學術研究要「破」、「立」結合，有了這次里程碑意義上的「破」，才會在今後的研究過程中有更多的「立」。葉長海提出的「模糊主題說」、隗芾的「神妓說」〔註 45〕等都對日後的《長生殿》研究具有深遠意義。從這個角度上說，此次會議對於戲曲文學研究規律的探索與思考，其價值遠勝在會議上能夠形成的見解和結論。

二、多元化研究視角的確立——87 年以後的《長生殿》研究

就在 87 年《長生殿》討論會結束後的一年，孫小布的長文《人類學・性與〈長生殿〉》〔註 46〕，便給人耳目一新之感。從題目上看，文章採用了人類學的手法對《長生殿》進行研究，並且涉及了當時文化上的禁區——性。本書開宗明義揭示了學界在《長生殿》研究上存在的問題：「一是因為不少論者對人類自身的一大問題——性的問題缺乏瞭解，甚至可說，缺乏常識；二是硬要以眼前流行的道德標準來取捨古人——儘管這種道德標準的至善性十分可疑；三是不明了唐代婚姻、男女關係的開放風氣；四是對於戲劇——這種最接近原始情緒的藝術樣式所具有的野蠻性估計不足，因而不能容忍。」這些針對當時研究狀況的批評，雖然略顯刺耳，但相對來說還是較為中肯的。在文章接下來的論述中，作者探討了中國古代民俗與《長生殿》的關係，從上巳和七夕兩個傳統節日的民俗意蘊來分析李、楊愛情中的「性」與「愛」，情節結構上的「冷」與「熱」；「唐代的兩性關係和社會風氣」一節，從唐皇族少數民族血統，以及當時的社會開放風氣，來揭示唐玄宗李隆基這個風流天子與風流時代之間的互動關係；「性心理學與《長生殿》」是作品中分量最重的部分，詳細探討了《長生殿》主要人物性心理和性意識的形成機理，並

〔註 44〕會議上值得一提的討論成果，筆者會在下文的論述中逐一引用，此處不贅。

〔註 45〕中山大學中文系編：《〈長生殿〉討論集》〔M〕，北京：文化藝術出版社，1987 年版。

〔註 46〕孫小布撰：《人類學・性與〈長生殿〉》〔A〕，《戲劇藝術》〔J〕，1988 年第 4 期。

對作品中的一些情節，用性心理學的知識加以分析和解讀，比如對《雨夢》一齣的分析，作者就認爲「這場『雨夢』可說是一場『雙人夢』，既是明皇的，也是洪昇的。洪昇通過這場夢，把他壓抑在心頭的想表現楊妃性污亂的願望悄悄實現了。」本文的結尾還從《長生殿》研究聯繫到對戲劇本質的探討：「戲劇源於原始的宗教儀式，它的出現一開始便是與人類的性文化交織在一起的。它的現狀也和由獸進化而來的人類一樣，身上既有最馴雅的一面，也有最野蠻的一面」。總之，孫小布的論文，開啓了多學科交叉對《長生殿》研究的先例，對日後的研究具有前瞻和指導意義，是《長生殿》研究中頗有價值的一篇論文。同年，徐扶明的《試論〈長生殿〉排場藝術》〔註 47〕，算是與曾永義先生海峽兩岸之間的一次隔空對話，對《長生殿》的情節結構、曲調安排皆有精闢的論述；王麗娜主編的《中國古典小說戲曲名著在國外》〔註 48〕一書，對於《長生殿》在海外的譯介和研究，作了較爲具體和細緻的梳理，使得《長生殿》研究具備了國際視野。

九十年代至今，《長生殿》研究漸呈多元化態勢，出現了「眾聲喧嘩」的熱鬧場面：曲學和評點等傳統領域，有李曉的《〈長生殿〉南北合套藝術》〔註 49〕、曾永義的《〈長生殿〉眉批之探討》〔註 50〕。作者與作品創作、人物研究等「老話題」，也都紛紛翻出了「新花樣」：作者研究方面比較重要的專著有劉蔭柏的《洪昇研究》〔註 51〕，孫京榮的《〈長生殿〉與洪昇晚年心態發微》〔註 52〕、張福海的《洪昇的疏狂與〈長生殿〉的審美意韻》〔註 53〕，把洪昇的晚年心態、性格特點與《長生殿》創作聯繫起來進行研究，此類文章對於讀者更好地理解《長生殿》這部作品，以及作品中所發出的「弦外之音」都

〔註 47〕徐扶明撰：《試論〈長生殿〉排場藝術》〔A〕，《中國文學研究》〔J〕，1988 年第 1 期。

〔註 48〕王麗娜主編：《中國古典小說戲曲名著在國外》〔M〕，上海：學林出版社，1988 年版，第 534 頁～第 536 頁。

〔註 49〕李曉撰：《〈長生殿〉南北合套藝術》〔A〕，《戲曲研究》〔J〕，第 74 輯。

〔註 50〕曾永義撰：《〈長生殿〉眉批之探討》〔A〕，章培恒、王靖宇主編：《中國文學評點研究論集》〔M〕，上海：上海古籍出版社，2002 年 12 月版，第 403 頁～第 442 頁。

〔註 51〕劉蔭柏著：《洪昇研究》〔M〕，石家莊：花山文藝出版社，1991 年版。

〔註 52〕孫京榮撰：《〈長生殿〉與洪昇晚年心態發微》〔A〕，《中國古代小說戲劇叢刊》〔J〕，2003 年第一輯。

〔註 53〕張福海撰：《洪昇的疏狂與《長生殿》的審美意韻》〔A〕，《上海戲劇學院學報》〔J〕，2008 年第 3 期。

是不無裨益的。江興祐撰文對《長生殿》「三易稿」創作時間作了一番詳細地考證〔註 54〕，譚學亮以清初的社會關係爲出發點，探討了《長生殿》演出之禍與時代大背景之間的關係。作者認爲：「《長生殿》之風行海內並流傳不休，則是因其反映了歷史眞實，傳導了時代的心聲，並在根本上契合了歷史與現實的需要，體現了深刻的必然性。」〔註 55〕張宇聲的《「〈長生殿〉案件」新論》〔註 56〕一文，則從《康熙起居注》一則材料的發現，對「《長生殿》案件」提出新識，「推定此事件乃是黃六鴻挾嫌報復，以趙執信爲主要彈劾對象，且趙在玩『馬弔』時的戲言乃致隙之由，與當時『南北黨爭』無關。」隨著越來越多新材料的發現，對於《長生殿》演出之禍的許多謎團與爭議，也會在不久的將來慢慢解開。

在人物研究上，尤其是對楊貴妃人物形象分析上，康保成的《楊貴妃的被誤解與楊貴妃形象的被理解》〔註 57〕、竹村則行的《從〈長恨歌〉到〈長生殿〉——論楊貴妃故事的演變》〔註 58〕尤爲引人注目。康文擺脫了以往對楊貴妃形象機械、教條的分析，而是把史上眞實存在的楊貴妃與文學戲曲作品（主要是《長生殿》）中塑造的楊貴妃形象區分開來加以分析，作者從大量史料、筆記中存在的矛盾與漏洞出發，綜合運用文獻學、民俗學等手法，指出人們對史上楊妃認識上存在的普遍誤區，並對《長生殿》中楊貴妃這一形象的塑造和形成，進行了獨到的點評與梳理。文章認爲，洪昇的成功之處在於創造，「他精心結撰的『釵盒情緣』講了一個不同流俗的新故事，塑造了一個純潔無瑕、執著於愛情而又能掌握自己命運的新的楊貴妃形象。」「在『釵盒情緣』基礎上塑造的楊貴妃形象獲得了社會各界的廣泛理解和認同」。竹村則行的這篇長文則展現了其深厚的文獻功底，文章前半部分以楊貴妃同時代人李白、杜甫的詩篇爲

〔註 54〕江興祐撰：《〈長生殿〉「三易稿」創作時間考》〔A〕，《浙江社會科學》〔J〕，2002 年第 4 期。本書對於《沉香亭》、《舞霓裳》的創作時間存有異議。作者認爲《沈》的創作時間當爲康熙十四年，而《舞》的創作時間則至遲不會超過康熙十五年。

〔註 55〕譚學亮撰：《〈長生殿〉之禍與清初社會之關係》〔A〕，《求索》〔J〕，2008 年第 9 期。

〔註 56〕張宇聲撰：《「〈長生殿〉案件」新論》〔A〕，《管子學刊》〔J〕，2009 年第 2 期。

〔註 57〕康保成撰：《楊貴妃的被誤解與楊貴妃形象的被理解》〔A〕，《文學遺產》〔J〕，1998 年第 4 期。

〔註 58〕康保成、〔日〕竹村則行箋注：《〈長生殿〉箋注》〔M〕，河南：中州古籍出版社，1999 年版，附錄四。

主，探討了包括白居易、陳鴻在內的中、晚唐有關作品，以及《新（舊）唐書》、《資治通鑒》等史書中的楊貴妃故事及其演變；後半部分則從元明清三代以楊貴妃爲主人公的戲劇作品爲線索，著重探討《長生殿》中楊貴妃形象的與眾不同之處。文中指出：「《長生殿》繼承了以往的楊貴妃故事，特別是在後半部的仙境描寫中，設計出了前所未有的新方案，並由此在描寫玄宗和楊貴妃的鍾情方面一舉獲得了成功。」〔註59〕這兩篇作品均收錄在他們共同的研究成果《〈長生殿〉箋注》一書中，兩位學者的悉心箋注爲《長生殿》的深入研究夯實了基礎。2004 年首期的《文學遺產》，刊登了康保成的《回歸案頭——關於古代戲曲文學研究的構想》。文章認爲：「當前中國古代戲曲研究，應以文獻尤其是劇本爲核心，參照文物和田野材料，對古代戲曲文學和演出形態進行研究。這對只重案頭、忽略演出是一種否定之否定。」〔註60〕可見，作者以文獻爲根柢的學術發展脈絡始終未有間斷，對於促進學術發展與演出形態之間的互動，確實非常切中肯綮。此外，萬春的《從楊貴妃形象塑造看〈長生殿〉的美人崇拜》〔註61〕、葉樹發的《論〈長生殿〉中李隆基形象的人性化》〔註62〕等文章，在分析人物的方法與視角上，也作了一定的嘗試。

文藝學研究中的比較研究，也是九十年代以後，學界研究《長生殿》常用的手法，這其中包括橫向和縱向的比較，以及與域外作品的比較：縱向比較主要有與《長恨歌》、《梧桐雨》的比較〔註 63〕，橫向的比較則是把《長生殿》與《牡丹亭》、《桃花扇》等作品比較〔註 64〕；域外作品比較包括：劉安

〔註59〕同上，第 418 頁～第 419 頁。

〔註60〕康保成撰：《回歸案頭——關於古代戲曲文學研究的構想》〔A〕，《文學遺產》〔J〕，2004 年第 1 期。

〔註61〕萬春撰：《從楊貴妃形象塑造看〈長生殿〉的美人崇拜》〔A〕，《戲曲研究》〔J〕，第 61 輯。

〔註62〕葉樹發撰：《論〈長生殿〉中李隆基形象的人性化》〔A〕，《江西財經大學學報》〔J〕，2002 年第 4 期。

〔註63〕這其中的主要作品有謝柏梁撰：《從〈長恨歌〉到〈長生殿〉》〔A〕，《上海交通大學學報》（哲學社會科學版）〔J〕，2006 年第 1 期第 14 卷；吳晟撰：《不同文體對同一題材的表現比較——從〈長恨歌〉到〈長生殿〉》〔A〕，《廣州大學學報》（哲學社會科學版）〔J〕，2007 年 10 月第 6 卷第 10 期；張哲俊撰：《〈梧桐雨〉和〈長生殿〉：兩種悲劇模式》〔A〕，《文學遺產》〔J〕，1997 年 2 期。

〔註64〕其主要作品有：鄭尚憲、黃云：《激越的浪漫凄美的感傷——〈牡丹亭〉和〈長生殿〉「情至」理想比較》〔A〕，《東南大學學報》（哲學社會科學版）〔J〕，2007 年 9 月第 9 卷第 5 期；徐洪：《「情」與「臣忠子孝」——〈長生殿〉與〈桃花扇〉的思想意蘊比較》《中國戲曲學院學報》，2009 年 5 月第 30 卷第 2 期。

武的《〈沙恭達羅〉與〈長生殿〉——兼論歷史題材的作品》〔註 65〕、馬建華的《眞情的追求與人性的復歸——〈長生殿〉和〈安東尼與克莉奧佩特拉〉之比較》〔註 66〕、翁敏華的《〈長生殿〉系列與系列外的楊貴妃》〔註 67〕等。周錫山把李、楊愛情置於帝王后妃情愛題材這一領域進行考察，從五個方面闡述了《長生殿》重大的創新貢獻，同時指出：「《長生殿》既反對女人是『禍水』的錯誤觀點，又寫出女人作梗的能量和影響——楊玉環因其異樣的驕奢淫逸和妒忌爭寵對政治黑暗和天下大亂的推波助瀾，也應負有相當的歷史責任。」〔註 68〕這樣的比較給人以宏觀上的高屋建瓴之感，加深了分析的深度和力度。

宗教學、民俗學等相關學科視角的滲入，也爲《長生殿》研究帶來了全新的氣象。《長生殿》中濃厚的佛、道色彩，爲學術研究者開闢了一個寬廣的領域：鍾東的《道教文化與〈長生殿〉》，是本世紀初較早的一篇從宗教學角度研究《長生殿》的作品，本文認爲「道教文化在唐明皇與楊貴妃文學故事中佔有重要的地位」，《長生殿》中的道教文化因素「是作者抒情表意必不可少的手段，從這個角度看，劇作的後半部分是全劇有機的、成功的組成部分」。〔註 69〕黃天驥的長文《〈長生殿〉藝術構思的道教內涵》〔註 70〕，將《長生殿》中出現的七夕傳說、月宮重圓、悔悟前愆、感悟虛幻等內容，與劇中大量搬演的道教儀式結合起來進行考察，認爲「其藝術構思貫串著鮮明的道教意涵，這說明，《長生殿》與道教文化有著密切的聯繫，說明宗教對於文學創作有著巨大的影響」。這篇文章的創新之處在於將《長生殿》中出現的大量道教齋醮儀式，引入對全劇的觀照之中，並由此對全劇的後半部分進行了全新的解讀。文章認爲：「《長生殿》後半部之所以『繁長』，和劇本的藝術構思有密切的關

〔註 65〕劉安武撰：《〈沙恭達羅〉與〈長生殿〉——兼論歷史題材的作品》〔A〕，《湖南社會科學》〔J〕，2001 年第 4 期。

〔註 66〕馬建華撰：《眞情的追求與人性的復歸——〈長生殿〉和〈安東尼與克莉奧佩特拉〉之比較》〔A〕，《戲曲研究》〔J〕，第 55 輯。

〔註 67〕翁敏華著：《中國戲劇與民俗》〔M〕，臺北：學海出版社，1997 年版，第 463 頁～第 477 頁。

〔註 68〕周錫山撰：《帝王后妃情愛題材的發展和〈長生殿〉的重大藝術創新》〔A〕，《浙江藝術職業學院學報》〔J〕，2006 年 3 月第 4 卷第 1 期。

〔註 69〕鍾東撰：《道教文化與〈長生殿〉》〔A〕，《中山大學學報》（社會科學版）〔J〕，2001 年第 4 期第 41 卷。

〔註 70〕黃天驥撰：《〈長生殿〉藝術構思的道教內涵》〔A〕，《文學遺產》〔J〕，2009 年第 2 期。

聯，洪昇正是要沿著楊、李飛升這一條主線，牽引出道教各種儀典的場面，讓劇情逐步進入靈旗冉冉、仙樂幽幽、如夢如幻的境界，讓觀眾置身在丹砂符籙、行罡踏斗的環境中，感受到道教所要締造的玄杳氛圍。」此外，作者還把劇本中藝術構思的道教內涵，與洪昇所處的時代，及其坎坷的人生經歷結合在一起分析。指出在洪昇詩文中不難發現，「他對以道家思想爲基礎構築起來的道教，懷有濃厚的興趣，這樣的思想狀況，導致他在接觸到道教徒流傳的楊、李傳說時，必然沿著道教指引的途徑，結合著對現實的批判，闡發道教的精神」。用宗教學的眼光，對作者與作品進行研究，確實是本著讓作品本身「說話」的原則，論述也更有說服力。

上個世紀九十年代初，隨著陳勤建《文藝民俗學導論》一書的出版，在民俗學視野下研究文藝作品，就成了學界一個新的「方向標」。戲劇與民俗之間有著極爲緊密的關係，用民俗學眼光研究中國古代戲劇作品，也成了學術界研究的一道風景，這自然在《長生殿》研究上也得以體現。其中尤以翁敏華的兩篇作品頗具代表性：《四大節日，兩位神祇——〈長生殿〉民俗文化管窺之一》一文，結合劇中出現的上巳、七夕、清明、中秋這四大節日及其民俗意蘊，分別探討李、楊愛情在不同階段所呈現出的內在主題。然後再以劇中織女和土地這兩位神祇形象上的塑造，來體現洪昇在創作上的「親民」思想；《論李、楊愛情的世常化表現——〈長生殿〉民俗文化管窺》〔註 71〕，從定情、慪氣、吃醋、情誓、哭悼等李、楊愛情的幾個片斷入手，結合其間蘊含的民俗事象，探究洪昇在創作中對李、楊愛情世常化的建構。正如這兩篇文章都提到的那樣：「其實在文藝中，特別是民間文藝中，李楊早已只剩帝妃的『外殼』，而被塡入了大量的民俗文化內容，早已被偶像化、神聖化，成爲民間俗信的對象。《長生殿》的創作，有意無意間還是受此很大的影響和制約的。」〔註 72〕蘊含豐富民俗文化的《長生殿》，其研究成果還是值得期待的。現在只不過是處於初露端倪階段。

〔註 71〕翁敏華撰：《論李、楊愛情的世常化表現——〈長生殿〉民俗文化管窺》〔A〕，葉長海主編：《〈長生殿〉演出與研究》〔C〕，上海：上海文藝出版社，2009 年版，第 234 頁。

〔註 72〕翁敏華撰：《四大節日，兩位神祇——〈長生殿〉民俗文化管窺之一》〔A〕，謝柏梁、高福民主編：《千古情緣：〈長生殿〉國際學術研討會論文集》〔C〕，上海：上海古籍出版社，2006 年版，第 349 頁。

三、案頭與場上——非物質文化遺產視野下的《長生殿》研究

2001 年 5 月 18 日，崑曲藝術被聯合國教科文組織認定爲「人類口頭和非物質文化遺產」，從世界文化遺產的大視野對《長生殿》進行研究，尚屬當時學術界研究的一項空白。這中間還包括：崑曲的民族性與世界性，中國崑曲的生存與時代境遇，人類口頭和非物質文化遺產與中國文明等問題，都亟待得到學界的進一步關注和探討。此外，《長生殿》演出史的梳理，作爲戲曲傳播主體的演員，出演《長生殿》的心得，及其在表演上汲取的經驗，取得的演出效果等，也是以往學術界研究不甚重視的。2004 年，我國正式加入國際《保護非物質文化遺產公約》，戲曲作爲全人類的文化遺產，其研究方式的轉型，更是刻不容緩。2005 年 10 月在上海交大舉行了「《長生殿》國際研討會」，對以上的研究「軟肋」，給予積極的回應。與會學者、編劇及演員暢所欲言，提交了高質量的學術論文和演出體會，結集名爲《千古情緣——〈長生殿〉國際學術研討會論文集》，分爲「世界文化遺產」、「史迹戲文流變」、「情緣主旨取向」、「民間民俗信仰」、「文辭曲律音韻」「蘇昆藝術品格」和「中外流傳綱目」等七個部分，基本囊括了學界對《長生殿》研究的主要成果與方法。此次會議堪稱是繼 87 年中山大學研討會後，又一次具有探索意義的盛會。2007 年，上海戲劇學院博士研究生朱錦華的論文《〈長生殿〉演出史研究》，填補了《長生殿》演出史方面資料梳理的空白，兼具學術與史料價值。2009 年 4 月，由葉長海主編的《〈長生殿〉演出與研究》，搜羅了當今學術界《長生殿》研究的最新成果，主要分爲「劇人藝談」、「演出漫評」和「舊劇新論」三編。從編排上不難看出，編者有意充實了編導心得、演員體會這些與《長生殿》演出密切相關的內容。這本集子的選編，其實釋放了一個明晰的訊號，它昭示著《長生殿》研究已經逐漸從原先的「曲本位」、「文本位」，復歸到戲曲研究的主體「演本位」。沒有了舞臺演出、演員表演作載體，曲與文的研究終究只能是紙上談兵而已〔註 73〕。

在歸結完《長生殿》研究現狀和發展之後，再對目前研究存在的不足，略談幾點淺見：其一、研究領域依舊存在「冷」、「熱」不均，發展不平衡的

〔註 73〕2003 年出版的由廖奔、劉彥君撰寫的《中國戲曲發展史》，已經敏鋭地關注到了這一問題，在以往戲曲史著作的基礎上進行了拓展。對戲劇形態、劇場沿革、文物古迹、戲班藝人等内容，給予了足夠的關注，並從學術史的高度加以梳理挖掘，填補了學術界的空白。

現象。以往的學術「熱點」依舊牢牢地佔據研究的主要領域，對舞臺演出、演員表演的關注度依然不夠高。更別說用學術研究的高度，來重新詮釋與思考演員的表演和演出效果，這不僅是《長生殿》研究，同時也是整個戲曲研究存在的痼疾；其二、文藝學研究手法仍是這幾年研究的主流，運用這個手法研究所收穫的學術成果，已經很難再取得實質性的突破；其三、學術研究與場上表演結合不夠，兩者之間依舊沒能形成良性互動。因此，一些學術成果難免還是給人以隔靴搔癢之感；其四、研究手法雖然日趨多樣化，但是，糅合多種手法對《長生殿》進行綜合研究的好文章不多，在局部研究層面沒有實質性進展。對於《長生殿》中李、楊愛情及其民間信仰的域外傳播，學術研究的成果不多，更遑論從文化交流的動態視野來研究這個問題。此外，從節日民俗的角度，來詮釋《長生殿》盛演不衰的文化機理這方面，學術界也鮮有力作。有學者曾對戲曲文學研究的狀況不無憂思：「在打破了庸俗社會學的束縛、認識到戲曲文學與表演形態的密切關係之後的今天，在戲曲文學研究領域中，有突破性的、有顛覆性的研究成果依然不多。目前正式發表的專著、論文和博士、碩士論文中，以戲曲文學爲選題的極少，大家和名劇更爲人們所冷落。」〔註 74〕可惜的是，引文中所提到的現象到目前爲止還是沒有根本性的改變。作爲人類口承和非物質文化遺產載體的明清傳奇，集中體現了中華民族傳統的文化魅力，是中華文化「軟實力」不可忽視的一道美麗風景，洪昇和他的《長生殿》更是如此。

康保成《以開放的心態從事中國戲劇史研究》〔註 75〕一文，對於中國戲劇史的學科分類、研究方法以及域外交流等方面都提出了自己獨到的見解。在結尾處，作者呼籲「總之，開放的時代需要開放的心態，當前從事中國戲劇史研究，既要掙脫學科歸屬的羈絆，又要克服唯我獨尊的心理障礙。」同樣的，戲曲文學的研究也需要有一個開放的心態，本書的寫作就是對戲曲文學研究思路與規律的一種探尋與摸索。

本書題爲「《長生殿》研究」，跟以往的作品研究相比還是有不同之處：

其一、以往的戲曲文學研究，一般把作者研究放在最前，然後再依次論

〔註 74〕康保成撰：《回歸案頭——關於古代戲曲文學研究的構想》〔A〕，《文學遺產》〔J〕，2004 年第 1 期。

〔註 75〕康保成撰：《以開放的心態從事中國戲劇史研究》〔A〕，《中山大學學報》（社會科學版）〔J〕，2006 年第 2 期第 46 卷。

述其版本、主題、人物、排場等各個方面的內容。本書則另闢蹊徑，以棠村相國梁清標對《長生殿》「鬧熱」的評價入手，從明清易代之際審美趣味的變化，以及「鬧熱」在戲劇史上的價值和意義作爲統領，從作品創作、帝王「推崇」和節日狂歡等角度，看《長生殿》「鬧熱」背後所蘊含的文化機理和社會政治風雲。而在後兩部分，又分別從白居易的《長恨歌》入手，揭示李、楊愛情在東亞戲劇，尤其是在日本戲劇中所呈現的「冷清」意味，以及《長生殿》創作背後，清初江南文人無路可走的兩難境地，從而充分地詮釋出作品「鬧熱」表象背後的「冷清」內核。不僅如此，本書還在結語處，從清代的政治文化政策出發，揭示出在「鬧熱」「花」部代替「雅」部背後，掩不住的是整個傳奇創作的式微，是文人創作在清代高壓政策下走向沒落的殘酷現實，這是本書在《長生殿》研究之外，所闡釋的另一重「鬧熱」及其背後的「冷清」。這樣的寫法能夠使本書結構相對完整，有一條明晰的線索貫穿其中，用作品本身「說話」，取代了以往文藝學、社會學的研究思路。

其二、在比較研究的方法上，跳出以往單純文本比較的窠臼。從白居易《長恨歌》對佛經文學變文的借鑒入手，然後進一步探究變文與變相之間的關係，繪畫與戲曲之間的關係，從而順勢綜合運用圖象學研究的手法，把《長生殿》中的李、楊形象，尤其是楊貴妃的形象與佛教藝術中的飛天形成對照，不僅體現出作者對楊貴妃美的禮贊，同時還寄予了他對美的不幸凋零，以及盛唐歲月一去不返的落寞與感傷；在論述李、楊形象及其愛情在日本戲劇中的嬗變時，筆者能夠抓住日本民族「蓬萊信仰」的文化根柢，以及能樂的表演形式入手進行分析，將問題闡明清楚；在論述韓國唱劇《興夫哥》中葫蘆裏走出了楊貴妃，這個生動而有趣的情節時，筆者也能從葫蘆文化與東亞傳說之間的傳播與交流著手，使得論述的層次更加豐富。此外，本書還將湯顯祖筆下盧生「邯鄲夢醒」與洪昇面對家國之恨，仕途坎坷，從而萌生出「蘧然夢覺」相對照，揭示了晚明士大夫階層道德上的日益腐朽，間接造成了國破家亡易代之恨，更襯托出清初江南文人無論是自我放逐還是失節投靠都無法超然於世的兩難境地，從而揭示出《長生殿》「鬧熱」背後的無際「冷清」。

其三、借用宗教學、民俗學等相關學科視角，對《長生殿》進行研究。李、楊二人既是帝王貴妃，同時又是道教的篤信者。他們在《長生殿》中也被附會爲道教神祇：一個是孔昇眞人，一個是蓬萊仙子。因此，從道教文化的角度分析李、楊形象和《長生殿》的藝術構思，也是學界已經形成氣候的領域。本書從《長生殿》中出現的上巳、七夕等具有道教文化背景的節日入手，結合民間李隆基的戲神信仰，進一步闡述其作爲媒神、生育神的民間信仰，並從人類生殖文化大背景，來看李隆基民間偶像化的形成。而在談及楊玉環的形象時，也是從其被附會爲道教西王母與蓬萊仙子的民間信仰出發，探究其「不死」傳說的由來。這樣的分析，擺脫了以往依靠文本進行人物形象分析的單一手法，而是將李、楊二人的文本形象、民俗形象、舞臺形象之間的互動關係闡釋清楚，使得人物形象更加豐富飽滿，更加貼近戲曲文學所要傳達的效果。此外，本書借用「神道設教」、「佛、道母題」等運用在小說研究上的手法，加諸《長生殿》研究上，也使得論述的視角更加寬闊。至於在民俗學視角的使用上，本書借鑒了日本田仲一成先生在《明清的戲曲——江南宗族社會的表象》中的相關論述，認爲《長生殿》後半部分在場上的出演，接近於江南民間的「鎮魂劇」，而鎮魂的對象往往是飽受冤屈的女子，在《長生殿》中即指楊貴妃。而日本能樂《楊貴妃》取材於《長恨歌》的後半部分，在內容上亦是一出鎮魂劇。這樣的現象決非偶然，在中、日兩國劇作家筆下，楊貴妃形象並非是傳統意義上的「紅顏禍水」，而是值得人們同情和讚美的對象，這才是問題的關鍵。另外，本書第一章從「才子佳人」模式與「老夫少妻」模式並用，探討洪昇對於大眾審美心理的洞察，從節日民俗角度看李隆基如何成爲生育神和媒神等，也都運用了大量民俗學的知識與理論。

最後，筆者還有兩個問題需要說明：

其一、「曲本位」方面的研究，前人已取得了豐碩的學術成果。再加之，本人曲學方面的功力有限，因此，這一方面的內容，便不作爲本書研究之列。

其二、李隆基，謚號「明皇」，廟號「玄宗」；楊貴妃，本名楊玉環〔註76〕，她曾有短暫「度道」的經歷，道號「太眞」。爲了行文統一起見，文中出現這二人的時候，一般直接以名字出現。但是有部分章節，譬如與康熙並列出現，以及論述與道教文化相關的內容時，有時會使用「玄宗」這個廟號稱呼李隆基，體現其與道教的淵源；在論述李、楊形象與佛教藝術飛天之淵源，以及日、韓戲劇中的二人形象時，爲了凸顯盛唐氣象，並與鄰國戲劇中的稱呼保持一致，文中均以「楊貴妃」、「唐玄宗」稱之，特此說明。

〔註76〕對楊貴妃是否名爲「玉環」，康保成在《楊貴妃的被誤解與楊貴妃形象的被理解》（《文學遺產》〔J〕，1998年第4期）一文中，曾作過深入地論述與探討，其主要觀點是：「玉環」一名當是民間附會而來，主要爲了說明楊貴妃受寵。

第一章　《長生殿》如何「鬧熱」起來

1.1「鬧熱」與時代審美趣味的契合及其在戲劇史上的意義

1688 年（康熙二十七年），「蓋經十餘年，三易稿而始成」〔註 1〕的傳奇巨製《長生殿》問世了。此劇一出便引起極大的轟動：「一時朱門綺席、酒社歌樓，非此曲不奏，纏頭爲之增價」〔註 2〕；「愛文者喜其詞，知音者賞其律。以是傳聞益遠，蓄家樂者攢筆競寫，轉相教習。優伶能是，升價什佰」〔註 3〕。在崑曲藝術上頗有造詣的康熙大帝也對此劇青眼有加：「聖祖覽之稱善，賜優人白金二十兩，且向諸親王稱之。於是諸親王及閣部大臣，凡有宴會必演此劇。」〔註 4〕時人對《長生殿》的溢美之辭頗多，其中棠村相國（梁清標）的一句「是劇乃一部鬧熱《牡丹亭》」〔註 5〕的評語，令作者洪昇本人深以爲然，這句評語對於理解洪昇的創作理念與手法，以及探討《長生殿》歷久彌新、長盛不衰的演出現象，都是不無裨益的。

〔註 1〕〔清〕洪昇：《長生殿》例言〔A〕，吳毓華編著：《中國古代戲曲序跋集》〔M〕，北京：中國戲劇出版社，1990 年 8 月版，第 394 頁。

〔註 2〕〔清〕徐麟：《長生殿》序言〔A〕、〔清〕洪昇著、徐朔方校注：《長生殿》〔M〕，北京：人民文學出版社，1983 年 10 月版，第 259 頁。本書所引《長生殿》原文，如無特殊說明，皆據此書。後文不再出注。

〔註 3〕〔清〕吳舒鳧：《長生殿》序言〔A〕，吳毓華編著：《中國古代戲曲序跋集》〔M〕，北京：中國戲劇出版社，1990 年 8 月版，第 409 頁。

〔註 4〕〔清〕王應奎撰，王彬、嚴英俊點校：《柳南隨筆·續筆》〔M〕，北京：中華書局，1983 年 10 月版，第 123 頁。

〔註 5〕〔清〕洪昇：《長生殿》例言〔A〕，吳毓華編著：《中國古代戲曲序跋集》〔M〕，北京：中國戲劇出版社，1990 年 8 月版，第 394 頁。

明代傳奇，湯顯祖的《牡丹亭》是後世劇作家難以逾越的一座藝術高峰，在清初享有極高的藝術地位和聲譽。毛先舒在《詩辯坻・詞曲》中如是說：

> 曲至臨川，臨川曲至《牡丹亭》，驚奇環壯，幽豔淡沲，古法新制，機杼遞見，謂之集成，謂之詣極。音節失譜，百之一二，而風調流逸，讀之甘口，稍加轉換，便已爽然。雪中芭蕉，政自不容割綴耳。「不妨拗折天下人嗓子！」直爲抑臧作過矯語。今唱臨川諸劇，豈皆嗓折耶？〔註 6〕

徐樹丕《識小錄》「湯若士《牡丹亭》」一條中記載：「若士文章，在我朝指不多屈，出其緒餘爲傳奇，驚才絕豔，《牡丹亭》尤爲膾炙」〔註 7〕。范驤《意中緣序》中對李漁的創作評價頗高，其參照的對象就是湯顯祖和徐渭：「近自湯臨川《牡丹亭》、徐文長《四聲猿》以來，斯爲絕唱矣」〔註 8〕。因此，把洪昇的作品與《牡丹亭》相併列，洪昇當然會欣然笑納。他對好友吳舒鳧所說的一番關於《牡丹亭》的點評，在洪之則《吳吳山三婦合評牡丹亭還魂記》跋中有所記載：

> 予又聞論《牡丹亭》時大人云：「肯綮在死生之際，記中《驚夢》、《尋夢》、《診祟》、《寫眞》、《悼殤》五折，自生而死；《魂遊》、《幽媾》、《歡撓》、《冥誓》、《回生》五折，自死而生。其中搜抉靈根，掀翻情窟，能使赫蹄爲大塊，隃糜爲造化，不律爲眞宰，撰精魂而通變之。」語未畢，四叔大叫歎絕。〔註 9〕

從引文中不難看出，《牡丹亭》的「至情」觀，深深地感染了洪昇，這次發生在 1680 年的談話，對《長生殿》「借太眞外傳譜新詞，情而已」創作主題的確立，無疑有著極其深遠的影響〔註 10〕；此外，洪昇對於《牡丹亭》這部劇

〔註 6〕〔清〕毛先舒：《詩辯坻・詞曲》（輯錄）〔A〕，俞衛民、孫蓉蓉編：《歷代曲話彙編・清代編》（第一集）〔M〕，安徽：黃山書社，2008 年 9 月版，第 565 頁。

〔註 7〕〔清〕徐樹丕：《識小錄》（輯錄）〔A〕，同上，第 432 頁。

〔註 8〕〔清〕范驤：《意中緣序》〔A〕，俞衛民、孫蓉蓉編：《歷代曲話彙編・清代編》（第一集）〔M〕，安徽：黃山書社，2008 年 9 月版，第 372 頁。

〔註 9〕〔清〕洪之則：《吳吳山三婦合評還魂記跋》〔A〕，吳毓華編著：《中國古代戲曲序跋集》〔M〕，北京：中國戲劇出版社，1990 年 8 月版，第 414 頁～415 頁。

〔註 10〕章培恒著：《洪昇年譜》〔M〕，上海：上海古籍出版社，1979 年 2 月版，第 200 頁。

的結構與精妙之處也有獨到的認識，如果不是在創作實踐上頗具造詣的作家，根本說不出以上這番高論。其中「搜抉靈根」、「掀翻情窟」這些評語，頗有大開大闔、筆力萬鈞的氣勢。然而，從實際的閱讀和搬演來看，《牡丹亭》似乎還達不到以上的效果〔註 11〕。所以，如將《長生殿》、《牡丹亭》相提並論，「鬧熱」二字的評語，則顯得尤爲醒豁，可謂一語中的。

首先，《長生殿》創作演出上的成功，不僅歸功於洪昇個人的天賦與努力，同時還與其順應了時代「鬧熱」的審美趣味有關。洪昇完成此劇的時候，滿清統治已過了將近半個世紀，明代戲劇的綺靡柔麗之風，才子佳人的纏綿小家之氣，已無法適應這個新的統治民族的審美需求了。這時候，審美的差異性就顯現出來了。滿族人尚武質樸的作風，與蒙古鐵騎的好戰殺伐之氣遙相呼應，都具有「質勝文則野」的文化氣息〔註 12〕。清人對元人雜劇也頗爲推重，把北雜劇四大名家奉爲圭臬。朱彝尊在《靜志居詩話》「湯顯祖」條目中作如是說：「義仍塡詞，妙絕一時，語雖斬新，源實出於關、馬、鄭、白，其《牡丹亭》曲本，尤極情摯」〔註 13〕。丁耀亢在《赤松遊題詞》中也說道：

> 要使登場扮戲，原非取異工文，必令聲調諧和，俗雅感動。堂上之高客解頤，堂下之侍兒鼓掌，觀俠則雄心血動，話別則淚眼涕

〔註 11〕王永健先生就認爲，《牡丹亭》畢竟以「冷」戲爲主：「冷」戲最精彩，最動人，也最富意蘊，最肯（疑爲「有」字之誤）韻味，最啓人思索，此其一；無論從劇作的題材和總體構思來審視，還是就摺子和場面、人物和關目作比較，《長生殿》比《牡丹亭》更爲「鬧熱」，或者說「鬧熱」得多，這也是不爭的事實。王永健撰：《何謂「鬧熱〈牡丹亭〉——與黃天驥、徐燕琳先生商榷》〔A〕，《中國古代小說戲劇研究叢刊》〔J〕，2008 年第 6 輯，第 214 頁。

〔註 12〕青木正兒在考察「花雅之爭」這個文化現象時認爲：「康熙年間，以新興之勢，學術藝術等雖有規模大者，然其氣息上，猶難免爲明代之持續者。一至乾隆，清朝基礎已達確立之域，同時其文化漸有新意，遂成與明代相異之特色焉。劇界亦不能趨避此種大勢，漸生厭舊喜新之傾向，遂現漸趨與明代戲曲之崑曲相距甚遠之花部氣勢也。」（見〔日〕青木正兒著、王古魯譯著、蔡毅校訂：《中國近世戲曲史》〔M〕，北京：中華書局，2010 年 1 月版，第 332 頁。）筆者以爲，康熙推崇崑曲，有其政治上的考慮。但「鬧熱」的審美趣味，卻先於這一時期早已興起，且與政治無涉。後文針對這個問題還會展開詳細論述。

〔註 13〕〔清〕朱彝尊撰：《靜志居詩話》（輯錄）〔A〕，俞衛民、孫蓉蓉編：《歷代曲話彙編・清代編》（第一集）〔M〕，安徽：黃山書社，2008 年 9 月版，第 627 頁。

流，乃製曲之本意也。……自元本久湮，《殺狗》、《荊釵》，既涉俗而無當於文人之觀，故時曲日兢，越吹吳歈，僅纂組而止可爲案頭之賞，較之元本，大徑庭矣。〔註 14〕

針對清初的戲劇演出，丁耀亢至少提出了兩條頗具建設性的建議：其一、戲劇演出要雅俗共賞，要注意演出的效果，使觀眾沉浸在其規定的情境中；其二、劇本不可單純供人案頭欣賞，呼喚元代雜劇質樸之氣的回歸。黃宗羲在《翳子藏院本序》中引其外舅葉六桐先生的話說：「語入要緊處，不可著一毫脂粉，越俗越家常，越警醒。若於此一恧縮打扮，便涉分該婆婆，猶作新婦少年，正不入老眼。」〔註 15〕話雖俏皮，但「俗」出了一條眞理，且表達鮮明可愛。

黃周星在《製曲枝語》裏，則將清人的戲劇觀說得更加透徹：

製曲之訣無他，不過四字盡之，曰「雅俗共賞」而已；論曲之妙無他，不過三字盡之，曰「能感人」而已。感人者，喜則欲歌欲舞，悲則欲泣欲訴，怒則欲殺欲割，生趣勃勃，生氣凜凜之謂也。

製曲之訣，雖盡於「雅俗共賞」四字，仍可以一字括之，曰:「趣。」古云:「詩有別趣。」曲爲詩之流派，且被之以絃歌，自當專以趣勝。〔註 16〕

以上兩段文字中的「雅俗共賞」、「能感人」、「趣」，歸結起來，都是「鬧熱」的先聲。

李漁在《閒情偶寄・詞曲部》中，已經把「鬧熱」之法提高到理論的高度，並且有詳細地論說。他旗幟鮮明地提出:「結構第一」、「詞採第二」、「音律第三」的排序。其中的「結構」講的就是情節的架構與安排，將編劇的技巧放在首位，其實也就是以滿足大眾的審美心理爲先，「詞採」和「音律」畢竟還是文人關心的事情。李漁的創作實踐完全貫徹了他的創作理論，在當時獲得了極高的讚譽，樗道人在《巧團圓序》中對李漁作品的評論具有一定的代表性：

古來文章，不貴因而貴創。自「六經」以至《南華》、《離騷》、《盲傳》、《腐史》，無不由創而傳。從前無是格也，若僅依樣沿襲，

〔註 14〕〔清〕丁耀亢撰：《赤松遊題詞》〔A〕，同上，第 91 頁。
〔註 15〕〔清〕黃宗羲撰：《翳子藏院本序》〔A〕，同上，第 217 頁。
〔註 16〕〔清〕黃周星撰：《製曲枝語》〔A〕，同上，第 224 頁～第 225 頁。

> 陳陳相因，作者乏心嘔雕腎之功，讀者亦無驚心動魄之趣。覆瓿之外，烏所用之？今日詩文之病悉是也。故生面忽開，即院本俳詞，盡堪膾炙；臼窠再見，即高文典冊，亦屬唾餘。知此而後可讀古人之書矣，知此而後可讀笠翁之傳奇矣。〔註 17〕

這段評論呼喚傳奇創作的求新、求變，若是套在《長生殿》的創作上，也是恰如其分的。洪昇之前有多位劇作家寫過李、楊情事，同時代的孫郁也有《天寶曲史》，但論及藝術魅力，沒有一部可與《長生殿》媲美，其肯綮就在於作者「不貴因而貴創」，沒有走前人「依樣沿襲，陳陳相因」的老路，開創了一片新的格局與天地，其結果當然是「由創而傳」。

其次，中國俗文化的重要根柢就是一個「鬧」字。好事要「鬧」：如「鬧洞房」、「鬧革命」、「鬧春耕」；壞事更得「鬧」：如「鬧情緒」、「鬧笑話」、「鬧彆扭」；喜慶節日要「鬧」：如「鬧元宵」、「鬧花燈」、「鬧財神」；就連生病難受，都放不過「鬧」：如「鬧病」、「鬧肚子」等。戲劇屬於俗文化中的一個門類，因此「鬧劇」、「鬧場」等專用名詞也便名正言順地進入了戲劇殿堂，它們在演出時所產生的實際效果便是「鬧熱」〔註 18〕。歐陽予倩先生在回憶當年（1907 年）排演話劇《黑奴籲天錄》時的點滴細節，便堪稱範例：

> 這個戲裏頭有許多的穿插，現在看起來毫無道理。據我的記憶，原來劇本裏也沒有，許多都是臨時加進去的。例如第二幕威立森工廠紀念會，當時在這一幕裏頭加上許多的遊藝節目：唱歌、跳舞都有——我就扮一個跳舞的女孩子和其他三個人跳過一場四個人的隊舞，據當時的劇評認爲還頗美麗，究竟跳的是怎樣一種舞我始終也不明白，還有在賓客當中，有印度侯爵、日本的貴賓大山豐太郎、

〔註 17〕〔清〕樗道人撰：《巧團圓序》〔A〕，俞衛民、孫蓉蓉編：《歷代曲話彙編·清代編》（第一集）〔M〕，安徽：黃山書社，2008 年 9 月版，第 389 頁。

〔註 18〕「鬧場」在《辭海》中的解釋有二：1、亦稱「鬧臺」、「開臺鑼鼓」。通常指單純用鑼鼓演奏的音樂。多在戲曲開演前用以吸引觀眾，偶爾亦在演出結束後用以送客。在戲曲向現代劇場藝術發展後，已漸少用。2、賽神活動中，被鬼神附身的人手持槓子，在戲臺上沿場舞弄，邊喝酒，邊隨口應答眾人所問吉凶，稱爲「鬧場」。「鬧劇」亦稱「笑劇」。喜劇的一種。源於古希臘的羊人劇，古羅馬發展爲有五個戴面具的定型人物的表演。15 世紀開始流行於歐洲，特別是法國。以描寫市民生活爲主。特點是運用畫集和誇張的手法刻畫人物。對後世喜劇創作有明顯的影響。代表作品如《巴特蘭律師》。辭海編輯委員會編纂：《辭海》（第六版縮印本）〔M〕，上海：上海辭書出版社，2010 年 4 月版，第 1361 頁。

大山君子，此外還有兩三個日本女客。因爲，曹孝谷、李息霜是美術學校的學生，他們的同學——印度人、日本人、朝鮮人都有——有好些個都要來扮一個角色到臺上走走，於是他們高興扮什麼就扮什麼，弄得滿臺盛會，各國的人穿著各國的服裝上去。但是這一場戲場面十分熱鬧，觀衆特別歡迎。〔註 19〕

觀衆對這些「看起來毫無道理」，甚至與劇情無涉的「熱鬧」不僅不反感，而且還非常歡迎，這其實是戲劇俗文化本質所決定的。

縱覽中國戲劇發展史，「鬧熱」同樣是不可或缺的元素。無論是戲劇的遠源——先民的原始祭祀，還是它的近源——漢唐百戲散樂，都存在著群體狂歡的場面，其間不乏「鬧熱」元素〔註 20〕，只不過其功利性目的從「娛神」逐步轉移到「娛人」。唐代參軍戲中的「參軍」與「蒼鶻」，好比如今對口相聲中的「逗哏」與「捧哏」，一愚一黠，讓人忍俊不禁〔註 21〕；而以寓諷諫於滑稽的宋金雜劇院本，則與如今深受大衆喜愛，以針砭社會時弊爲主旨的小品表演頗爲相似〔註 22〕。在論及相聲、參軍戲以及宋金雜劇院本三者之間的關係時，曾永義先生認爲：

「參軍戲」的演出方式及其滑稽詼諧寄寓諷刺嘲弄的特質，其實一直依存於中國戲劇宋金雜劇院本、宋元南戲北劇、明清傳奇，

〔註 19〕 歐陽予倩撰：《回憶春柳》〔A〕，歐陽予倩著：《歐陽予倩全集》（第六卷）〔M〕，上海：上海文藝出版社，1990 年版，第 151 頁～第 152 頁。

〔註 20〕 《禮記・郊特牲》與《禮記・雜記下》，分別記載了上古的「大蠟」祭典以及子貢觀於蠟，一國之人皆若狂的群體性狂歡的場面。張衡的《西京賦》鋪敘了漢代歌舞戲的演出情景，尤其在描寫「總會仙倡」演出時的舞臺效果時，寫道：「度曲未終，雲起雪飛；初若飄飄，後遂霏霏。復陸重閣，轉石成雷；霹靂激而增響，磅礚象乎天威。」雲起、雪飛、雷鳴接踵而至，卻是「鬧熱」不已。以上文獻可以集中參看陳多、葉長海主編：《中國歷代劇論選注》〔M〕，上海：上海古籍出版社，2010 年 6 月版，第 25 頁、第 27 頁和第 40 頁。

〔註 21〕 曾永義先生的《參軍戲及其演化之探討》中的第四部分「參軍戲的轉型——曲藝『相聲』」著重探討了參軍戲與相聲之間傳承關係。見曾永義著：《戲曲源流新論》（增訂本）〔M〕，北京：中華書局，2008 年 7 月版，第 132 頁～第 138 頁。

〔註 22〕 從表演形態上說，周立波的海派清口與宋雜劇之間有頗多的相似之處，藝人們在舞臺表演實踐上取得的成功範式，自有其相似、相通之處，這絕非偶然。參見拙文《海派清口與古代戲曲的淵源及其笑謔化的市民文化品格》〔A〕，李倫新等主編：《海派文化與城市創新——第八屆海派文化學術研討會論文集》〔C〕，上海：文匯出版社，2010 年 8 月版，第 48 頁～第 52 頁。

> 乃至於近代皮黃國劇之中，而到了清咸同之際，又被藝人從中提取出來，發揚光大，因而蛻變轉型成爲再度娛樂教育廣大群眾的曲藝。因爲它是以藝人之相貌形容喜怒哀樂，使人觀而解頤；以話的聲音變出癡癡呆傻，仿做聾瞎啞，學各省人説話不同之聲音以發人笑柄，因名之爲「相聲」。〔註23〕

由此可見，「滑稽詼諧寄寓諷刺嘲弄」，可謂是中國老百姓最爲喜愛的表演特質，因此其生命力也最持久。論及相聲演出時的「鬧熱」程度，只要看看當下郭德綱及其「德雲社」眾弟子劇場演出時的盛況，臺上臺下遙相呼應的火爆場景，便可知曉。

元雜劇的出現，是中國戲劇走向成熟的標誌。在那個特殊的歷史時期，漢族文人以科舉進仕之途受阻，其地位只介於娼、丐之間，令人唏嘘。可文人們的大不幸，偏偏促成了戲劇發展的重大機緣。夏庭芝在《青樓集序》有言曰：「君子之於斯世也，孰不欲才加諸人，行足諸己，其肯甘於自棄乎哉？」〔註24〕不甘自棄的書會文人們以戲劇創作，抒發自身的不平與憤懣，並積極干預社會現實，作品涉及的題材之寬，描摹的對象之廣，樹立的意旨之高，絕非宋金雜劇院本可比：

> 「院本」大率不過謔浪調笑，「雜劇」則不然。君臣如《伊尹扶湯》、《比干剖腹》；母子如《伯瑜泣杖》、《剪髮待賓》；夫婦如《殺狗勸夫》、《磨刀諫婦》；兄弟如《田眞泣樹》、《趙禮讓肥》；朋友如《管鮑分金》、《范張雞黍》：皆可以厚人倫，美風化；又非唐之「傳奇」、宋之「戲文」、金之「院本」所可同日語矣。〔註25〕

以上所舉「孝義廉節」、「披袍秉笏（即君臣雜劇）」〔註26〕之類「厚人倫，美風化」的作品，乃是傳統意義上「高臺教化」的集中體現；而「鬼神戲」、「水滸戲」、「忠烈戲」等，混合著戲劇誕生伊始的那種巫儺之風，野蠻難馴之氣，和民間儺戲系統息息相關，且在戲劇精神上與民間戲劇活動相關聯的劇目，

〔註23〕曾永義著：《戲曲源流新論》（增訂本）〔M〕，北京：中華書局，2008年7月版，第138頁。

〔註24〕〔元〕夏庭芝撰：《青樓集序》〔A〕，俞衛民、孫蓉蓉編：《歷代曲話彙編·唐宋元編》〔M〕，安徽：黃山書社，2006年1月版，第466頁。

〔註25〕同上，第469頁。

〔註26〕〔明〕朱權撰：《太和正音譜》〔A〕，俞衛民、孫蓉蓉編：《歷代曲話彙編·明代編》（第一集）〔M〕，安徽：黃山書社，2009年3月版，第39頁。以上對雜劇類型的歸納，均選自《太和正音譜》中的「雜劇十二科」。

直到清代中葉還煥發著強大的生命力，並決定了「花、雅之爭」的最後走向〔註27〕。民間儺戲之「鬧熱」，亦可視爲元雜劇「鬧熱」之明證。

元雜劇在表演上也是「鬧熱」的。它在表演體制上則繼承了宋金雜劇，同時也顯露出其駁雜之處，而「雜」恰恰是元雜劇的主要審美特徵。在表演上，元代藝人借鑒了前輩在舞臺表演上的經驗，爲了使折與折之間有銜接，不至於冷場，便插演諸般伎藝、小品，這些極富娛樂性的表演吸引了觀眾的注意力，也使得臺上「鬧熱」起來。與宋金雜劇不同的是，元雜劇是以故事表演爲主體，盡量利用故事進行的間隙來顯示諸般技藝，而後者純屬伎藝性表演而已〔註28〕。

明初的傳奇創作，風格陡然一變。正是「不關風化體，縱好也徒然」，「休論插科打諢，也不尋宮數調，只看子孝共妻賢」〔註29〕，加強了戲劇的宣傳和教化功能。其後的作品，題材大多局限於「才子佳人」類的俗套故事，注重文採和曲律上的雕琢，文人化傾向日益突出，其結果便是案頭之作甚於場上之曲。不過，明人的曲話對於通過各種途徑安排「鬧熱」的內容，或運用插科打諢增加「鬧熱」氣氛的舞臺演出規律，卻已有了理論上的歸納和總結。王驥德在《曲律・卷第三》「論插科第三十五」曰：

> 插科打諢，須作得極巧，又下得恰好。如善説笑話者，不動聲色，而令人絕倒，方妙。大略曲冷不鬧場處，得淨、丑插一科，可博人鬨堂，亦是戲劇眼目。若略涉安排勉強，使人肌上生粟，不如安靜過去。
>
> 古戲科諢，皆優人穿插，傳授爲之，本子上無甚佳者。惟近顧學憲《青衫記》，有一二語咄咄動人，以出之輕俏，不費一毫做造力耳。黃山谷謂：「作詩似作雜劇，臨了須打諢，方是出場。」蓋在宋時已然矣。〔註30〕

〔註27〕翁敏華撰：《論清代地方戲的崛起對中國戲曲的振興作用》〔A〕，對此有詳細地論述。參看翁敏華著：《中國戲劇與民俗》〔M〕，臺北：學海出版社，1997年12月版，第132頁～第133頁。

〔註28〕這一節的論述，參考了黃天驥撰：《元劇的「雜」及其審美特徵》〔A〕，《文學遺產》〔J〕，1998年第3期。

〔註29〕〔元〕高明撰：《琵琶記・副末開場》〔A〕，俞衛民、孫蓉蓉編：《歷代曲話彙編・唐宋元編》〔M〕，安徽：黃山書社，2006年1月版，第520頁。

〔註30〕〔明〕王驥德著：《曲律》〔A〕，俞衛民、孫蓉蓉編：《歷代曲話彙編・明代編》（第二集）〔M〕，安徽：黃山書社，2009年3月版，第100頁～第101頁。

在明人傳奇趨向「雅化」的潮流中，能夠提出插科打諢「亦是戲劇眼目」的觀點，足可見王驥德對戲劇本質的認識有過人之處。古人作劇，重曲律輕念白，插科打諢全靠優人口傳身授，正是這些「本子上無甚佳」的演出內容，最是考量演員的表演功底和臨場反應，同時也緊緊地抓住了觀眾的注意力。如果說王驥德對「鬧熱」的分析是從小處（插科打諢）著手的話，那麼呂天成對「鬧熱」的認識則是從大處（作劇之法）著眼了：

> 我舅祖孫司馬公謂予曰：「凡南戲，第一要事佳，第二要關目好，第三要搬出來好，第四要按宮調、協音律，第五要使人易曉，第六要詞採，第七要善敷衍，淡處作得濃，閒處作得熱鬧，第八要各腳色分得勻妥，第九要脫套，第十要合世情、關風化。」持此十要，以衡傳奇，靡不當矣。〔註 31〕

「閒處作得熱鬧」，別讓戲臺冷場，明代文人的戲劇觀念和前人確實有一脈相承之處。近年來，有學者就揭示出「冷戲」《牡丹亭》中蘊含的「鬧熱」元素，並對湯顯祖的創作以及明代傳奇的演出形態作了詳細地闡述與論證〔註 32〕，其主要觀點與曾永義先生的論述暗合。洪昇創作《長生殿》，跳出了前朝所謂「湯沈之爭」的狹小苑囿，在「文採」與「曲律」相結合的基礎上，把更多的心思用在舞臺搬演的效果上，真正達到了觀賞（臺下）與演出（臺上）雙重的「鬧熱」〔註 33〕。所以，與明清之際那些只可供案頭欣賞，卻不適合舞臺搬演的傳奇作品相比，「鬧熱」一詞可以視作對洪昇及其作品的一大褒獎。

再從古代中國實際的社會生活和宗教信仰來分析，中國社會始終存在著「大傳統」與「小傳統」並行的情況，那種由社會少數精英人士控制的文化

〔註 31〕〔明〕呂天成著：《曲品》〔A〕，俞衛民、孫蓉蓉編：《歷代曲話彙編・明代編》（第三集）〔M〕，安徽：黃山書社，2009 年 3 月版，第 110 頁。

〔註 32〕黃天驥、徐燕琳的《「鬧熱」的〈牡丹亭〉——論明代傳奇的「俗」與「雜」》一文，便認爲「《牡丹亭》並非不鬧熱，弄清這一點，不僅有助於正確對待湯顯祖的創作，還牽涉到如何理解明代傳奇的形態，以及戲曲藝術發展等問題」，文章論述了「《牡丹亭》舞臺演出的鬧熱和俗、雜，意在通過對它的分析，揭示明代傳奇戲劇形態的一個重要方面。希望從人們所忽視的罅隙中，窺見明代傳奇演出的本來面貌。」本文見《文學遺產》〔J〕，2004 年第 2 期。

〔註 33〕吳梅在談到《長生殿》創作時說道：「曲成趙秋谷爲之製譜，吳舒鳧爲之論文，徐靈胎爲之定律」。（吳梅著、江巨榮導讀：《顧曲麈談・中國戲曲概論》〔M〕，上海：上海古籍出版社，2000 年 5 月版，第 192 頁。）正是在「文」與「曲」兩擅其美的前提下，洪昇才能夠遊刃有餘地在舞臺效果上進行鋪排。也正因如此，《長生殿》的成功也是難以複製的。

傳統，叫做「大傳統」；而「小傳統」則是屬於非文人的文化傳統，產生於日常生活，通過口耳相傳、互相薰染而自然生成的，一些通俗的文化活動，其中包括戲劇，正是「小傳統」得以傳播的途徑。而在宗教信仰上，有一些基本法則又是知識階層與民間百姓都認同：這其中包括「空」和「無」的本原思想，淡泊的人生觀念和自然的人生態度，以忠孝爲中心的儒家社會道德觀念，善惡報應的天道觀念。〔註 34〕《長生殿》劇本的內容，既體現了文人士子們共通的一些心理情結，爲士大夫階層所接受和激賞，同時也爲「鬧熱」演出，留出了大量的再創作空間，激發出藝人們的想像力，滿足了廣大受眾狂歡與審美心理的普遍需求，從某種意義上說是對小傳統的「激活」。王廷謨在《長生殿》序言中就提到：「昉思此劇不惟爲案頭書，足供文人把玩。近時燕會家糾集伶工，必詢《長生殿》有無，設俳優非此俱爲下里巴詞，一如開元名人潛聽諸妓歌聲，引手畫壁，競爲角勝者。」〔註 35〕由此觀之，洪昇進行《長生殿》創作是與舞臺搬演緊密結合的，在當時可算是一把檢驗伶人藝術水準的標尺了。再以《長生殿・例言》結尾處爲例：

> 是書義取崇雅，情在寫眞，近演唱家改換有必不可從者，如增虢國爭寵、楊妃忿爭一段，作三家村婦醜態，既失蘊藉，尤不耐觀。其《哭像》折，以哭題名，如禮之凶奠，非吉祭也。今滿場皆用紅衣，則情事乖違，不但明皇鍾情不能寫出，而阿監宮娥泣涕皆不稱矣。至於《舞盤》及末折演舞，只須白襖紅裙，便自當行本色。細繹曲中舞節，當一二自具。今有貴妃舞盤學浣紗舞，而末折仙女或舞燈、舞汗巾者，俱屬荒唐，全無是處。〔註 36〕

這段文獻充分地展示了藝人們對《長生殿》舞臺搬演上的改編與創造，洪昇可以認爲他們「俱屬荒唐，全無是處」，但是，這樣的改編恰恰滿足了廣大觀眾的審美心理：女人們之間的「妒悍凶相」，明皇「哭像」時的滿場紅衣，甚至還有相當於東北二人轉表演時常用的「舞燈」、「舞汗巾」等，這些都體現了民間「錯彩鏤金」的美，它與正劇中出現的「清水芙蓉」的美相互映襯，共同形成了《長生殿》演出長久的藝術生命力。正可謂雅者觀其雅，俗者觀其俗，兩

〔註 34〕這部分的論述參照了葛兆光著：《古代中國社會與文化》〔M〕，北京：清華大學出版社，2002 年 1 月版，第 176 頁～第 180 頁。

〔註 35〕〔清〕王廷謨撰：《長生殿》序言〔A〕，吳毓華編著：《中國古代戲曲序跋集》〔M〕，北京：中國戲劇出版社，1990 年 8 月版，第 399 頁。

〔註 36〕〔清〕洪昇撰：《長生殿》例言〔A〕，同上，第 394 頁。

頭都討好；「鬧熱」在洪昇爲曹寅撰寫的《太平樂事》雜劇題詞中也有所體現：

凡漁樵耕牧，嬉遊士女，貨郎村伎、花旦秧歌、皆摩肩接踵，外及遠方部落，雕題黑齒，卉服長髟僸人未兜離，罔不羅列院本。其傳神寫景，文思煥然；詼諧笑語，奕奕生動。比之吳昌齡村姑演說，尤錯落有古致。〔註37〕

這一幕熱鬧場景，與《長生殿·禊遊》一齣何其相似。

洪昇在「鬧熱」上的一番苦心，受到了後世曲學家們的肯定與嘉許。王季烈先生在《螾廬曲談》中論此劇「選擇宮調，分配角色，布置劇情，務使離合悲歡，錯綜參伍，搬演者無勞逸不均之慮，觀聽者覺層出不窮之妙。自來傳奇排場之勝，無過於此。」〔註38〕吳梅先生在《中國戲曲概論》中也表達了類似觀點：「顧《桃花扇》、《長生殿》二書，僅論文字，似孔勝於洪，不知排場布置、宮調分配，昉思遠駕東塘之上」，他還稱《長生殿》「盡善盡美，傳奇家可謂集大成矣」〔註39〕。今人對於《長生殿》乃「一部鬧熱《牡丹亭》」的評語也不乏眞知灼見，從理解的角度與思路上，也可以看出《長生殿》研究所走過的軌迹。〔註40〕

〔註37〕章培恒著：《洪昇年譜》〔M〕，上海：上海古籍出版社，1979年2月版，第360頁。

〔註38〕王季烈撰：《螾廬曲談》〔A〕，俞衛民、孫蓉蓉編：《歷代曲話彙編·近代編》（第一集）〔M〕，安徽：黃山書社，2009年3月版，第421頁。

〔註39〕以上兩段引文分別見吳梅著、江巨榮導讀：《顧曲麈談·中國戲曲概論》〔M〕，上海：上海古籍出版社，2000年5月版，第187頁、第192頁。

〔註40〕1987年在中山大學中文系舉辦的《長生殿》討論會上，王永健在談到「鬧熱《牡丹亭》」這個問題上指出：「《長生殿》之所以被被稱爲『鬧熱《牡丹亭》』，就是因爲既歌頌了男女之情，又讚美了臣忠子孝，是一部『借離合之情，寫興亡之感』的作品，換句話說，洪昇的時代，需要的並非《牡丹亭》一類『情至』的頌歌，而是『鬧熱《牡丹亭》』即《長生殿》之類『情』的頌歌。」（中山大學中文系編：《長生殿討論集》〔C〕，北京：文化藝術出版社，1987年8月，第23頁。）劉輝的觀點與王永健的相互應和，認爲《長生殿》之所以寫情優於《牡丹亭》，就在於「把愛情放在廣闊的社會背景中」，「和政治生活緊密地聯繫在一起」。（同上，第15頁。）此時對《長生殿》評論的視角還停留在文本的解讀和分析上，沒有和實際的演出情境相結合。因此雖有宏觀上的把握，但跟戲曲演出本身的結合還不夠緊密。隨著戲曲批評理論和視角的成熟與拓寬，華瑋在《如何理解「鬧熱〈牡丹亭〉」》一文中，結合劇目搬演和清代時俗風尚來分析，這樣得出的結論則顯得紮實得多。（葉長海主編：《〈長生殿〉演出與研究》〔C〕，上海：上海文藝出版社，2009年4月版，第256～265頁。）這二者之間立論視角的變化，也是《長生殿》研究在這20多年來不斷摸索、拓展的體現。

早在上個世紀六十年代，臺灣學者曾永義先生就對《長生殿》的排場，進行過系統深入地研究。對於「排場」一詞，曾先生有著明確的定義：

> 就傳奇的結構來說，故事情節的剪裁布置固然很重要，但更爲重要的，則莫過於場面的安排。因爲它是將故事的情節，籍著角色的搬演，以具體的方式表現出來。而其所表現的喜怒哀樂與場面分配的關鍵，則又完全依存於套數的配搭。〔註41〕

在談到其研究方法時，曾先生寫道：

> 先將每齣的套數列舉出來，而在每支曲子底下，注明各角色演唱的情形，如此就可以大略看出該折所表現的場面，同時也標出所屬分場的類別，並注明各套數所取協的韻部。然後再約略說明該齣關目的承遞與排場和聯套的關係。而在聯套與排場上，對於前人有所承襲者，或對於後世有所影響者，亦略加提示，以見其淵源沿襲之脈絡。〔註42〕

曾先生對《長生殿》排場的研究，堪稱是對《長生殿》演出的一次場景還原。他將劇作中的曲牌，演員的表演及詞曲中蘊含的深意，結合起來進行分析，對舞臺演出本身具有較強的指導意義。尤其難能可貴的是，曾先生還梳理了《長生殿》在排場上的承襲之處，及其對後世劇作的影響，填補了大陸學者在同領域研究上的空白。

本書將以「鬧熱」爲線索，對《長生殿》的情節、表演及人物形象進行綜合研究。在本章以下幾節的論述中，不免也要涉及到有關排場的問題。與曾先生的研究方法不同，筆者主要從全劇的情節結構入手，綜合運用文藝民俗學、審美心理學以及文史互證等手法，著力揭示《長生殿》是如何在洪昇的筆下「鬧熱」起來的。抓住《長生殿》「鬧熱」背後的文化機理，無疑對該劇的舞臺搬演也是大有裨益的。

1.2 李、楊愛情從宮闈走向世俗的民俗化建構——洪昇對素材的「輕抹」和「重描」

洪昇在《長生殿・自序》中寫道「凡史家穢語，概削不書，非曰匿瑕，

〔註41〕曾永義著：《〈長生殿〉研究》（增訂本）〔M〕，臺北：臺灣商務印書館，1980年2月版，第93頁。

〔註42〕同上，第94頁。

亦要諸詩人忠厚之旨云爾」。在《長生殿・例言》中他又一次聲明：

> 史載楊妃多污亂事，予撰此劇，止按白居易《長恨歌》、陳鴻《長恨歌傳》爲之。而中間點染處，多採《天寶遺事》、《楊妃全傳》。若一涉穢迹，恐妨風教，絕不闌入，覽者有以知予之志也。〔註43〕

在中國戲曲史上，以李、楊愛情爲題材的作品至遲在宋、金對峙時期就已經搬上舞臺了〔註44〕，在《長生殿》問世之前，算上王伯成的《天寶遺事諸宮調》（殘），至今我們能夠完整看到的有：元代白樸的《唐明皇秋夜梧桐雨》，明代無名氏的《驚鴻記》和屠隆的《彩毫記》，清代尤侗、張韜的同題雜劇《清平調》，以及孫郁的《天寶曲史》這幾種〔註45〕。也許，在洪昇生活的時代，如今讀者們看不到的那些劇本，他也曾都讀過。因此，《長生殿》的創作便有了對過去作品的借鑒，尤其是對其中失敗教訓的吸取和總結。劇本在歲月流逝中佚失，從一個側面證明其本身藝術生命力的薄弱。洪昇在藝術上的敏銳判斷，使得他的作品卓爾不群，其最重要的表現就是「刪除穢事」，這就是本書所說的被洪昇「輕抹」了的素材。

一般說來，戲曲及筆記小說中楊玉環的「穢事」，主要集中在以下幾個方面：一、楊玉環出自壽王邸。這其實根本不是她的問題，其實質應當是李隆基強佔兒媳後落下的話柄。但在皇權至高無上的封建社會，只能由楊玉環來替他背「黑鍋」了；二、安、楊私情。這又是由「祿山拜楊妃爲母」及「貴妃洗兒」等材料引發的，文人們的捕風捉影〔註46〕。安祿山處心積慮，一心

〔註43〕以上兩則引文出自吳毓華編著：《中國古代戲曲序跋集》〔M〕，北京：中國戲劇出版社，1990年8月版，第393頁、第394頁。

〔註44〕徐朔方撰：《長生殿》前言〔A〕，〔清〕洪昇著、徐朔方校注：《長生殿》〔M〕，北京：人民文學出版社，1983年10月版，第10頁。

〔註45〕散失劇目及殘卷有：南宋戲文《馬踐楊妃》、金院本《梅妃》；元代作家的雜劇作品有：關漢卿的《唐明皇哭香囊》、白樸的《唐明皇遊月宮》、岳伯川的《羅光遠夢斷楊貴妃》、庾天錫的《楊太眞霓裳怨》、《楊太眞華清宮》等。（徐朔方撰《長生殿》前言〔A〕，洪昇著、徐朔方校注：《長生殿》〔M〕，北京：人民文學出版社，1983年10月版，第9頁～第10頁）。另有明傳奇佚曲目鈎沈中戴子晉撰《青蓮記》；清代劇目補錄中有：蔣士銓撰雜劇《採石磯》、許廷錄撰雜劇《蓬壺怨》等。

〔註46〕有關「祿山拜母」、「貴妃洗兒」的內容，參看《安祿山事迹》（卷上），〔唐〕〔姚汝能撰：《安祿山事迹》〔M〕，北京：中華書局，2006年3月版，第76頁、第82頁。〔宋〕司馬光撰、〔元〕胡省三音注：《資治通鑒》（第八冊）〔M〕，北京：中華書局，1956年3月版，第6877頁、第6903頁亦有記載，兩書所載內容相似。

謀反，而宮中耳目眾多，與楊玉環私通，豈不是「自毀長城」。《資治通鑒》對於安祿山的謀反作了如下評論：

> 安祿山專制三道，陰蓄異志，殆將十年，以上待之厚，欲俟上晏駕然後作亂。會楊國忠與安祿山不相悅，屢言祿山且反，上不聽；國忠數以事激之，欲其速反以取信於上。祿山由是決意遽反。〔註47〕

所以，白樸《梧桐雨》「楔子」中安祿山所云：「別的都罷，只是我與貴妃有些私事，一旦遠離，怎生放的下心」，以及第二折中的詩云：「統精兵直指潼關，料唐家無計遮攔。單要搶貴妃一個，非專爲錦繡江山」〔註48〕。簡直是對史書上人物形象的徹底顛覆，堪稱敗筆；李隆基「月下盟誓」，「秋夜思妃」也因此失去了打動人心的情感力量。這就是藝術創作「涉穢」之後，產生的惡劣影響；三、李隆基、楊玉環、梅妃還有虢國夫人之間的多角關係。首先，歷史學家已經證明梅妃並無其人〔註49〕，至於虢國夫人與李隆基的關係，康保成先生也從民俗學的角度加以解釋，是上古姊妹共夫風俗的遺存，「三月三」上巳節俗的特許，也算不上穢事〔註50〕。文人們極盡所能對宮闈穢事加以想像，並訴諸筆端極力描摹，以滿足自身及觀眾的窺私欲望，這是在長期封建專制社會中畸形人格的體現，對宮廷秘文化的津津樂道，正是文人士子在黯淡現實中，心理上的一種「失代償」。這些文藝作品中格調低下的部分，恰恰是不能爲洪昇所接受的。

《長生殿・例言》中，作者在提到如何處理楊玉環「污亂事」之前，就表明了創作理念——「專寫釵盒情緣」〔註51〕。《長生殿・傳概》一出更是題旨醒豁：

> 〔南呂引子・滿江紅〕〔末上〕今古情場，問誰個眞心到底？但果有精誠不散，終成連理。萬里何愁南共北，兩心那論生和死。笑

〔註47〕〔宋〕司馬光撰、〔元〕胡省三音注：《資治通鑒》（第八冊）〔M〕，北京：中華書局，1956年3月版，第6934頁。

〔註48〕〔元〕白樸著：《唐明皇秋夜梧桐雨》，徐徵等主編：《全元曲》（第二卷）〔M〕，石家莊：河北教育出版社，1998年8月版，第771頁、第780頁。

〔註49〕許道勳、趙克堯著：《唐玄宗傳》〔M〕，北京：人民出版社，1993年1月版，第364頁～第366頁。

〔註50〕康保成撰：《〈長生殿〉箋注》前言，康保成、〔日〕竹村則行箋注：《〈長生殿〉箋注》〔M〕，鄭州：中州古籍出版社，1999年2月版，第11頁。

〔註51〕吳毓華編著：《中國古代戲曲序跋集》〔M〕，北京：中國戲劇出版社，1990年8月版，第394頁。

> 人間兒女悵緣慳，無情耳。感金石，迴天地。昭白日，垂青史。看臣忠子孝，總由情至。先聖不曾刪《鄭》、《衛》，吾儕取義翻宮、徵。借太眞外傳譜新詞，情而已。

既然是寫情，寫的是男女眞情，還要涉及到君臣之情，自然要以「專一」爲上，否則，不要說男女之情不可靠，君臣之情也要亂了套。洪昇「刪穢」的做法得到了普遍的讚揚，毛奇齡說得好：

> 唐人好小說，爭爲烏有。而史官之學，率摭而入之正史。獨是詞不然，誣罔穢褻概屏之而勿之及。與世之所爲淫詞豔曲者不大相類。〔註 52〕

根據以上引文，可以得出兩點結論：一、正史未必就是信史。小說，甚至於民間傳說，都有可能進入正史系統得以流傳；二、《長生殿》的獨特性，就在於作家藝術立意的深邃高遠，創作的興奮點不在「淫」、「豔」之上，方成就作品「爲千百年來曲中巨擘」〔註 53〕的美譽。

不過歷史學家對洪昇對素材的「輕抹」之舉，倒有另一番說法：

> 自宋以後，至明清，更有人把楊太眞本壽王妃這一事實，視爲「新臺之惡」。甚至連洪昇也不能不顧及這種輿論……可見，「風教」是何等的厲害，楊貴妃背上「污亂」的倫理包袱又是何等的深重！白居易爲了塑造愛情主角形象，故意不提壽王妃。而洪昇爲了預防別人在「風教」上的指責。刪去了《梧桐雨》中貴妃來自壽王邸的說明……楊妃的穢迹被抹掉了，劇作者忐忑不安的心也就放下了。〔註 54〕

這個提法頗値得商榷：一、把洪昇主動刪去楊玉環「穢事」的藝術創舉，變成了循規蹈矩，唯恐受到輿論指責的無奈之舉。這樣一來，洪昇的藝術創作精神與創作主題都要大打折扣了，這未免失之公允；二、孫郁和洪昇是同時代的劇作家，他撰寫的《天寶曲史》沒有免俗，也是「涉穢」之作。但是趙沄的《天寶曲史・序》一上來就先慨然歎曰：「此風人遺意也，不當作傳奇觀」，

〔註 52〕吳毓華編著：《中國古代戲曲序跋集》〔M〕，北京：中國戲劇出版社，1990 年 8 月版，第 407 頁。

〔註 53〕〔清〕梁廷枏：《曲話》卷三〔A〕，俞衛民、孫蓉蓉編：《歷代曲話彙編・清代編》（第四集）〔M〕，安徽：黃山書社，2008 年 9 月版，第 36 頁。

〔註 54〕許道勳、趙克堯著：《唐玄宗傳》〔M〕，北京：人民出版社，1993 年 1 月版，第 606 頁～第 607 頁。

一下子就拔高了作品的藝術地位，至於「涉穢」的部分，趙沄也自有其解釋：

> 乃（筆者認爲是「及」字之誤）予細按其關目，則雪崖更有深旨焉。唐詩曰：「薛王沉醉壽王醒。」移宮之後，不將壽王情緒細寫數闋，非爲瀆倫者諱乎：暗締之後，不入洗兒狂蕩之態，非爲宮闈存大體乎……至於《私媾》、《遣遣》二折，直從家長事中揣摩，擬議而出，情景逼眞，神色俱見。〔註 55〕

從以上引文不難看出，當時的文人對以往屢次提及的這些宮闈豔史依舊不願放過，傳奇作者與評論者都不見半點「忐忑不安」的感覺，甚至連閃爍其詞都沒有，怎麼一到洪昇這兒就理不直，氣不壯了呢？因此，問題的關鍵並非在於此，這還是要聯繫洪昇實際的創作主旨與內容來談，才能得出相對可靠的結論。

《長生殿》寫的是李、楊愛情，而且是非常特殊的帝妃之愛，「刪除穢事」只是爲描寫他們之間眞摯的愛情，掃除了第一個障礙，接下來，如何使這段情感「感金石，迴天地。昭白日，垂青史」，且達到舞臺搬演的「鬧熱」效果，則是考驗劇作家智慧和才華的地方了。陳勤建先生的這幾段話正是爲洪昇的藝術創作作了理論歸納：

> 我們發現情感後面有一個更深邃廣闊的背景：即是沉澱於其間，成爲情感核心框架的民俗文化。是他在用特種遺傳密碼，創造著相似情感的千姿百態。
>
> 文藝要描寫人的情感，但是人的情感不是抽象的某種精神模式。任何一種情感都受到其承受者具體獨特的文化功能制約。寫情感而不打上情感的民俗文化密碼，這種情感勢必要成爲政治傳聲筒的變種。〔註 56〕
>
> 只有紮根於民間土壤的文藝作品，才有其頑強的生命力；只有在民俗文化框架中的情感描摹，才顯得眞實可感。

陳勤建先生在談到「唐傳奇」時就提出：

> 我們細心考察這些頂著某某大名的傳奇作品，雖然大都成於文

〔註 55〕〔清〕趙沄撰：《天寶曲史・序》〔A〕，吳毓華編著：《中國古代戲曲序跋集》〔M〕，北京：中國戲劇出版社，1990 年 8 月版，第 366 頁～第 367 頁。

〔註 56〕陳勤建著：《文藝民俗學》〔M〕，上海：上海文化出版社，2009 年 7 月版，第 56 頁、第 57 頁。

> 人之手，但與純文人創作有很大區別。在這些傳奇作品的內裏，多有一些社會上不脛而走的民俗傳說故事作軀乾和原型，正是它們被廣泛採擷，運用到傳奇作品中，從而使唐傳奇孤標獨秀脫穎而出，邁出了關鍵的一步。〔註 57〕

在談及《長恨歌》與《長恨歌傳》時，他論述道：

> 《長恨歌》、《長恨歌傳》世有傳而書無錄，怕「與世消沉，不聞於世」才作歌、作傳的。這正說明了民眾俗說被文人有意加工編創的實際。〔註 58〕

洪昇創作《長生殿》的理念與「歌」、「傳」相仿，摒棄了前人戲曲與小說中對於宮闈戀情的「污穢」想像，著力把李、楊之間的帝妃之愛，按照世俗間男女之情的模式來描寫，同時將兩人的情愛與民俗文化背景相結合，使得這種情感本身有了廣闊深邃的背景〔註 59〕。下文，筆者將用貫穿全劇始終的「釵盒情緣」和「牛、女神話」爲例進行論證，看洪昇是如何讓宮闈中的帝妃之戀通過民俗文化的點染走向民間世俗，並在舞臺搬演時產生「鬧熱」效果的。

洪昇的《長生殿》「專寫釵盒情緣」，所以與「釵盒情緣」有關的歷史記載及民俗文化意義，是洪昇對素材著力「重描」的第一個對象。「釵盒定情」之事，《長恨歌傳》、《楊太眞外傳》中均有提及〔註 60〕。歷史學家認爲這段情節「就塑造藝術形象來說，是必不可缺的，實在太重要了。然而就史事而言，恐怕是經不起推敲的，甚至說根本沒有那麼一回事。」〔註 61〕吳舒鳧在評點

〔註 57〕同上，第 198 頁。

〔註 58〕同上，第 200 頁。

〔註 59〕翁敏華的《論李、楊愛情的世常化表現——〈長生殿〉民俗文化管窺》，是最近學界在這個問題上，具有代表性的一篇學術論文。文章分別從李、楊「釵盒情緣」與民間愛情信物，楊妃「獻髮」與頭髮的民俗意義，楊妃「鬧閣」與夫妻吃醋，李、楊「七夕盟誓」與婚俗文化，李隆基「哭像」與民間「歌哭」，這幾個角度來闡述李、楊愛情的世常化。（葉長海主編：《〈長生殿〉演出與研究》〔C〕，上海：上海文藝出版社，2009 年 4 月版，第 234 頁～第 246 頁。）上文論述過的內容，本書將不再重複，有些內容只是加以補充。

〔註 60〕參看〔五代〕王仁裕等撰、丁如明輯校：《開元天寶遺事十種》〔M〕，上海：上海古籍出版社，1985 年 1 月版，第 125 頁、第 133 頁。內容分別是：「定情之夕，授金釵鈿合以固之」和「是夕，授金釵鈿合」。下文中出現的有關《長恨歌傳》及《楊貴妃外傳》的引文，皆出於此版本，本書不再出注。

〔註 61〕許道勳、趙克堯著：《唐玄宗傳》〔M〕，北京：人民出版社，1993 年 1 月版，第 329 頁。

《長生殿・重圓》，這一齣時寫道：

> 釵盒自定情後凡八見：翠閣交收，固寵也；馬嵬殉葬，志恨也；墓門夜玩，寫怨也；仙山懈息，守情也，璿宮呈示，求緣也；道士寄將，徵信也；至此重圓結案。大底此劇以釵盒爲經，盟言爲緯，而借織女之機梭以織成。嗚呼，巧矣。〔註 62〕

「釵盒」作爲象徵李、楊愛情的信物，伴隨二人生死離合，最後月宮團圓，在劇中確實起到了穿針引線的作用，這是毋庸置疑的。只是，「釵盒」自定情後的「八見」，基本上都集中在全劇的下半部分，這就是一個非常值得探討的問題，還是需要從民俗文化的角度出發，才能找到答案：

> 〔水紅花〕向高岡一謎下鍬鋤，認當初，白楊一樹。怕香銷翠冷伴蚍蜉，粉肌枯，玉容難?。（眾驚介）掘下三尺，只有一個空穴，並不見娘娘玉體！早難道爲雲爲雨，飛去影都無，但只有芳香四散襲人裾也囉。〔淨〕呀，是一個香囊。〔丑〕取來看。〔淨遞囊，丑接看哭介〕我那娘娘呵，你每且到那廂伺候去。〔眾應下〕〔丑啓生介〕啓萬歲爺：墓已啓開，卻是空穴。連裹身的錦褥和殉葬的金釵、鈿盒都不見了。只有一個香囊在此。〔生〕有這等事！〔接囊看大哭介〕呀，這香囊乃當日妃子生辰，在長生殿上試舞《霓裳》，賜與他的。我那妃子呵，你如今卻在何處也！
>
> ——《長生殿・改葬》

> 〔江神子〕〔別體〕我只道誰驚殘夢飄，原來是亂雨蕭蕭。恨殺他枕邊不肯相饒，聲聲點點到寒梢，只待把潑梧桐鋸倒。高力士，朕方才夢見兩個內侍，說楊娘娘在馬嵬驛中來請朕去。多應芳魂未散。朕想昔時漢武帝思念李夫人，有李少君爲之召魂相見，今日豈無其人！你待天明，可即傳旨，遍覓方士來與楊娘娘召魂。〔丑〕領旨。
>
> ——《長生殿・雨夢》

> 〔前腔〕〔旦淚介〕腸乾斷，淚萬絲。謝君王鍾情似玆。音容一別，仙山隔斷違親侍。蓬萊院月悴花憔，昭陽殿人非物是。漫自將咱一點舊情，倩伊回示。

〔註 62〕〔清〕洪昇著、李悔吾注釋：《長生殿》，王季思主編：《十大古典悲劇集》（下）〔M〕，山東：齊魯書社，1991 年 9 月版，第 911 頁～第 912 頁。

〔末〕貧道領命。只求娘娘再將一物，寄去爲信。〔旦〕也罷。當年承寵之時，上皇賜有金釵、鈿盒，如今就分釵一股，劈盒一扇，煩仙師代奏上皇。只要兩意能堅，自可前盟不負。〔作分釵盒，淚介〕侍兒，將這釵盒送與仙師。〔貼遞釵盒與末介〕〔旦〕仙師請上，待妾拜煩。〔末〕不敢。（拜介）

——《長生殿・寄情》

以上三段引文說的是，李隆基發現楊玉環墓中「釵盒」失蹤，然後倣仿漢武帝之法，讓楊通幽爲玉環招魂，最終楊玉環在蓬萊仙山出示「釵盒」，盼重續前緣。此事在陳鴻的《長恨歌傳》中有較大篇幅的記載，〔宋〕樂史的《楊太眞外傳》（卷下）也有所承襲。整個過程究其實質就是盛行於民間，尤其是上流社會的招魂返形巫術的實施。而「釵盒」這原本的定情信物，則是招魂復魄的重要媒介。胡新生在《中國古代巫術》中如是說：

用死者生前穿過的服裝招魂復魄是典型的接觸巫術。施術者相信死者接觸過的這件東西與亡靈之間仍舊保持著密切的關聯。在周代「復」禮中，通過服裝對死者施法分爲兩個步驟。現將魂魄召還到衣服上；再用衣服覆蓋屍體，使附著在衣服上的魂魄進入死者體內。對照接觸巫術的原理分析，前一步驟較爲原始，後一步驟可能是晚期的、續加的。〔註63〕

引文中招魂復魄之法用的媒介是「衣服」，但只要滿足接觸巫術的原理，「釵盒」其實是和「衣服」是一回事：即楊玉環在人間的肉身已形銷骨毀，「釵盒」就是其魂魄依託之處，楊玉環可以憑藉此依附物復活。這種巫術行爲到了明清之際，還大有愈演愈烈之趨勢，看來在民間還是頗有影響力的〔註64〕。

這種影響力，可以上溯到原始初民的復活信仰。在舊石器時代晚期，初民就已經有了靈魂的觀念和復活的信仰，他們普遍認爲靈魂不死，生命不息，與之相應的就產生了復活神話。吳天明先生將此現象作如下理論上的歸納：

有了求生幻想和理性，有了大自然「復活」的經驗，又有了自己做夢的經驗，初民的靈魂觀念就會產生，復活信仰與復活神話也就隨之產生了。〔註65〕

〔註63〕胡新生著：《中國古代巫術》〔M〕，山東：山東人民出版社，1998年12月版，第336頁～第337頁。

〔註64〕同上，第345頁～第346頁。

〔註65〕吳天明著：《中國神話研究》〔M〕，北京：中央編譯出版社，2003年1月版，第110頁。

復活神話從本質上說是初民對於永生的希望和渴求，李隆基與楊玉環月宮重聚的情節，正是對其中昇天登仙神話的借鑒。當然，回到《長生殿》演出本身來說，老百姓關注的並非是巫術本身，他們從心底還是希望不幸的楊玉環能夠死而復生。正因爲如此，楊玉環出逃，甚至流亡日本的各種民間傳說，在馬嵬坡事件後不久便流傳並盛行於民間，寄託了人們美好的希望和深切的同情。

在《長生殿》中，楊貴妃之死出現在《埋玉》一齣，正好是劇情發展到一半的地方。而關於本劇後面一半的內容，有些劇評家的評論並不甚高：清代葉堂評論此劇時就談到：「《長生殿》依傍《長恨傳》及《長恨歌》成篇，與開寶逸事，摭採略遍，故前半篇每多佳製，後半篇則多出稗畦自運，遂難出色。」〔註 66〕日本學者青木正兒對此頗爲贊同：「下半至楊妃死後仙界事，關目冗雜，可刪者不少」。他還進一步從理論上指出其中原委：

> 蓋戲文自《琵琶記》以來，有分爲上下兩卷之例。此劇以《埋玉》——埋楊妃屍——一齣，爲上卷卷尾，下卷則以仙界事爲主，以結構上須與下卷均衡，強撚無用之關目，遂至出現此種冗漫也。不僅此劇，凡幾多傳奇卷下之關目終於冗漫弛緩者，多爲此也。〔註 67〕

董每戡先生對《長生殿》結構上的評論，也是承襲了以上的說法：

> 總的說來，整個劇本有一般傳奇常有的通病，不怕齣數多，不怕鋪敘詳。假使把它截到正戲第三十八齣「私祭」止，或第三十七齣「彈詞」止，結構完整、緊湊，人物形象也夠眞實、鮮明，不愧爲一代名作，要是照現本子所有的全劇爲五十齣的話，那就有不少多餘的東西……本劇正坐此病。〔註 68〕

以上的評論，都是從劇本的文學性角度出發進行評論。可是，一旦戲劇搬演與當地民俗文化相結合，事情就要變得繁複得多。因此對古代戲劇作品進行分析評論，要尤爲注意這個層面。日本學者田仲一成先生在經過長期的田野

〔註 66〕〔清〕葉堂撰：《納書楹曲譜卷四目錄》〔A〕，王秋桂主編：《善本戲曲叢刊第六輯・納書楹曲譜》〔M〕，臺北：臺灣學生書局，1988 年 11 月版，第 484 頁。

〔註 67〕〔日〕青木正兒著，王古魯譯著、蔡毅校訂：《中國近世戲曲史》〔M〕，北京：中華書局，2010 年 1 月版，第 281 頁。

〔註 68〕董每戡著：《五大名劇論》（下）〔M〕，北京：人民文學出版社，1984 年 12 月版，第 467 頁。

調查與案頭研究後，對明清之際江南宗族社會的演劇情況作了一番歸納和總結，值得引起我們重視，畢竟作者洪昇也是江南人氏：

> 中國的戲劇，特別是悲劇，發生於這樣一種禮儀：以村人對橫死未葬、尋求衣食而浮游空中的孤魂恐懼爲背景，僧侶道士對應於這一恐懼，對襲擊這些村莊的孤魂進行鎮撫……以屬於孤魂祭祀主要對象的英靈爲主人公的英雄鎮魂劇和以女性自殺者爲主人公的烈婦鎮魂劇，正是中國戲劇成立的初期形態。
>
> 孤魂是給村落帶來災害的東西，鎮撫它，對村子而言，是不可或缺的事務。通過神仙審判的孤魂超度，滿足了宗族村落的這一要求，也可以說爲維持村落的平穩加了一道護身符。〔註69〕

由這個角度看去，《長生殿》的結構也許正像葉長海先生所說的：「我個人認爲，洪昇下的功夫恰恰在後頭。前頭是把歷史的事情鋪敘一番，或者說，是一個拉長的序言。」〔註70〕後半部才是洪昇著力要表達的地方：《獻飯》、《聞鈴》、《哭像》、《見月》、《改葬》、《雨夢》等齣，圍繞著李隆基對楊玉環的思念與追悔展開；《冥追》、《情悔》、《神訴》、《仙憶》、《補恨》、《寄情》等則是圍繞著楊玉環個人的悔恨與追思展開，從劇本的文學角度上看，兩人通過各自心理上的救贖與掙扎，最終，月宮重聚，登上忉利天，遂成就大團圓的結局。但上文田仲先生用民俗學的理論對戲劇進行解讀的視角，又可以賦予《長生殿》後半部分另一層面上的意義：

> 〔縷縷金〕魂飛顫，淚交加。〔生〕堂堂天子貴，不及莫愁家。〔合哭介〕難道把恩和義，霎時拋下！（旦跪介）臣妾受皇上深恩，殺身難報。今事勢危急，望賜自盡，以定軍心。陛下得安穩至蜀，妾雖死猶生也。算將來無計解軍嘩，殘生願甘罷，殘生願甘罷！
>
> 〔旦〕陛下雖則恩深，但事已至此，無路求生。若再留戀，倘玉石俱焚，益增妾罪。望陛下捨妾之身，以保宗社。〔丑作掩淚，跪介〕娘娘既慷慨捐生，望萬歲爺以社稷爲重，勉強割恩罷。
>
> 〔軍吶喊介〕〔丑向前攔介〕眾軍士不得近前，楊娘娘即刻歸天

〔註69〕〔日〕田仲一成著，王文勳、雲貴彬譯：《明清的戲曲——江南宗族社會的表象》〔M〕，北京：北京廣播學院，2004年1月版，緒論第1頁、正文第315頁。

〔註70〕中山大學中文系編：《〈長生殿〉討論集》〔C〕，北京：文化藝術出版社，1987年8月版，第126頁。

了。（旦）唉，陳元禮，陳元禮，你兵威不向逆寇加，逼奴自殺。

〔註 71〕

以上三段引文均出自《長生殿・埋玉》，楊玉環兩次向皇上請求爲保護君王獻出生命，並且毅然赴死，堪稱爲國捐軀的烈女。再加上前半部分作者對楊玉環「穢事」的一概刪削，使得她的形象總體來說是比較正面的；而第三段文字則表現出楊玉環被逼赴死的無比忿恨，而死後又由於形勢危急，屍體只是被草草掩埋，可謂死不瞑目。在此基礎上，洪昇又爲楊玉環的鬼魂加上了「情悔」的獨白：

〔旦〕咳，我楊玉環，生遭慘毒，死抱沉冤。或者能悔前愆，得有超拔之日，也未可知。且住，〔悲介〕只想我在生所爲，那一樁不是罪案。況且弟兄姊妹，挾勢弄權，罪惡滔天，總皆由我，如何懺悔得盡！不免趁此星月之下，對天哀禱一番。〔對天拜介〕

〔前腔〕對星月發心至誠，拜天地低頭細省。皇天，皇天！念楊玉環呵，重重罪孽，折罰來遭禍橫。今夜呵，懺愆尤，陳罪眚，望天天高鑒，宥我垂證明。只有一點那癡情，愛河沈未醒。說到此悔不來，惟天表證。縱冷骨不重生，拚向九泉待等。那土地說，我原是蓬萊仙子・譴謫人間。天呵，只是奴家恁般業重，敢仍望做蓬萊座的仙班，只願還楊玉環舊日的匹聘！

劇中後半部分著重美化了楊玉環爲國捐軀之義舉：李隆基痛心「哭像」時的

〔註 71〕吳在慶的《朝鮮刻本〈樊川文集夾注〉的文獻价值——從一條稀見的楊貴妃資料談起》〔A〕，(《中國典籍與文化》〔J〕，第 36 期）中提到《夾註》卷二《華清宮三十韻》詩中「喧呼馬嵬血，零落羽林槍」，下注引《翰府名談・玄宗遺錄》的一段近千字的記載，其中關於貴妃之死的文字如下：貴妃泣曰：「吾一門富貴傾天下，今以死謝之，又何恨也！」遽索朝服見帝曰：「夫上帝之尊，其勢豈不能庇一婦人使之生乎？一門俱族而及臣妾，得無甚乎？且妾居處深宮，事陛下未嘗有過失，外家事妾則不知也。」帝曰：「萬口一辭。牢不可破。國忠等雖死，軍師猶未發，備子死以塞天下之謗。」妃子曰：「願得帝送妾數步，妾死無憾。」左右引妃子去，帝起立送之，如不可步而九反顧。作者經過考證，認爲這條資料的撰寫者很可能是中唐人士，其生活時代距離馬嵬事件並不遙遠，故此，這應該是一條頗具价值的文獻資料。與《長生殿・埋玉》一齣的唱詞相對照，兩者總体來說還是較爲吻合。其不同之處主要表現在：《翰府名談・玄宗遺錄》中，貴妃臨死前表明自己的忠心，並對君王的束手無策感到悲憤；而唱詞中，貴妃則把自己的一腔怨恨，傾瀉在陳玄禮身上。洪昇作如此改動，其目的還是從維護李、楊愛情的目的出發，著力謳歌他們之間至死不渝的愛情。

唱詞是：「今日呵，恨不誅他肆逆三軍眾，祭汝寒酸一國殤」；李龜年「彈詞」歎玉環：「一代紅顏爲君絕，千秋遺恨滴羅巾血」；永新、念奴清明「私祭」亦唱道：「那裡是西子送吳亡，錯冤做宗周爲褒喪」，這簡直就是爲楊玉環翻案之詞；連土地爺也向「神訴」，說楊玉環「生擦擦爲國捐軀」，如今蒙冤受屈，故「有怨氣一道，直衝霄漢」。最終，楊玉環在土地神、牛郎和織女的幫助下，得到了玉帝寬宥，得以復位仙班。這與田仲先生所描述的「通過神仙審判的孤魂超度，滿足了宗族村落的這一要求（鎮撫孤魂），也可以說爲維持村落的平穩加了一道護身符」基本相符。故論述到此，筆者推測《長生殿》後半部分在民間的演出，尤其是在江南宗族社會中，可以看作是以替楊玉環鎮魂爲核心展開的「鎮魂劇」，但由於洪昇文學化點染，所以顯得祭祀的意味不那麼明顯了而已。洪昇在《長生殿》「例言」中說得明白：「其《哭像》折，以哭題名，如禮之凶奠，非吉祭也。」〔註72〕所以「哭像」之「哭」也絕非一般意義上李隆基精神上的苦悶與宣泄，應該還有民俗文化和文化人類學層面的內容等待挖掘〔註73〕。

筆者還曾從李隆基這個道教皇帝的身份進行開掘，對《長生殿》後半部分的實際情況作如下推論：

> 筆者大膽假設，《長生殿》（尤其是後半部）就是一部道教儀式劇，主人公在預先無法預測的艱難歷程中，經歷了享樂——沉溺——墮落——醒悟——懺悔——飛仙，這樣一個艱苦的歷程，最後進入理想境界。支撐李隆基（眞人）和楊貴妃（仙子）最終修成正果的，表面上是「愛」，其實更寬泛地說，應該是一種信仰。「愛」只是中間的一個因素。〔註74〕

儘管，筆者對《長生殿》後半部分的解讀出現了兩種表面上不同的結論，但是，追根究底，兩者都是以民俗文化背景或視角得出的結論。「鎮魂」儀式其實也是屬於道教祭儀中的一種，兩者之間並不相悖〔註75〕。

〔註72〕〔清〕洪昇撰：《長生殿》例言〔A〕，吳毓華編著：《中國古代戲曲序跋集》〔M〕，北京：中國戲劇出版社，1990年8月版，第394頁。

〔註73〕本章第四節將對這個問題作詳細討論。

〔註74〕陳勁松撰：《道教文化與〈長生殿〉中的歲時節令——兼論唐玄宗的民間偶像化》〔A〕，謝柏梁、高福民主編：《千古情緣：〈長生殿〉國際學術研討會論文集》〔C〕，上海：上海古籍出版社，2006年12月版，第401頁。

〔註75〕李曉先生的《二十世紀的〈長生殿〉研究》中指出：「20世紀後半期，重視了對《長生殿》後半部戲的研究，但明顯地出現兩種相反的觀點：一種意見認

洪昇在寫「李、楊愛情」的同時，還屢次寫到了牛郎、織女這兩個民間喜聞樂見的傳說人物。天上的「牛、女」與地下的「李、楊」，這兩者之間的愛情故事是相互照應的：牛郎、織女愛情雖橫遭艱難阻隔，尙有一年一度的七夕相會。如果按照董每戡先生的說法，將劇作截在「私祭」或「彈詞」上，而略去李、楊月宮重聚的情節，那麼整個劇本的敘事結構就完全被破壞了，作者的良苦用心則無法得以展現。洪昇對素材第二個「重描」的地方，就是加重了牛郎、織女和土地神這三個角色的戲份，讓這三個角色成了劇中不可或缺的人物形象，前人的戲劇作品中皆未作此嘗試。在《長恨歌》中關於「牛、女」的詩句只有「七月七日長生殿，夜半無人私語時」。「牛、女」不僅沒有正面出現，還要依靠讀者對七夕節的聯想才能觸及；《長恨歌傳》和《楊太眞外傳》卷下均是通過楊玉環之口提到「牛、女」，跟李、楊「七夕密誓」聯繫在一起，只能算作是隻言片語。而土地神更是洪昇憑空添加的一個小人物，在前人的傳奇、筆記中均未出現。這三個角色的添加，頓時令整個劇目添色不少〔註76〕。他們三個，天上地下，齊心協力，共同幫助李、楊月宮團聚，「鬧熱」了全劇〔註77〕。

牛郎織女神話的形成，洪淑玲將其大致分爲先秦時代含藏基因的胚胎期，漢魏時代人形化與離別象徵發展的雛形期，魏晉時代相會之說與梁朝故事寫定的形成期〔註78〕。漢代是牛女神話世俗化演變的一個關鍵時期，李立歸結道：

爲是『敗筆』，一種意見認爲具有詩的意境，這跟主題研究的傾向性密切相關。」（《戲曲藝術》〔J.2000年第2期，第78頁。可見，這兩種觀點的形成，還是從劇本書學性的角度進行論證探討，沒有涉及具體演出的情況。熊晏櫻撰：《〈長生殿〉後半部分之我見》一文雖從正面肯定後半部分內容並從「昇華主題」、「增強深度」、「刻畫形象」幾個角度展開論述，但也是從文本出發，並未涉及舞臺搬演和民俗文化。(《文學教育》〔J〕，2008年10月，第22頁～第23頁。）本書的論述，正是對以往研究的一種補充。

〔註76〕牛郎與織女同時出現在劇中的有《密誓》和《慫合》這兩齣，織女單獨出現的還有《神訴》、《尸解》、《補恨》、《重圓》這幾齣；土地神出現在劇中的有《冥追》、《情悔》、《神訴》、《尸解》幾齣。

〔註77〕關於織女、土地神在劇中的形象及其作用，翁敏華的《四大節日，兩位神祇》一文中已經有詳細地論述。見謝柏梁、高福民主編：《千古情緣——〈長生殿〉國際學術討論會論文集》〔C〕，上海：上海古籍出版社，2006年12月版，第358頁～第365頁。本書主要從「牛女神話」的形成，直至成爲一種民間敘事模式，及其與李、楊愛情之間的關係作爲視角進行論述。

〔註78〕洪淑玲撰：《牛郎織女神話形成的脈絡》〔A〕，陶瑋選編：《名家談牛郎織女》〔C〕，北京：文化藝術出版社，2006年1月版，第36頁～第45頁。

> 綜上所述，牽牛、織女由星辰之名而發展演變爲世俗凡人的形象，並以兩情相悦、渴望長廝守的動人故事作爲神話的主要情節，這一方面説明了牛女神話在漢代得到了進一步的充實和完善，同時也説明了在發展、演變過程中逐步世俗化的事實。〔註 79〕

牛女神話在傳播過程中，結合當時的儒學教化，逐漸適應並迎合了民間大眾的審美文化心理，長時期地積澱逐漸形成了一種民間敘事模式。田富軍的《牛郎織女故事與仙女下嫁窮漢型新探》，就把牛女神話歸結爲仙女下嫁窮漢的敘事模式，把這種模式的形成歸結爲：「這對於飽受煎熬的中國下層人民來說是非常重要的，在這些故事中他們可以找到光明，找到希望，找到心靈中的期盼，甚至找到精神支柱……正因爲如此，勞動人民才能特別喜歡它，因而也具有很強的審美作用。」〔註 80〕在這篇文章中，還提到了與牛女神話結構相近的董永與織女的民間傳說，對於這個故事的流傳，有學者將其形成的雛形期概括爲四個階段：即東漢中晚期的畫像石，三國曹植的《靈芝篇》，晉干寶的《搜神記》和不遲於南北朝的《孝子傳》〔註 81〕，並同時指出，「而織女，應該從牛郎、織女的神話故事中展演出來」〔註 82〕。建國以後，黃梅戲《天仙配》的上演，更是讓董永與七仙女的故事家傳戶曉，其中促成董永與七仙女姻緣的正是土地神，在故事情節中替換了原先牛女神話中的老牛。土地神管理世間男女婚姻的神職，在戲曲中得以充分體現〔註 83〕。可見，對於民間故事元素的借用及改編，是戲曲演出成功的重要環節。程薔在《民間敘事模式與古代戲劇》一文從敘事者身份、發生的早晚、藝術的加工的自覺程度等角度，把民間敘事與文人敘事相對比，並指出：

> 民間敘事確實有它區別與文人敘事的種種特徵，這些特徵使民間敘事具有它的獨立性，而正因爲有獨立性，它才會產生對文人敘事的影響力，本文下面將要探討的模式化，也是民間藝術敘事的一種重要

〔註 79〕李立撰：《漢代牛女神話的世俗化演變》〔A〕，同上，第 51 頁。

〔註 80〕田富軍撰：《牛郎織女故事與仙女下嫁窮漢型新探》〔A〕，同上，第 126 頁。

〔註 81〕郎淨著：《董永故事的展演及其文化結構》〔M〕，上海：上海古籍出版社，2005 年 1 月版，第 12 頁。

〔註 82〕同上，第 40 頁。

〔註 83〕有關土地神的民俗文化意義及其在舞臺上的形象，可以參看翁敏華撰：《土地神崇拜及戲曲舞臺上的土地形象》〔A〕，翁敏華著：《中國戲劇與民俗》〔M〕，臺北：學海出版社，1997 年 12 月版，第 359 頁～第 382 頁。

特徵，它就曾對古代戲曲發生過種種滲透和不小的影響。〔註84〕

邱福慶在《中國愛情文學中的牛郎織女模式》一文對民間敘事的模式化就有精闢的論述：

> 中國的愛情文學在其開端就呈現出了極其明顯的特徵：上天入地，天、人、自然相通。而上天與入地在思維模式中是一致的。同時這兩個故事（另一個故事是《孔雀東南飛》）的結構模式也是完全相同的：兩情相悅——棒打鴛鴦——無奈相離——以另一種生命形態相聚。應該說，前三個環節是人間情愛情景的實象鋪敘，而後一個環節則很典型地表現出中國民族特有的情態方式。〔註85〕

將此段論述與《長生殿》中的李、楊愛情相對照，這二者之間是何其相似。洪昇對於牛女神話傳說及其敘事模式的「重描」，正是傳奇創作對民俗文化、民間敘事成功借鑒的明證。

以上的論述，還只停留在故事情節層面的探討，進一步深入下去，牛女神話還屬於世界民間故事中的「天鵝處女型」故事。鍾敬文先生曾指出「天鵝處女型」故事的十種模式：變形、禁制、洗澡、動物和神仙的幫助、仙境的淹留、季子的勝利、仙女居留人間、緣分、術士的預測、出難題〔註 86〕。前面的五個要素相對更爲典型。把《長生殿》中敘寫的李、楊愛情，與之一一相對照，相似點還眞是不少：首先，李、楊二人在劇中一個被附會爲孔昇眞人，一個被附會爲蓬萊仙子，都爲道教的仙人，因爲犯下過錯才被貶謫到人間：

> 〔仙女〕玉旨降。（貼捧玉旨上）織成天上千絲巧，綰就人間百世緣。〔生、旦跪介〕〔貼〕玉帝敕諭唐皇李隆基、貴妃楊玉環：「咨爾二人，本係元始孔昇眞人、蓬萊仙子。偶因小譴，暫住人間。今謫限已滿，淮天孫所奏，鑒爾情深，命居忉利天宮，永爲夫婦。如敕奉行。」

引文中的內容，可以視作李、楊「變形」——乃是由「仙」變「人」。

李、楊愛情的開端，還與一首曲子有關，那就是在《長生殿》中屢屢出

〔註84〕程薔撰：《民間敍事模式與古代戲劇》〔A〕，陳勤建主編：《文藝民俗學論文集》〔C〕，上海：上海文化出版社，2009 年 7 月版，第 192 頁～第 193 頁。

〔註85〕邱福慶：《中國愛情文學中的牛郎織女模式》〔A〕，陶瑋選編：《名家談牛郎織女》〔C〕，北京：文化藝術出版社，2006 年 1 月版，第 107 頁。

〔註86〕鍾敬文撰：《中國的天鵝處女型故事》〔A〕，同上，第 27 頁～第 35 頁。

現的《霓裳羽衣曲》。宋樂史《楊太眞外傳》中記載：「是月，於鳳凰園冊太眞宮女道士楊氏爲貴妃，半後服用。進見之日，奏《霓裳羽衣曲》。」在劇中，楊玉環還是《霓裳羽衣曲》的譜曲者和《霓裳羽衣舞》的表演者。〔註87〕「霓裳羽衣」在道教文化中是神仙道士的服裝，《霓裳羽衣曲》是道教從古老宗教儀式傳統中沿襲而來，以服飾命名的一種樂曲。舞者在表演霓裳羽衣舞時，會作出玉鸞展翅收翅、白鶴引頸長鳴等動作，這兩種動物在道教文化中是以神仙的使者或運載工具的面目出現〔註88〕。這樣一來，舞者就與白鶴、玉鸞這樣的道教神物聯繫在了一起：舞者起舞時，就仿似「羽衣」加身，兩者融爲了一體；表演一旦停止，就仿似脫下了「羽衣」，就這個角度來看，它和「天鵝處女型」故事中女鳥化爲女郎的故事元素，還是頗爲相似的。

其次就是禁制。鍾敬文先生是這樣闡述的「禁制」的：

> 天鵝處女型故事中的女鳥的羽毛或仙女的衣裳被人所藏匿，便不能不受人的支配。一直到他重得了羽毛或衣裳，才恢復了原來的自由。這是顯然的禁制思想的表現。〔註89〕

這種思想上的禁制，還可以體現在織女「廢織」的故事上：

> 天河之東有美麗女人，乃天帝之子，機杼女工，年年勞役，織成雲霧綃縑之衣，辛苦無歡悅，容貌不暇整理，天帝憐其獨處，嫁與河西牽牛之夫婿，自後竟廢織紝之功，貪歡不歸，帝怒責歸河東，但使一年一度相會。〔註90〕

織女因婚後「廢織」，被天帝責令歸河東這個情節，與當時社會的經濟背景有一定關聯，「反映了農民在封建社會中的身體所受的束縛，以及他們得不到自由的苦悶」〔註91〕。而《長生殿》中李、楊之愛受到「禁制」的主要原因則是李隆基「廢政」：

> 〔大石引子·東風第一枝〕〔生扮唐明皇引二內侍上〕端冕中天，

〔註87〕以上內容可以參看《長生殿》《製譜》和（《舞盤》）兩齣。

〔註88〕詹石窗著：《道教文化十五講》〔M〕，北京：北京大學出版社，2003年1月版，第341頁。

〔註89〕鍾敬文撰：《中國的天鵝處女型故事》〔A〕，陶瑋選編：《名家談牛郎織女》〔C〕，北京：文化藝術出版社，2006年1月版，第28頁。

〔註90〕〔明〕張鼎思撰：《代醉編》卷一「織女條」，〔明〕陶珽編：《說郛》續四十六卷，清順治三年李際期宛委山堂刻本九行二十字白口左右雙邊。

〔註91〕羅永麟撰：《試論〈牛郎織女〉》〔A〕，陶瑋選編：《名家談牛郎織女》〔C〕，北京：文化藝術出版社，2006年1月版，第65頁。

垂衣南面，山河一統皇唐。層霄雨露回春，深宮草木齊芳。昇平早奏，韶華好，行樂何妨。願此生終老溫柔，白雲不羨仙鄉。韶華入禁闈，宮樹發春暉。天喜時相合，人和事不違。《九歌》揚政要，《六舞》散朝衣。別賞陽臺樂，前旬暮雨飛。朕乃大唐天寶皇帝是也。起自潛邸，入纘皇圖。任人不二，委姚、宋於朝堂；從諫如流，列張、韓於省闥。且喜塞外風清萬里，民間粟賤三錢。眞個太平致治，庶幾貞觀之年，刑措成風，不減漢文之世。近來機務餘閒，寄情聲色。

李隆基乃是一代明君，但是到了晚年，也不免要寄情於聲色。朝綱廢弛，姦佞當道，以致大唐江山險些毀於一旦。李、楊二人也只能陰陽相隔，互訴衷情。將這兩個故事對照一番，織女「廢織」與明皇「廢政」，最終都造成了情感上難以彌補的缺憾。雖然從表面上看兩者之間存在很大的區別，但其內核是一樣的：女性「廢織」或是男性「廢耕」，與君王「廢政」一樣，都要受到上天（天帝）的懲罰。這既是普通民眾及士人階層都能夠接受的價值判斷，也可以看作洪昇在委婉地揭示南明王朝滅亡的原因。

「洗澡」這一「天鵝處女型」故事要素，在李、楊愛情故事中，更是佔據了非常重要的地位。白居易《長恨歌》中就有對楊玉環出浴的描摹：「春寒賜浴華清池，溫泉水滑洗凝脂；侍兒扶起嬌無力，始是新承恩澤時。」〔註92〕浴後的玉環千嬌百媚，立即征服了君王的心，宮中其他的嬪妃美人頓時黯然失色。《長恨歌傳》對楊玉環這個「浴美人」形象如此描述道：「別疏湯泉，詔賜藻瑩，既出水，體弱力微，若不任羅綺。光彩煥發，轉照動人」。《長生殿》中李、楊「定情」也同樣是從「華清賜浴」開始的：

朕乃大唐天寶皇帝是也……昨見宮女楊玉環，德性溫和，丰姿秀麗。卜茲吉日，冊爲貴妃。已曾傳旨，在華清池賜浴，命永新、念奴伏侍更衣。即著高力士引來朝見，想必就到也。〔玉樓春〕〔丑扮高力士，二宮女執扇引，旦扮楊貴妃上〕恩波自喜從天降，浴罷妝成趨彩仗。〔宮女〕六宮未見一時愁，齊立金階偷眼望。

劇中李、楊愛情陡起波瀾則是發生在三月三「禊遊」：

〔註92〕朱金城箋校：《白居易集箋校》〔M〕，上海：上海古籍出版社，1988年12月版，卷一二，第659頁。下文引用白居易的《長恨歌》均出自此版本，本書不再出注。

〔雙調引子・賀聖朝〕〔丑上〕崇班內殿稱尊，天顏親奉朝昏。金貂玉帶蟒袍新，出入荷殊恩。咱家高力士是也，官拜驃騎將軍。職掌六宮之中，權壓百僚之上。迎機導窾，摸揣聖情；曲意小心，荷承天寵。今乃三月三日，萬歲爺與貴妃娘娘遊幸曲江，命咱召楊丞相併秦、韓、虢三國夫人，一同隨駕。不免前去傳旨與他。傳聲。報戚里，今日幸長楊。〔下〕

高力士所說的「三月三」，魏晉以前，稱爲上巳節。原本是一種全民參與的巫祭活動，最初由女巫主掌。上巳節的主題是祈求子嗣和長壽，以此爲核心，人們展開了祓禊沐浴、招魂續魄、跳儺驅疫、歌舞狂歡、男女春嬉等一系列豐富多彩的節慶活動。其最早表現形式就是男女共浴。魏晉以後，上巳節改爲三月三。由於中原理性文明的加強和滲透，男女共浴的古俗逐漸讓位於娛樂性活動，如踏青、遊春、蕩秋韆、放風箏等，祓禊已退居次要地位，求子儀式日趨消失，而祓禊又爲遊春所取代，《長生殿・禊遊》一齣就是由杜甫的《麗人行》一詩，以及李隆基遊幸華清宮的史實捏合而成的。所以，劇中雖然沒有正面寫貴妃出浴，但卻暗含著沐浴的元素在裏面。

李、楊愛情的高潮是七夕盟誓（《密誓》），而前一齣安排的卻是宮女「窺浴」，借永新、念奴的之口描摹李、楊共浴的場景：

〔二犯掉角兒〕〔掉角兒〕出溫泉新涼透體，睹玉容愈增光麗。最堪憐殘妝亂頭，翠痕乾晚雲生膩。（老旦、貼與生、旦穿衣介）〔旦作嬌軟態，老旦、貼扶介〕〔生〕妃子，看你似柳含風，花怯露。軟難支，嬌無力，倩人扶起。

徐朔方先生認爲本齣戲描寫猥褻，「是書中的缺點」〔註 93〕。但是，如果從民俗文化的視角來看，這個結論未免下得過於輕率。以牛女傳說爲例，對於二者的結合，現在家喻戶曉，耳熟能詳的一則傳說是這樣敘述的：

織女是王母娘娘的外孫女（天孫），在天上織雲彩，或織雲錦天衣；牛郎是人間的放牛郎，每天受兄嫂的虐待苦不堪言。一日老牛告訴牛郎，天上的織女要和她的姊妹——仙女們到銀河洗澡，叫他去取來她脫下的羽衣，要求和她結婚。牛郎照樣做了。織女的衣服被人拿走再不能起飛，況在古人觀念中，裸體被男人看見，只好嫁給他。〔註 94〕

〔註 93〕〔清〕洪昇著、徐朔方校注：《長生殿》第 115 頁，注釋 1。

〔註 94〕轉引自汪玢玲撰：《織女傳說與中國情人節考釋》〔A〕，陶瑋選編：《名家談牛郎織女》〔C〕，北京：文化藝術出版社，2006 年 1 月版，第 240 頁。

無獨有偶，孟姜女的傳說中也有「裸浴成親」的元素。廣西象縣孟姜女的傳說是這樣敘述的：

> 范四郎爲秦始皇點去造長城，吃不慣苦，私下逃走。六月六日那一天，風俗上不論男女，爲要袚除炎熱晦氣，都要到蓮塘洗澡。孟家女在家中蓮塘舉行袚除，剛剛解開羅裙，忽見對面塘邊有一男子伸首私窺。她因私處已給他瞧見，除死以外只有嫁給他一法，就嫁與了。〔註 95〕

前文提到《長生殿》中的「禊遊」乃是春季袚禊，而此處提到的「六月六」則是秋季袚禊。康保成先生對於六月六日袚禊習俗的形成作了如下論述：

> 上古袚禊的主要活動是在河中沐浴。這需要兩個條件，一是要有水，二是氣候要溫暖。而在上巳節沐浴顯然是不適宜的，尤其在北方……故漢唐以來上巳節是較少沐浴，氣候變遷是其原因之一。〔註 96〕

他還進一步論述道：

> 顯然，孟姜女六月六下池沐浴擇偶，較之童叟浴於河、洗百病，更接近於上古袚禊的本意。然而，下池沐浴也出於避暑納涼的需要……歸根結底，民間不大理會禮教的束縛，保持了裸浴擇偶的古俗，卻又聰明地把時間選在盛夏，既納涼又擇偶，一舉兩得。〔註 97〕

這段論述充分體現了民間習俗的傳承性和變異性，而以上這兩則傳說也因爲「沐浴」這個元素，有了明顯的交集：從類型上說，它們都屬於天鵝處女型故事；從內容上說，它們都反映了上古先民「裸浴結親」的擇偶古老婚俗。巫瑞書對於孟姜女傳說的論述則更富有文化上的廣延性：

> 從母系社會盛行的女性生殖器崇拜到氏族外婚制的「野合而婚」；從父系社會氏族流行的祖靈崇拜到以人爲犧牲；從自然崇拜、靈物崇拜到圖騰崇拜、鬼魂信仰；從原始人的道德觀念（自發的狹隘的集體思想、平等思想等）到封建社會的「男女授受不親」；從原始社會末期的反抗神（與統治神相對應）到封建時代晚期的市民階

〔註 95〕顧頡剛撰：《孟姜女故事研究》〔A〕，陶瑋選編：《名家談孟姜女哭長城》〔C〕，北京：文化藝術出版社，2006 年 1 月版，第 42 頁。

〔註 96〕康保成撰：《孟姜女故事與上古袚禊風俗》〔A〕，康保成著：《儺戲藝術源流》〔M〕，廣州：廣東高等教育出版社，1999 年 6 月版，第 396 頁。

〔註 97〕同上，第 397 頁。

層的崛起……這些不同時期的思想觀念、習俗風情及社會群體都不同程度地流彙到孟姜女故事傳說（含其雛形）中來了……正是由於他們被保存下來，才使我們窺探到了中華大地數以萬年計的蒙昧、野蠻、文明的發展過程中的某些軌迹；同時，也作爲彼此有所關聯的斷斷續續殘片連綴出了從遠古到近現代的一個傳說（神話）故事（堪稱口承歷史長卷）的整體蹤影。〔註 98〕

把這段論述放到牛女神話傳說的形成和演變過程上也同樣適用。而洪昇正是拾起了民間婚俗文化中的一塊重要「殘片」，不僅將「沐浴」這個元素貫穿李、楊愛情的整個過程，並著力把「李、楊華清池沐浴」這個情節特意放在二人「七夕盟誓」（成爲夫妻）之前，與民間古老的「裸浴結親」婚俗相呼應，使得李隆基、楊玉環的愛情故事與古老的民俗文化對接，得以充分地世俗化。〔註 99〕

就這樣，以「釵盒情緣」爲線索，以「牛女神話」（天鵝處女型故事）爲鏡像，洪昇在民俗文化背景下構築了一個頗具民間元素的李、楊愛情故事，這個故事，毋寧稱其爲寓言或神話，也是作者心路歷程的解剖和縮影。

1.3「才子佳人」模式與「老夫少妻」模式並用——洪昇對大衆審美心理的洞察及把握

《長生殿》傳唱數百年，至今依然長盛不衰，這與「李、楊愛情」在民間的影響力是密不可分的。陳勤建先生認爲：

楊貴妃與唐玄宗事，爲唐人豔稱……唐及五代的一些筆記叢書對他倆的逸聞，均有不少案錄，其中有不少顯然來自民眾的逸聞傳說。如貴妃出浴、寵傾六宮、馬嵬賜死、求術相會等，一千多年過去了，這類傳說還在古城西安、臨潼附近流傳。一衣帶水的日本，現代還流行楊貴妃在馬嵬被替身代死。自己與貼身宮女在玄宗的秘密安排下，外逃日本的傳說……陳鴻、白居易正是在民眾俗說的感

〔註 98〕巫瑞書撰：《孟姜女傳說故事——多元文化交融的結晶》〔A〕，陶瑋選編：《名家談孟姜女哭長城》〔C〕，北京：文化藝術出版社，2006 年 1 月版，第 221 頁～第 222 頁。

〔註 99〕至於「動物和神仙的幫助」與「仙境的淹留」這兩個要素，在「李楊故事」中則較爲明顯：土地神好比宦官高力士，在他的不懈努力與牛郎織女盡力撮合下，李、楊二人最終月宮重聚，永留仙境。本書對此不再展開論述。

召下，有意假小說作《長恨歌傳》及《長恨歌》的。〔註100〕

「李、楊愛情」在民間巨大的影響力，由此可見一斑，這也是民間文化經過千百年來選擇和積澱後的結果。李隆基和楊玉環都是歷史上眞實存在且極富魅力的人物，他們之間的戀情，一波三折，纏綿哀婉，留給人們太多的想像和創作空間。隨著城市經濟的逐漸發展，市民階層的不斷壯大，民俗文藝的推波助瀾，「李、楊愛情」也成了民間藝人和文人士子絕佳的創作題材。《長生殿》中對李隆基、楊玉環的人物形象，及其婚戀模式的精妙點染，進一步引發了民眾的欣賞興趣，並與傳統的審美習慣和大眾審美心理相契合，因此取得了巨大成功。民間喜聞樂見的「才子佳人」與「老夫少妻」模式在劇中並用，就是頗具代表性的一個例證。

先說「才子佳人」模式。此種模式在戲曲舞臺上屢見不鮮：「崔、張愛情」、「杜、柳愛情」、「侯、李愛情」等均屬此類模式。這應該是「萬般皆下品，唯有讀書高」和「書中自有顏如玉」等傳統儒教理念，在民間層面上教化和宣傳的一個方面。創作劇本的失意文人靠此仿似作了一場白日大夢，而身處底層的民間大眾，亦能暫時擺脫現實的困頓，在觀賞過程中獲得情感上的慰籍。

李隆基作爲帝王，其才能首先表現在政治上。從他的謚號「至道大聖大明孝皇帝」，就可以看出後人對其政績的景仰。唐朝是中國封建社會走向鼎盛的時期，唐太宗的「貞觀之治」奠定了初唐基業，其後，李隆基創立的「開元盛世」更是青出於藍，將先輩未竟事業推向了巔峰。史書上是這樣描繪李隆基的：「性英武，通音律、曆象之學」〔註101〕，「性英斷多藝，尤知音律，善八分書」〔註102〕。可見李隆基是一個融政治家的果敢與文人士子的才華於一身的君王。因此，文人們向他投去更多關注的目光，也就不足爲奇了。李隆基在登上王位之前，曾誅滅韋氏之黨及太平公主亂黨，他在位初期曾取得「貞觀之風，一朝復振」的豐功偉業，但這兩點均未能在有關他的戲劇作品中得以充分展現。《新唐書・太宗本紀》贊曰：「唐有天下，傳世二十，其可

〔註100〕陳勤建著：《文藝民俗學導論》〔M〕，上海：上海文化出版社，2009年7月版，第200頁。

〔註101〕〔宋〕宋祁、歐陽修等撰：《新唐書》〔M〕，北京：中華書局，1975年2月版，玄宗本紀，第121頁。

〔註102〕〔後晉〕劉昫撰：《舊唐書》〔M〕，北京：中華書局，1975年2月版，玄宗本紀，第165頁。

稱者三君，玄宗、憲宗皆不克其終，盛哉，太宗之烈也！」其中「不克其終」指的就是李隆基在從政晚期，貪圖享樂，荒於理政，寵幸楊玉環之後的政治「滑坡」，而這些卻成了劇作家們津津樂道的創作素材，這眞是個有趣且有意味的現象。

分析這個問題，還是要從白居易的《長恨歌》和陳鴻的《長恨歌傳》講起。這「一歌一傳」，不同程度地結合了「寄情」與「諷誡」的創作目的。陳鴻的《長恨歌傳》結尾處寫道：

> （王）質夫舉酒於樂天前曰：「夫希代之事，非遇出世之才潤色之，則與時消沒，不聞於世。樂天深於詩，多於情者也。試爲歌之，如何？」

從引文中不難看出，王質夫拜託白居易對李楊之情「試爲歌之」的目的，是爲了能讓「希代之事」「聞於世」，以至流傳千古。而白居易在創作過程中，又結合了自己早年時的一段心路歷程。他年輕時曾與一位名叫湘靈的女子相愛，並已成爲了事實夫妻。可由於現實的阻隔，最終天各一方。這件往事一直縈繞在白居易心頭，久久無法釋懷。此段經歷或多或少地對《長恨歌》的創作產生了影響。「天長地久有時盡，此恨綿綿無絕期」，這「恨」裏夾雜著的，或許也有作者那一份揮不去的愁緒吧。作者比興寄託之意溢於言表，體現了「寄情」的一面。而陳鴻在《長恨歌傳》中又揭示了另一題旨：「意者不但感其事，亦欲懲尤物，窒亂階，垂於將來者也。」其「諷誡」之意躍然紙上。此後文人創作的有關李、楊的文學、戲劇作品，大都難以偏離「寄情」和「諷誡」兩大主旨。雖然內容各異，不過，有一點是一致的：文人士子筆下的李隆基和楊玉環，和歷史上的君王與貴妃，已經不能劃上等號了。在史實的「外殼」下，文人士子在這段帝妃之戀中，更多地寄託了自身的遭際感遇，以及對「才子佳人」情調的賞玩和憧憬。其中固然不乏對「紅顏禍水」、「君王昏庸」的口誅筆伐和委婉諷喻，但那種「才子佳人」式的理想婚戀模式，還是在有關「李、楊愛情」的作品里長久地保留下來，並始終充滿著活力。李隆基在政治上的運籌帷幄、鴻才大略隱退到了幕後，他作爲才子的一面，即其在音樂、表演和導演上的造詣在文人筆下被有意識地放大了。這對於戲劇劇本及舞臺表演上李隆基形象的塑造，無疑產生了深遠的影響。

在《長生殿》中，表現李隆基藝術上才華的有《製譜》和《舞盤》兩齣：

> 〔生〕妃子，妃子！美人韻事，被你都占盡也。但不知製甚曲

譜，待寡人看來。〔作坐翻看介〕消詳，從頭覷咱。妙哉！只這錦字熒熒銀鈎小，更度羽換宮沒半米差。好奇怪，這譜連寡人也不知道。細按音節，不是人間所有，似從天下，果曲高和寡。妃子，不要說你娉婷絕世，只這一點靈心，有誰及得你來？〔玉芙蓉〕恁聰明，也堪壓倒上陽花。

楊玉環月宮「聞樂」，第二日便早早起身，在荷亭製譜。李隆基看見樂譜，便有了以上一番心理活動。雖然，洪昇在《霓裳羽衣曲》的作者上來了個「張冠李戴」〔註103〕，但是，通過李隆基的一番點評，也足以看出他的藝術修養和眼光：「好奇怪，這譜連寡人也不知道」，說明李隆基對音樂非常精通，可謂「博覽群曲」；「細按音節，不是人間所有，似從天下，果曲高和寡」更是一語道出此曲的來歷——乃天上之曲。寥寥幾句話，一個音樂大師的形象就躍然紙上了。《霓裳羽衣曲》在李、楊故事中，有著極爲重要的作用：《長恨歌傳》云：「上甚悅，進見之日，奏《霓裳羽衣曲》以導之。」《楊太眞外傳》亦云：「進見之日，奏《霓裳羽衣曲》。」由於此曲是李隆基親自改編，因此他對這支樂曲特別喜愛，並在驪山溫泉宮初次召見楊玉環時奏此曲，用以開拓楊玉環的情懷，這說明兩人既是感情上的知己，還是音樂上的知音。陳鴻和樂史的記載，目的就是爲了說明這一點。

《霓裳羽衣曲》也是貫穿《長生殿》全劇的重要紐帶。近代學者許之衡在上世紀初就在貫穿全劇情節的意義上將其與「釵盒」並舉：

劇中情節，宜有照應。《長生殿》傳奇，則於照應處最密……如霓裳羽衣《聞樂》繼以《製譜》，《製譜》繼以《舞盤》，《舞盤》繼以《驚變》，至《重圓》節仍舞樂作收。〔註104〕

足見此曲的重要性了。

〔註103〕關於《霓裳羽衣曲》的來歷，歷史學家認爲是李隆基以中原的清商樂爲主。糅合了印度的佛曲（《婆羅門曲》），進行再創造，並增加了散序部分，這樣，盛唐法曲的代表作誕生了。（許道勳、趙克堯著：《唐玄宗傳》〔M〕，北京：人民出版社，1993年1月版，第405頁～第406頁。）後人由此還渲染了唐明皇遊月宮的神話。（〔清〕洪昇著，康保成、〔日〕竹村則行箋注：《〈長生殿〉箋注》〔M〕，河南：中州古籍出版社，1999年2月版，注釋十，第83頁。對「唐明皇遊月宮」事的演變及文獻有詳細記載，此處不贅。）把「遊月宮」與「製曲」之事按在楊玉環身上，應該是作者爲了著力渲染她的藝術才華，進一步加固李、楊愛情的感情基礎而作的藝術處理。

〔註104〕許之衡著：《作曲法．傳奇之結構法》〔M〕，1912年鉛印本，國家圖書館藏。

再說《舞盤》：

〔生〕妃子所言，曲盡歌舞之蘊。〔旦〕妾製有翠盤一面，請試舞其中，以博天顏一笑。（生）妃子妙舞，寡人從未得見。永新、念奴，可同鄭觀音、謝阿蠻伏侍娘娘，上翠盤來者。〔老、貼〕領旨。〔旦起福介〕告退更衣。整頓衣裳重結束，一身飛上翠盤中。〔引老、貼下〕（生）高力士，傳旨李龜年，領梨園子弟按譜奏樂。朕親以羯鼓節之。

楊玉環「舞盤」，李隆基親自爲之擊鼓，眞可謂是琴瑟和諧。李隆基在樂器上最拿手的就算是羯鼓了，鼓聲雄壯，與李隆基雄健豪邁的性格相互映襯，與盛唐興旺氣象相配合，同時也反映了李隆基體力健壯與技藝高超〔註 105〕。

才子身旁必偕佳偶，更何況是九五之尊的皇帝。佳人楊玉環甫一出現，其美貌立刻征服了君王的心。《舊唐書》上說：「太眞資質豐豔，善歌舞，通音律，智算過人。每倩盼承迎，動移上意。」〔註 106〕《新唐書》云：「或言妃資質天挺」，「善歌舞，邃曉音律，且智算警穎，迎意輒悟。」〔註 107〕從正史的記載上看，對楊玉環的美貌只用了「豐豔」一詞，這大概和唐朝以胖爲美的審美習慣相吻合。其餘內容都在強調玉環在歌舞上的造詣，和爲人的機敏、聰穎。文人們則在其作品中對楊玉環的美則作了藝術上的誇張和處理，極盡描摹之能事：白居易《長恨歌》有：「春寒賜浴華清池，溫泉水滑洗凝脂。」「玉容寂寞淚闌干，梨花一枝春帶雨。」凸顯楊玉環皮膚之光潔白皙。陳鴻《長恨歌傳》中，將楊玉環與漢武帝時的李夫人相媲美：「鬢髮膩理，纖穠中度，舉止閒冶，如漢武帝李夫人。」最美妙的詩句莫過於李白的《清平調》，集中用牡丹花來形容楊玉環的國色天香：

雲想衣裳花想容，春風拂檻露華濃。
若非群玉山頭見，會向瑤臺月下逢。
一枝紅豔露凝香，雲雨巫山枉斷腸。

〔註 105〕李隆基善擊羯鼓的材料，可以參看〔唐〕南卓的《羯鼓錄》。由於後文將探討李隆基成爲民間戲神偶像的問題，故關於李隆基在藝術上的造詣問題，在這一節就不再展開論述了。

〔註 106〕〔後晉〕劉昫撰：《舊唐書》〔M〕，北京：中華書局，1975 年 2 月版，卷五十一，列傳第一，后妃上，第 2178 頁。

〔註 107〕〔宋〕宋祁、歐陽修等撰：《新唐書》〔M〕，北京：中華書局，1975 年 2 月版，卷七十六，列傳第一，后妃上，第 3493 頁。

借問漢宮誰得似？可憐飛燕倚新妝。

名花傾國兩相歡，常得君王帶笑看。

解釋春風無限恨，沉香亭北倚欄杆。〔註 108〕

《長生殿》更是對楊玉環的美，作了多角度、多層次的描繪：如果說第二齣《定情》、第二十一齣《窺浴》，楊玉環是以「浴美人」形象出現的話，那麼第四齣《春睡》中的她則是位「倦美人」：

〔前腔換頭〕飄墮，麝蘭香，金繡影，更了杏衫羅。〔旦步介〕〔老、貼看介〕你看小顫步搖，輕蕩湘裙，（旦兜鞋介）低蹴半彎淩波，停妥。〔旦顧影介〕〔老、貼〕嫋臨風百種嬌嬈。（旦回身臨鏡介）〔老、貼〕還對鏡千般婀娜。〔旦作倦態，欠伸介〕（老、貼扶介）娘娘，恁懨懨，何妨重就衾窩。

楊玉環的「倦態美」，流露出一種慵懶和華貴的氣質，令人癡迷。和「倦態美」同樣令李隆基著迷的則是她的醉態：

〔千秋舞霓裳〕〔千秋歲〕把金觴，含笑微微向，請一點點檀口輕嘗。〔付旦介〕休得留殘，休得留殘，酬謝你舞怯腰肢勞攘。〔旦接杯謝介〕萬歲！〔舞霓裳〕親頒玉醞恩波廣，惟慚庸劣怎承當！〔生看旦介〕俺仔細看他模樣，只這持杯處，有萬種風流殢人腸。

提起「醉楊妃」，就不免會令人聯想到梅派名劇《貴妃醉酒》。此劇亦名《百花亭》，說的是楊玉環因爲李隆基去梅妃宮中，故悶悶不樂，借酒消愁，說出許多醉話，做出種種醉態，夜闌之際，才滿懷怨恨，由宮女攙扶回宮。清代乾隆年間已有地方戲《醉楊妃》，光緒十二年以後，成爲京劇常演劇目。戲劇大師梅蘭芳師從路三寶，經過不斷地演出實踐，加工整理，將楊玉環的醉態和媚態傳神地表現出來，讓臺下的觀眾驚豔不已。從此楊玉環這個「醉美人」的形象，可謂是深入人心〔註 109〕。當然楊玉環若單是以「倦態」和「醉態」的形象出現，即使再美也有些「病態」，楊玉環身上還體現著唐朝女性的灑脫奔放之美：

〔註 108〕〔唐〕李白著：《李太白全集》〔M〕，北京：中華書局，1977 年 9 月版，卷五，第 206 頁。

〔註 109〕崑劇名家張靜嫻曾出演過新編摺子戲《醉楊妃》，其原本就是京劇《貴妃醉酒》。本劇由朱傳茗先生定譜度曲，方傳芸老師排演身段，經過張靜嫻悉心苦練，最後在舞臺上取得了極大的成功。見張靜撰：《與〈長生殿〉的半生緣》〔A〕，葉長海主編：《〈長生殿〉演出與研究》〔C〕，上海：上海文藝出版社，2009 年 4 月版，第 68 頁～第 69 頁。

〔羽衣第二疊〕〔畫眉序〕羅綺合花光，一朵紅雲自空漾。〔皂羅袍〕看霓旌四繞，亂落天香。〔醉太平〕安詳，徐開扇影露明妝。〔白練序〕渾一似天仙，月中飛降。〔合〕輕揚，彩袖張，向翡翠盤中顯伎長。〔應時明近〕飄然來又往，宛迎風菡萏，〔雙赤子〕翩翻葉上。舉袂向空如欲去，乍回身側度無方。〔急舞介〕〔畫眉幾〕盤旋跌宕，花枝招颭柳枝揚，鳳影高騫鸞影翔。〔拗芝麻〕體態嬌難狀，天風吹起，眾樂繽紛響。〔小桃紅〕冰弦玉柱聲嘹喨，鸞笙象管音飄蕩，〔花藥欄〕恰合著羯鼓低昂。按新腔，度新腔，〔怕春歸〕嫋金裙，齊作留仙想。

眞好一個「舞美人」的楊玉環形象。楊玉環高超的舞技，飄飄若仙的姿態，讓李隆基這樣的行家也要發出「眞獨擅千秋矣」的嘖嘖讚歎。藝術上的共同愛好和追求，也加深了李隆基與楊玉環之間的感情基礎，他們的愛情在洪昇筆下顯得令人信服。一個是風流瀟灑、多才多藝的李隆基，另一個是貌美如花、能歌善舞的楊玉環：眞是一對令旁人羨煞的佳偶。無怪乎，二人的故事能夠對民眾有如此持久的吸引力。

一個社會群體的心理模式一旦形成，其影響力可以穿越時空。李、楊「才子佳人」式的婚戀模式，無疑是文人士子和民間大眾都認可的。但從民間的角度來說，還有另一重更加世俗化，或者說對民間大眾更有親和力的模式存在，那就是「老夫少妻」的婚姻模式。歷史上的楊玉環在開元二十八年（公元 740 年），結束了近五年的作嬪壽邸的生活，投入了李隆基的懷抱。此時的楊玉環年僅二十二歲，而李隆基已經五十六歲了。這樣懸殊的年齡差距沒有影響到兩人之間的感情，反而使兩人成爲中國歷史上的愛情楷模。這種婚戀模式古已有之，而且一直延續未斷、朝野流行。在散曲和雜劇中表現「老夫少妻」婚姻模式的也不在少數。金末元初的杜善夫在《莊家不識勾闌》中如此道來：

〔二〕一個妝做張太公，他改做小二哥，行、行、行，說向城中過。見個年少的婦女向簾兒下立，那老子用意鋪謀待取做老婆。教小二哥相說合，但要的豆穀米麥，問甚布絹紗羅。〔註 110〕

〔註 110〕徐徵等主編：《全元曲》（第十卷）〔M〕，石家莊：河北教育出版社，1998 年 8 月版，第 7115 頁。

可見，當時一個普通的老年男子，在經濟條件允許的情況下，娶一個年輕女子，只要有媒妁之言，便是尋常之事。

關漢卿的雜劇《溫太眞玉鏡臺》，也譜寫了一段「老夫少妻」的婚姻故事。劇中的溫嶠看中了比自己小許多的倩英，然後用計騙取了姑姑爲倩英擇偶的標準，並毛遂自薦。洞房之夜引出了一段風波，好在最終還是有驚無險地抱得美人歸。這齣戲的本事取自南朝宋劉義慶《世說新語・假譎》篇。原文中姑姑之女不但沒跟溫嶠鬧翻，反而還嬌嗔地說：「我固疑是老奴，果如所卜！」〔註 111〕看來這女子的芳心早已許給了溫嶠。關漢卿在劇中讓兩人的婚姻生出些波瀾，戲變得更加好看，也應了「好事多磨」那句成語。京劇傳統劇目《甘露寺》中，劉備與孫尚香的婚姻亦是一例。這段婚姻雖是政治陰謀牽的線，可卻歪打正著。婚後二人夫唱婦隨，孫尚香甚至爲愛背叛了家國利益。這兩齣戲均是「才子佳人」模式與「老夫少妻」模式的雙重體現，足見這兩種傳統觀念深入人心。

一般說來，在中國社會，婚戀雙方中的男性較女性年齡偏長的話，人們會基於以下幾個因素考慮：其一，男性在中國社會承擔著更多責任和義務，男性比女性年長，意味著他的成熟，從而理所應當地挑起家族的重擔；其二，男性年齡偏長，在家庭中也能對女方擺出高姿態，在雙方遇事爭吵時能先冷靜下來，對女方作出謙讓，這種情況的極端表現就是「懼內」。李隆基雖貴爲「天子」，也還是免不了俗。《長生殿》一劇中的第五齣《禊遊》，李隆基和虢國夫人之間有了肌膚之親，這讓自尊心極強的楊玉環無法忍受，於是和李隆基鬧翻了。到了第九齣《復召》，我們看到了一個「幕後」的李隆基，也就是一個褪去君王威嚴的，還原爲普通男人的李隆基，一樣的爲情所困，甚至失態地將氣撒在太監身上；一樣的爲了自己一時的衝動而悔恨，尤其是看到楊玉環一縷青絲的時候；一樣的爲了見到愛人迫不及待，當晚就將楊妃召入宮中，兩人和好如初。《舊唐書・楊貴妃傳》記載：「是夜，開安興里門入內。」〔註 112〕李隆基爲了迎回楊玉環，居然准許夜開禁門和坊門，一路上都有禁軍護送，這在唐朝歷史上是絕無僅有的事，李隆基當時的心情也就不難體會。《長

〔註 111〕〔南朝〕劉義慶撰：《世說新語》〔M〕，長沙：嶽麓書社，1989 年 7 月版，下卷下假譎篇第二十七，第 218 頁。

〔註 112〕〔後晉〕劉昫撰：《舊唐書》〔M〕，北京：中華書局，1975 年 2 月版，卷五十一，列傳第一，后妃上，第 2179 頁。

生殿》第十九齣《絮閣》，李隆基因思念梅妃，故悄悄夜宿於翠華西閣。沒想到被楊玉環察覺，前來興師問罪。且看李隆基得知楊玉環到來後的一系列表現：

> 〔南畫眉序〕……（內侍）啓萬歲爺，楊娘娘到了。（生作呆科）呀，這春光漏泄怎地開交？（內侍）這門是開也不開？（生）慢著。（背科）且教梅妃在夾幕中，暫躲片時罷。（急下）（內侍笑科）哎，萬歲爺，萬歲爺，笑黃金屋恁樣藏嬌，怕葡萄架霎時推倒。（生上作伏桌科）內侍，我著床傍枕佯推睡，你索把獸環開了。

這般狼狽的李隆基哪還有點帝王的尊嚴呀！可是觀眾看到這一幕，不僅不會覺得彆扭，而且還會發出會心的微笑。因爲這和我們社會傳統的心理模式相符合，不會損害到李隆基的個人形象。

這裡還要說明一點，有學者認爲楊玉環對愛的追求，是對封建禮教的一次衝擊，是封建時代女性要求解放的一種曲折反映，包含了進步思想因素。這個結論有進一步商榷的空間〔註 113〕。日本學者大澤正昭，通過對魏晉南北朝直至宋代上層階級的「妒婦」問題，進行了制度和文化上的縝密研究之後認爲：

> 北方民族特別是鮮卑族的婚姻家庭制度，帶給漢民族制度重大的影響之後，其融合吸收的發展過程。漢民族制度在這個過程中變化重生。過去的「妒婦」問題從臺面上消失，其殘留在家庭內部的痕迹，變成「懼內」一詞持續至今。〔註 114〕

唐代的具體情況則是「表面上看起來以男性爲主儒教原理的意識形態復活。但是朝廷的推動又不見得爲社會大眾所接受。畢竟『妒婦』、『悍妻』也擁有市民權。」〔註 115〕如果以上論述完全成立的話，那麼結合當時胡風頗盛的唐朝語境來看，「妒婦」楊玉環吵上門來要個說法，換句話說，就是對專一愛情的追求，還是頗有些民間文化基礎的。

還有更重要的一點，就是男方偏長的話，男方對感情的依賴會重於其他

〔註 113〕趙山林撰：《「專寫釵盒情緣」——〈長生殿〉如何寫情》〔A〕，《東南大學學報》（哲學社會科學版）〔J〕，2006 年 1 月第 8 卷第 1 期，第 122 頁。

〔註 114〕大澤正昭撰：《「妒婦」、「悍妻」以及「懼內」——唐宋變革期的婚姻與家庭之變化》〔A〕，鄧小南主編：《唐宋女性與社會》（下）〔C〕，上海：上海辭書出版社，2003 年 8 月版，第 845 頁。

〔註 115〕同上，第 842 頁。

的因素，夫妻之間的關係容易穩定長久。對於帝王來說，這一點尤爲重要。李隆基貴爲天子，宮中「三千粉黛」，眞要讓人看花了眼。但最終李、楊愛情卻千古流傳了下來。在《長生殿・密誓》一齣中，李、楊二人拈香而拜，說出了眞摯的誓言：

> 雙星在上，我李隆基與楊玉環，（旦合）輕重恩深，願世世生生，共爲夫婦，永不相離。有渝此盟，雙星鑒之。（生又揖介）在天願爲比翼鳥，（旦拜介）在地願爲連理枝。（合）天長地久有時盡，此恨綿綿無絕期……

應該說，這段誓言也是作者對李、楊愛情的一種昇華和讚美。同樣是盟誓，不同作家筆下的李隆基，就會以不同的形象出現。無名氏的傳奇《驚鴻記》對李隆基就持一種批判態度。第二齣《梅亭私誓》裏，李隆基在良辰美景下對梅妃輕許諾言：

> 〔桂枝香〕（生唱）何來幽媛，清芬拂面，那堪玉宇涼生，又揭出廣寒絲管。縱佳人世外，佳人世外，爭似我淡妝飛燕。（旦對生）只恐落梅殘月，他時冷落淒其。（生）朕倘有此心呵，蒼天如鑒，鑒此分中緣。（生攜旦唱）爾出入君懷袖，休提團扇篇。〔註116〕

而在第二十三齣《七夕私盟》裏又對楊玉環傾訴衷腸：

> 〔前腔〕羨天河事奇，羨天河事奇。今來古去，年年此夜歡相會。起情人望思，起情人望思。雲夢去探奇，芝田還覓侶。怏今生可矣。任傾國傾城，盡爲雲爲雨。

無名氏筆下的李隆基形象完全是一個貪圖享樂，沉溺女色的君王，這和歷史上多情多欲的風流天子李隆基基本相符。然而在李隆基晚年失去武惠妃，得到楊玉環之後，情感上的寄託明顯重於對色欲的追求了。楊玉環的出現正塡補了李隆基作爲孤獨君王的精神空虛。因此李隆基對楊玉環的寵愛也日漸專一，充實了其晚年的精神生活。再加之楊玉環形貌昳麗，能歌善舞等錦上添花的因素，更使二人月下之誓平添了幾許誠摯可信之感，令觀眾動容。中國觀眾喜歡大團圓的結局，樂意看到有情人終成眷屬。即便是馬嵬坡下楊玉環香消玉殞，洪昇到劇終還是安排她與李隆基在月宮重逢，這極大地滿足了觀者的欣賞心理。

〔註116〕〔明〕佚名撰、康保成點校：《明清傳奇選刊・驚鴻記・鹽梅記》〔M〕，北京：中華書局，2004年7月版，第3頁。下文引用《驚鴻記》皆出自此版本，本書不再出注。

《長生殿》中的「才子佳人」與「老夫少妻」模式，也體現在作者洪昇的實際生活中。洪昇與妻子黃蘭次的結合，正是「才子佳人」模式的一個範例。1664 年 7 月，20 歲的洪昇與同年齡的表妹黃蘭次結爲伉儷，蘭次的生日恰巧在七月初二。七月初七，擺宴於岳父黃彥博宅邸，並作《宴外舅黃泰徵宅》詩，兼作《七夕閨中作四首》，收錄在《嘯月樓集》卷七，茲錄《七夕時新昏後》於前：

憶昔同衾未有期。逢秋愁説渡河時。從今閨閣長攜手。翻笑雙星慣別離。〔註 117〕

七夕佳節，洪昇攜愛侶，笑看天上的牛、女雙星。當時的他，家境寬裕，年少成名，正是躊躇滿志的時候，哪裏想得到日後命運多舛，頻生變故。《長生殿・密誓》一齣，李、楊叩拜雙星的場景，感人卻又不乏感傷的情調，和作者當時創作時的心境應該不無關係〔註 118〕。

而洪昇生活中的「老夫少妻」模式，則指的是他在 1683 年 2 月拜謁江蘇巡撫余國柱，以所獲饋贈，納十八歲的吳姬鄧氏爲妾。此時的洪昇已年屆不惑（39 歲），且經濟上較爲困窘，但是才子多情，竟然一擲千金，此等豪舉令友人驚歎不已。在清代，買妾者多爲富裕或中等人家，故買妾之錢甚至多於一般人娶妻之采禮，蓄妾是財富和地位的象徵。無怪乎，洪昇之友方象瑛要調侃他「明珠百琲眞豪甚，再莫人前道客貧」，「莫笑錢唐狂措大，淺斟低唱不勝情」〔註 119〕。

不過鄧氏的姿色也著實令人驚豔，蔣景祁有詞贊曰：

倚雲軒，翠屏十二晚峰前。索聘是，《長門》初賦酒壚錢。姿神稱婉孌，依約遇神仙。薄寒天，恰吳宮，新柳未成煙。頗聞大婦，

〔註 117〕〔清〕洪昇著：《稗畦集・稗畦續集》〔M〕，上海：古典文學出版社，1957 年版，第 152 頁。

〔註 118〕有關洪昇與黃蘭次的婚姻，參看章培恒著：《洪昇年譜》〔M〕上海：上海古籍出版社，1979 年 2 月版，第 63 頁。上海交大李康化撰文：《情人節的敘寫：洪昇詩歌與戲曲之聯通》，從洪昇的一系列「七夕詩」入手，闡明這個《長生殿》中的「七夕」意象，與洪昇個人情感生活的緊密聯繫。（謝柏梁、高福民主編《千古情緣：〈長生殿〉國際學術研討會論文集》〔C〕，上海：上海古籍出版社，2006 年 12 月版，第 374 頁～第 388 頁。）

〔註 119〕〔清〕方象瑛撰：《健松齋集》卷一九，癸亥《洪昉思納姬四首》。轉引自章培恒著：《洪昇年譜》〔M〕，上海：上海古籍出版社，1979 年 2 月版，第 220 頁。

> 便瞥見，也生憐。春困罷，遠山眉暈畫誰先。霓裳剛按就，法曲好難傳。早鶯園。看良人，安坐且調弦。〔註 120〕

鄧氏雖出身卑微，但模樣端正，且擅長崑腔小戲，這些都是才子洪昇所看重的，甚至可以說，是洪昇值得對外炫耀的。洪昇對鄧氏的一見鍾情，堪比《長生殿》中李隆基對楊玉環的一見傾心：戲曲中的情感，來自生活中的投射。把生活中對妾的喜愛，用來和帝妃之愛相呼應，洪昇在現實中遭受的種種苦難和不平，在這樣的想像中，多少能得到些情感上的平復。

洪昇的家庭景象，蔣景祁有詩道：「丈夫工顧曲，霓裳按圖新。大婦和冰弦，小婦調朱唇。不道曲更苦，斯樂誠天眞」〔註 121〕。妻妾本身就是一對天敵，由於一般情況下是「老妻少妾」，因此，兩人發生爭執時，男性一般會不由自主地站在妾一邊。這表面上的和諧，是以正室忍辱負重爲代價換來的，又何樂之有？內中苦澀恐怕不足爲外人道也。洪昇把平日裏妻子黃蘭次的醋意，帶到了《長生殿·絮閣》一齣中，轉而成爲楊玉環的「妒氣」，這大概也是他納妾時始料未及的吧。

生活中發生的「好戲」，要遠勝於戲劇裏編造出的「戲」，有了這些「好戲」作素材，《長生殿》能不「鬧熱」麼？

1.4 情節排場上的「冷」、「熱」相劑——洪昇對戲劇敘事節奏的掌控和調度

清代的戲劇演出，「鬧熱」已漸成一種趨勢。但是，如果在舞臺表演上一味地追求「鬧熱」，也會適得其反，弄巧成拙。戲劇理論家李漁對這個問題就有獨到的見解：

> 今人之所尚，時優之所習，皆在「熱鬧」二字。冷靜之詞，文雅之曲，皆其深惡而痛覺者也。然戲文太冷，詞曲太雅，原足令人生倦，此作者自取厭棄，非人有心置之也。然盡有外貌似冷而中藏極熱，文章極雅而情事近俗者，何難稍加潤色，播入管絃？乃不問

〔註 120〕〔清〕蔣景祁撰：《罨畫溪詞·拂霓裳·洪昉思初納吳姬》。轉引自章培恒著：《洪昇年譜》〔M〕，上海：上海古籍出版社，1979 年 2 月版，第 221 頁～第 222 頁。

〔註 121〕〔清〕蔣景祁撰：《出都留別》之七，孫鋐輯：《皇清詩選》。同上，第 222 頁。

短長，一概以冷落棄之，則難服才人之心矣。〔註 122〕

這裡，李漁對當時伶人棄「冷」逐「熱」，捨「裏」求「表」的心態加以批駁，認爲這樣做「難服才人之心」。對劇作本身，他也作出了客觀地分析：一種是「戲文太冷，詞曲太雅，原足令人生倦」；另一種則是「文章極雅而情事近俗」之作，「稍加潤色」之後，便可「播入管絃」。因此，不能採取一概而論的態度。「李、楊愛情」深入人心，家喻戶曉，可謂「近俗」；《長生殿》「曲成，趙秋谷爲之製譜，吳舒鳧爲之論文，徐靈胎爲之定律」〔註 123〕，故辭曲上又屬於「極雅」，在洪昇妙筆潤色之下，《長生殿》無論在劇作本身，還是在舞臺表演上，都做到了「冷」、「熱」相劑，贏得了大眾的喝彩，也獲得了士人們的青睞。

《長生殿·傳概》一齣，介紹了《長生殿》的主要情節與內容：

〔中呂慢詞·沁園春〕天寶明皇，玉環妃子，宿緣正當。自華清賜浴，初承恩澤；長生乞巧，永訂盟香。妙舞新成，清歌未了，鼙鼓喧闐起范陽。馬嵬驛，六軍不發，斷送紅妝。西川巡幸堪傷，奈地下人間兩渺茫。幸遊魂悔罪，已登仙籍。回鑾改葬，只剩香囊。證合天孫，情傳羽客，鈿盒金釵重寄將。月宮會，霓裳遺事，流播詞場。

從引文中不難看出，全劇以李、楊情事的發展作爲主線，上半部分故事性較強，將天寶時期安祿山、楊國忠政治上的明爭暗鬥，以及安祿山心存「異志」、妄圖謀反作爲副線，其中還穿插郭子儀由英雄末路到柳暗花明的經歷，爲劇情的發展埋下伏筆；而下半部分則在前人詩歌、筆記的基礎上，輔以洪昇天馬行空的藝術想像，凸顯李、楊二人情比金堅，最終打破陰陽阻隔，月宮相聚的浪漫結局，抒情色彩較強。

《長生殿》中的李、楊故事，雖有史實爲依託，但更多地是作者用來寄寓某種情感的個人創作，因此，很難拿捏好史實和虛構的分寸。李漁對此亦有一番見解：

予既謂傳奇無實，大半寓言，何以又云姓名事實必須有本？要

〔註 122〕〔清〕李漁著，江巨榮、盧壽榮校注：《閒情偶寄》〔M〕，上海：上海古籍出版社，2000 年 5 月版，演習部，第 90 頁。

〔註 123〕吳梅著、江巨榮導讀：《顧曲麈談·中國戲曲概論》〔M〕，上海：上海古籍出版社，2000 年 5 月版，第 192 頁。

知古人塡古事易。今人塡古事難。古人塡古事，猶之今人塡今事，非其不慮人考，無可考也。傳至於今，則其人其事，觀者爛熟於胸中，欺之不得，罔之不能，所以必求可據，是謂實則實到底也。若用一二古人作主，因無陪客，幻設姓名以代之，則虛不似虛，實不成實，詞家之醜態也，切忌犯之。〔註124〕

李漁在傳奇創作「虛」、「實」問題的把握上，也有明顯前後不一的地方：他先表明「傳奇無實，大半寓言，何以又云姓名事實必須有本」的觀點；但是，在提到那些讓百姓「爛熟於胸中」的題材創作時，他又提出「欺之不得，罔之不能，所以必求可據，是謂實則實到底也」，前後之間似乎有自相矛盾的地方。最後的結論倒是把洪昇將要遇到的難題一語道明：「虛不似虛，實不成實，詞家之醜態也，切忌犯之。」因此，筆者謹以劇作的上半部分爲例，分析洪昇如何對史實進行藝術加工，既不犯「詞家之醜態」，還能妙筆生花，形成場上「冷」、「熱」相劑的舞臺演出效果。

先說李、楊愛情這條主線，大致可以分如下幾個段落：《定情》、《春睡》、《禊遊》三齣是愛的萌發，《禊遊》是「萌發」階段的一個高潮，也是一個重要的轉折點，但見：

〔前腔換頭〕安頓，羅綺如雲，鬥妖嬈，各逞黛蛾蟬鬢。蒙天寵，特敕共探江春。〔老旦〕奴家韓國夫人，〔貼〕奴家虢國夫人，〔雜〕奴家秦國夫人，〔合〕奉旨召遊曲江。院子把車兒趲行前去。〔院〕曉得。〔行介〕〔合〕朱輪，碾破芳堤，遺珥墜簪，落花相襯。榮分，戚里從宸遊，幾隊宮妝前進。〔同下〕

楊家眾姐妹陪王伴駕，曲江宴遊，一路各逞手段，極盡奢華，可謂熱鬧非凡，舞臺上搬演起來煞是好看。這一段落可算是「熱」。

《旁訝》、《幸恩》、《獻發》、《復召》這四齣是愛的波瀾。楊玉環被逐出宮，滿眼淒涼，好不傷感：

〔旦登樓介〕西宮渺不見，腸斷一登樓。〔梅指介〕娘娘，這一帶黃設設的琉璃瓦，不是九重宮殿麼？〔旦作淚介〕

〔前腔〕憑高灑淚遙望九重閽，咫尺裏隔紅雲。歎昨宵還是鳳

〔註124〕〔清〕李漁著，江巨榮、盧壽榮校注：《閒情偶寄》〔M〕，上海：上海古籍出版社，2000年5月，詞曲部，第31頁。

幃人，冀迴心重與溫存。天乎太忍，未白頭先使君恩盡。

好在高力士從中牽線，借楊玉環的一縷青絲打動了李隆基，楊玉環才得以重獲恩寵，此爲一「冷」。

《聞樂》、《製譜》、《偷曲》、《進果》、《舞盤》這五齣則是愛的發展。李隆基寵幸楊玉環，不顧民生多艱，只爲一飽愛侶的口福。楊玉環投桃報李，借著皇上爲自己慶生，獻舞助興，李隆基看罷龍顏大悅，當場賜酒：

〔千秋舞霓裳〕〔千秋歲〕把金觴，含笑微微向，請一點點檀口輕嘗。〔付旦介〕休得留殘，休得留殘，酬謝你舞怯腰肢勞攘。〔旦接杯謝介〕萬歲！〔舞霓裳〕親頒玉醞恩波廣，惟慚庸劣怎承當！〔生看旦介〕俺仔細看他模樣，只這持杯處，有萬種風流締人腸。

「萬種風流」的楊玉環算是徹底征服了君王，此處又「熱」將起來。

《夜怨》、《絮閣》這兩齣是愛的考驗，《窺浴》、《密誓》這兩齣則是愛的圓滿。李隆基舊情未斷，與梅妃藕斷絲連，楊玉環不由黯然神傷，第二天，她怒氣沖沖前往翠花西閣向皇上問罪，把李隆基逼得啞口無言，只有低頭認錯，方喚回玉環芳心：

〔旦悲咽・生扶起科〕妃子何出此言，朕和你兩人呵！〔南雙聲子〕情雙好，情雙好，縱百歲猶嫌少。怎說到，怎說到，平白地分開了？總朕錯，總朕錯，請莫惱，請莫惱。〔笑覷旦科〕見了你這顰眉淚眼，越樣生嬌。妃子可將釵、盒依舊收好。既是不耐看花，朕和你到西宮閒話去。〔旦〕陛下誠不棄妾，妾復何言。〔袖釵、盒，福生科〕

從《夜怨》到《絮閣》，楊玉環經歷了大悲和大喜，兩者一「冷」一「熱」相互映襯。同樣的，《窺浴》一齣，借永新、念奴之口道出李、楊恩愛，且讚歎出浴美人，可謂「熱」到極處；可七夕「盟誓」，李、楊之愛雖然圓滿，可觀之卻令人傷感不已：可謂「熱」中有「冷」，乍「冷」還「熱」。

〔做淚介〕〔生〕呀，妃子爲何掉下淚來？〔旦〕妾想牛郎織女，雖則一年一見，卻是地久天長。只恐陛下與妾的恩情，不能夠似他長遠。〔生〕妃子說那裡話！

〔黃鶯兒〕仙偶縱長生，論塵緣也不恁爭固。百年好占風流勝，逢時對景，增歡助情，怪伊底事反悲哽？〔移坐近旦低介〕問雙星，朝朝暮暮，爭似我和卿！

〔旦〕臣妾受恩深重，今夜有句話兒，……〔住介〕〔生〕妃子有話，但說不妨。〔旦對生嗚咽介〕妾蒙陛下寵眷，六宮無比。只怕日久恩疏，不免白頭之歎！

人世間男女都追求永恒的愛情，李、楊二人雖貴爲帝、妃也不例外。「七夕盟誓」爲他們的愛情劃下了圓滿的句號。可是天不遂人願，「安史之亂」爆發，將兩人活生生拆散，只能陰陽相隔，各自悲悼。《驚變》和《埋玉》兩齣則是愛在塵世中的殞滅：

〔生看大哭介〕哎喲，妃子，妃子，兀的不痛殺寡人也！〔倒介〕〔丑扶介〕〔生哭介〕

〔紅繡鞋〕當年貌比桃花，桃花；〔丑〕今朝命絕梨花，梨花。〔出釵盒介〕這金釵、鈿盒，是娘娘分付殉葬的。〔生看釵盒哭介〕這釵和盒，是禍根芽。長生殿，恁歡洽；馬嵬驛，恁收煞！

〔丑〕倉卒之間，怎生整備棺槨？〔生〕也罷，權將錦褥包裹。須要埋好記明，以待日後改葬。這釵盒就繫娘娘衣上罷。

〔丑〕領旨。（下）〔生哭介〕

李隆基痛苦到了極點，全劇也「冷」到了極處。

劇本中李、楊愛情的悲喜交加，一波三折，交替出現，通過筆者以上分析，基本上可以看出個大概。洪昇在劇本創作上，保留了李、楊情事的主幹，刪去了不少枝蔓：原先經常在李、楊愛情故事中出現的梅妃江采蘋，在本劇中只聞其人未見其身〔註 125〕，在《絮閣》一齣中，也是只見其鞋不見其影，完全隱身到了幕後。將楊貴妃二次逐出宮的史實，劇中合併爲一次，則體現了洪昇處理史實的獨到之處。《資治通鑒》中是如此記載楊貴妃二次被逐的，第一次是天寶五載：

至是，妃以妒悍不遜，上怒，命送歸兄銛之第。是日，上不懌，比日中，猶未食，左右動不稱旨，橫被棰撻。……及夜，力士伏請迎貴妃歸院，遂開禁門而入。〔註 126〕

第二次是天寶九載：

〔註 125〕本劇第四齣《春睡》借永新、念奴之口道出梅妃失寵，第二十一齣《窺浴》借宮女之口道出梅妃之死。

〔註 126〕〔宋〕司馬光著、〔元〕胡三省音注：《資治通鑒》（第八冊）〔M〕，北京：中華書局，1956 年版，卷二百一十五，唐紀三十一，玄宗天寶五載（七四六）第 6783 頁。此事《舊唐書・楊貴傳》中亦有記載，兩者說法一致，茲不贅引。

> 二月，楊貴妃復忤旨，送歸私第……上亦悔之，遣中使賜以御膳。妃對使者涕泣曰：「妾罪當死，陛下幸不殺而歸之。今當永離掖庭，金玉珍玩，皆陛下所賜，不足爲獻，惟髮者父母所與，敢以薦誠。」乃剪髮一繚而獻之。上遣使高力士召還，寵待益深。〔註 127〕

《長生殿・獻發》和《長生殿・復召》這兩齣，將楊玉環兩次被逐出宮的史實糅合在一起，呈現在觀眾面前，情節上顯得更加緊湊精鍊。當然，將劇本與史料進行仔細對照，其間亦有一些細微的差別：

> 〔副淨急上〕天有不測風雲，人有旦夕禍福。下官楊國忠，自從妹子冊立貴妃，權勢日盛。不想今早忽傳貴妃忤旨，被謫出宮，命高内監單車送到門來。未知何故？好生驚駭！且到門前迎接去。〔暫下〕

史書中寫的是「命送歸兄銛之第」，而此處送歸的卻是楊國忠之宅第，這是與史實不符的地方；《舊唐書・楊貴傳》中記載：「天寶九載，貴妃復忤旨，送歸外第……上即令中使張韜光賜御饌……玄宗見之驚惋，即使力士召還」〔註 128〕。而劇中爲此事前後奔波的只有高力士一人，楊銛、張韜光二人則完全在劇中「消失」，這當然是作者的故意安排。

談到這個問題，還要結合劇中上半部分的副線——天寶政事來進行分析。相對於李、楊之間的美好愛情，天寶時期的政事眞可謂危機重重。兩者交替出現在劇作中，也形成了「冷」、「熱」相劑的藝術效果。第二齣李、楊「定情」之後，馬上跟著安祿山「賄權」，陰森之氣陡然襲來，一掃上一齣甜蜜溫馨的氣氛：

> 〔正宮引子・破陣子〕〔淨扮安祿山箭衣、氊帽上〕失意空悲頭角，傷心更陷羅且。異志十分難屈伏，悍氣千尋怎蔽遮？權時寧耐些。

安祿山妄圖東山再起的狼子野心躍然紙上，舞臺上搬演起來，更是讓人感覺絲絲寒意。而楊國忠則是一副小人得志，不可一世的氣派：

〔註 127〕〔宋〕司馬光著、〔元〕胡三省音注：《資治通鑑》（第八冊）〔M〕，北京：中華書局，1956 年版，卷二百一十六，唐紀三十二，玄宗天寶九載（七五〇）第 6897 頁～第 6898 頁。《開天傳信記》、《新（舊）唐書》對此事均有記載。內容大體一致。

〔註 128〕〔後晉〕劉昫撰：《舊唐書》〔M〕，北京：中華書局，1975 年 2 月版，卷五十一，列傳第一，后妃上，第 2180 頁。

〔仙呂引子・鵲橋仙〕〔副淨扮楊國忠引祗從上〕榮誇帝裏，恩連戚畹，兄妹都承天眷。中書獨坐攬朝權，看炙手威風赫炬。國政歸吾掌握中，三臺八座極尊崇。退朝日晏歸私第，無數官僚拜下風。下官楊國忠，乃西宮貴妃之兄也。官居右相，秩晉司空。分日月之光華，掌風雷之號令。〔冷笑介〕窮奢極欲，無非行樂及時；納賄招權，眞個迴天有力。左右迴避。〔從應下〕

外戚專權，擾亂朝政，此乃中國歷史上帝王統治的一大隱患。李隆基雖是一代明君，但也無法解決這個痼疾。既然朝中姦佞當道，那麼，忠肝義膽之士，自然報國無門。郭子儀，就是其中之一：

〔逍遙樂〕向天街徐步，暫遣牢騷，聊寬逆旅。俺則見來往紛如，鬧昏昏似醉漢難扶，那裡有獨醒行吟楚大夫盼！俺郭子儀呵，待覓個同心伴侶，悵釣魚人去，射虎人遙，屠狗人無。

李、楊愛情第一輪風波剛過，郭子儀登場了。此時的郭子儀報國無門，形迹落拓，將自己比作屈原、呂尚，以及漢代的李廣和樊噲。本齣結尾，郭子儀被皇上授爲天德軍使，則爲後面「安史之亂」的平復埋下伏筆。由上述分析不難看出，「天寶政事」穿插在李、楊愛情的進程之中，相當妥帖，且符合劇情發展的邏輯，這就要歸功於洪昇對史實的處理：將歷史上安祿山、楊國忠與權相李林甫三人間的矛盾，集中在安祿山與楊國忠之間，並將安祿山、楊國忠以及郭子儀三人的經歷，稍作改動，將三者之間的矛盾集中在舞臺的同一時空中，使得劇情環環相扣，引人入勝。

《賄權》中有關安祿山的情節，《資治通鑒》上是這樣記載的：

張守珪使平盧討擊使、左驍衛將軍安祿山討奚、契丹叛者，祿山恃勇輕進，爲虜所敗。夏，四月，辛亥，守珪奏請斬之。祿山臨刑呼曰：「大夫不欲滅奚、契丹邪，奈何殺祿山！」守珪亦惜其驍勇，乃更執送京師。張九齡批曰：「昔穰苴誅莊賈，孫武斬宮嬪，守珪軍令若行，祿山不宜免死。」上惜其才，敕令免官，以白衣將領。〔註 129〕

史料中未見安祿山向人賄賂免死的情節，只因李隆基愛才、惜才，故免其罪，

〔註 129〕〔宋〕司馬光著、〔元〕胡三省音注：《資治通鑒》（第八冊）〔M〕北京：中華書局，1956 年版，卷二百一十四，唐紀三十，玄宗開元二十四年（七三六），第 6814 頁。

這是公元736年發生的事。楊玉環被冊封爲貴妃則是公元745年發生的事,《資治通鑒》上如此記載:「八月,壬寅,冊楊太眞爲貴妃」〔註130〕。而楊國忠取代李林甫當上宰相,還要等到公元752年:「庚申,以楊國忠爲右相,兼文部尚書,其判使並如故。」〔註131〕作者將安、楊矛盾作爲天寶政事的一條主線,免去了許多情節上的枝丫,更是借兩人身份表明:任用外戚與重用外族,是唐王朝險些被顛覆的重要原因〔註132〕。《疑讖》一齣,郭子儀英雄末路,而安祿山卻加官進爵:

〔丑笑指科〕客官,你不見他那個大肚皮麼?這人姓安名祿山。萬歲爺十分寵愛他,把御座的金雞步障,都賜與他坐過,今日又封他做東平郡王。方才謝恩出朝,賜歸東華門外新第,打從這裡經過。〔外驚怒科〕呀,這、這就是安祿山麼?有何功勞,遽封王爵?唉,我看這廝面有反相,亂天下者,必此人也!

據《資治通鑒》記載,天寶八年「三月,朔方節度等使張齊丘於中受降城西北五百餘里木剌山築橫塞軍,以振遠軍使鄭人郭子儀爲橫塞軍使。」〔註133〕劇中提到郭子儀被皇上授爲天德軍使,是天寶十二年的事。而安祿山被封爲東平郡王則發生在天寶九載「五月,乙卯,賜安祿山爵東平郡王。唐將帥封王自此始。」〔註134〕作者把這二人放在同一舞臺空間,著重突出忠臣落魄,姦佞得志,也可看作是對大唐王朝走向衰敗的歷史總結。洪昇對史料作如此處理,不僅沒有「犯詞家之醜態」,反而增添了劇作的歷史凝重感,體現了作者對歷史的反思及其高人一籌的史識,令人擊節。

上文提到作者在劇中隱去梅妃以及楊銛、張韜光二人,同時還略去李林甫的安排,與李漁戲劇理論中「減頭緒」的理念不謀而合:

後來作者不講根源,單籌枝節,謂多一人可增一人之事。事多則關目亦多。令觀場者如入山陰道中,人人應接不暇。殊不知戲場

〔註130〕同上,第6866頁。

〔註131〕同上,第6914頁。

〔註132〕「安、楊交惡」的好戲,在全劇的第十三齣《權鬨》。本齣戲借鑒了《資治通鑒》中有關兩人爭鬥的記載。見〔宋〕司馬光著、〔元〕胡三省音注:《資治通鑒》(第八冊)〔M〕,北京:中華書局,1956年版,卷二百一十七,唐紀三十三,玄宗天寶十四載(七五五),第6934頁。

〔註133〕同上,第6893頁。

〔註134〕同上,第6899頁。

> 腳色，止此數人，便換千百個姓名，也只此數人裝扮，止在上場之勤不勤，不在姓名之換不換。〔註 135〕

李漁還認為：

> 作傳奇者，能以「頭緒忌繁」四字刻刻關心，則思路不分，文情專一，其爲詞也，如孤桐勁竹，直上無枝，雖難保其必傳，然已有《荊》、《劉》、《拜》、《殺》之勢矣。〔註 136〕

「頭緒忌繁」稱得上是《長生殿》獲得成功的重要因素之一。

如果說，《長生殿》上半部分對情節排場調度的成功，集中體現在作者對史料的處理上，那麼下半部分掌控劇情的成功，則集中體現在洪昇對人物情感的描摹上：《獻飯》一齣，借老漢郭從謹之口，訴說民間之「怨」；《罵賊》借藝人雷海青義舉，彰顯忠臣之「怒」；楊玉環在陰間訴說其陽世之過，表達無盡之「悔」；李、楊二人月宮重聚，眞是皆大歡「喜」。而上述的「怨」、「怒」、「悔」、「喜」諸般情感，又是穿插在下半部分，濃厚的悲劇氛圍中，令觀眾唏噓不已。戲劇舞臺上，演員通過表演時的嬉笑怒罵，也能夠將觀眾迅速帶入特定的觀賞情境之中，讓觀眾隨著劇情的變化產生相應的情感：《冥追》一齣，楊國忠與虢國夫人陰間之慘狀，則是解了鬱積在觀眾心中之「恨」；《看襪》、《改葬》中王嬷嬷靠楊玉環之襪斂財的世俗嘴臉，既令人發噱，又讓人覺得可「憎」。李漁曾說過：

> 予謂傳奇無冷熱，只怕不合人情。如其悲歡離合，皆爲人情所必至，能使人哭，能使人笑，能使人怒髮衝冠，能使人驚魂欲絕，即使鼓板不動，場上寂然，而觀者叫絕之聲，反能震天動地……豈非冷中之熱，勝於熱中之冷；俗中之雅，遜於雅中之俗乎哉？〔註 137〕

可見，傳奇中的「冷」和「熱」，並不是涇渭分明的，關鍵看它是否符合人情，如果能夠打動人心，引發觀眾的審美熱情，「冷」亦可轉化爲「熱」，反之，「熱」戲也會造成「冷」場。從這個視角看《長生殿》後半部分的演出，歸根到底也是「鬧熱」的，而且還是李漁所說的「冷中之熱」，更加富有迷人的藝術魅力。《聞鈴》、《哭像》、《彈詞》等常演不衰的折子戲便是其中的

〔註 135〕〔清〕李漁著，江巨榮、盧壽榮校注：《閒情偶寄》〔M〕，上海：上海古籍出版社，2000 年 5 月版，詞曲部，第 28 頁。

〔註 136〕同上。

〔註 137〕〔清〕李漁著，江巨榮、盧壽榮校注：《閒情偶寄》〔M〕上海：上海古籍出版社，2000 年 5 月版，演習部，第 90 頁。

主要代表〔註 138〕，這三齣「哭戲」的搬演，不僅起到了場上「鬧熱」的效果，而且還賦予全劇厚重的歷史文化氣息，這些都是《長生殿》研究，值得進一步深入探討的地方。

《聞鈴》、《哭像》兩齣，著重抒發李隆基對楊玉環的思念之情。《聞鈴》一齣，借景生情，情如雨絲，如迴環曲折的蜀道，纏綿悱惻：

> 〔生〕呀，這鈴聲好不做美也！
>
> 〔前腔〕淅淅零零，一片淒然心暗驚。遙聽隔山隔樹，戰合風雨，高響低鳴。一點一滴又一聲，一點一滴又一聲，和愁人血淚交相迸。對這傷情處，轉自憶荒塋。白楊蕭瑟雨縱橫，此際孤魂淒冷。鬼火光寒草間濕亂螢。只悔倉皇負了卿，負了卿！我獨在人間委實的不願生。語娉婷，相將早晚伴幽冥。一慟空山寂，鈴聲相應，閣道崚嶒，似我迴腸恨怎平！

此曲的意境，不由會讓人聯想到李清照《聲聲慢》的意境：「梧桐更兼細雨，到黃昏、點點滴滴。這次第，怎一個愁字了得」？此時的李隆基正倉皇中奔波於蜀道，思妃的情感還處於積澱之中，要到《哭像》一齣，情感的閘門才徹底打開。再看本齣結尾：

> 〔尾聲〕迢迢前路愁難罄，招魂去國兩關情。（合）望不盡雨後尖山萬點青。

「招魂」與「去國」，正是《長生殿》後半部分蘊藏著的民俗及歷史文化內涵，在《哭像》和《彈詞》兩齣得以淋漓盡致地體現。

《哭像》一齣，其實是由《迎像》、《哭像》兩齣合爲一齣。所迎之「像」，本爲一幅畫像。李隆基叫畫師王文郁畫了一張貴妃像，放在別殿，朝夕視之，以解心中思念之苦。而劇中李隆基所哭之「像」，卻是一尊檀香所雕之像，而非畫像。今人對《哭像》一齣的研究，主要集中在詞曲與表演上〔註 139〕，本

〔註 138〕《聞鈴》、《彈詞》分別見〔清〕錢德蒼編撰、汪協如點校：《綴白裘》（第四冊）〔M〕，北京：中華書局，2005 年 9 月版，七集，卷三，第 123 頁～第 125 頁；〔清〕錢德蒼編撰，汪協如點校：《綴白裘》（第一冊）〔M〕，北京：中華書局，2005 年 9 月版，二集，卷二，第 92 頁～第 101 頁。陸萼庭：《崑劇演出史稿》則將以上三折全部載入。

〔註 139〕蔡運長撰：《淺析〈長生殿〉中的〈哭像〉》，對《哭像》一齣的曲律與文辭作了較爲詳細地分析點評（《戲曲藝術》〔J〕，2000 年第 4 期）；費泳則是通過崑曲名家蔡正仁先生演出《長生殿》的經歷，來分析他是如何演好《迎像・哭像》的。參看費泳撰：《與蔡正仁談〈長生殿〉》〔A〕，葉長海主編：《〈長

書則從民俗學與文化人類學的角度，對其作一番剖析。首先是《哭像》一齣的演出空間，劇中借〔生〕（李隆基）之口道：

〔生上〕蜀江水碧蜀山青，赢得朝朝暮暮情。但恨佳人難再得，豈知傾國與傾城。寡人自幸成都，傳位太子，改稱上皇。喜的郭子儀兵威大振，指日蕩平。只念妃子爲國捐軀，無可表白，特敕成都府建廟一座。又選高手匠人，將旃檀香雕成妃子生像。命高力士迎進宮來，待寡人親自送入廟中供養。敢待到也。

佛堂之上，而非宮殿之中，成了李隆基哭訴之處，這是第一個值得注意的地方。接著便是「迎像」：

〔丑同二宮女、二内監捧香爐、花幡，引雜擡楊妃像，鼓樂行上〕（丑見生科）啓萬歲爺：楊娘娘寶像迎到了。〔生〕快迎進來波。〔丑〕領旨。〔出科〕奉旨：宣楊娘娘像進。〔宮女〕領旨。〔做擡像進、對生，宮女跪，扶像略俯科〕楊娘娘見駕。〔丑〕平身。

「迎像」之後，便是擡像入廟：

〔生前坐科〕〔丑〕吉時已屆，候旨請娘娘升座。〔生〕宮人每伏侍娘娘升座者。〔宮女應科〕領旨。〔内細樂，宮女扶像對生，如前略俯科〕楊娘娘謝恩。〔丑〕平身。〔生起立，内鼓樂，衆扶像上座科〕

此後便進入祭儀：

高力士看酒過來，朕與娘娘親奠一杯者。〔丑奉酒科〕初賜爵。〔生捧酒哭科〕〔四邊靜〕把杯來擎掌，怎能夠檀口還從我手内嘗！按不住悽惶，叫一聲妃子也親陳上。淚珠兒溶溶滿觴，怕添不下半滴葡萄釀。

〔丑接杯獻座科〕〔生〕我那妃子呵！

〔耍孩兒〕一杯望汝遙來享，痛煞煞古驛身亡。亂軍中抔土便埋藏，並不曾瀽半碗涼漿。今日呵，恨不誅他肆逆三軍衆，祭汝含酸一國殤。對著這雲幃像，空落得儀容如在，越痛你魂魄飛揚。

〔丑又奉酒科〕亞賜爵。〔生捧酒哭科〕

生殿〉演出與研究》〔C〕，上海：上海文藝出版社，2009 年 4 月版，第 59 頁～第 67 頁。

〔五煞〕碧盈盈酒再陳，黑漫漫恨未央，天昏地暗人癡望。今朝廟宇留西蜀，何日山陵改北邙！（丑又接杯獻座科）〔生哭科〕寡人呵，與你同穴葬，做一株冢邊連理，化一對墓頂鴛鴦。

〔丑又奉酒科〕終賜爵。〔生捧酒科〕

〔四煞〕奠靈筵禮已終，訴衷情話正長。你嬌波不動，可見我愁模樣？只爲我金釵鈿盒情辜負，致使你白練黃泉恨渺茫。〔丑接杯獻科〕〔生哭科〕向此際捶胸想，好一似刀裁了肺腑，火烙了肝腸。

祭儀過程中，李隆基邊哭邊唱，淚灑廟堂，感天動地。最終祭儀產生了神奇的效果：

〔丑、宮女、內侍俱哭科〕〔生看像驚科〕呀，高力士，你看娘娘的臉上，兀的不流出淚來了！〔丑同宮女看科〕呀，神像之上，果然滿面淚痕，奇怪，奇怪！

《哭像》一齣的整個過程，簡直就是民間巫儺祭儀的再現，李隆基的帝王身份與主祭人身份重合，李隆基口中的唱詞，與巫師口中的咒語相類似，李隆基的「哭」也不能完全看作情感上的宣泄，而是在特定的場合（廟堂）中具有一定的儀式功能〔註 140〕。最終「神靈」受到召喚，表現在劇中，就是「神像流淚」，預示著祭儀（招魂、鎮魂）的成功，同時也部分印證了本章第二節，有關「《長生殿》後半部分是以替楊妃鎮魂爲核心」的論述。

韓國學者崔吉城的觀點，無疑爲本書的論述增添了理論架構。在他的文章中首先就提出「哭泣是重要的文化現象」的觀點，並指出「哭泣是介於生理和語言之間的行爲」；在對比中、日、韓哭泣文化的差異時，他進一步提出：

哭泣本身就是巫祭的過程之一，且行之有效。巫女自然地在說、唱、舞的過程中哭泣，她表演各種場面誘發哭泣，那正是人們期待的。善於哭泣並能使別人也一起哭的巫堂較受歡迎。

在巫祭禮儀中，日常會話——敘說——哭泣——降神——巫歌（音樂）的變化過程緊密關聯且連續發生。雖不能說巫歌就是哭泣降神的音樂化，但至少在巫俗禮儀中通過形態變化可連續吟唱。這

〔註 140〕翁敏華的《論李、楊愛情的世常化表現——〈長生殿〉民俗文化管窺》一文，將唐明皇之哭的民俗意義歸納爲「喪俗加上歌哭傳統」，與本書論述的視角有相似之處。葉長海主編：《〈長生殿〉演出與研究》〔C〕，上海：上海文藝出版社，2009 年 4 月版，第 244 頁～第 246 頁。

> 個過程未必有既定順序，完全順其自然。有時從哭泣變到巫歌，有時又從降神變回日常會話。

李隆基在《哭像》一折中，正是以主祭者的身份出現，邊哭泣邊吟唱，達到了降神的效果，與上面引文有所不同的是，李隆基是男性，而引文中說的是巫女，但是結合李隆基的帝王身份來分析，祭儀中他起到的作用應該是無與倫比的，非常人所能替代。

對葬禮上哭泣的理由，崔吉城將其歸納爲兩種：

> 其一，並非由於對死者依戀和孝道引起的悲哀，而是擔心亡靈附於人體造成異常事態才發出呼喊（哭）。此種「巫術說」是把哭泣和悲哀分開考慮的理論。二是所謂「哀情說」，認爲亡靈並非只令人恐怖，他還能給活著的人帶來幸福，這同時也是祖先崇拜的依據。〔註 141〕

當然，戲劇演出與葬禮喪俗畢竟不能等同視之，用同一種理論便能概括得清楚的。但是，這至少給研究者一個啓發，李隆基在舞臺上的「哭」正是悲哀（表達感情）與巫術（招魂、鎮魂）的結合體，作爲戲劇表演來看，前者的效應就被放大了，但從民俗文化的角度看，後者的意義就加強了。再加之，巫儺祭祀本來就爲中國戲曲提供了遠源，因此，產生這樣的現象也就不足爲奇了〔註 142〕。

《聞鈴》與《哭像》，表現的是李隆基對楊玉環的無盡思念，以及對二人之間眞摯愛情的追悼；李龜年的一闋「彈詞」，則是追憶大唐盛世背景下的李、楊愛情，以及「安史之亂」後國家的頹敗與愛情的凋零。但見，李龜年歎息一番，唱道：

〔註 141〕以上引文均出自〔韓〕崔吉城撰：《哭泣的文化人類學：韓、日、中的比較民俗研究》〔A〕，周星主編：《民俗學的歷史、理論與方法》（下冊）〔C〕，北京：商務印書館，2006 年 3 月版，第 557 頁～第 593 頁。

〔註 142〕翁敏華撰：《論李、楊愛情的世常化表現——〈長生殿〉民俗文化管窺》（葉長海主編：《〈長生殿〉演出與研究》〔C〕，上海：上海文藝出版社，2009 年 4 月版。第 245 頁～第 246 頁。）一文，在分析《哭像》一齣時，提到唐明皇的「哭」，屬於國人十分獨特，源遠流長的「歌哭」習俗，而《哭像》與《私祭》這兩齣歌哭戲，對於表達李、楊深情，塑造永新、念奴、李龜年三藝人，表現他們豐富的人情和正直的人格，是不可或缺的筆觸。同時，也是「歌哭」習俗得以傳承的渠道。筆者將翁文的觀點摘錄，也是文章在論述上的一個補充。

〔末〕嗨，若說起漁陽兵起一事，眞是天翻地覆，慘目傷心。列位不嫌絮煩，待老漢再慢慢彈唱出來者。〔眾〕願聞。〔末彈唱科〕

〔六轉〕恰正好嘔嘔啞啞《霓裳》歌舞，不提防撲撲突突漁陽戰鼓。剗地裏出出律律紛紛攘攘奏邊書，急得個上上下下都無措。早則是喧喧嗾嗾、驚驚遽遽、倉倉卒卒、挨挨拶拶出延秋西路，鑾輿後攜著個嬌嬌滴滴貴妃同去。又只見密密匝匝的兵，惡惡狠狠的語，鬧鬧炒炒、轟轟剨剨四下喳呼，生逼散恩恩愛愛、疼疼熱熱帝王夫婦。霎時間畫就了這一幅慘慘淒淒絕代佳人絕命圖。

〔外、副淨同歎科〕〔小生淚科〕哎，天生麗質，遭此慘毒。眞可憐也！〔淨笑科〕這是說唱，老兄怎麼認眞掉下淚來！〔丑〕那貴妃娘娘死後，葬在何處？〔末彈唱科〕

〔七轉〕破不剌馬嵬驛舍，冷清清佛堂倒斜。一代紅顏爲君絕，千秋遺恨滴羅巾血。半棵樹是薄命碑碣，一抔土是斷腸墓穴。再無人過荒涼野，莽天涯誰弔梨花謝！可憐那抱幽怨的孤魂，只伴著嗚咽咽的望帝悲聲啼夜月。〔外〕長安兵火之後，不知光景如何？〔末〕哎呀！列位，好端端一座錦繡長安，自被祿山破陷，光景十分不堪了。聽我再彈波。〔彈唱科〕

〔八轉〕自鑾輿西巡蜀道，長安內兵戈肆擾。千官無復紫宸朝，，把繁華頓消，頓消。六宮中朱户掛蠨蛸，御榻傍白日狐狸嘯。叫鴟鴞也麼哥，長蓬蒿也麼哥。野鹿兒亂跑，苑柳宮花一半兒凋。有誰人去掃，去掃！玳瑁空梁燕泥兒抛，只留得缺月黃昏照。歎蕭條也麼哥，染腥臊也麼哥！染腥臊，玉砌空堆馬糞高。

唱詞所體現的深邃的歷史凝重感與愛情在世事變幻中的渺小無助，具有超時空的廣延性和極強的情感穿透力。上至士人大夫，下到販夫走卒，都能在其中找到情感釋放的空間，無怪乎在民間會形成「戶戶『不提防』」的美譽和影響力。崑劇表演藝術家計鎭華先生在演唱這一部分時，抓住了情緒上的急轉與變化：

〔六轉〕……表現出慌亂無措的情緒，〔七轉〕悲劇已經發生過了，情緒轉爲感傷淒涼，唱腔逐漸放緩，當唱到末句「只伴著嗚咽咽的鵑聲冷啼月」，最後一字以慢半拍徐徐吐出，越來越輕，直至自

己也聽不見，烘托出憂傷的意境。這裡的留白給了觀眾回味的無窮空間。〔註 143〕

計鎮華先生對《彈詞》的演唱心得，正是替上文李漁的那句「即使鼓板不動，場上寂然，而觀者叫絕之聲，反能震天動地」，作了個完美的注腳，「冷中見熱」的藝術效果也得以直觀地體現。

當然，《彈詞》的意義還不僅於此，在對李、楊愛情惋惜的同時，李龜年的哭訴，更多地是表現了對國家的憑弔。這正是「無端唱出興亡恨，引得傍人也淚流」。崔吉城認爲：

> 中國古籍有「爲國而哭」的說法，含有臣子以哭泣向國王忠諫之意。當國王施以惡政，臣子行諫，便在宮內或宮門前哭著預言國家將亡，以糾亂政。三條彰久「哭國考」指出，「哭國」僅是忠諫的形式，不是儒教式喪禮的哭泣。〔註 144〕

因此，從這個角度來考慮，李龜年之「哭」亦含有「哭國」的意味，是對江山社稷衰亡的祭奠，具有較強的儒教理念。李隆基「哭像」哭的是「情」，地點在廟堂，具有較強的個人色彩；李龜年之「哭」，哭的是「國」，地點在鷲峰寺，具有群體性，兩者之間相互映襯。

最後，筆者用王季烈《螾廬曲談》中對於《長生殿》劇情與排場的一段分析，作爲本章結尾，從曲學的角度，再現《長生殿》精妙之處：

> 《長生殿》全部傳奇共五十折，除第一折傳概爲上場照例文章外，共計四十九折，不特曲牌通體不重複，而前一折之宮調和後一折之宮調，前一折之主要角色和後一折之主要角色，決不重複。……自來傳奇排場之勝，無過於此。其中之定情、密誓、埋玉等折，皆於一折之中。移宮換韻；此因排場變動，劇情改換，故易宮調以適應之，非琵琶吃糠者之無故調換可比。蓋定情折，前半大石一套爲貴妃宴飲歡聚；後半越調二曲爲深宮密語情形。密誓折越調諸曲，爲牛女天上相會事；商調諸曲，爲宮中拜禱設盟事。埋玉折中呂全

〔註 143〕姚旭峰撰：《歷史滄桑的回聲——〈長生殿·彈詞〉和計鎮華的表演》〔A〕，葉長海主編：《〈長生殿〉演出與研究》〔C〕，上海：上海文藝出版社，2009 年 4 月版，第 83 頁。

〔註 144〕〔韓〕崔吉城撰：《哭泣的文化人類學：韓、日、中的比較民俗研究》〔A〕，周星主編：《民俗學的歷史、理論與方法》（下冊）〔C〕，北京：商務印書館，2006 年 3 月版，第 574 頁～第 575 頁。

套爲六軍逼妃情事；至末一曲朝元令乃係護駕起行，與前事不相蒙。凡此等處，正以一折中移宮換韻，而益見其切合劇情也。又覓魂一折，北仙呂全套，前半淨唱，後半末唱；雖與北曲全折限一人唱之通例不合，然此種長調之曲，一人之力決不能唱畢，出神另易角色，究是通幽一人。故雖變通古今成法，而仍不背於古，非深明曲理者，不能有此創舉也。〔註 145〕

以上三節綜合運用了文藝民俗學、審美心理學以及文獻學等手法，分別從李楊愛情的「世常化」，「老夫少妻」和「才子佳人」模式的運用，作者對敘事節奏的把握三個方面，對洪昇如何使《長生殿》「鬧熱」起來，從理論上作了一番梳理和探討。法國哲學家丹納曾經說過：「作品的產生取決於時代精神和周圍的風俗」〔註 146〕，洪昇「鬧熱」之法的運用，不僅符合當時的審美趣味，而且還順應了戲劇本身的審美規律及特徵，這就爲其今後的「熱演」，夯下了堅實的基礎。但是，中國畢竟是一個高度中央集權制的國家，當時還正處於異族統治不久的敏感時期，君主以及上層權貴對作品的好惡態度，對作品的命運往往有著決定性的影響。《長生殿》傳奇一波三折的多舛命運，映襯在嚴酷的時代大背景下，頗發人深省；此外，傳奇畢竟還是文人「雅化」過的東西，《長生殿》臺上的「鬧熱」，是否能眞正引發臺下（民間大眾）的「鬧熱」，還值得作進一步地探究。丹納的理論啓發了筆者的思路：

要瞭解藝術家的趣味與才能，要瞭解他爲什麼在繪畫或戲劇中選擇某個部門，爲什麼特別喜愛某種典型某種色彩，表現某種感情，就應當到群眾的思想感情和風俗習慣中去探究。〔註 147〕

也許，「群眾的思想感情和風俗習慣」就是解決這個問題的關鍵所在。這些問題都將在下一章節得到全面地論述。

〔註 145〕王季烈著：《螾廬曲談》〔A〕，俞衛民、孫蓉蓉編：《歷代曲話彙編·清代編》（第一集）〔M〕，安徽：黃山書社，2009 年 3 月版，第 417 頁、第 421 頁。徐扶明的《試論〈長生殿〉排場藝術》一文，對《長生殿》情節結構的安排，以及曲牌的運用也有獨到的分析與見解。見《中國文學研究》〔J〕，1988 年第 1 期。

〔註 146〕〔法〕丹納著：《藝術哲學》〔M〕，北京：人民文學出版社，1963 年 1 月版，第 32 頁。

〔註 147〕〔法〕丹納著：《藝術哲學》〔M〕，北京：人民文學出版社，1963 年 1 月版，第 7 頁。

第二章　帝王「推崇」與節日狂歡

2.1 文化上的「統戰牌」——康熙政治韜略在文藝政策上的凸顯

《長生殿》的「熱演」，不僅得益於劇作家洪昇高超的藝術造詣，還和康熙在文藝政策上的氣度與韜略不無關係。

《長生殿》在當時的演出盛況，從清人的著述中可以窺得一斑：

> （梁子章）又云：「《長生殿》至今百餘年來，歌舞臺榭，流播如新。每當酒闌燈灺之時，觀者如至玉帝所奏《鈞天》法曲，在玉樹金蟬之外，不獨趙秋谷之『斷送功名到白頭』也。然俗伶搬演，率多改節，聲韻因以參差，雖有周郎，亦當掩耳而過……」〔註1〕
>
> 董潮《東皐雜鈔》云：「錢塘洪太學昉思昇著《長生殿》傳奇，康熙戊辰中既達御覽，都下稱絕之。一時名士，張酒治具，大會生公園，名優內聚班演是劇。主之者爲眞定梁相國清標……」〔註2〕
>
> 錢塘吳陳琰云：「往余客宋中丞幕，每有宴會，輒演此劇（《桃花扇》)。會稽金埴云『亡友洪君昉思有《長生殿》傳奇，與《桃花扇》先後入內廷，並盛行於世』」〔註3〕

從這裡我們不難看出，《長生殿》這部戲上至宮廷，下至民間的巨大影響了。

非但如此，即便是洪昇因《長生殿》演出遭禍，直至其1704年落水而亡，

〔註1〕〔清〕姚燮撰：《今樂考證》〔A〕，中國戲曲研究院編：《中國古典戲曲論著集成》第十冊〔M〕，北京：中國戲劇出版社，1959年12月版，第270頁。

〔註2〕同上。

〔註3〕同上，第258頁。

《長生殿》大大小小的演出也沒有中斷過，足見其強盛的藝術生命力：

1689 年八月，洪昇招內聚班優伶在寓所演出《長生殿》，京師名士往觀者甚眾。時值孝懿皇后喪期，（洪昇）遭忌而獲罪。結果洪昇編管山西，被遣出京師，參與觀劇的趙執信等被革職。時人云：「秋谷（趙執信之號）才華迴絕儔，少年科第盡風流；可憐一齣《長生殿》，斷送功名到白頭。（阮葵生《茶餘客話》卷九）

1699 年顧公燮《顧丹五筆記》說：「公子性奢華，好串戲，延名師以教習梨園，演《長生殿》傳奇，衣裝費至數萬。」

1703 年春，洪昇在杭州寫成《四嬋娟》雜劇。偶過吳山，遇見孫鳳儀招優伶正演《長生殿》。

1704 年洪昇至松江，江南提督張雲翼奉之爲上客，以昆優數十人演出《長生殿》相迎。江寧織造曹寅聞之，即請洪昇來金陵，即南北名流爲盛會，獨讓洪昇居上座，同觀《長生殿》全本的演出，經三晝夜才演完，藝林傳爲盛事。後洪昇回杭州時，路過桐鄉烏鎮，酒後登舟而失足，不幸落水溺死。時爲六月初一日，終年六十歲。〔註 4〕

雖然洪昇因排演《長生殿》而獲罪，但這絲毫沒有影響到當時觀眾對這部戲的熱情。這部戲演出的轟動效應是相當明顯的，而且波及到社會的各個階層。李、楊之間纏綿悱惻的愛情，以及二人的形象一定深入人心。這裡尤其要提到李隆基，梨園把李隆基作爲供奉的對象，固然有對李隆基才華仰慕的一面，同時李隆基帝王的身份，也會爲梨園界的門面增輝添彩。簡而言之，就是借李隆基擡高藝人們自身的身價。恰好，當時的皇帝康熙也正是個戲迷，以彼時的唐玄宗，來影射當今的康熙爺，這對于伶人們尋求庇護的心理，應該是個合理的解釋。

不過對於康熙來說，戲劇遠不只是其個人愛好那麼簡單，它還是康熙在緩和滿漢民族文化矛盾這個問題上，打出的一張重要的「統戰牌」。明清易代之際，滿漢矛盾異常尖銳，滿人作爲一個少數民族，由邊地汗國一變而爲中原王朝，面臨著非常大的挑戰，這個挑戰主要來自兩個方面：一個來自中原

〔註 4〕以上內容參考屈桂林：《〈長生殿〉演出編年》〔A〕，謝柏梁、高福民主編：《千古情緣——〈長生殿〉國際學術研討會論文集》〔C〕，上海：上海古籍出版社，2006 年 12 月版，第 586 頁～第 587 頁。

文化中根深蒂固的夷夏之辨；另一個則來自滿漢民族之間的矛盾衝突。在一個以少數統治多數的政治局面下，需要君王高超的政治智慧和純熟的運作技巧。面對這兩大挑戰，清初統治者一方面致力於中國的再次統一，並通過建立和鞏固對「天下」的統治，來贏得和保持「天命」。1648 年，清朝基本消滅了南明政權，完成了在全國的統治。康熙在位時，1681 年和 1683 年，相繼平定了三藩之亂及臺灣鄭氏政權，實現了前所未有的政治統一；另一方面，又以獨特的方式重建了傳統的帝國制度，在重建的過程中，清初統治者在制度上沿襲和傚仿明朝，在權力分配上確保滿人優先地位的同時，又吸納一部分漢人加盟，也就是所謂的「華——夷」聯合，擴大了清朝的統治基礎，既吸收了漢族士人中的精英，又在一定程度上緩和了滿漢之間的矛盾衝突。1679 年（清康熙十八年）三月，舉行的博學鴻詞科考試，就是康熙用來籠絡控制漢族精英的主要手段。清代福格的筆記《聽雨從談》「博學鴻詞制科經學制科」條記載：

> 康熙八年，既復八比之文，天子念編纂《明史》必需績學能文之士，乃詔起博學鴻詞之科，以羅博洽之彥，無論京外現任或已仕、未仕、布衣、罷退之士，均准舉薦。內有三品以上大員科道御史，外由布按兩司以上，各舉所知，惟翰林不預焉。十七年詔下，次年己未三月初一日，試於體仁閣下。〔註 5〕

錄取的一百八十三名中，江南士子多達六十七人，列全國各地之首〔註 6〕，頗有點「天下英雄盡入我彀中」的味道。清初漢族士林階層精神世界的變異，亦當由此肇始。

在與江南漢族精英爭奪「話語權」的角力上，清初統治者也是吸取了元蒙統治者的教訓，採取了親力親爲的態度。康熙八年（1669 年）四月。康熙皇帝力排眾議，首次率禮部諸臣往國子監視學，並至孔廟釋奠孔子，這種舉動無疑是向天下文人昭示綏靖之意。康熙本人對漢文化的研究也達到了相當高的水準。清代大儒湯斌在一封家書中，就對康熙刻苦治學的精神讚歎不已：

> 歲內封印，尚不停講。白雪盈階青宮，黎明御講筵，若不知有

〔註 5〕〔清〕福格撰、汪北平點校：《清代史料筆記叢刊·聽雨從談》〔M〕，北京：中華書局，1984 年 8 月版，卷四，第 81 頁。

〔註 6〕雍正朝復舉博學鴻詞科，江南文人更是達到了八十七人，足可見清初帝王對江南這個文化空間的重視程度。出處同上。

歲除者。直至二十五日祫祭齋戒，始停講。正月十九日即開講，未嘗一日間輟。《論語》已講完，講大學矣。東宮聰明天縱，英氣煥發，書旨大有發明，出人意表。

他對康熙在漢族經典文化上的造詣更是佩服：

皇上聖學日茂，近來功夫更加精密。每日講《春秋》十條，《禮記》二十條，讀史五十頁。更研究性理之旨，詞臣不能望其崖岸。當今官之難稱職，未有如詞臣者也。〔註7〕

一代大儒在異族君主面前，文化上的心理優勢竟然喪失殆盡，其餘則更不用提了。在教育子女上，康熙也毫不放鬆對其漢族文化的薰陶：

皇太子聰明天縱，經書精通。自六歲學書，至今八載，未嘗間斷一日。字畫端重精楷，在虞柳之間。每張俱經上朱筆圈點，改正後判日，每月一冊，每年一匣。今出閣之後。每早上親背書。背書罷上御門聽政，皇太子即出講書。講書罷至上前，問所講大義。其講書即用上日講原本，不煩更作。自古來帝王教太子之勤，未有如今日者也。〔註8〕

在這樣強勢且好學的君主面前，湯斌不由發出感歎，「自愧學術疏淺，不能仰贊高深，惟夙夜深勵。求不負知遇耳」〔註9〕。

張次溪先生曾稱：「戲劇一道，有清一代爲最盛。蓋清室來自漠野，目所睹者皆殺伐之事，耳所聽者皆殺伐之聲，一聆夫和平雅唱，詠歎淫佚之音，宜乎耽之、悅之。」〔註10〕觀點正確與否，姑且不論，但是清代的帝王大多喜歡戲劇，確是不爭的事實。無論從理論還是實踐方面，康熙在戲劇上的成就和造詣不僅毫不遜色，甚至還大有和唐玄宗並駕齊驅之勢。由於玄宗在前，康熙在後，再加之後者對漢民族文化的熟稔，因此不排除康熙在戲劇活動方面，有模仿甚至超越唐玄宗的雄心存在。一個滿族皇帝如果能夠佔據漢民族最具有民間特質的戲劇領域，那麼無論從戲劇愛好出發，還是從統治的方略

〔註7〕以上兩段引文出自〔清〕湯斌撰：《寄示諸子家書》，〔清〕湯斌撰、范志亭等輯校：《湯斌集》〔M〕，鄭州：中州古籍出版社，2003年版，第218頁。

〔註8〕〔清〕湯斌撰：《寄示諸子家書》〔A〕，〔清〕湯斌撰、范志亭等輯校：《湯斌集》〔M〕，鄭州：中州古籍出版社，2003年版，第220頁。

〔註9〕同上。

〔註10〕張次溪撰：《清代燕都梨園史料》〔M〕，北京：中國戲劇出版社，1988年12月版，第19頁。

來看，都可謂有百利而無一弊。唐玄宗創立了梨園機構，康熙年間除教坊司女優外，還新設了隸屬於內務府的演劇機構南府。藝人大多是由江南搜羅而來，康熙南巡時，江蘇織造臣「以寒香、妙觀諸部承應行宮，甚見嘉獎。每部中各選二三人，供奉內廷，命其教習上林法部，陳（明智）特充首選」〔註11〕。爲了充實南府，進一步提高演劇質量，康熙末年，蘇州甚至發生過「捉伶人」事件，楊士凝《吳中曲・捉伶人》詩云：「江南營造轄百戲，搜春摘豔供天家」〔註12〕，說的正是此事。

在戲曲表演和理論上，康熙也是頗有其獨到之處。懋勤殿舊藏《聖祖諭旨》中曰：

> 魏珠傳旨，爾等向之所司者，昆弋絲竹，各有職掌，豈可一日少閒，況食厚賜，家給人足，非常天恩，無以可報。崑山腔，當勉聲依詠，律和聲察，板眼明出，調分南北，宮商不相混亂，絲竹與曲律相合而爲一家，手足與舉止睛轉而成自然，可稱梨園之美如何也。又弋陽佳傳其來久矣，自唐霓裳失傳之後，唯元人百種世所共喜，漸至有明，有院本北調不下數十種，今皆廢棄不問，只剩弋陽腔而已。近來弋陽亦被外邊俗曲亂道，所存十中無一二矣。獨大內因舊教習，口傳心授，故未失眞。爾等益加溫習，朝夕誦讀，細察平上去入，因字而得腔，因腔而得理。〔註13〕

弋陽腔屬「花部」，康熙不僅沒有排斥它，而且還給予其與崑腔相併列的地位。清代中期以後，「花部」逐漸取代「雅部」，走上了歷史舞臺，康熙在審美上的超前意識由此可見。

在藝術鑒賞方面，康熙也有不俗的造詣：

> 《西遊記》原有兩三本，甚是俗氣。近日海清覓人收拾，已有八本，皆係各舊本內套的曲子，也不甚好。爾都改去，共成十本，趕九月內全進呈。〔註14〕

康熙宮廷內部《西遊記》改編本，到了乾隆年間進一步發展成爲《昇平寶筏》的宮廷大戲。

〔註11〕〔清〕焦循《劇說》第六卷〔A〕，俞衛民、孫蓉蓉編：《歷代曲話彙編・清代編》（第三集）〔M〕，安徽：黃山書社，2008年9月版，第455頁。

〔註12〕鄧之誠：《清詩紀事初編》卷四。

〔註13〕故宮博物院掌故部編纂：《掌故叢編》〔M〕，北京：中華書局，1990年3月版，第51頁。

〔註14〕同上。

康熙朝演出的劇目，還注重對臣民的道德教化：

> 二十二年癸亥，上以海宇蕩平，宜與臣民共爲宴樂，特發帑帑一千兩，在後宰門架高臺，命梨園演《目連》傳奇，用活虎、活象，眞馬，先是江寧、蘇、浙三處織造各獻蟒袍、玉帶、珠鳳冠、魚鱗甲，具以白金、黃金爲之。上登臺拋錢，施五城窮民。彩燈花爆，晝夜不絕。〔註 15〕

此時所演的《目連》戲，乃是明代戲曲家鄭之珍的《目連救母勸善曲文》。這個佛教故事經過了長時期中國化的改造之後，已經被成功地賦予了儒教色彩，著重宣傳因果報應、勸善懲惡。具有寓教於樂的功能。

正所謂上行下效，康熙手下的大臣對於戲劇，也顯示出了異乎尋常的興趣：

> 康熙初年，海寧查考廉伊璜繼佐，家伶獨勝，雖吳下弗逮也。嬌童十輩，容並如姝，咸以「些」名，有「十些班」之目。小生曰風些，小旦曰月些，二欒色尤蘊妙絕倫，伊璜酷憐愛之。數以花舲載往大江南北諸勝區，與貴達名流，歌宴賦詩以爲娛，諸家文集多紀詠其事。至今南北勾欄部必有「風月生」、「風月旦」者，其名自查氏始。〔註 16〕
>
> 康熙三十一年，織造李公煦蒞任。在蘇有三十餘年，受理滸關稅務，兼司揚州鹾政。恭奉聖祖南巡四次。克己辦公，工匠經紀，均霑其惠，稱爲李佛。公子性奢華，好串戲。延名師以教習梨園，演《長生殿》傳奇，衣裝費至數萬。以致虧空若干萬。吳民深感公子之德，而惜其子之不類也。〔註 17〕

有學者對康熙在戲劇上的貢獻集中歸納道：

> （康熙挑選藝人的活動）使得越來越多的民間藝術家走向宮廷，並培訓出一批又一批的學戲太監及諸名伶的子弟，極大地提高了宮内的演出水平，滿足了皇室成員們愛戲的需求，促進了順、康年間宮廷和民間戲劇文化的發展。

〔註 15〕〔清〕董含撰：《蓴鄉日記》轉引自朱家溍、丁汝芹著：《清代内廷演劇始末考》〔M〕，北京：中國書店出版社，2007 年版，第 7 頁。

〔註 16〕〔清〕金埴撰，王湜華點校：《不下帶編・巾箱說》〔M〕，北京：中華書局，1982 年版，不下帶編卷六，第 116 頁～第 117 頁。

〔註 17〕〔清〕顧公燮撰：《消夏閒記》（輯錄）〔A〕，俞衛民、孫蓉蓉編：《歷代曲話彙編・清代編》（第三集）〔M〕，安徽：黃山書社，2008 年 9 月版，第 48 頁。

> 康熙帝開創了有清一代以崑曲爲主的盛大慶典。對於崑曲，它不僅僅是一般的喜好，而是頗有研究，他從崑曲、弋腔的理論與實踐出發，重視吸收和培養人才，提高原有劇本的水平，發表了有關戲曲的至理名言。他的行動感染了文武大臣和滿漢人民，促成了《長生殿》等佳作的上演，推動著崑曲在北京和全國的蓬勃發展。〔註 18〕

提到《長生殿》的上演，如果光用「促成」二字，來表示康熙的態度，眞可謂失之太簡。《長生殿》演出過程，經歷了一波三折，這與康熙在幕後的運作不無關係，他導的這齣「戲」，其精彩程度不亞於《長生殿》本身，從中頗可以領略這位君主的政治手腕和文化韜略。

清代的史料筆記中，在描述康熙對《長生殿》的態度上，有兩種截然不同的記載：

> 康熙丁卯、戊辰間，京師梨園子弟以內聚班爲第一。時錢塘洪太學昉思著《長生殿》傳奇初成，授內聚班演之。聖祖覽之稱善，賜優人白金二十兩，且向諸親王稱之。於是諸親王及閣部大臣，凡有宴會必演此劇，而纏頭之賞，其數悉如御賜，先後所獲殆不貲。〔註 19〕

> 黃六鴻者，康熙中由知縣行取給事中入京，以土物並詩稿遍送名士。至宮贊趙秋谷執信，答以柬云「土物拜登，大稿璧謝。」黃遂銜之刺骨。乃未幾而有國喪演劇一事，黃遂據實彈劾。仁廟取長生殿院本閱之，以爲有心諷刺，大怒，遂罷趙職，而洪昇編管山西。〔註 20〕

對於這兩種截然不同的描寫，章培恒先生認爲：「至《柳南隨筆》、《東皐雜鈔》謂《長生殿》先達內廷。康熙帝覽之稱善，劇遂盛行；此則後人傳聞之詞，不足據。」〔註 21〕筆者認爲，章先生的結論還是有値得商榷的地方：首先，

〔註 18〕王政堯著：《清代戲劇文化史論》〔M〕，北京：北京大學出版社，2005 年 5 月版，第 9 頁～第 10 頁。

〔註 19〕〔清〕王應奎撰：《柳南隨筆．柳南續筆》〔M〕，北京：中華書局，1983 年 10 月版，卷六，第 123 頁。

〔註 20〕〔清〕梁紹壬撰：《兩般秋雨盦隨筆》（輯錄）〔A〕，俞衛民、孫蓉蓉編：《歷代曲話彙編．清代編》（第三集）〔M〕，安徽：黃山書社，2008 年 9 月版，第 754 頁。

〔註 21〕章培恒撰：《演〈長生殿〉之禍考》〔A〕，章培恒著：《洪昇年譜》〔M〕，上海：上海古籍出版社，1979 年 2 月版，第 391 頁。

從兩段引文上下文的銜接中不難看出，前者康熙所「覽」之《長生殿》，乃是內聚班所演之《長生殿》；後者康熙所「閱」之《長生殿》，乃是洪昇《長生殿》之鈔本。覽劇與閱文，其側重點不一樣，前者重曲律，後者重文字，康熙「大怒」，也許正是體味了文字背後的言外之意，才引起的反應，兩者之間並不矛盾；其次，就算是康熙在演出時看出端倪，作爲一個精明的君主，也不便在優伶與大臣面前當場發作。其高明之處就是「向諸親王稱之」，讓諸親王對劇中具有排滿思想的詞句與齣目進行評價〔註 22〕，因勢利導，從而形成不利於《長生殿》的輿論。這個目的顯然達到了，毛奇齡《長生殿》院本序中寫道：

> 越一年，有言日下新聞者，謂長安邸第，每以演《長生殿》曲，爲見者所惡。會國恤止樂，其在京朝官大紅小紅以浹日，而纖練未除。言官謂遏密讀曲大不敬，賴聖明寬之，第褫其四門之員，而不予以罪。然而京朝諸官則從此有罷去者。〔註 23〕

康熙用了一個「借刀殺人」的招，既除去了心頭之患，還得了個「聖明」的美譽，可謂一箭雙雕。此外，論者提及《長生殿》演出之禍，其原因主要有黃六鴻挾嫌報復說〔註 24〕、清初南北黨爭說以及觸怒康熙說〔註 25〕，前兩種說法固然有其一定的道理，然而筆者認爲，無論是個人的報復還是殘酷的黨爭，觸怒康熙才是洪昇等人遭禍的根本原因。在長期的封建社會中，文學（包括戲曲文學）被賦予了太多社會教化和宣傳的使命，在極度敏感的歷史時期，

〔註 22〕《長生殿》中的《罵賊》與《彈詞》是其中的代表。同上，第 391 頁～第 392 頁。

〔註 23〕〔清〕毛奇齡撰：《〈長生殿〉院本序》〔A〕，俞衛民、孫蓉蓉編：《歷代曲話彙編‧清代編》（第一集）〔M〕，安徽：黃山書社，2008 年 9 月版，第 603 頁。

〔註 24〕清代金埴的筆記《巾箱說》便持此說：「會國服未除，才一日，其不與者嫉構難，有翰部名流坐是罷官者。」見〔清〕金埴撰、王湜華點校：《不下帶編‧巾箱說》〔M〕北京：中華書局，1982 年版，不下帶編卷六，第 136 頁。周貽白的《中國戲劇史長編》也持此說。見周貽白著：《中國戲劇史長編》〔M〕，上海：上海書店出版社，2004 年 3 月版，第 403 頁。

〔註 25〕章培恒撰：《演〈長生殿〉之禍考》〔A〕，章培恒著：《洪昇年譜》〔M〕，上海：上海古籍出版社，1979 年 2 月版，第 389 頁、第 390 頁。對於「觸怒康熙說」，宋雲彬撰《洪昇和他的〈長生殿〉》〔A〕，（《解放日報》1954 年 7 月 4 日）一文中寫道：「《長生殿》的內容，不管是有意還是無意，總是刺痛了滿清統治者的心的；《長生殿》的演出，康熙是不高興的。」將演出之禍的起因，歸結爲康熙對反滿情緒的防範。

文學問題簡直就等同於政治問題。康熙在看過《長生殿》演出之後，採取隱而不發的態勢，正是運用了「將欲歙之，必故張之」的道家智慧，使得洪昇麻痹大意，竟在國恤期間，冒天下之大不韙張樂演出，從而引出一場大禍。康熙處理這件事情高妙之處，就在於把實質上的政治事件，化爲表面上的「違禮」事件來處理，既達到了目的，同時還起到了威嚇和震懾作用。故此，筆者認爲《柳南隨筆》所記載的內容，未必如章先生所講的「後人傳聞，不足據」，把《柳南隨筆》和《兩般秋雨盦隨筆》中相關的內容結合起來看，也許更接近事實的眞相。同樣的，將洪昇《長生殿》與孔尚任《桃花扇》的命運結合起來進行考察，康熙在文藝政策上所運用的韜略簡直如出一轍：

> 闕里孔稼部東塘尚任手編《桃花扇》傳奇，乃故明弘光朝君臣將相之實事。其中以東京才子侯朝宗方域、南京名妓李香君爲一部針線，而南朝興亡遂繫之桃花扇底。時長安王公薦紳，莫不借鈔，有紙貴之譽。康熙己卯秋夕，內侍索《桃花扇》本甚急，東塘繕稿不知流傳何所，乃於張平州中丞家覓得一本，午夜進之直邸，遂入內府。總憲內府李公柟買優扮演，班名「金斗」，乃合肥相君家名部。一時翰部臺垣群公咸集，讓東塘獨居上座，諸伶更番進觴，座客嘖嘖指顧，大有淩雲之氣。今四方之購是書者，其家染刷無虛日。勾欄部以《桃花扇》與《長生殿》並行，未有不習孔、洪兩家之樂府者。〔註 26〕

孔尚任及其《桃花扇》名噪一時，時人莫能與之爭鋒。可是，令孔尚任萬萬沒有想到的是，《桃花扇》寫成的次年，他就被罷了官，連小小的一點功名也被革掉了。「南洪北孔」的命運，何其相似。康熙「欲擒故縱」的伎倆，也是昭然若揭〔註 27〕。

不過與「借離合之情，寫興亡之感」的《桃花扇》相比，《長生殿》在局部範圍內的犯禁，雖然觸怒了康熙，但還不至於惹得他大動干戈。結合當時

〔註 26〕〔清〕金埴撰，王湜華點校：《不下帶編・巾箱說》〔M〕北京：中華書局，1982 年版，巾箱說卷，第 135 頁。

〔註 27〕近來，山東學者張宇聲根據《康熙起居注》的一則材料，對《長生殿》之禍提出新識：推定此事件乃是黃六鴻挾嫌報復，以趙執信爲主要彈劾對象，且趙在玩「馬弔」時的戲言乃致隙之由，與當時「南北黨爭」無關，而且案件中受處分的官員只有趙執信一人，清廷對案件的處理從輕從寬。但此新說究竟成立與否，在學術界尚未達成共識，而且全文並未提到康熙對於《長生殿》傳奇本身的臧否，這無疑還有待商榷。本書將其附在此處，以資參考。見張宇聲撰：《「〈長生殿〉案件」新論》〔A〕，《管子學刊》〔J〕，2009 年第 2 期。

嚴峻的社會政治文化現實來說，清初統治者在建立自己合法性的過程中，首先必須面臨的就是江南地區士人殘存的「夷夏之辨」思想的挑戰，清除江南地區士人殘存的「南宋——晚明」史觀的影響變成了其有效構建正統意識形態的關鍵。而「南宋——晚明」交相滲透的敘述結構更是士人群體在鼎革之際重建對明末歷史反思構架的一種嘗試〔註 28〕。洪昇的《長生殿》是一部以大唐帝妃愛情爲主線的傳奇劇，從劇作背景來看，當不在敏感之列。而諸如《罵賊》這樣容易讓人激起排滿聯想的內容，孫郁的《天寶曲史》裏也有，但是在雷海青對安祿山的稱呼上，還是體現出了兩者的差別，這應是引起康熙不滿的一大因素〔註 29〕；第三十八齣《彈詞》，李龜年唱〔轉調貨郎兒・八轉〕，敘述安祿山攻陷長安後的情形云：

〔八轉〕自鑾輿西巡蜀道，長安內兵戈肆擾。千官無復紫宸朝，把繁華頓消，頓消。六宮中朱户掛蠨蛸，御榻傍白日狐狸嘯。叫鴟鴞也麼哥，長蓬蒿也麼哥。野鹿兒亂跑，苑柳宮花一半兒凋。有誰人去掃，去掃！玳瑁空梁燕泥兒抛，只留得缺月黄昏照。歎蕭條也麼哥，染腥臊也麼哥！染腥臊，玉砌空堆馬糞高。

此等慘狀，不由得不讓人聯想到清兵入關以後，慘絕人寰的「揚州十日」、「嘉定三屠」：

初二日，傳府道州縣已置官吏，執安民牌遍諭百姓，毋得驚懼。又諭各寺院僧人焚化積屍；而寺院中藏匿婦女亦復不少，亦有驚餓死者，查焚屍簿載其數，前後約計八十萬餘，其落井投河，閉户自焚，及深入自縊者不與焉。是日燒綿絮灰及人骨以療兄創；至晚，始以仲兄季弟之死哭告予兄，兄領之而已。〔註 30〕

是役也，城內外死者二萬餘人，縉紳則有侯峒曾、黃淳耀、龔用圓，孝廉張錫眉，貢生則王雲程，青衿則黃淵耀等七十八人。其

〔註 28〕以上內容部分參考了楊念群著：《何處是「江南」：清朝正統觀的確立與士林精神世界的變異》〔M〕，北京：三聯書店，2010 年 7 月版，第 11 頁、第 16 頁。

〔註 29〕《長生殿・罵賊》齣《元和令》云：「恨仔恨潑腥羶莽將龍座渰」，《收京》折《高陽臺》云：「九廟灰飛，諸陵塵暗，腥羶滿目狼藉。」「腥羶」乃是對胡人安祿山的代稱，敏感的康熙不會不對此產生反感；而《天寶曲史・罵賊》一折，雷海青只是斥罵安祿山「奸賊」、「小人」，這些字眼顯然並不犯禁。相關情節還可見明代屠隆傳奇《彩毫記・海青死節》。

〔註 30〕〔明〕王秀楚撰：《揚州十日記》（中國歷史研究資料叢書）〔M〕，上海：上海書店印行，1982 年 1 月版，第 241 頁。

時孝子慈孫，貞夫烈婦，才子佳人，橫罹鋒鏑，尚不可勝記。設縣以來，絕無僅有之異變也。予目擊冤酷，不忍無記，是非灼見，不敢增飭一語，間涉風聞，亦必尋訪耆老，眾口相符，然後筆之於簡。〔註 31〕

李龜年所唱的這些「興亡之恨」，極容易被清廷視爲「故國之思」，確實犯了不小的忌諱。而且在《長生殿》之前，類似「彈詞」這樣把李、楊愛情，提高到從國家興亡的層面，進行總結哀悼的內容，還從未有過。但是細看之下，〔轉調貨郎兒〕中大部分內容還是以李、楊情事爲主，在李龜年看來，帝王李隆基「弛了朝綱，佔了情場」，「朝歡暮樂」等不加節制的奢靡之舉，方才造成了如今天下困頓的局面，這和晚明遺民對於「文質」之辨問題的思考有相通的地方。把「文質」之別和「夷夏觀」合而觀之的做法大致起源於宋代，清初的「文質論」基本上逃不脫「南宋——晚明」敘說框架的制約。在明末清初的特殊語境下，「文」的涵義中雖仍保持著漢人積澱已久的對傳統的自信與自尊，卻因明末對滿人戰局的屢次失利，使得代表「質樸」一面的滿人生活形態，也似乎有重新被認知甚至被肯定的可能，清初的歷史文獻中，士人對「質樸」生活的肯定似乎遠遠多於對以往「文」的生活樣態的肯定，這可與南宋士林的沉痛知覺相呼應〔註 32〕。就這一點說，晚明遺民的思想傾向與清初統治者的治國方略恰恰顯示出相吻合的地方，如此看來，李龜年對君王奢靡，以致幾乎亡國的經驗教訓的總結，在當今天子（康熙）看來，不僅不能看作大不敬，倒反而是一劑「以儉治國」的良方。在這樣多重因素的共同作用下，康熙「然若明令禁絕，則徒授人以口實。乃僅治其『國恤』演劇之罪，而《長生殿》遂盛行於國中矣。」〔註 33〕

1695 年，《長生殿》授梓，門人汪熷爲之序。

1697 年，秋，至蘇州。時吳之好事者醵分演《長生殿》傳奇，江寧巡撫宋犖主之，極一時之盛。已，倩尤侗爲作《長生殿》序。〔註 34〕

〔註 31〕〔明〕朱子素撰：《嘉定屠城記略》（中國歷史研究資料叢書）〔M〕，上海：上海書店印行，1982 年 1 月版，第 268 頁。

〔註 32〕以上關於「文質」之辨的內容，參考自楊念群著：《何處是「江南」：清朝正統觀的確立與士林精神世界的變異》〔M〕，北京：三聯書店，2010 年 7 月版，第 156 頁、第 177 頁。

〔註 33〕章培恒撰：《演〈長生殿〉之禍考》〔A〕，章培恒著：《洪昇年譜》〔M〕，上海：上海古籍出版社，1979 年 2 月版，第 392 頁。

〔註 34〕同上，第 324 頁、第 334 頁。

1699年《桃花扇》的「適時」出現，也讓《長生殿》的境遇更得以改觀，畢竟二者在性質上有著很大的不同：

> 從康熙朝直到清末，《長生殿》傳奇中《定情》、《疑讖》、《絮閣》等折在內廷長演不衰。《桃花扇》中《拒媒》、《卻奩》、《罵筵》等齣都詞曲俱佳，但清宮從不上演。清廷拒絕觀看《桃花扇》當然不是偶然現象，對其中的反清傾向他們絕非沒有察覺，卻也未加追究。〔註35〕

康熙對孔尚任只是以罷官論處，這在雍正、乾隆等大興「文字獄」的朝代裏簡直難以想像，其懷柔術之高明，也可見一斑。

王麗梅對於《長生殿》行世後的演出有一番見教：

> 《長生殿》行世後，多不演全本戲，相傳演全本班必散，此說載於焦循的《劇說》中。考後世戲文選本，我們看到所選的折子戲多是圍繞帝妃愛情的，如《密誓》、《小宴》等齣，盛演於舞臺之上的劇目亦是如此，《長生殿》中具有強烈興亡之感的回目，基本上不再在舞臺上演出，這種現象所傳達出的意味是非常耐人尋味的。〔註36〕

演全本《長生殿》，戲班必散，這與清廷政治上施加的壓力，也許有一定的關係，演出開銷龐大也是一個不容忽視的因素〔註37〕。否則，如何解釋《彈詞》被選進多個折子戲選本〔註38〕，「家家『收拾起』，戶戶『不提防』」這句當時的俗諺，又從何提起呢？應該說，表現李、楊愛情故事的那部分內容，是民間和朝廷都喜聞樂見的，而那些具有興亡之感的內容，雖不見於朝廷，但在民間還是有較強的影響力，因此演出經久而不衰。

葛兆光在他的一篇文章中，曾談到過以下問題：

> 通常，歷史學家都認爲清廷在族群問題上相當敏感，文字獄在

〔註35〕丁汝芹著：《清代內廷演戲史話》〔M〕，北京：紫禁城出版社，1999年9月版，第129頁。

〔註36〕王麗梅著：《曲中巨擘——洪昇傳》〔M〕，杭州：浙江人民出版社，2007年8月版，第224頁。

〔註37〕周貽白：《中國戲劇史長編》中，援引了王友亮《雙佩齋集》「季亢二家」事，以及厲鶚《樊榭山房文集・書項生事》，論述當時私人家樂演出《長生殿》，其排場布設達到了窮奢極侈的地步。見周貽白著：《中國戲劇史長編》〔M〕，上海：上海書店出版社，2004年3月版，第405頁。

〔註38〕朱錦華撰：《〈長生殿〉演出史研究》〔A〕，葉長海主編：《〈長生殿〉演出與研究》〔C〕，上海：上海文藝出版社，2007年8月版，第330頁～第331頁。

> 很大程度上是針對族群問題的。那麼，他們爲什麼會對戲臺上的「漢威儀」如此輕忽，對呈現「胡漢衝突」的各種戲劇如此熱衷，那麼，又應當如何重新估價清帝國的文化政策？〔註39〕

康熙的文化「統戰」，以及《長生殿》命運的一波三折，也許能夠對以上問題作出部分解答。

2.2《長生殿》中的歲時節令及其蘊含的狂歡元素——《長生殿》盛演不衰與民間活力的釋放

清代宮廷演出的劇目繁多，其中有一類喚作節令戲，其情節簡單，通常是仙女、道童等根據節令內容載歌載舞，唱詞多爲歌頌皇恩浩蕩或是神佛仙道見人間豐年盛世，百姓歡慶，便降下祥瑞等等〔註40〕。朝廷裏上演的節慶戲與「歡慶」、「祥瑞」等字眼聯繫在一起，營造出的是一派吉祥如意、喜氣洋洋的演出效果；在民間的戲劇演出中，其中有關節令內容的劇目，同樣也能引發民眾強烈的「狂歡」意識，甚至能帶動整部戲盛演不衰。「四大名劇」中，《牡丹亭》之於上巳〔註41〕，《桃花扇》之於端午〔註42〕，都在一定程度

〔註39〕葛兆光撰：《「不意於胡京復見漢威儀」——清代道光年間（1821～1850）朝鮮使者對北京演戲的觀察與想像》〔A〕，復旦大學文史研究院編：《都市繁華——一千五百年來的東亞城市生活史》〔C〕，北京：中華書局，2010年11月版，第390頁～第391頁。文中還提到：來到大清帝國的朝鮮兩班人士，「仔細觀察並加以想像，發現梨園戲曲竟然是大清帝國漢族人保存族群歷史記憶的一個途徑，滿清帝都的戲臺上，公然穿著大明衣冠。」這堪稱是當時漢人對晚明滅亡的一種另類哀悼吧，《長生殿》的持續熱演與此種情緒的推波助瀾，也應不無關係。

〔註40〕丁汝芹著：《清代內廷演戲史話》〔M〕，北京：紫禁城出版社，1999年9月版，第40頁。

〔註41〕《牡丹亭》第八齣「勸農」一折的唱詞：那桑陰下，柳簍兒搓，順手腰身翦一下丫。呀，什麼官員在此？俺羅敷自有家，便秋胡怎認他，提金下馬？〔外〕歌的好！說與他，不是魯國秋胡，不是秦家使君，是本府太爺勸農。（〔明〕湯顯祖著，徐朔方校注：《牡丹亭》〔M〕，北京：人民文學出版社，1963年4月版，第45頁。）其中，桑陰、秋胡、羅敷女等元素，均和「三月三」上巳節有關。具體分析可見陳勁松撰：《再生信仰與西王母神話——淺論杜、柳愛情的神話原型及〈牡丹亭〉主題再探》〔A〕，《江西社會科學》〔J〕，2010年第12期。

〔註42〕《桃花扇》第八齣《鬧榭》中有：「節鬧端陽只一瞬，滿眼番話，王謝少人問。」此外，第五齣《訪翠》，侯方域自道：「書劍飄零，歸家無日。對三月豔陽之節，住六朝佳麗之場，雖是客況不堪，卻也春情難按。」讓侯方域春情難按的豔陽之節，極有可能和三月三有關。以上引文見〔清〕孔尚任著、王季思等合注：《桃花扇》〔M〕，北京：人民文學出版社，1959年4月版，第38頁、第58頁。

上起到了「鬧熱」的演出效果，集「四大節日」於一劇的《長生殿》，更是其中具有代表性的例子。要探討《長生殿》中的歲時節令，與《長生殿》盛演之間的關係，還得先從戲劇的起源與歲時節令之間的關係說起。

戲劇從它誕生伊始，就和歲時節令結下了不解之緣。王國維先生的《宋元戲曲史》在論述戲劇藝術的發生時寫道：

> 歌舞之興，其始於古之巫乎？巫之興也，蓋在上古之世。《楚語》：「古者民神不雜，民治精爽不攜貳者，而又能齊肅衷正。……如此，則明神降之。在男曰覡，在女曰巫。……及少皞之亂，九黎亂德，民神雜糅，不可方物。夫人作享，家爲巫史。」然則巫覡之興，在少皞之前，蓋此事與文化俱古矣。巫之事神，必用歌舞。〔註 43〕

巫儺之祭，以舞降神，最初具有極強的功利色彩。其目的與農業生產之間存在密切的聯繫。生存和繁衍是原始初民所面臨的兩大難題，正是從狩獵采集生活進化到農耕生活的長久積累中，古人對於年復一年春夏秋冬四季循環及其變化慢慢有了深入的認識，逐漸形成了對春秋、四季，對年、月、日、時變化規律的認識，於是產生了曆法。當曆法進化爲成熟的體系後，先民的祭祀和慶祝活動就自然而然地被吸收到曆法體系中，成爲後來節日序列的重要組成部分。在這些儀式化的祭祀和慶祝活動中，藝術的種子逐漸發芽，最終獨立於儀式和現實而存在，其中也包括戲劇。劍橋學派「神話——儀式」學說的創立者哈里森女士，對這個過程作了如下論述：

> 儀式是一種再現或預現，是一種重演或預演，是生活的複本或模擬，而且，尤其重要的是，儀式總有一定的實際目的。藝術同樣也是生活或激情的再現，但是，藝術卻遠離直接行動，藝術常常就是實際行動的再現，但是，藝術卻不會導致一個實際目的的實現。藝術的目的就是其自身，藝術的價值不在於起中介作用，而在於其自身。……在戲劇表演中，他所模仿的行動可能和儀式所模仿的行動完全一樣，但是目的變了：人們從實際行動中解脫出來，離開載歌載舞的舞隊，變成一個旁觀者，一個觀眾。戲劇的目的就是其自身。〔註 44〕

〔註 43〕王國維著：《宋元戲曲史》〔M〕，上海：上海古籍出版社，1998 年 12 月版，第 2 頁。

〔註 44〕〔英〕哈里森著、劉宗迪譯：《古代藝術與儀式》〔M〕，北京：三聯書店出版社，2008 年 9 月版，第 87 頁～第 88 頁。

哈里森在文中雖然是借古希臘戲劇說明儀式轉化爲藝術的過程，但這個理論也同樣適用於中國戲劇的起源與產生。

日本學者田仲一成先生則對中國戲劇的發生與社祭禮儀的關係作出了更直接的概括：

> 在中國的鄉村中，最原始的祭祀是「社祭」，祭祀作爲村落守護神的土地神。社祭分兩種：一種是春天向社神祈求五穀豐登的「春祈」，一種是秋天感謝社神賜予豐收的「秋報」。應該考慮，戲劇也是從這兩種鄉村的社祭禮儀中發生的。〔註45〕

《禮記・雜記》裏記載了孔子與弟子子貢討論如何面對國人年節蠟祭活動的態度：

> 子貢關於蠟。孔子曰：「賜也，樂乎？」對曰：「一國之人皆若狂，賜未知其樂也。」子曰：「百日之蠟，一日之澤，非爾所知也。張而不弛，文武弗能也；弛而不張，文武弗爲也。一張一弛，文武之道也。」

舉國之人如此瘋狂地參與迎春的蠟祭活動，戲劇萌蘖時的群體狂歡亦能清晰可辨。

劉曉峰先生把中國古代歲時文化的發展，分爲三個歷史時期加以考察：

> 其一，是一對具有時間神格的神加以祭祀爲中心的「神話時代」（上古到秦漢的神話時期）；其二，是以祭奠帶有怨厲之氣的鬼爲中心的「傳說時代」（漢末到六朝的傳說時期）；其三，是以佳節良辰爲根本追求目標的「嘉事時代」（隋唐至清末的嘉事時期）。〔註46〕

明清傳奇的創作時間段，正好與節日文化發展的第三個階段「嘉事時期」相吻合。因此，戲劇作品中出現的節日背景，也大多數都是男女主人公成其「嘉事」的日子，舞臺表演與節日民俗相應和，營造出了喜慶與歡樂的氣氛。以元宵節爲例。這個節日起源於漢代，至晚到隋朝，就有了夜間進行慶祝的先例。而且這個節日是一個夜以繼日的連續假期，李隆基執政時是連續三天，到了明代更是延長爲「十夜燈」，容許百姓自由觀燈，清代紫禁城元夕點燈煙

〔註45〕〔日〕田仲一成著，雲貴彬、於允譯，黃美華校譯：《中國戲劇史》〔M〕，北京：北京廣播學院出版社，2002年9月版，第5頁。

〔註46〕劉曉峰著：《東亞的時間——歲時文化的比較研究》〔M〕，北京：中華書局，2007年10月版，第1頁～第2頁。

火的表演也煞是精彩。統治者的本意是爲了通過元宵慶典，展現國家氣象昇平，並且總結過去展望未來。然而在這個熱鬧隆重的表象下，百姓則達到了另一個屬於他們自己的目的：即從禮教與法度所調控的日常秩序中解放出來。這些「解放」包括元夕「偷青」，這裡的「偷青」不僅包括合法地竊取他人蔬園裏的少許青菜，甚至妻女爲人所竊都不以爲忤；還包括秧歌唱演，觀眾和演員借著元宵的眞實場景，演著一齣又一齣好戲，其中還有易性變裝的化妝歌舞；對於女性來說，更直接的「解放」則是，婦女能夠打著「走百病」的名義元夕出遊，以彰顯出遊的正當性。這「走百病」習俗的主要內容是走橋和摸門釘等，大多和乞子有關。而男女混雜出遊，又不知會成就多少美好姻緣。湯顯祖《紫釵記》中李益與霍小玉相遇，正是在元宵賞燈之際：

〔玩仙燈〕（老旦上）上元燈現，畫角老梅吹晚。風柔夜暖笑聲喧，早占斷紅妝宴。

〔前腔〕韶華深院，春色今宵正顯。年光是也拚無眠，數不盡神仙眷。

〔憶秦娥〕（老）元宵好，珠簾卷盡千門曉。（旦）千門曉，禁漏花遲，玉街春早，（浣）紅妝索向千蓮照，笙歌欲隱千金笑。（合）千金笑，月暈圍高，星球墜小。（旦）今夜花燈佳夕，奉夫人一杯酒。（老）費你心也，正是女郎春進酒，王母夜燒燈。〔註47〕

李益在觀燈的熙攘人群中遇見了霍小玉，並拾到她掉落的金釵，這才引出一段曲折動人的愛情故事。元宵節除了有賞燈猜謎的遊戲活動外，舞獅也是其中一個非常重要的民俗事象，2010 年 4 月，上昆在演出《紫釵記》一劇時，就是以舞獅替代觀燈，作爲元宵節的象徵，場上舞得精彩，臺下看得「鬧熱」〔註48〕。2010 年 3 月，上戲排演了根據瑞典劇作家斯特林堡同名戲劇改編的實驗京劇《朱麗小姐》，也同樣用中國元素「舞獅」來隱喻故事發生的節日背

〔註47〕〔明〕湯顯祖著、胡士瑩校注：《紫釵記》〔M〕，北京：人民文學出版社，1982 年 1 月版，第 17 頁。

〔註48〕翁敏華的《〈紫釵記〉的季節感與生命意識》一文，從《紫釵記》中出現的幾個節日：立春、元宵、花朝以及中秋和重陽，作爲論述核心，著重闡明了劇中的節日背景是與生命、與愛、與離別、與喜怒哀樂的人之七情六欲相結合，使之成爲具有人生里程碑意義的文化標識。節日民俗在戲劇演出中扮演了一個非常重要的「角色」，而非簡單的鋪墊、機械地運用，兩者之間的緊密關係也由此得到體現。這個思路對於闡述《長生殿》中的歲時節令與人物情感之間的關係，也同樣適用。參看《上海戲劇》〔J〕，2009 年第 3 期，第 48 頁～第 51 頁。

景——元宵，正是在這個狂歡的佳夕，僕人項強與主人朱麗小姐發生了關係。舞獅，是元宵節日狂歡的一個重要組成部分，本身就具有很強的表演性。巴赫金在提到「狂歡節」時指出：

> 然而狂歡節在這個詞的狹義上來說，卻遠非是簡單的、意義單純的現象。這個詞將一系列地方性狂歡節結合爲一個概念，它們起源不同，時期不同，但都具有民間節日遊藝的某些普遍特點……各種不同的民間節日形式，在衰亡和蛻化的同時將自身的一系列因素如儀式、道具、形象、面具，轉賦予了狂歡節。狂歡節實際上已成爲容納那些不復獨立存在的民間節日形式的貯藏器。〔註 49〕

就這樣，節日的表演性和戲劇舞臺上所呈現的「狂歡性」巧妙地綰結在了一起〔註 50〕。

早在上個世紀八十年代初，日本學者竹村則行就採取了文史互證的手法，論述洪昇如何從《長生殿》中季節推移的角度，來描摹李、楊之間的情愛變化〔註 51〕。結合《長生殿》的主旨，作者得出以下結論：

> 這樣，假如我們把這個「情」的問題同我前面所矚目的《長生殿》的季節推移合併起來思考，那麼洪昇爲了合理有效地進行這個作爲《長生殿》主題的情的展開，因而在設定場面時絲毫不拘泥以往的史實，而隨著唐玄宗和楊貴妃的情愛變化巧妙地推移它的季節背景，這個大致的推論是能夠成立的。〔註 52〕

竹村先生認爲，洪昇《長生殿》在這方面的藝術構思，源於對《長恨歌》的借鑒：

〔註 49〕〔俄〕巴赫金著，錢中文主編、李兆林等譯：《巴赫金全集》（第六卷）〔M〕，石家莊：河北教育出版社，1998 年 3 月版，第 250 頁。

〔註 50〕翁敏華：《元宵節俗及其戲曲舞臺表述》一文，由典籍記載和民俗遺存兩方面，介紹元宵節俗的面貌和歷史演變狀況，尤其是突出了以元宵節爲背景的元宵「鬧」劇，文中探討的「元宵愛情劇」也不乏鬧熱的成分。本文刊載於《上海師範大學學報》（哲學社會科學版）〔J〕，2008 年 9 月第 37 卷第 5 期，第 79 頁～第 85 頁。

〔註 51〕竹村先生認爲，《長生殿》中唐玄宗和楊貴妃結婚伊始的有關情節，是把兩人情愛的濃密和華美放置在春色的背景之中來有效地進行演出；以夏日景色爲背景的場面，象徵了兩人盛熾的愛情；而七夕初秋，李楊愛情達到了最高點。玄宗幸蜀、思妃，最後帝妃月宮團圓，這些都是在以秋天爲背景的場面演出。〔日〕竹村則行撰，朱則傑節譯：《論〈長生殿〉的季節推移》〔A〕，《戲曲研究》〔J〕第 38 輯，文化藝術出版社，1991 年版，第 130 頁。

〔註 52〕同上，第 140 頁。

> 洪昇在《長生殿》的《例言》中曾說：「予撰此劇，止按白居易《長恨歌》，陳鴻《長恨歌傳》爲之。」《長生殿》安排季節推移這一藝術構造，恐怕就是從白居易《長恨歌》得到啓發的。〔註53〕

同樣的，在展現李、楊之情變化的過程中，《長生殿》中的歲時節令也起到了相當重要的作用。這個源頭照理也應該上溯到「白歌陳傳」。但是兩相對照之下，「白歌陳傳」中提到的惟一的一個節日便是七夕。白樸的《梧桐雨》、無名氏的《驚鴻記》以及孫郁的《天寶曲史》等，有關李、楊愛情的重要戲劇，也都只出現過「七夕」一個節日。因此，這就體現出洪昇在藝術創作上的創新之處。

再來看《長生殿》，此劇以第二十五齣《埋玉》爲界分爲兩個部分，上半部分出現的節日爲上巳（《禊遊》）和七夕（《密誓》），下半部分出現的則是清明（《私祭》）與中秋（《重圓》）。如果按照竹村先生「季節推移」理論，以歲時節令的推移象徵李、楊愛情：上巳節正是春光無限之際，李、楊愛情的種子才剛剛播種，還要歷經情感糾葛，生離死別的考驗；而七夕、中秋時當秋季，正是收穫的季節，故有長生殿上七夕「密誓」，中秋節月宮「重圓」等情節，暗示著李、楊之情已經修成正果，這也是另一種意義上的「春祈秋報」；如果以四大節日的核心主題來分析：上巳節以「性」爲主題，著重突出的是男女肉欲之愛，七夕節以「愛」爲主題，側重突出男女之間心靈上的契合，這由「欲」到「愛」的過程，正是象徵了李、楊之間情感的昇華；從清明的「悼念」到中秋的「團圓」，則象徵了李、楊愛情從世俗走向仙界，從人世間的短暫昇華到「長生」不朽的境地。這些都無不緊扣《長生殿》寫情的主旨〔註54〕。

如果把《長生殿》看作是作者創造的自成一體的「小宇宙」，那麼，劇中的歲時節令，還體現了中國哲學中陰陽平衡的理念：上巳和七夕，出現在全劇的上半部分，李、楊享受了俗世的愛情與歡樂，稱得上是「陽」的一面；而下半部分出現的清明與中秋，對應的是對楊、李先後辭世的追悼，稱得上是「陰」的一面。這一「陽」一「陰」形成了結構上的對照之勢，稱得上是有意味的形式〔註55〕。有趣的是，《長生殿》中描寫得較爲「鬧熱」的，也是

〔註53〕同上，第131頁。

〔註54〕此處對於《長生殿》中節日主題的概括，見翁敏華撰：《四大節日，兩位神祇——〈長生殿〉民俗文化管窺之一》〔A〕，謝柏梁、高福民主編：《千古情緣：〈長生殿〉國際學術研討會論文集》〔C〕，上海：上海古籍出版社，2006年版，第349頁。

〔註55〕法國人類學家葛蘭言先生認爲，對中國人來說，時間並不是一個均質的延續體，由一連串處在同一運動中的同質的時刻組成。相反，在他們看來，時間

上巳和七夕這兩個節日，大概這與它們具有「陽」的屬性有關；從節日性質與民俗的角度來看：上巳和清明——春日的追思和狂歡，七夕與中秋——秋天的祭儀與團圓，它們兩兩呼應，恰似事物在水中的倒影。以上巳和清明爲例，翁敏華的《三月三上巳節失落之謎初探》一文，揭示出二者之間的內在聯繫：

> 三月三上巳節自古繁盛。從宋元時代開始，由於理學的壓制等原因漸漸不顯，筆記史料和文學作品中都表現了一種追古慕古的情懷。與此同時，由於時間的接近，更因爲上巳節俗的性色彩不見容於上流社會，寒食、清明、上巳三節呈現合併混同的趨向，最終，寒食「並」入清明，上巳「躲」進清明。自此清明在傳統節日裏地位顯赫，文化內涵繁富，外在表現爲祭祖掃墓，內裏卻是求偶、試婚、求子的三月三上巳節內容。〔註 56〕

而七夕和中秋在性質上也頗有相近之處，它們都是彰顯團圓的節日，也均與星月崇拜以及西王母神話有關，此處不再贅述。

一切事物均有其兩面性，良辰佳節亦不例外，正所謂物極必反，樂極生悲，這也正是中國哲學思想的精華所在。四大節日的出現，也都蘊含了中國哲學中禍福相倚，樂極哀來的思想，與《長生殿・自序》中「樂極哀來，垂戒來世，意即寓焉」的創作意旨相符：李、楊三月三「禊遊」，縱情歡樂之後，接下來便是《幸恩》、《獻發》兩齣，兩人的愛情經受了嚴峻的考驗，直到《復召》一折，方告一段落；李、楊七夕「密誓」之後，安祿山起兵造反（《陷關》、《驚變》），楊玉環慘死在馬嵬坡下（《埋玉》），李、楊二人從此只能陰陽相隔，各訴衷腸；永新、念奴清明「私祭」（《私祭》），沒承想碰到了李龜年，同時還得知聖駕回鑾的消息，眞可謂柳暗花明；李隆基中秋命殞，卻與楊玉環月宮「重圓」（《重圓》），情留萬古無窮。結合洪昇的人生命運與創作經歷，也許，《長生殿》中歲時節令的設置與安排，正是其心路歷程的曲折體現。漢族文人在當時特殊歷史背景下相似的情感體驗，也許亦是《長生殿》盛演不衰的一大緣由。

是由兩類對立的（陰或陽，男性或女性）的時期的重複輪替構成的，這些時期在時限上是等長的。《長生殿》上下部分中分別出現的由春到秋的歲時節令，正是這個理論的直接反映。〔法〕葛蘭言著、趙丙祥等譯：《古代中國的節慶與歌謠》〔M〕，桂林：廣西師範大學出版社，2005 年版，第 201 頁。

〔註 56〕翁敏華撰：《三月三上巳節失落之謎初探》〔A〕，《雲南藝術學院學報》〔J〕，2006 年第 1 期，第 34 頁。

《長生殿》文本中具有哲學意味的歲時節令，在舞臺演出時卻別具一番「鬧熱」，其主要原因還是戲劇與節日民俗天然的親密關係。鄭傳寅在論述「節日民俗與戲曲文化形態」這個問題時指出：

> 節日作爲連接戲曲創作和消費的傳播媒介，絕不只是被動的「運載」工具，它不僅增強了戲曲對觀眾的吸附力，強化了戲曲文化的輻射力，同時，對戲曲文化形態的生成也有著一定的制約作用。

這一定的制約作用，就表現在戲曲追求「熱鬧」的藝術旨趣上：

> 居住極其分散，交往極不方便，平時很少有機會出門的勞動人民，每逢節日就渴望到人多的地方去看熱鬧，他們穿紅著綠，挈婦將雛，湧向一處。氣氛歡騰，情緒熱烈。所到之處，喧鬧一片。爲了滿足看熱鬧的心理需求，爲了同喧鬧歡騰的節日氣氛相一致，戲曲不能不以「熱鬧」爲旨趣。鮮豔奪目的戲衣，神奇怪誕的臉譜，震耳欲聾的鑼鼓，驚心動魄的「開打」，響遏行雲的演唱，熱烈奔放，與「一國之人皆若狂」的節日氣氛融爲一體。〔註 57〕

陳熙遠先生對於民眾的節日狂歡還有一番獨到的見解：

> 這種暫時性的越界與烏托邦裏的狂歡，或可解釋成盛世太平中民間活力的展現，也可以從功能性的角度視爲歲時生活的調節，民間於日常所給予的力量得以紓解，但也可能被判定爲對禮教規範與法律秩序的扭曲與破壞。
>
> ……民間習常的活力乃具體而微地展現在與官方威權的牽扯角力之中。〔註 58〕

與陳熙遠觀點大致相同，但把視角落在女性宗教活動的是趙世瑜先生。他研

〔註 57〕以上兩段文字，摘自鄭傳寅撰：《節日民俗與古代戲曲文化的傳播》〔A〕，《東南大學學報》（哲學社會科學版）〔J〕，2004 年 1 月第 6 卷，第 1 期，第 93 頁、第 95 頁。如今，有學者將節日民俗與古代戲曲結合起來進行研究探討，已經形成了系列論文，拓寬了戲劇研究的方法和視野。比如翁敏華的系列論文：《元宵節俗及其戲曲舞臺表述》〔A〕，《上海師範大學學報》（哲學社會科學版）〔J〕，2008 年 9 月第 37 卷，第 5 期，《端午節與端午戲》〔A〕，《中華戲曲》〔J〕，第 38 輯，《重陽節的民間習俗與文藝表現——以雜劇〈東籬賞菊〉和陶淵明爲重點》〔A〕，《文化遺產》〔J〕，2008 年第 4 期等。

〔註 58〕陳熙遠撰：《中國夜未眠——明清時期的元宵、夜禁與狂歡》〔A〕，選自蒲慕州主編：《生活與文化——臺灣學者中國史研究論叢》〔C〕，北京：中國大百科全書出版社，2005 年 4 月版，第 340 頁。

究的個案是「明清之際婦女的宗教活動於閒暇娛樂活動」。在提到婦女的宗教性活動時，他認爲主要有以下幾個表層因素：其一，婦女認爲到寺廟佛像前去祈禱還願，比在家中更能收到好的效果，與神的聯繫更爲直接；其二，爲家庭成員還願也是一個重要的理由。趙世瑜歸結道：

> 無論是爲了履行傳統賦予自己的照管家庭的職能，還是爲了解決與自己相關的精神和生活問題，都成了女性獨特的亞文化，而這種亞文化的形成又是女性所面臨的獨特問題和困境所導致的。〔註 59〕

《長生殿》中的四大節日，從民俗文化的角度看，均是以女性爲主的節日，求子是其中一個重要的民俗事象，它也是女性所面臨的一個獨特問題。而婚姻需要「父母之命，媒妁之言」，愛情上無法得到滿足，以及不能與男子平等地出入公開場合，則應看作是女性面臨的困境。而民間歲時節令恰恰是這種性壓力的紓解與釋放：從上古時期三月三的短時性放縱，到後世的上巳踏青春遊，女性企盼著可遇不可求的愛情出現；從七夕「乞巧」到祈求懷孕，表現了女性在古代社會，一旦無子將面臨的尷尬境遇。既慰籍了女性的精神心理。同時又滿足了她們外出娛樂的願望。

《長生殿》的演出，在宮廷，在宅邸，還在廟會。章培恒先生在《洪昇年譜》中記載：

> 康熙四十二年癸未 1703（洪昇）五十九歲。孫鳳儀招伶於吳山演《長生殿》，昉思遇之，贈以詩；鳳儀亦有《和贈洪昉思原韻十首》。〔註 60〕

王麗梅的《洪昇傳》中記敘得更加詳細：

> 康熙四十二年（1703），洪昇的好友孫鳳儀在吳山頂上的東嶽廟招伶人上演《長生殿》，洪昇到吳山逛廟會偶遇之，他看到戲臺前人頭攢動，演出依然盛況空前。〔註 61〕

〔註 59〕趙世瑜著：《狂歡與日常——明清以來的廟會與民間社會》〔M〕，北京：三聯書店出版，2002 年 4 月版，第 272 頁。

〔註 60〕章培恒著：《洪昇年譜》〔M〕上海：上海古籍出版社，1979 年 2 月版，第 356 頁～第 357 頁。又孫鳳儀：《長生殿題辭》云：吳山頂上逢高士，廣席當頭坐一人；頭髮蕭疏公瑾在。看他裙屐鬥妝新。（自注：余於吳山演長生殿劇，是日恰遇先生。）

〔註 61〕王麗梅著：《曲中巨擘——洪昇傳》〔M〕，杭州：浙江人民出版社，2007 年 8 月版，第 224 頁。

東嶽廟戲臺建於北宋大觀元年，是錢塘重要的演戲之所。人們前來觀看這樣的廟會演出，其目的是多元性的。對於女性觀眾而言，看戲只是其中之一，其中還摻雜著求偶、求子的目的。這就不免要牽涉到一個偶像崇拜的問題了。

對於偶像的產生，哈里森女士有著精闢地論述：

> 神孕育於儀式，後來漸漸地與儀式相脫離，而一旦他從儀式母體中脫胎而出，與儀式分離，獲得了獨立於儀式的存在，他就邁出了藝術化的第一步，他就會變成一件蘊含在人們心靈中的藝術品，漸漸地，甚至連最後的一點點微薄的儀式痕迹都從他的身上消退了，他終於變成了一個被實際的藝術創作摹寫的範本，被翻刻到了石頭上。〔註 62〕

在上古時期，祭祀儀式的實際操縱者就是巫，原始部落中的王與巫之間，其身份往往是合二爲一的。王與其配偶本身就被賦予了一定的神性。弗雷澤《金枝》中結合對羅馬國王的討論，得出以下結論：

> 國王代表並實際扮演偉大的天神、雷神、橡樹之神朱庇特。同時，像世界各地許多專司氣象之王一樣，也爲自己臣民的福利行雲降雨，轟雷掣電。他戴著橡葉編製的花環和標誌神性的徽幟扮作橡樹之神，而且還跟橡樹女神埃吉利婭結婚。埃吉利婭看來只是以當地形式出現的狄安娜，具有林神、水神和生育女神等特性。這些推斷是考察羅馬的史實證據得出的。〔註 63〕

因此，後人將「王」或與他同樣具有神性的配偶神「后」作爲偶像進行崇拜，也就成了順理成章的事了。

以往學界對《長生殿》中李隆基、楊玉環人物形象分析，歸納起來大致有以下四種方法：其一、從洪昇的劇本入手，與史料筆記等相結合，運用文藝學的手法，進行闡述論證，著重分析二人的文學形象〔註 64〕；其二、在文

〔註 62〕〔英〕哈里森著、劉宗迪譯：《古代藝術與儀式》〔M〕，北京：三聯書店出版社，2008 年 9 月版，第 124 頁。

〔註 63〕〔英〕詹姆斯·弗雷澤著、劉魁立編：《金枝精要：巫術與宗教之研究》〔M〕，上海：上海文藝出版社，2001 年 1 月版，第 135 頁。

〔註 64〕其中具有代表性的文章：鍾東撰：《論〈長生殿〉中的楊玉環形象的塑造》〔A〕，《中山大學學報》（社會科學版）〔J〕，1998 年第 5 期，葉樹發撰：《論〈長生殿〉中李隆基形象的人性化》〔A〕，《江西財經大學學報》〔J〕，2002 年第 4 期等。

藝學分析的基礎上，對史料進行鋪排、對比和甄別，綜合運用文獻學、民俗學的方法對人物進行分析，並對作者如何刪選史實，塑造他心目中的人物形象，提出獨到的見解〔註 65〕；其三、以宗教文化爲背景，對全劇的主題、人物形象以及情節構思等綜合加以分析〔註 66〕；其四、以劇中重要「物象」爲切入點，對人物形象等元素進行整體分析〔註 67〕。筆者認爲在研究分析李、楊人物形象時，應當把文本、演藝、宗教與民俗等幾個方面結合起來，並揭示出其間的互動關係，方能得出全面而紮實的結論。

再結合《長生殿》來說，作爲傳奇劇本，其主要人物李隆基與楊玉環，同時具有文學與舞臺形象的雙重性，而這兩種形象的生成都離不開民間土壤的培育。李、楊愛情在民間具有極強的影響力，然而，這種影響力絕非單向輻射，民間文化形成的巨大「磁場」，也會反過來對舞臺上的人物形象塑造產生影響。李隆基和楊玉環作爲上層統治者，他們和道教文化結下了不解之緣。道教是中國土生土長的民間宗教，它的起源和上古時期先民的日月崇拜、神鬼祭祀的巫教性思想行爲是密不可分的，在民間具有極強的影響力，它與戲劇之間的關係也非常密切〔註 68〕。道教活動和民間祭祀兩者間的關係密不可分，百姓把戲劇的娛樂性和祭祀時的莊重感，捏合得恰到好處，充分體現了中國民間世俗力量的生動性、活潑性。可謂搖曳多姿，妙態可掬，這一點在

〔註 65〕其中具有代表性的文章：康保成撰：《楊貴妃的被誤解與楊貴妃形象的被理解》〔A〕，《文學遺產》〔J〕，1998 年第 4 期。

〔註 66〕其中具有代表性的文章有：李偉平撰：《洪昇〈長生殿〉中的道教文化》〔A〕，《上海道教》〔J〕，1999 年第 3 期，鍾東撰：《道教文化與〈長生殿〉》〔A〕，《中山大學學報》（社會科學版）〔J〕，2001 年第 4 期，胡啓文撰：《〈長生殿〉與道教文化的積澱》〔A〕，《阜陽師範學院學報》（社會科學版）〔J〕，2008 年第 2 期，黃天驥撰：《〈長生殿〉藝術構思的道教內涵》〔A〕，《文學遺產》〔J〕，2009 年第 2 期等。

〔註 67〕見鍾東撰：《月亮與李隆基和楊玉環的故事》〔A〕，《中山大學研究生學刊》（社會科學版）〔J〕，1998 年，第 19 卷第 2 期，趙山林撰：《專寫釵盒情緣——〈長生殿〉怎樣寫情》〔A〕，《東南大學學報》（哲學社會科學版）〔J〕，2006 年 1 月第 8 卷，第 1 期，徐龍飛撰：《「霓裳羽衣」——〈長生殿〉中的一個重要物象研究》〔A〕，《中國戲曲學院學報》〔J〕，2007 年 11 月第 28 卷第 4 期等。

〔註 68〕徐宏圖：《戲劇與道教》一文對此有詳細地論述，兩者間的關係主要體現在：一、戲劇表演和道教儀式之間的淵源；二、戲劇賴道教儀式生存；三、戲劇從道教活動中獲得大量觀眾；四、道教對戲劇的滲透，也滿足了戲劇演出的經常性、普遍性和引導性，提高了觀眾的欣賞水平。本書轉引自吳光主編：《中華道學與道教》〔C〕，上海：上海古籍出版社，2004 年 12 月版，第 363 頁～第 372 頁。

節日民俗的活動中尤其能夠得到體現。對於作爲帝王的李隆基來說，道教是其將神權與皇權結合的重要「棋子」，他要實現統領人間與仙界的「大一統」目的；道教文化中的神仙崇拜、長生不老之方術，也是李隆基心中所向往的，他祈望通過道教的「仙梯」，從此走向永生。有關李、楊的文學戲劇作品，大多也充滿了濃郁的道教氣息，《長生殿》也不例外，全劇共有十六齣是根據李隆基和楊玉環富於道教色彩的傳聞改寫而成〔註 69〕。道教文化從本質上說屬於民間化、世俗化的宗教，民眾會本能地運用道教文化的思維，重新打量、詮釋，甚至「包裝」李隆基與楊玉環。這樣一來，民眾眼中喜聞樂見的李、楊舞臺形象，其背後孕育著的民俗積澱也逐漸得以形成，並隨著時間的流逝慢慢擴展以至深入人心。原先存在於民眾頭腦中一連串的豐富想像，最終在舞臺上下得到了妥帖地安置：沉迷於道教的李隆基、楊玉環，在舞臺上，一個成了孔昇眞人，一個作了蓬萊仙子，最終月宮團聚；李隆基具有道教君王、梨園領袖的雙重身份，他才華橫溢，且善待藝人，現實中地位低下的伶人們也就順水推舟，把他作爲行業神頂禮膜拜；「一神多職」的情況在中國社會的特定語境中屢見不鮮，因此，戲神李隆基還應兼具別的重要職能〔註 70〕；楊玉環作爲李隆基的配偶，民間把她附會爲道教神祇西王母、蓬萊仙子，甚至杜撰了她在馬嵬坡死裏逃生，東渡扶桑的傳說，楊玉環簡直成了「長生不死」的代名詞，她被民間偶像化也就成了順理成章的事兒。《長生殿》能夠歷經數百年之久，至今仍能盛演不衰的文化機理，由此也更加清晰可辨。本書將在下一章對此問題作深入探討。

這裡還有一個現象，也頗耐人尋味。康熙一朝，儘管朝廷屢次下令，嚴禁「淫詞豔曲」，但是民間的戲曲、祭賽，基本上就沒有中斷過〔註 71〕。更讓

〔註 69〕這幾齣戲分別是第十齣《疑讖》、第十一齣《聞樂》、第十二齣《製譜》、第二十二齣《密誓》、第二十七齣《冥追》、第三十二齣《哭像》、第三十三齣《神訴》、第三十七齣《尸解》、第三十九齣《私祭》、第四十齣《仙憶》、第四十四齣《慫合》、第四十六齣《覓魂》、第四十七齣《補恨》、第四十八齣《寄情》、第四十九齣《得信》、第五十齣《重圓》。

〔註 70〕這一點，筆者在下文將結合道教節日進行詳細地推論與分析。

〔註 71〕王利器輯錄：《元明清三代禁燬小說戲曲史料》（增訂本）〔M〕，上海：上海古籍出版社，1982 年 2 月版，第 23 頁～第 29 頁種可見：從康熙二年到康熙五十三年，對小說、戲曲禁止的中央法令共有九條，康熙四十年後，更是三、五年便又一次。康熙二十五年的一次禁燬，屬於地方法令。《東華錄》卷十三：「江寧巡撫湯斌疏言：『吳中風俗，尚氣節，重文章，而佻巧者每作淫詞豔曲，壞人心術。蚩愚之民，斂財聚會，迎神賽社，一旛之值，至數百金。婦女有

人覺得諷刺的是，康熙六十一年，建平蝗災，當地設臺請優伶搬演《目連救母傳奇》禳蝗，竟然還取得了成效。清代王端履《重論文齋筆錄》卷一中作如下記敘：

吾郡（蕭山）暑月，歲演《目連救母記》，跳舞神鬼，窮形盡相。鐵嶺李西園太守聞而惡之，勒石室禁通衢。迄今六十年，風仍未革。偶閱章苧白楹《諤崖脞說》，載「江南風俗，信巫覡，尚禱祀；至禳蝗之法，惟設臺倩優伶搬演《目連救母傳奇》，列紙馬齋供賽之，蝗輒不爲害。」又言自康熙壬寅（1722），在建平，蝗大至，自城市及諸村堡，競賽禳之，親見伶人作劇時，蝗集梁楣甚眾，村氓言神來看戲，半本後去矣。已而果然。如是者匝月，傳食於四境殆遍，然田禾無損者，或賽之稍遲，即轟然如蠬，不可制矣。〔註 72〕

民間祭、賽所蘊含的持久生命力，亦可視作《長生殿》演出歷久彌新的不竭源泉。《長生殿》中的四大節日，以及在節日中的民眾狂歡，無疑是《長生殿》的「鬧熱」在民間生活上的反映，和舞臺上《長生殿》的「鬧熱」之間相映成趣。

康熙、洪昇，歷史上的君王和文人，早已化爲了塵土。可是《長生殿》的演出卻是無論如何都落不了幕：

2007 年 5 月 29 日，全本《長生殿》在上海蘭心大戲院隆重上演，這是《長生殿》問世 300 年第一次在現代舞臺上的全貌呈現。

2008 年 4 月 30 日～5 月 3 日，上昆攜全本《長生殿》在北京保利劇院隆重上演。此爲連臺本戲，由《釵盒情定》、《霓裳羽衣》、《馬嵬驚變》、《月宮重圓》四本組成，爲明清傳奇中篇幅最爲浩瀚的劇目，累計演出 10 小時。

2009 年 5 月～6 月，上昆爲浙江觀眾獻演全本《長生殿》，地點在杭州下城區的紅星劇院。

2010 年 3 月 31 日到 4 月 5 日，上海崑劇團攜百餘人的超強陣容，以 4 本的長度在臺北國家劇院完整演出《長生殿》這一愛情傳奇，共計兩輪八場。這是臺灣首度上演全本《長生殿》。作爲第九屆中國藝術節文華獎 65 部作品

遊冶之習，靚妝豔服，聯袂寺院，無賴少年，習學拳勇，輕生好鬥，名爲打降。』」當時的民間風俗，通過這段敍述也能約略知道。見〔清〕蔣良騏著：《東華錄》〔M〕，北京：中華書局，1980 年 4 月版，第 215 頁。

〔註 72〕王利器輯錄：《元明清三代禁燬小說戲曲史料》（增訂本）〔M〕，上海：上海古籍出版社，1982 年 2 月版，第 127 頁。

中唯一的崑劇作品，《長生殿》精華版於 5 月 15 日、16 日晚，在廣州蓓蕾劇院傾情上演。

……

第三章　《長生殿》中李、楊形象塑造背後的民俗積澱

3.1 人間「玄宗」與天上「眞人」——李隆基與道教文化之淵源

李隆基於寶應元年（公元 762 年）駕崩，廣德元年（公元 763 年）「辛酉，葬至道大聖大明孝皇帝於泰陵」〔註 1〕，立廟號「玄宗」。李隆基生前之尊號多有「道」字：如天寶「七載五月壬午，群臣上尊號曰開元天地大寶聖文神武應道皇帝」；八載閏六月丙寅，「群臣上尊號曰開元天寶聖文神武應道皇帝；十三載二月「甲戌，群臣上尊號曰開元天寶聖文神武證道孝德皇帝。」〔註 2〕由此，足可見李隆基與道教文化的深厚淵源。因此，舞臺上的李隆基不僅以帝王形象示人，同時他還多了一重道教眞人的身份。明代傳奇《驚鴻記》末齣《幽明大會》，就點出了李隆基和梅妃等人的仙身：

> 〔北沽美酒〕（貼）聽我道來，唐天子乃孔昇眞人，梅夫人乃王母侍女許飛瓊也……

洪昇的《長生殿》也承襲了此種說法〔註 3〕。「眞人」在道教文化裏有著較高的地位，是道教徒最爲崇敬的對象。一般說道教的「眞人」，大都是受到帝王封誥的「仙人」，作爲帝王的李隆基則是自我封誥，直接「成仙」了。其實，

〔註 1〕〔宋〕歐陽修、宋祁撰：《新唐書》（第一冊）〔M〕北京：中華書局，1975 年 2 月版，卷六，本紀第六，代宗皇帝，第 168 頁。

〔註 2〕同上，第 146 頁、第 147 頁和第 149 頁。

〔註 3〕第五十齣《重圓》，借道士楊通幽之口道出：「上皇原是孔昇眞人，今夜八月十五數合飛升」。

有關李隆基成仙的傳說在唐朝就已流傳。《明皇雜錄・逸文》中記載：

> 明皇自爲上皇，嘗玩一紫玉笛。一日吹笛，有雙鶴下，顧左右曰：「上帝召我爲孔昇眞人。」未幾果崩。〔註 4〕

〔宋〕樂史的《楊太眞外傳》對此也有類似的敘述〔註 5〕。李隆基被附會爲道教神祇，和他本人與道教文化之間千絲萬縷的聯繫是分不開的。

道教是一個中國人以追求長生和幸福爲主旨的宗教。從道教在東漢正式形成起，經過了魏晉南北朝的發展，其間還包括了寇謙之「清整」道教，以及陸修靜、陶弘景等的推波助瀾，到了唐代之後，道教進入鼎盛時期。道教起源和黃老學說的神秘主義成分有關，而老子之姓又與唐室李氏相同，這個巧合也正好被統治者拿來作文章。貞觀年間，唐太宗指示高士廉等人「刊正姓氏」，修《氏族志》，並修老子廟於亳州，承認老子爲唐室李氏族祖的說法，以此擡高自己門第血統之高貴。這具有明顯的政治意圖和動機。唐高宗又於乾封元年（公元 666 年），親赴亳州參拜老君廟，追加老君尊號曰：「太上玄元皇帝」，並將《道德經》奉爲上經，貢舉人必須兼通。道教這時被正式承認爲皇族宗教。唐室推崇道教還有一深層因素，便是利用道教的符瑞圖讖，達到鞏固其統治地位的目的。可到了後來，睿宗、玄宗、武宗眞的沉溺於道教無法自拔，以致走火入魔、國勢日頽，也是當初所始料未及之事。

李隆基尚未登基，還在藩邸之時，即好道術，且「常陰引材力之士以自助」〔註 6〕，此「材力之士」均爲道流，他們在討伐韋后，平定太平公主之亂的戰役中，起到了關鍵性的作用〔註 7〕。李隆基登基之後，勵精圖治，重用賢能，締造了大唐王朝的「開、天盛世」。此時的他，也因此變得好大喜功起來。開元十七年，在百官的勸說下，四十五歲的李隆基將自己八月初五的生日設置成了千秋節，並在民間開展一系列祭祀活動，以祈禱「萬歲壽」作爲各項活動的中心內容。次年，禮部又建議將秋社併入千秋節，先祭白帝，後報農神，然後飲酒作樂，這樣，民間的千秋節不僅爲皇帝陛下祝壽，還增加了祈

〔註 4〕〔唐〕鄭處誨撰：《唐宋史料筆記・明皇雜錄》〔M〕，中華書局，1994 年 9 月版，第 56 頁。以下引文皆據此版本，本書不再出注。

〔註 5〕〔宋〕樂史撰：《楊太眞外傳》卷下云：（玄宗）常玩一紫玉笛，因吹數聲，有雙鶴下於庭，徘徊而去。

〔註 6〕〔後晉〕劉昫等撰：《舊唐書》〔M〕，北京：中華書局，1975 年 5 月版，卷 8，本紀第八，玄宗上，第 166 頁。

〔註 7〕這些道士主要有馮道力、劉承祖、王曄（或作王崇曄）、葉法善等。

農的內容。到了天寶七載（公元 748 年）七月，李隆基 64 歲時，手下大臣又奏請改千秋節為天長節，李隆基又欣然從之。八月初一，正式宣佈改名為「天長節」。從「千秋節」到「天長節」，從一個側面反映了李隆基希望自己能壽比天長，江山永固的願望。於是，他更是竭力扶持和利用道教，開創了移用宮闕制度的先例，使其崇道具有神權皇權化的特徵。他崇道尊祖的第一重表現就是改廟為宮。不僅將他們的寢殿改名為宮殿，還下詔將天下諸郡的「玄元皇帝廟」，改為「玄元皇帝宮」；其後，他又追封「真人」，為「玄元皇帝」配備班底，敕尊莊子為南華真人、文子為通玄真人、列子為沖虛真人等；接著，李隆基又將《道經》納入教育與取士的標準之一，將《道德真經》置於諸經之首。不僅如此，他還仿《佛藏》纂修《道藏》，我國的第一部《道藏》就產生於開元年間，名為《開元道藏》。李隆基還用皇帝的冠服制度改裝了老子的形象，後來，甚至連太清宮的行禮官祭祀玄元皇帝的時候，也脫去祭服改穿朝服了。總之，李隆基從裏到外，俱以自己至尊的模式，鑄造了道教教主，把他裝飾為人間主宰，神權、皇權在此時合而為一，仙界、人間在李隆基手中大一統。李隆基不僅在道教的教義思想上，不遺餘力地加以推廣，而且在道教的方術上，他也是身體力行、親身實踐。迷戀長生就是其中一例。秦始皇、漢武帝都有此追求，卻均無功而返，一個個相繼命殞。李隆基到了開元晚年，目睹了兄弟諸王紛紛離世，激起了他對長生的熱烈追求。道教有所謂煉丹之法，道教方士認為呑服金丹可以延年益壽，李隆基不僅請道士幫助煉製，而且後來在學會了配方之後，在宮內開爐親自煉製，可見其癡迷之深了。道教中的「辟穀」、「服氣」之類的養生術，李隆基也是一一嘗試。從客觀上看，對他益壽延年起到了一定的效果〔註 8〕。

李隆基與道教人士之間的交遊也是相當密切，這其中包括道行頗深的司馬承禎、葉法善等人。開元九年（公元 721 年），李隆基曾「遣使迎（司馬承禎）入京，親受（道教）法籙」〔註 9〕，且進以「三清弟子」自居；葉法善病卒，李隆基曾下詔悼曰「朕當聽政之暇，屢詢至道，公以理國之法，數奏昌言。謀參隱諷，事宜弘益」〔註 10〕。二人在當時地位之顯赫可見一斑。李隆

〔註 8〕 這一部分的論述參看了許道勳、趙克堯著：《唐玄宗傳》〔M〕，北京：人民出版社，1993 年版。

〔註 9〕 〔後晉〕劉昫等撰：《舊唐書》〔M〕，北京：中華書局，1975 年 5 月版，卷一百九十二，列傳第一百四十二，第 5127 頁。

〔註 10〕 同上，第 5108 頁。

基還重用道士直接參與朝政，尹愔、陳希烈等人在其面前，極盡柔佞諂媚之能事，得以先後拜相把持朝綱。一時間上行下效，舉國崇信道教，行浮誇奢靡之風，甚至連「天寶」年號之得名，也與道教符瑞牽扯在了一起〔註 11〕。距離「天長節」成爲國家法定節令後的第七年，也就是天寶十四年（公元 755 年），安祿山起兵造反，李隆基率殘部倉皇棄京幸蜀，而其好道之心如故〔註 12〕，直至命殞亦未稍移所好。

李隆基在道教文化的領域裏如此親歷親爲，至死不渝。有關他的文學、戲劇作品，具有濃厚的道教色彩也就不足爲奇了。陳寅恪先生的《元白詩箋證稿》在評價「白歌陳傳」時指出：

> 若以唐代文人作品之時代，一考此種故事之長成，在白歌陳傳之前，故事大抵上局限於人世，而不及於靈界，其暢述人天生死形魂離合之關係，似以長恨歌及傳爲創始。〔註 13〕

這是本詩能夠引發無數讀者思想上共鳴與反響的重要原因。而鬼神崇拜、神仙之說也恰是道教文化的重要基礎。《長恨歌》中的道教思想也非常明顯。比如「上窮碧落下黃泉，兩處茫茫皆不見」，道家稱天空就爲「碧落」；再如《長恨歌》中虛構仙山上「玉妃太眞院」，以及詩中渲染方士在蓬萊仙宮謁見貴妃的情節，這與楊玉環原本是女道士的身份正相吻合；「在天願爲比翼鳥，在地願爲連理枝」和道家成仙之說也有關係。自盛唐以來，不僅李隆基尊崇道教，妄想長生不老；他手下的大臣，如張九齡這樣的開明之臣也有「仙路有歸」的理念。楊玉環死後成仙的故事在長安附近廣爲流傳，而白居易據此傳說創作了《長恨歌》，將帝妃之愛推衍爲世間普通男女之間的愛情悲劇。讚美愛的堅貞不渝，同情人的不幸磨難。文學的力量，宗教的魅力再次得以充分展現。

曾永義先生在談到楊妃故事發展脈絡時，提到以下四個脈絡：

〔註 11〕玄宗天寶元年（春正月）「群臣上表，以函谷靈符，潛應年號，先天不違，請於尊號加『天寶』字，從之。」，引自〔宋〕司馬光著、〔元〕胡三省音注：《資治通鑒》（第八冊）〔M〕，北京：中華書局，1956 年版，卷二百一十五，唐紀三十一，玄宗天寶元年（七四二）第 6852 頁。

〔註 12〕指的是李隆基立祠牛心山，以行館爲道宮這兩件事。前者見《舊唐書》卷十七上敬宗紀（本紀第十七）「近郭有牛心山，山上有仙人李龍遷祠，頗靈應，玄宗幸蜀時，特立祠廟」。後者見《舊唐書》卷二十五禮儀志五：「……遂議立行廟，以玄宗幸蜀時，道宮玄元殿之前架幄幕爲十一室。」

〔註 13〕陳寅恪著：《元白詩箋證稿》〔M〕，上海：上海古籍出版社，1978 年 3 月新一版，第 13 頁。

其一爲天人之說的滲入，其二爲明皇遊月宮、豔羨嫦娥的附會。其三爲楊妃與安祿山穢亂後宮的誣陷。其四爲塑造梅妃以導上陽宮人的幽怨。〔註 14〕

李隆基遊月宮的傳說，經常見諸於文人筆端〔註 15〕。元代白樸的雜劇《唐明皇遊月宮》（佚目），就是根據唐人筆記改編而成：

又嘗因八月望夜，師與玄宗遊月宮，聆月中天樂，問其曲名，曰：「《紫雲曲》」。玄宗素曉音律，默記其聲，歸傳其音，名之曰《霓裳羽衣》。〔註 16〕

類似的說法還有：

法善又嘗引上游月宮，因聆其天樂，上自曉音律，默記其曲，而歸傳之，遂爲《霓裳羽衣曲》。〔註 17〕

除了李隆基隨葉法善遊月宮之外，還有關於他夢聞仙樂的傳說：

唐玄宗常夢仙子十餘輩，御青雲而下列於庭，各執樂器而奏之。其度曲清越，眞仙府之音也。及樂闋。有一仙人前而言曰：「陛下知此樂乎，此神仙《紫雲回》曲也。今願傳授陛下，爲聖唐正始音。與夫《咸池》、《大夏》固不同矣，玄宗喜甚。〔註 18〕

康保成先生在《〈長生殿〉箋注》中，在爲「霓裳羽衣」詞條箋注時，提到了「李隆基遊月宮」一事的演變線索：

從夢中聞《紫雲回》而作之，到夢聞《紫雲回》歸作《霓裳羽衣》，再到夢遊聞《霓裳羽衣》而作之；在流傳過程中，又逐漸去了「夢」而只言「遊」。二曲名在意義上有關聯，或是演變的原因之一。〔註 19〕

從「夢聞」到「夢遊」，最後直接變爲「李隆基『遊』月宮」，表面上看，李

〔註 14〕曾永義著：《〈長生殿〉研究》〔M〕，臺北：臺灣商務印書館，1980 年 2 月版，第 43 頁。

〔註 15〕洪昇在《長生殿》中「李冠楊戴」，獨創性地虛構了楊玉環月宮「偷曲」事，筆者對這個問題的理解將在下文有詳細地論述。

〔註 16〕〔宋〕李昉等編著：《太平廣記》〔M〕，北京：中華書局，1961 年 9 月新一版，卷 26 引《集異記》第 172 頁。

〔註 17〕同上，卷 77 引《廣德神異錄》第 487 頁。

〔註 18〕同上，卷 29 引《神仙感遇傳》第 188 頁。

〔註 19〕康保成、〔日〕竹村則行箋注：《長生殿箋注》〔M〕，河南：中州古籍出版社，1999 年 2 月版，第 83 頁。

隆基乘著道教的神壇上天登月，其實質則象徵著神權與皇權的完美結合。這條演變的線索，也可看作李隆基被世人逐漸「神化」的過程。

明朝張岱《陶庵夢憶》中曾詳細描述過舞臺表演《唐明皇遊月宮》時的情形：

> 如唐明皇遊月宮，葉法善作場上，一時黑魆地暗，手起劍落，霹靂一聲，黑幔忽收，露出一月，其圓如規，四下以羊角染五色雲氣，中作常儀，桂樹吳剛，白兔搗藥，輕紗幔之。內燃「賽月明」數株，光焰青藜，色如初曙。撒布成梁，遂躡月窟。境界神奇，忘其爲戲也。其他如舞燈，十數人手攜一燈，忽隱忽現，怪幻百出，匪夷所思。令唐明皇見之，亦必目睜口開，謂氍毹場中那得如許光怪耶！〔註20〕

李隆基日後被民間偶像化，最終竟成了大眾祈福的工具和道具，若是他回生見之，恐怕亦要「目睜口開」，謂俗世之間那得如此光怪陸離之事耶？

3.2「傳呼法部按《霓裳》」——梨園君主李隆基與戲神信仰

我國幅員遼闊，地域文化豐富多彩，「戲神」亦不止一說。因此有關戲神的研究也成百家爭鳴之勢。國內關於戲神的研究大致有以下幾種路數：其一，主要是通過大量的田野調查，從時間的推移和空間的變化兩個方面，爲讀者梳理了歷史上存在的諸多戲神，及其成爲戲神的原因，頗具參考價值。這方面研究的代表人物當推廖奔先生；其二，從人類文化大背景的角度，通過田野調查和文獻資料相結合的角度，對戲神進行溯源。由對「這一個」戲神的研究，提高到「這一類」的角度。這方面的代表人物當屬康保成先生。在他的《儺戲藝術源流》一書中大致歸納了這樣一條上溯的線索：戲神（喜神）——摩睺羅——傀儡子——男根——人類生殖文化。這樣一來，戲神兼有生育神職能的觀點就應當被吸收；其三，就是把戲神研究與域外文化相結合。具有代表性的論文是黎國韜先生的《二郎神之祆教來源——兼論二郎神何以成爲戲神》。文章通過論證二郎神與祆教之關係，折射出中國古代音樂與戲劇曾深受胡樂影響的事實。其間還談了四川與祆教神系之關係。這些研究成果對筆者論述李隆基如何從帝王演變到戲神，提供了豐富的論述資源和更加寬

〔註20〕〔明〕張岱著：《元明清史料筆記·陶庵夢憶·西湖夢尋》〔M〕，北京：中華書局，2007年4月版，「劉暉吉女戲」條，第67頁～第68頁。

闊的認識視角。筆者將以上述角度爲切入點，對李隆基作爲戲神的成因展開詳細論述。

先從廖奔先生的文章入手。文章開始就爲讀者界定了「戲神」這個概念出現的大致時間：

> 戲神在明中葉以前不見記載。明萬曆以後，陸續有戲神廟興建，尤其是到了清代，全國各地藝人普遍祭祀戲神，不但建有各種神廟，而且每個戲班都供奉一個戲神……〔註 21〕

這樣，研究的範圍就主要集中在明清兩代了。接著文章又談到了戲神的神主：

> 只是，關於戲神的神主，有一個歷史演變的過程，由於記載的失詳，其線索已經十分模糊。清代形成的局面是：大多數地區的聲腔劇種供奉老郎神，而一些地區又有自己區域性的戲神，例如福建的田公元帥。〔註 22〕

廖奔先生所說的「歷史演變的過程」，其實就是從「入清以後，二郎神大多被老郎神所取代」〔註 23〕。廖奔先生提到的二郎神附會的人物有李冰父子，還有「清源妙道眞君」趙昱。明代以後，趙昱戲神的地位又被楊戩取代。清代以後，藝人在各處修建老郎廟，而老郎神的附會人物主要就是李隆基。清初的黃幡綽在《梨園原》「老郎神」詞條中明確指出：

> 老郎神即唐明皇。逢梨園演戲，明皇亦扮演登場，掩其本來面目。惟串演之下，不便稱君臣，而關於體統，故尊爲老郎之稱。今遺有唐帽，謂之老郎盔，即此義也。戲中所抱小娃，謂之喜神，取其善而利於技，非即老郎。今人供翼宿星君爲老郎，其義未詳。〔註 24〕

清初的顧祿在《清嘉錄・青龍戲》中亦云：

> 案，錢元思《吳門補乘》：「老郎廟在鎭撫司前，梨園弟子祀之。其神白面少年，相傳爲明皇，因明皇興梨園故也。」……介休劉澄齋觀察有《老郎廟》詩，亦作唐明皇，有句云：「梨園十部調笙簧，

〔註 21〕廖奔著：《中國戲曲史》〔M〕，上海：上海人民出版社，2004 年 9 月版，第 189 頁。

〔註 22〕廖奔著：《中國戲曲史》〔M〕，上海：上海人民出版社，2004 年 9 月版，第 189 頁。

〔註 23〕同上，第 190 頁。

〔註 24〕〔清〕黃幡綽撰：《梨園原》〔A〕，中國戲曲研究院編：《中國古典戲曲論著集成》（第九冊）〔M〕，北京：中國戲劇出版社，1959 年 12 月版，第 9 頁。

路人走看賽老郎。」老郎之神是何許？乃云李氏六葉天子唐明皇。〔註 25〕

徐珂《清稗類鈔・梨園供奉之神》也有類似說法：

> 梨園弟子之唱崑曲者，輒奉一少年白皙冠服如王者之神爲鼻祖，謂爲老郎，相傳即唐玄宗，殆以中秋遊月宮霓裳偷譜之事，而玄宗且自稱三郎，又因禪位倦勤推爲上皇，而稱之曰老郎。此附會之所由來。〔註 26〕

持「李隆基爲戲神」觀點的著述還有清代紀昀的《閱微草堂筆記》、清人金連凱的《靈臺小補》等。內容大多雷同，此處不贅。對李隆基成爲戲神之緣由，概括得最爲辛辣直接的，當屬龔煒《巢林筆談續編》中的「老郎菩薩」條：

> 梨園所稱老郎菩薩者，一粉孩兒也，平時宗之，臨場子之，顛倒殊不可解。或云即唐明王。吾則有說以處之：開元精勵，盡人可稱爲宗；天寶昏庸，優人得褻爲子，恰合兩截人。〔註 27〕

上文論述過，戲劇舞臺上的李隆基形象，更多地體現了其作爲「才子」多藝的一面，這主要指的是他在音樂以及表、導演上的造詣。歷史上的李隆基是個才華橫溢的音樂家，精通音律，善製曲。也就是他，創立了「梨園」音樂機構。李隆基親任教練，校正曲音，他手下的藝人故號「皇帝梨園弟子」。這些樂師在經過「審音專家」李隆基的點撥後，技藝更上一層樓。據《舊唐書・音樂志一》記載：

> 玄宗又於聽政之暇，教太常樂工子弟三百人爲絲竹之戲，音響齊發，有一聲之誤，玄宗必覺而正之，號爲皇帝弟子，又號梨園弟子，以置院近于禁苑之梨園。太常又有別教院，教供奉新曲。〔註 28〕

《驚鴻記》第十四出《梨園演樂》中就爲讀者描繪了一幅梨園演出的盛景：

> 〔天下樂〕……自家高力士是也。聖上與娘娘，明早要在東興

〔註 25〕〔清〕顧祿撰：《清嘉錄》，王靜悦等編：《中國古代民俗》（一）〔M〕，哈爾濱：黑龍江人民出版社，2004 年 5 月版，第 325 頁。

〔註 26〕〔清〕徐珂撰：《清稗類鈔》（第八冊）〔M〕，北京：中華書局，1986 年 3 月版，第 3565 頁。

〔註 27〕〔清〕龔煒撰：《巢林筆談續編》（輯錄）〔A〕，俞衛民、孫蓉蓉編：《歷代曲話彙編・清代編》（第二集）〔M〕，安徽：黃山書社，2008 年 9 月版，第 153 頁。

〔註 28〕〔後晉〕劉昫等撰：《舊唐書》〔M〕，北京：中華書局，1975 年 5 月版，卷二十八，第 1051 頁～第 1052 頁。

慶池玩牡丹，命俺家掌管梨園弟子三百人，承應鼓吹，今日試呼他們上堂分付，演習一番。左右，快喚那眾樂工上來。

此處雖還未見梨園弟子登場，可那股氣勢早已撐開了。宮內的梨園弟子地位雖然低下，但李隆基卻對他們視遇頗厚。《舊唐書‧音樂志一》記載，李隆基曾親自「教太常樂工子弟三百人爲絲竹之戲」，並對才藝出眾者予以優厚賞賜或破格受官。他對藝人的關懷，是歷代君王所罕有的。大批名師如馬仙期、張野狐、賀懷智，紛紛彙集其手下。李隆基對李氏三兄弟更是恩寵有加，李氏兄弟「於東都大起第宅，僭侈之制，逾於公侯」〔註29〕。伶人有如此排場，眞前代所罕有。《長生殿》第十四出《製曲》，李龜年上場，顯得躊躇滿志：

〔魚兒賺〕（末蒼髯，扮李龜年上）樂部舊聞名，班首新推獨老成。早暮趨承，上直更番入內廷。自家李龜年是也。向作伶官，承萬歲爺點爲梨園班首。今有貴妃娘娘《霓裳》新曲，奉旨令永新、念奴傳譜出來，在朝元閣上教演，立等供奉。只得連夜攢習，不免喚眾兄弟每同去。

馬仙期、雷海清、賀懷智等伶人一個個上場，也是意氣風發。等「安史之亂」爆發，這些藝人命運多舛：雷海清爲國盡忠，李龜年輾轉飄零。

《長生殿》「彈詞」一齣，李龜年流落江南，再度上場，早已今非昔比：

（末白鬚、舊衣帽抱琵琶上）「一從鼙鼓起漁陽，宮禁俄看蔓草荒。留得白頭遺老在，譜將殘恨說興亡。」老漢李龜年，昔爲內苑伶工，供奉梨園，蒙萬歲十分恩寵……誰想祿山造反，破了長安，聖駕西巡，萬民逃竄。俺每梨園部中，也都七零八落，各自奔逃。老漢來到江南地方，盤纏都使盡了。只得抱著這面琵琶，唱個曲兒糊口。今日乃青溪鷲峰寺大會。遊人甚多，不免到彼賣唱。〔歎科〕哎，想起當日天上清歌，今日沿門鼓板，好不頹氣人也！〔行科〕

這批卓越的伶人們沒有了李隆基這樣的帝王庇護，只能重新淪落江湖，過著卑微淒慘的生活。歷史上大多數時候，優伶的地位極其低下。太平時期伶人們的地位和娼女無異，是被糟蹋玩弄的對象；到了兵荒馬亂的時候，更是「被驅不異犬與雞」。因此，後世伶人們找一個能夠切實庇護過他們的人物——比如李隆基——當作行業神，於情理上都講得通。

李隆基被伶人們視作行業神，歸根到底還是在於他精湛出眾的藝術技

〔註29〕見〔唐〕鄭處誨撰：《唐宋史料筆記‧明皇雜錄》卷下，第27頁。

能，這可能出於其家學淵源。其父睿宗喜奏琵琶，其長兄成器以「善笛」出名，且懂樂理。弟弟隆范善彈琵琶，睿宗時任太常卿。李隆基在音樂氣氛如此濃厚的家庭裏耳濡目染，對其日後的高超造詣奠定了基礎。《舊唐書・音樂志一》曾記載：

> 玄宗又製新曲四十餘，又新制樂譜。每初年望夜，又御勤政樓，觀燈作樂，貴臣戚里，皆看樓觀望。〔註30〕

李隆基創作的曲子包括〔得寶子〕、〔紫雲回〕、〔淩波曲〕、〔龍池樂〕等等。其中聲名赫赫的《霓裳羽衣曲》，就是李隆基吸收〔婆羅門曲〕所創制的，其改造製作非常成功。李隆基還擅長樂器，其中有笛子和琵琶等，而與此有關的傳說都具有一定的神話色彩。說到笛子，《明皇雜錄・逸文》曰：

> 玄宗夢仙子十餘輩。御卿雲而下，各執樂器懸奏之，曲度清越。一仙人曰：「此神仙《紫雲回》，今傳授陛下，爲正始之音。」上覺，命玉笛習之，盡得其曲。

講到琵琶，《明皇雜錄・逸文》又有：「玄宗夢淩波池中龍女，製《淩波曲》。」

宋樂史在《楊太眞外傳》中又加以演化，說玄宗醒來，盡記夢中之曲，「自御琵琶，習而番之」。這些富有神話色彩的傳說，一方面體現李隆基與道教之淵源，同時體現其音樂才能之高，如同他的帝位一般，乃是上天所賜也。

李隆基最拿手的樂器要算是羯鼓了，這種愛好不僅與他雄豪的個性有關，同時也和他的對外文化開放政策分不開。《新唐書・禮樂志十二》記載，李隆基常云：「羯鼓，八音之領袖，諸樂不可方也。」敲擊羯鼓時會發出高昂雄壯的聲音，恰好與盛唐的氣象相配合。李隆基是個擊鼓、嗜鼓的高手，這在唐人筆記中有所反映：

> 上性俊邁，酷不好琴。曾聽彈琴，正弄未及畢，叱琴者出，曰：「待詔出去。」謂内官曰：「速召花奴將羯鼓來，爲我解穢。」〔註31〕
>
> 嘗遇二月初，詰旦中櫛方畢。時當宿雨初晴，景色明麗，小殿内庭，柳杏將吐。?而歎曰：「對此景物，豈得不與他判斷之乎？」左右相目，將令備酒，獨高力士遣取羯鼓，上旋命之臨軒縱擊一曲，

〔註30〕〔後晉〕劉昫等撰：《舊唐書》〔M〕，北京：中華書局，1975年5月版，卷二十八，第1051頁～第1052頁。

〔註31〕〔唐〕南卓撰、羅濟平校點：《羯鼓錄》〔M〕，瀋陽：遼寧教育出版社，1998年12月版，第2頁。

曲名《春光好》，神思自得。及顧柳杏，皆已發拆，上指而笑謂嬪御曰：「此一事不喚我作天公可乎？」嬪御侍官皆呼萬歲。又製《秋風高》，每至秋風迥徹，纖翳不起，即奏之。必遠風徐來，庭葉隨下。其曲絕妙入神，例皆如此。〔註 32〕

《樂府雜錄・羯鼓》中記載：

明皇好此伎。有汝陽王花奴，尤善擊鼓。花奴時戴砑絹帽子，上安葵花，數曲曲中，花不落，蓋能定頭項爾。〔註 33〕

花奴擊羯鼓的本領如此高超，而此技又是李隆基親授，師傅的本領也就不言而喻了。李隆基善擊鼓，在戲劇作品中也被大力渲染。

《驚鴻記》第十五齣《學士揮醉》：

（小丑俯伏了）奴婢稟上爺爺，爺爺羯鼓，娘娘琵琶，馬仙期方響，李龜年觱篥，張野狐箜篌，賀懷智手拍，乃是千古絕技，何不試演一番？（生）高力士，你不知道，寡人賞名花對絕色。舊樂府厭聽，欲創爲〔清平樂〕三首，被之鼓吹。

唐代宮廷演樂的熱鬧場景，簡直呼之欲出。李隆基擊鼓，楊玉環起舞的熱鬧場面，更是在《長生殿》「舞盤」一齣中得以體現：

（生）妃子妙舞，寡人從未得見。永新、念奴可同鄭觀音、謝阿蠻伏侍娘娘，上翠盤來者……高力士，傳旨李龜年，領梨園子弟按譜奏樂。朕親以羯鼓擊之。

前些年，京劇《大唐貴妃》在演到這個場景的時候，李隆基擊鼓時的豪邁和奔放，被演繹得頗有氣勢。2005 年上海國際藝術節，蘇州崑劇團排演的《長生殿》來滬上演時，也有「舞盤」一齣。惜乎，優美的舞步和雄壯的羯鼓，均未能得以直觀地體現。

我國自古以來就主張以禮樂治國，禮的精神是「節」，樂的精神是「和」，禮樂兼施是統治者維護統治秩序的一種手段。《禮記・樂記第十九》對「樂」的政教功能有以下闡發：

故禮以道其志，樂以和其聲，政以一其行。刑以防其奸。禮、

〔註 32〕〔唐〕南卓撰、羅濟平校點：《羯鼓錄》〔M〕，瀋陽：遼寧教育出版社，1998 年 12 月版，第 2 頁。

〔註 33〕〔唐〕段安節撰、羅濟平校點：《樂府雜錄》〔M〕，瀋陽：遼寧教育出版社，1998 年 12 月版，第 15 頁。

> 樂、刑、政其極一也，所以同民心而出治道也。
>
> 凡音者，生人心者也。情動於中，故形於聲。聲成文，謂之音。是故治世之音安，以樂，其整合。亂世之音怨，以怒其政乖。
>
> 凡音者，生人心者也。樂者，通倫理者也，是故知聲而不知音者，禽獸是也；知音而不知樂者，眾庶是也。

「樂」在古代中國被拔高到無上的地位，而能夠製樂之君王，當然是明君、聖君了：

> 故知禮樂之情者能作，識禮樂之文者能述。作者謂之聖，述作之謂明。明聖者，述作之謂也。
>
> 王者功成作樂，治定制禮。其功大者其樂備，其治辯者其禮具。
>
> 昔者舜作五弦之琴，以歌《南風》；夔始製樂，以賞諸侯。故天子之爲樂也，以賞諸侯之有德者也。〔註34〕

李隆基被後人奉爲戲神，其中也一定夾雜著樂神的成分在裏面，這二者是合而爲一的。對於帝王李隆基來說，樂神的地位也是對其政治功績的一種褒揚。李隆基善打羯鼓，羯鼓雖不產於華夏，而鼓自古以來就是作爲禮樂儀式中的重器。李隆基敲打著羯鼓，敲出了威風和氣勢，敲響了盛唐之音，正昭示著其政治上的作爲。追溯到上古的神瞽擊鼓掌樂，夔被附會爲鼉，而鼓恰恰又是由鼉皮蒙製，這其間的關聯不能單純成爲巧合吧，它深深蘊含著中國古代禮樂治國的文化觀念，且流播深遠，源遠流長。

李隆基在位時，對民間藝人也是相當重視。開元二十三年（公元735年）正月：

> 唐玄宗在東洛，大酺於五鳳樓下，命三百里縣令、刺史率其聲樂來赴闕者，或謂令較其勝負而賞罰焉。時河內郡守令樂工數百人於車上，皆衣以錦繡，伏廂之牛，蒙以虎皮，皆爲犀象形狀，觀者駭目。〔註35〕

這種規模盛大的會演，爲造就和選拔民間人才創造了條件。這些都可以看作是盛唐氣象折射出來的人性光芒。不僅如此，李隆基和民間音樂之間也有著一定的淵源。他成爲梨園祖師，成爲伶人們頂禮膜拜的對象，眞可謂實至名歸。

〔註34〕以上引文均引自王文錦譯解：《禮記譯解》（下）〔M〕，北京：中華書局，2001年9月版，第525頁～第530頁。

〔註35〕參看〔唐〕鄭處誨撰：《唐宋史料筆記・明皇雜錄》卷下，第26頁。

李隆基被梨園奉爲戲神，而清代北京藝人共同供奉的戲神稱爲喜神。喜神是戲劇舞臺上的一種「砌末」，以木雕娃娃的面目出現，又被人稱爲「大師哥」或「彩娃」。康保成在《儺戲藝術源流》一書中，已經爲我們梳理出這樣一條線索，即戲神——老郎神（民間認爲是唐明皇）——嬰孩道具——喜神〔註 36〕。因此，喜神和戲神之間具有統一性，都具備生育神職能。民間女性懷孕，人們會經常關切地問「有喜了嗎？」即爲一明證。後臺供的偶像嬰兒道具，又令戲神信仰儀式平添了幾分求子的氛圍。與李隆基相似，同樣兼具樂神、生育神職能的，還有我國古代神話中人類的始祖女媧。後世一般把女媧奉爲高禖神，即婚姻之神。《詩經·大雅·生民》有「以弗無子」，傳「弗，去也，去無子求有子，古者必立郊禖焉。」故女媧又兼具生育神職能。傳說中女媧又是一位樂神，《世本作篇》曰：「女媧作笙簧」，她創造了一種叫做笙的樂器。聞一多先生指出：「女媧本是葫蘆的化身，故相傳女媧作笙。」〔註 37〕而葫蘆在民俗文化中就是人類的始祖神。葫蘆生萬物的信仰，正是先民原始思維的遺存。

下兩個章節中，筆者將會結合《長生殿》中出現的歲時民俗，具體闡明李隆基是如何成爲民間媒神和生育神的。談到歲時民俗，又不得不提及道教文化。鬼神崇拜、神仙之說是道教產生的原始意識基礎。而上古先民的這些祭祀活動在時間上往往和日後的歲時節令活動相吻合。道教文化和民間歲時節令本就有著與生俱來的關聯，而李隆基本人也是一個對傳統節日備加推崇與弘揚的君王。五代王仁裕的《開元天寶遺事》就集中地記錄了寒食節、端午節、七夕節中的宮中習俗與宴樂活動：寒食節，「天寶宮中，至寒食節，競豎秋韆，令宮嬪輩戲笑，以爲宴樂。」；端午節，「宮中造粉團角黍貯於金盤中，以小角造弓子，纖妙可愛，駕箭射盤中粉團，中者得食，蓋粉團滑膩而難射也；七夕節，「宮中以錦結成樓殿，高百尺，上可以勝數十人，陳以瓜果酒炙，設坐具，以祀牛、女二星。嬪妃各以九孔針、五色線，向月穿之，過者爲得巧之候。動清商之曲，宴樂達旦。」〔註 38〕宮中遊戲宴樂，李隆基自

〔註 36〕康保成著：《儺戲藝術源流》〔M〕，廣州：廣東高等教育出版社，1999 年 6 月版，第 215 頁。

〔註 37〕聞一多撰：《伏羲考》〔A〕，聞一多著、田兆元導讀《伏羲考》〔M〕，上海：上海古籍出版社，2006 年版，第 58 頁。

〔註 38〕以上三段引文，分別摘自〔五代〕王仁裕等撰、丁如明輯校：《開元天寶遺事十種》〔M〕，上海：上海古籍出版社，1985 年 1 月版，第 88 頁、第 83 頁、

然積極參與其中，節日期間，與民同樂，共享太平，這正是開、元盛世背景下才有的盛況。上文曾提及李隆基的生日都成了舉國同慶的節日。開元十七年八月癸亥，「上以降誕日燕百僚於花萼樓下，百僚表請以每年八月五日爲千秋節，王公以下獻鏡及承露囊，天下諸州咸令宴樂，休假三日，仍編爲令。」〔註 39〕張說的《請八月五日爲千秋節表》中，把李隆基的誕辰與傳統的歲時節令相媲美：

> 月惟仲秋，日在端午，恒星不見之夜，祥光照室之期，群臣相賀曰：「誕生之辰也，焉可不以爲佳節乎？比夫曲水禊亭，重陽射圃，五日彩線，七夕粉筵，豈同年而語也？」〔註 40〕

千秋節宮中有鬥雞以及歌舞百戲的表演，相當熱鬧：

> 誕聖於八月五日中興之後，制爲千秋節……大合樂於宮中，或於洛，元會與清明節率皆在驪山。至日，群樂具舉，六宮畢從，（賈）昌冠雕翠金華冠，錦繡襦袴，執鐸拂導群雞，敘立廣場，顧盼如神，樹毛振翼，厲吻磨距，抑怒待勝，進退有期，低昂不失。勝負既決。隨昌雁行，歸於雞坊。角抵、萬夫、跳劍、尋橦、蹴球、踏繩、舞於竿巔者，索氣沮色，逡巡不敢入，豈教猱擾龍之徒歟？〔註 41〕

張祜亦賦詩曰：「八月平時花萼樓，萬方同樂奏千秋，傾城人看長竿出，一伎初成趙解愁。」〔註 42〕

雖然，「安史之亂」以後，千秋節勝景不再。然而，當李隆基「開創性」地將其壽誕定爲官方節日起〔註 43〕，也許他本人成爲節日偶像，並被百姓頂禮膜拜的結局就已注定了。

第 98 頁。

〔註 39〕〔後晉〕劉昫等撰：《舊唐書》〔M〕，北京：中華書局，1975 年 5 月版，第 193 頁。

〔註 40〕〔清〕董誥等編：《全唐文》〔M〕，北京：中華書局，1983 年 11 月版，卷 223，第 2252 頁。

〔註 41〕〔唐〕陳鴻：《東城老父傳》，張友鶴選注：《唐宋傳奇選》〔M〕，北京：人民文學出版社，1979 年版，第 87 頁。

〔註 42〕〔唐〕張祜：《千秋樂》〔清〕彭定求等編、中華書局編輯部點校：《全唐詩》（增訂本）〔M〕，北京：中華書局版，1999 年 1 月版，卷 511，第 5876 頁。

〔註 43〕洪邁曰：「誕節之制，起於明皇，令下宴集休假三日，肅宗亦然。」見〔宋〕洪邁著：《容齋筆記》〔M〕，上海：上海古籍出版社，1996 年版，第 78 頁～第 79 頁。

3.3 三月三日遊幸曲江——風流天子李隆基與媒神信仰

「漢皇重色思傾國，御宇多年求不得」。《長恨歌》中「重色」的李隆基形象，自此與「風流」一詞結下了不解之緣。當然，「風流」一詞對於李隆基來說，並不僅止於男女情愛，它還兼具以下幾層綜合含義：首先，「風流」體現在李隆基高超的藝術造詣上，這一點，上文已經有詳細論述，此處不贅；其次，還體現在他爲人的風趣幽默，寬宏大度：

> 五月五日，明皇避暑遊興慶池，與妃子晝寢於水殿中。宮嬪輩憑欄倚檻，爭看雌雄二鸂鶒戲於水中。帝時擁貴妃於綃帳内，謂宮嬪曰：「爾等愛水中鸂鶒，爭如我被底鴛鴦。」
>
> 明皇秋八月，太液池有千液白蓮數枝盛開，帝與貴戚宴賞焉。左右皆歎羨。久之，帝指貴妃示於左右曰：「爭如我解語花？」〔註44〕

李隆基用幽默的話語，來表現自己與楊玉環之間的恩愛；他也用爽朗的笑聲，來表達自己對梨園藝人智慧的欣賞。與黃幡綽之間的一問一答，便是極具代表性的例子：

> 玄宗與諸昆季，友愛彌篤，呼寧王爲大哥，每與諸王同食。因食之次，寧王錯喉噴上髭，王驚慚不遑。上顧其悚悚，欲安之，黃幡綽曰：「不是錯喉。」上曰：「何也？」對曰：「是噴帝」上大悅。
>
> 安祿山之叛也，玄宗忽遽播遷於蜀……有於上前曰：「黃幡綽在賊中，與大逆圓夢，皆順其情，而忘陛下積年之恩寵。祿山夢見衣袖長，忽至階下，幡綽曰：『當垂衣而治之。』祿山夢見殿中槅子倒，幡綽曰：『革故從新。』推之多此類也。」幡綽曰：「臣實不知陛下大駕蒙塵赴蜀，既陷賊中，寧不苟悅其心，以脱一時之命？今日得再見天顔，以與大逆圓夢，必知其不可也。」上曰：「何以知之？」對曰：「逆賊夢衣袖長，是出手不得也。又夢槅子倒者，是胡不得也。以此臣故先知之。」上大笑而止。〔註45〕

〔註44〕以上兩則見〔五代〕王仁裕撰：《開元天寶遺事卷下》〔A〕，〔五代〕王仁裕等撰、丁如明輯校：《開元天寶遺事十種》〔M〕，上海：上海古籍出版社，1985年1月版，第88頁、第96頁。

〔註45〕〔唐〕李德裕編：《次柳氏舊聞》〔A〕，〔五代〕王仁裕等撰、丁如明輯校：《開元天寶遺事十種》〔M〕，上海：上海古籍出版社，1985年1月版，第8頁～第9頁。

風流往往和多情聯繫在一起，李隆基的多情，從好的一面看，也可以看作是重情，尤其「重」的是與楊玉環之間的夫妻情：

> 明皇既幸蜀，西南行初入斜谷，屬霖雨涉旬，於棧道雨中聞鈴，音與山相應。上既悼念貴妃，采其聲爲《雨霖霖》曲，以寄恨焉。時梨園子弟善吹觱篥者，張野狐爲第一，此人從至蜀，上因以曲授野狐。洎至德中，車駕復幸華清宮，從官嬪御多非舊人，上於望京樓中命野狐奏《雨霖霖》曲，未半，上四顧淒涼，不覺流涕，左右感動，與之嘘唏。其曲今傳於法部。〔註46〕

從不好的一面看，多情便可以看作是濫情，即用情不專之謂也。在傳奇《驚鴻記》中，李隆基先是與梅妃梅亭「私誓」，後又與楊妃七夕「私盟」〔註47〕，的確屬於用情不專之輩，當然這和他君王的身份也是不無關係的。而在《長生殿》一劇中，李隆基所謂用情不專的「風流」始於《禊遊》一齣。

《長生殿・禊遊》，描寫李隆基與楊氏姐妹上巳節曲江宴遊的情形。一上來就是高力士的一段詞：

> 咱家高力士也……今乃三月三日，萬歲爺與貴妃娘娘遊幸曲江，命咱召楊丞相併秦、韓、虢三國夫人，一同隨駕。不免前去傳旨與他。「傳聲報戚里，今日幸長楊」。

安祿山在這大好的春光，熱鬧日子裏，不由也「蠢蠢欲動」：

> （淨）今乃三月三日，皇上與貴妃遊幸曲江，三國夫人隨駕。傾城士女，無不往觀。俺不免換了便服，單騎前往，遊玩一番。（作更衣，上馬行介）出得門來，你看香塵滿路，車馬如雲，好不熱鬧也。正是「當路遊絲縈醉客，隔花啼鳥喚行人」。

《隋唐演義》中把李隆基等人「曲江宴遊」的畫面，著重放在楊氏兄妹身上：

> 時值上巳之辰，國忠奉旨，與其弟銛及諸姨姊妹，齊赴曲江修禊。於是五家各爲一隊，各著一色衣，姬侍女從不計其數，新妝炫服，相映如百花煥發，乘馬駕車，不用傘蓋遮蔽，路傍觀者如堵。國忠與虢國夫人，並轡揚鞭，以爲諧謔，眾人直遊玩至晚夕，秉燭而歸，遺簪墜舄，遍於路衢。〔註48〕

〔註46〕參看〔唐〕鄭處誨撰《明皇雜錄》補遺。

〔註47〕這兩齣戲分別是《驚鴻記》上卷的《梅亭私誓》和下卷的《七夕私盟》。

〔註48〕〔清〕褚人獲著：《隋唐演義》（下）〔M〕，長春：吉林人民出版社，1982年4月版，第901頁。

按康保成先生《〈長生殿〉箋注》一書的注釋，這齣戲是將杜甫的《麗人行》與玄宗幸華清宮的史實捏合而成的〔註 49〕。杜甫在詩中云：「三月三日天氣新，長安水邊多麗人」〔註 50〕。其實際用意在於對楊氏兄妹亂倫的諷刺，客觀上卻記錄了一項歲時古風古俗。元代岳伯川的雜劇殘卷《羅公遠夢斷楊貴妃》中有關「三月三」的句子，即「三月三九龍池鬥草」〔註 51〕。這句詞寫的是李隆基攜楊玉環遊幸華清池的事。李、楊遊華清池是爲了沐浴；而鬥草又是民間一種遊戲，唐人稱鬥百草。因此「水」（其實就是沐浴）和「草」在「三月三」這個節日裏，無疑是兩個相當重要的意象。李隆基攜楊玉環等一干戚里曲江宴遊，少不了沐浴的環節，始終與水有關。再者說，「三月三」春日踏青，又哪裏離得開草呢，只是舞臺上難以表現罷了。

「三月三」，魏晉以前稱爲上巳節。日期是農曆三月的第一個巳日，故又稱「元巳」。魏晉以後改爲農曆三月三日，故又稱「三巳」、「重三」。「上巳」一詞最早見於漢初的文獻。《宋書・禮志二》引《韓詩》云：「鄭國之俗，三月上巳之溱洧兩水之上，招魂續魄，秉蘭草，拂不祥」。《周禮・春官・女巫》亦云：「女巫掌歲時祓除釁浴。」鄭玄注：「歲時祓除，如今三月上巳如水之類。釁浴，謂以香熏草藥沐浴。」可見，這是一個古老的節日，至遲在西周時已經形成，而男女裸浴則是其核心內容。每逢春季的二三月，男女同到水邊沐浴，兼有祛疾除疫和求愛擇偶的雙重職能。「三月三」祭拜的神祇是高禖神，也就是中國最早的媒神和生育神。先秦以後，許多典籍都有上巳日祭高禖乞子的記載，上巳臨水浮卵、水上浮棗之戲也是明證。晉代潘尼《三日洛水作》：「羽觴乘波進，素卵隨流歸」〔註 52〕。〔陳〕江總則在《三日侍宴宣猷堂曲水》一詩中寫到「水上浮棗」：「醉魚沈遠岫，浮棗漾清漪」〔註 53〕。此外，李道和在《歲時民俗與古代小說研究》一書中，還提到了「浴水孕子」

〔註 49〕康保成、〔日〕竹村則行箋注：《〈長生殿〉箋注》〔M〕，鄭州：中州古籍出版社，1999 年 2 月版，第 37 頁。

〔註 50〕〔清〕仇兆鼇注：《杜詩詳注》（第一冊）〔M〕，北京：中華書局，1979 年 10 月版，第 156 頁。

〔註 51〕徐徵等主編：《全元曲》（第五冊）〔M〕，石家莊：河北教育出版社，1998 年 8 月版，第 3236 頁。

〔註 52〕〔宋〕蒲積中編、徐敏霞校點：《古今歲時雜詠》（一）〔M〕，瀋陽：遼寧教育出版社，1998 年 3 月版，第 196 頁。

〔註 53〕同上，第 203 頁。

的風俗。認爲「其背景是早期水次偶合、祓禊風俗的產物」〔註 54〕。吳承恩《西遊記》第五十三回「禪主吞餐懷鬼孕，黃婆運水解邪胎」中寫道，唐三藏等人由於喝了女兒國的水，男兒之身卻懷上了孩兒。〔註 55〕這個情節或許也可看作「浴水受孕」的一個變體。綜上所述，「三月三」是一個男女兩性，尤其是女性求生、求偶、求子的節日。以此爲核心，人們展開了祓禊沐浴、招魂續魄、跳儺逐疫、歌舞狂歡等一系列節慶活動，其中不乏有男女性愛的成分和因素。到了漢代以後，男女裸浴之風受到了正統文人的否定。因此，到了唐代，多數人只是把它作爲一個普通的遊樂節日，其主要內容也由沐浴轉變爲水邊宴飲、遊樂。

不過《長生殿》「禊遊」一齣的情節，對這個節日的遺俗卻是隱約有所體現。比如說，當晚李隆基召虢國夫人陪王伴駕即是一例〔註 56〕。此外，這齣戲中男女百姓間的相互調笑，有些詞句看來不登大雅，甚至給人下流猥褻，但結合這個節日的原意，就不但不難理解，且是絕好的民俗文化材料：

> 〔錦衣香〕〔淨扮村婦，丑扮醜女，老旦扮賣花娘子，小生扮舍人，〔行上〕〔合〕妝扮新，添淹潤；身段村，喬丰韻，更堪憐芳草沾裾，野花堆鬢。〔見介〕〔淨〕列位都是去遊曲江的麼？〔衆〕正是。今日皇帝、娘娘，都在那裡，我每同去看一看。〔丑〕聽得皇帝把娘娘愛的似寶貝一般，不知比奴家容貌如何？（老旦笑介）〔小生作看丑介〕〔丑〕你怎麼只管看我？〔小生〕我看大姐的臉上，倒有幾件寶貝。〔淨〕什麼寶貝？（小生）你看眼嵌貓睛石，額雕瑪瑙紋，蜜蠟裝牙齒，珊瑚鑲嘴唇。〔淨笑介〕〔丑將扇打小生介〕小油嘴。偏你沒有寶貝。〔小生〕你說來。〔丑〕你後庭像銀礦，掘過幾多人！〔淨笑介〕休得取笑。

衆男女嘴上講著淫詞穢語，其實是在用「葷段子」進行性的釋放。

〔註 54〕李道和著：《歲時民俗與古代小說研究》〔M〕，天津：天津古籍出版社，2004 年版，第 128 頁～第 129 頁。

〔註 55〕〔明〕吳承恩著：《西遊記》〔M〕，上海：上海古籍出版社，1999 年 12 月版，第 438 頁。

〔註 56〕本齣安祿山看見三國夫人，一個個國色天香，不由暗道：「唉，唐天子，唐天子！你有了一位貴妃，又添上這幾個阿姨，好不風流也！」康保成在《〈長生殿〉箋注》一書的前言裏就曾提到，按照「突厥風俗」，楊氏三夫人「約爲兄弟」，便均可以同玄宗發生性關係，這是上古姊妹共夫的遺存。而三月三這個特殊的日子，又給了李隆基性放縱的絕佳理由和契機。

〔丑問淨介〕你拾的甚麼？〔淨〕是一枝簪子。〔丑看介〕是金的，上面一粒緋紅的寶石。好造化！〔淨問丑介〕你呢？〔丑〕一隻鳳鞋套兒。〔淨〕好好，你就穿了何如？〔丑作伸腳比介〕啐！一個腳指頭也著不下。鞋尖上這粒眞珠．摘下來罷。〔作摘珠、丟鞋介〕〔小生〕待我袖了去。（丑）你倒會作攬收拾！你拾的東西，也拿出來瞧瞧。〔小生〕一幅鮫綃帕兒，裹著個金盒子。〔淨接作開看介〕噢，黑黑的黃黃的薄片兒，聞著又有些香，莫不是耍藥麼？〔小生笑介〕是香茶。

這些男女跟著三國夫人的車駕，一路撿到不少的「寶石」、「眞珠」以及「金盒子」，這些對象都是象徵女陰之物，是昔日女性生殖器崇拜的遺存。而道白中出現的「鳳鞋」，則和男女性愛緊密相關〔註57〕，在民間俗信中，與男女婚姻也有著密切的關係。鞋上繡鴛鴦，合婚之前先「合鞋」，是取其夫妻和諧之義。鞋履在古代小說、戲劇中經常作爲男女定情的信物，是決定故事情節發展和走向的重要對象〔註58〕。三月三日，男女混雜出遊，免不了發生一見鍾情的事兒，既然要成就一段美滿姻緣，祭拜媒神也就成了順理成章之事。談及媒神，最容易讓人想到的就是女媧，其次就是唐代以後專司男女婚姻的月老。李隆基似乎渾然置身於外。要把李隆基和媒神聯繫在一起，還是要結合道教文化來說。

「三月三」節日風俗被文人「淨化」的過程，很容易讓人聯想起道教「屈服」的過程，這兩者之間有著驚人的一致，其最具代表性的就是「沐浴」。先從沐浴的時間看，道教十分注重修齋，齋法名目繁多。《三洞奉道科》云：「……五月五日爲續命齋。六月六爲清暑齋。七月七日爲迎秋齋……」康保成先生指出：

上古祓禊的主要活動是在河中沐浴。這需要兩個條件，一是要有水，二是氣候要溫暖。而在上巳節沐浴顯然是不合時宜的。尤其是在北方……故漢唐以來上巳節時較少沐浴，氣候變遷是其原因之

〔註57〕參看孫小布撰：《人類學．性與〈長生殿〉》〔A〕，《戲劇藝術》〔J〕，1988年第4期，第94頁。

〔註58〕有關鞋履與婚姻的關係，及其在古代小說中的體現，可以參看李道和著：《民俗文學與民俗文獻研究》〔M〕，成都：四川出版集團巴蜀書社，2008年12月版，第32頁～第33頁。

一。與此相應，六月六沐浴的記載，卻比比皆是……人們在這一天沐浴納涼。卻借助於祓禊古俗的名義。〔註59〕

原來「三月三」的沐浴移到了「六月六」，因爲六月六日是道教的清暑齋日，這樣道教文化與「三月三」的關係就進一步明晰化了。下面再從道教的「沐浴」文化入手，進一步來探討二者之間的關係。《孟子・離婁篇》有「雖有惡人，齋戒沐浴則可以祀上帝」。道教崇敬神仙，故要求祭祀者必須在祭祀前沐浴更衣，所謂「饑體清潔，無有玷污，然後可得入齋」，這是修齋的禮儀。「祓禊」的本意也是用水洗去身上的污垢和疾疫。丁煌先生在《道教的「沐浴」探究》一文中寫道：

水是神秘的、清潔的，我國古代巫醫用多種的芳草藥材，置入水中，爲人療病。沐浴而祓禊，可潔身保健、除災求福，這個觀念和行爲，源自商周的巫覡。此一風習，爲道教和部分地區的民俗所傳承著。

他還寫道：

先秦巫教祭祀的沐浴蘭湯、香湯之俗，猶爲東漢至唐宋間道教所繼承。〔註60〕

關於「三月三」沐浴習俗，胡新生先生的觀點和丁煌先生的正好相互應和：

中國古代還有一種大規模的節日活動從起源上看與蘭湯辟邪術密切相關，這就是暮春三月到河邊洗出邪穢的「祓禊」風俗……巫術中的蘭湯沐浴一直保持著驅除妖邪的基本性質，河濱祓禊則朝著不同的方向演變和發展。儘管有這些差異，早期的河濱祓禊禮俗與蘭湯辟邪術仍然屬於同一巫術體系，因爲它們都是以蘭草可辟不祥的觀念爲基礎的。〔註61〕

「三月三」的「沐浴」因爲被正統之士認爲誨淫誨盜，漸漸地消沉；而道教的「沐浴」卻在宗教庇護下得以保存。兩者之間的關係堪稱一隱一顯，一表一里。

〔註59〕康保成著：《儺戲藝術源流》〔M〕，廣州：廣東高等教育出版社，1999年版，第396頁～第397頁。

〔註60〕以上引文均出自丁煌：《道教的「沐浴」探究》一文，選自林富士主編：《禮俗與宗教》〔C〕，北京：中國大百科全書出版社，2005年4月版，第118頁。

〔註61〕胡新生著：《中國古代巫術》〔M〕，濟南：山東人民出版社，1998年12月版，第123頁。

《合川縣志》（八十三卷・民國十年刻本）裏也有著民間二月到四月道教活動的記載：

> 二月、三月居民擇土王用事日，延道士於家，諷誦經典，製桃弓、柳箭，設衡量、刀尺等具，用黃箋書鎮宅符貼於壁，謂之「謝土」。三月、四月，各街市醵金假廟地建道場，祀瘟、火、蟲、蝗之神，謂之「平安請醮」。既畢，道士法冠黃衣，仗劍執符，沿街唱念，金鼓列前，青獅跳舞隨後，謂之「掃蕩」。遇火災後，亦假地建道場，謂之「火醮」。〔註 62〕

文人筆下沒能描繪的畫面，卻在民間找到了遺蹤。可見道教文化的被「文明化」和歲時民俗儀節的被「文明化」是同步的，那些被邊緣化的東西，後來只能在民間才能覓到蹤影。這種被「文明化」的過程，按照葛兆光先生的觀點，也就是道教「屈服」的過程。

上文已經從「沐浴」這個視角體現出「三月三」和道教文化的關係，再加之，是日又是傳說中王母娘娘的生日。關於她，巫鴻先生又有一番論述：

> 這裡需要回答的一個問題是爲什麼這些和「性」有關的圖像常與西王母像共出，一個可能的解釋是隨著五斗米道所崇拜的神祇逐漸增多，每一神仙都被賦予更特殊的職能和象徵意義。在這個趨勢下西王母就越來越與「性」和生殖崇拜聯繫起來，這一發展和西王母在漢以後中國文學中的意義也是一致的。〔註 63〕

「三月三」和「七月七」都和道教的西王母有關，其中的寓意不言自明。因此，道教皇帝李隆基在這樣特殊的日子被民間「偶像化」——作爲媒神——應該是講得通的。

以上從「三月三」節俗的角度，來論述李隆基成爲媒神的可能。那李隆基到底爲誰做過媒呢？「大曆十才子」之一的韓翃就是一個。歷史上是否眞有其事暫且不提，給兩人牽上關係的，還是戲劇中的「三月三」。在兩部以韓翃爲主角的戲劇作品裏，均出現了「三月三」這個節日：一部是元代作家喬吉的雜劇《李太白匹配金錢記》（又名《唐明皇御斷金錢記》），還有一部則是

〔註 62〕 丁世良、趙放主編：《中國地方志民俗資料彙編——西南卷上》〔M〕，北京：北京圖書館出版社，1991 年 6 月版，第 207 頁。

〔註 63〕 〔美〕巫鴻著，鄭岩、王睿編，鄭岩等譯：《禮儀中的美術：巫鴻中國古代美術史文編》（下卷）〔C〕，北京：三聯書店出版社，2005 年 7 月版，第 502 頁。

明代作家梅鼎祚的傳奇《玉合記》。前者寫了韓翃與柳眉兒之間的愛情故事。兩人在三月初三赴九龍池，賞楊家一撚紅的路上相遇，見面之時便定下情緣。柳眉兒還以五十文開元通寶金錢作爲信物。誰知柳父王府尹卻誤以爲作了家庭教師的韓翃偷了金錢，從而引出一場軒然大波，最終李太白奉了聖旨成就了這段姻緣。這齣戲本於唐人許堯佐《章臺柳傳》，模擬「韓壽偷香」故事，又拈出大詩人李白加以點染。「三月三」出現在這齣戲的開頭，借柳眉兒之父王府尹口中道出：

> 今奉聖人的命，明日三月初三，但是在京城裏外官員，市户軍民，百姓人家，或妻或妾或女，都要赴九龍池賞楊家一撚紅。那九龍池周圍捧紅繩爲戒：紅繩裏是文武官員家妻妾女孩兒，紅繩外是軍民百姓家妻妾女孩兒。係是聖語，非同小可。〔註64〕

這簡直活脫脫一個「女兒節」的盛況，和三月三的意旨完全相符。

明代作家梅鼎祚的傳奇《玉合記》，其本事則出於許堯佐的《柳氏傳》，情節較後者複雜了許多。說的是韓翃愛上了朋友李生的寵姬柳氏，李得知情況後，學道雲遊，促成韓翃和柳氏的姻緣。可惜好景不長，安史之亂後，兩人天各一方。柳氏爲番將沙吒利所擄，忍辱偷生。韓翃之友許俊得知此事後，單人獨騎將柳氏救回，最後韓翃奉旨抱得美人歸，沙吒利落得人才兩空。這部戲的「三月三」出現在第四齣《宸遊》，還是高力士的一段詞道出其中原委：

> 今日花朝之日，聖上同著貴妃娘娘遊幸曲江。聞得楊國舅和那虢國夫人們也去遊賞，敢或者中道相逢，又不知幾多恩澤。〔註65〕

這段「三月三」「曲江宴遊」和《長生殿・禊遊》中的描寫，簡直如出一轍。

就在這大好春日，韓翃和柳氏在家門口初次邂逅，兩人一見傾心。戲的第五齣《邂逅》就是講述這段故事。可見，「三月三」意象在「韓翃戲」中佔據舉足輕重的地位。《玉合記・宸遊》這一齣看似游離於情節之外，但放在柳氏「懷春」和韓、柳「邂逅」之間，其求偶意味昭然若揭。這既是高禖信仰的一個體現，同時也是連接情節發展的一根紐帶。然而這些在關於韓翃的筆記、傳記中均未曾提及。想來，應該是在民間流傳的過程中，逐步豐富添加

〔註64〕〔元〕喬吉撰：《李太白匹配金錢記》，徐徵等主編：《全元曲》（第六冊）〔M〕，石家莊：河北教育出版社，1998年8月版，第4277頁。

〔註65〕〔明〕梅鼎祚撰：《玉合記》〔明〕毛晉編：《六十種曲》（第六冊）〔M〕，北京：中華書局，1982年版，第9頁。

上去的，同時也影響到了文人的劇本創作。下面探討的內容更能說明這個問題。

兩部「韓翃戲」，雖然情節各不相同，但有一點是相同的：韓翃均是奉詔成婚的。喬吉的《李太白匹配金錢記》第四折，李白云：

> 小官李太白是也。奉聖人的命，著新科狀元韓飛卿則今日去王府尹家爲婿。〔註 66〕

這部戲還有一個名字叫《唐明皇御斷金錢記》，與題目相結合，讀者會想當然的認爲，此處的「聖人」應該是李隆基。再來看梅鼎祚的傳奇《玉合記》，韓翃接聖旨是在第四十齣《賜完》，而這部戲的第二十四出是《兵變》，講述的是「安史之亂」爆發。許堯佐的《柳氏傳》中如此道來：「天寶末，盜覆二京，士女奔駭。」〔註 67〕既然安史之亂爆發在前，那麼戰亂之後，韓、柳重逢時的聖人應該是唐肅宗而非李隆基。許堯佐的《柳氏傳》又可作爲一明證：「洎宣武皇帝以神武返正」〔註 68〕，此處的宣皇帝正是肅宗。《唐才子傳》中介紹韓翃乃是「天寶十三載楊紘榜進士」〔註 69〕，這和《李太白匹配金錢記》中韓翃的狀元身份也有出入。韓翃眞正發迹要到德宗時期。「俄以駕部郎中知制誥。終中書舍人」〔註 70〕，而那時李白早已逝去〔註 71〕。可見《李太白匹配金錢記》的作者，主觀創作成分加強，把韓翃的金榜題名和洞房花燭來了個時空錯位。甚至把媒人也套在了李隆基頭上，這應該和民間對李隆基的媒神信仰不無關係。

研究這個問題還是要回到文本。且看《長生殿》第二十二齣《密誓》。在結尾時，牛郎（小生）道：

> 天孫，你看唐天子與楊玉環，好不恩愛也……我與你既締結天上良緣，當作情場管領。況他又向我等設盟，須索與他保護……願生生世世情至眞也，合令他常作人間風月司。

〔註 66〕〔元〕喬吉撰：《李太白匹配金錢記》，徐徵等主編：《全元曲》（第六冊）〔M〕，石家莊：河北教育出版社，1998 年 8 月版，第 4302 頁～第 4303 頁。

〔註 67〕〔唐〕許堯佐撰：《柳氏傳》，張友鶴選注：《唐宋傳奇選》〔M〕，北京：人民文學出版社，1997 年 5 月版，第 21 頁。

〔註 68〕同上。

〔註 69〕〔元〕辛文房撰、徐明霞校點：《唐才子傳》〔M〕，瀋陽：遼寧教育出版，1998 年 3 月版，第 44 頁。

〔註 70〕同上。

〔註 71〕李白（701～762），公元 762 年爲唐肅宗寶應元年。沈起煒編著：《中國歷史大事年表》（古代）〔M〕，上海：上海辭書出版社，1983 年 12 月版，第 263 頁。

唐天子要「常作人間風月司」，也就是要掌管人世間的男女情愛。洪昇創作《長生殿》是在清初，那麼早在這之前，民間就應有李隆基「常作人間風月司」的概念和想法。喬吉的《唐明皇御斷金錢記》就絕非毫無根據的捕風捉影之說，應該是和民間傳說互動產生的結果，否則戲曲寫成，亦不會在民間盛演盛傳。造神運動大多是由民間發起，經過文人的推動梳理進一步規範化，兩者之間的關係應是互動的。明清小說的創作大多也是以民間傳說而非信史爲依據，這多多少少增強了文本的可看性，滿足了大眾的「口味」。而且，當時戲劇、小說的創作，一般由地位不高的文人承擔，他們的作品顯然更能傳達出民間的聲音。李隆基成爲媒神，不僅源於以上因素，而且還和他君王的身份不無關係。古代社會君權與父權同構，帝王「御斷」猶同父母之命，有著不可違背的效力。同時，風流帝王撮合倜儻文人的婚姻，也符合百姓的審美心理。某種意義上講，皇帝就是人間的媒神，不能解決的婚姻問題，皇帝「御斷」就行。許多戲劇的結尾，主人公愛情的結局就需要皇帝來判定。湯顯祖的傳奇《牡丹亭》就是一例，結尾處杜、柳二人的婚姻還得依靠君王旨意，才能完成大團圓的結局。值得一提的是，乾隆年間，舞臺演出《牡丹亭·驚夢》時，還增加了一齣《堆花》。主要說十二月花神出場，再加花王。眾花神有一段《堆花》，載歌載舞，表示杜麗娘與柳夢梅歡會的情景。其中的大花神（牡丹花），由老生扮演，象徵唐明皇李隆基〔註 72〕。

《辭海》第六版中，對「牡丹」詞條，作了如下注釋：

> 芍藥科。落葉小灌木。葉紙質，通常爲二回三出複葉，小葉常3～5 裂，表面無光澤。初夏開花，花單生，大型，白、紅或紫等色。雌肉生於肉質花盤上，原產中國西北部，在中國已有 2000 多年栽培歷史，並早已引種至國外，爲著名觀賞植物。〔註 73〕

在我國最早的詩歌總集《詩經·溱洧》中，就有以牡丹、芍藥爲愛情信物的詩句：

> 溱與洧，方渙渙兮。士與女，方秉蘭兮。女曰：「觀乎？」士曰：「既且？」「且往觀乎，洧之外，洵訏且樂。」維士與女，伊其相謔，贈之於芍藥。

〔註 72〕以上內容引自劉月美著：《中國崑曲裝扮藝術》〔M〕，上海：上海辭書出版社，2009 年 12 月版，第 141 頁。

〔註 73〕辭海編輯委員會編：《辭海·第六版》（縮印本）〔M〕，上海：上海辭書出版社，2010 年 4 月版，第 1335 頁。

> 溱與洧，濟其清兮。士與女，殷其盈兮。女曰：「觀乎？」士曰：「既且？」「且往觀乎，洧之外，洵訏且樂。」維士與女，伊其將謔，贈之於芍藥。〔註 74〕

此時的牡丹因初無名，故統稱「芍藥」。唐代吟詠牡丹的詩句，以李白爲楊玉環填寫的新詞《清平調三首》爲佳，詩中道：「雲想衣裳花想容，春風拂檻露化濃」，「一支紅豔露凝香，雲雨巫山枉斷腸」。「雲雨巫山」指的正是男女性愛；俗話說「牡丹花下死，作鬼也風流」，這裡的「牡丹」，又成了「女陰」的代名詞。牡丹，作爲男女間婚戀、性愛的象徵物，其象徵含義一直流傳到現在：山東菏澤的牡丹運往廣州銷售，其出行路線還得按當地嫁女時西進東出的習俗〔註 75〕。其民俗意義深入人心，由此可見一斑。《牡丹亭》中，牡丹花作爲杜麗娘與柳夢梅愛情的見證出現，《堆花》一齣把牡丹花與李隆基聯繫在一起，與他「人間風月司」的職能完全吻合。故筆者在此作一推論：即清代乾隆前後，也就是與李隆基成爲戲神相仿的時間段，李隆基作爲媒神乃至生育神的信仰，已經在民間廣爲流播。《堆花》這齣戲爲這個假設，提供了一個例證〔註 76〕。

除了爲人做媒，成就美好姻緣，皇帝有時候還要充當和事佬，挽救瀕於破裂的婚姻。傳統越劇《打金枝》裏的皇帝，就是左右逢源，沒有一味偏向公主，這才使得一場婚姻危機化爲無形。這樣的君主，在戲裏既是治國的好皇帝，也是管理家庭的大清官，這正符合百姓心目中完美的帝王形象。百姓對這樣的「白日夢」樂此不疲，來者不拒。李隆基成爲媒神，也就多了一層符合民間審美心理的緣由。

3.4 七夕「乞巧」和祈求「有喜」——多子帝王李隆基與生育神信仰

有關李隆基的戲劇作品和「七夕」這個古老的歲時節令結緣，究其源頭，還是要追溯到白居易《長恨歌》中的「七月七日長生殿，夜半無人私語時」，

〔註 74〕〔清〕方玉潤撰、李先耕點校：《詩經原始》〔M〕，北京：中華書局，1986 年版，第 225 頁。

〔註 75〕喬方輝：《菏澤牡丹下廣州》〔A〕，寧銳、談懿誠主編：《中國民俗趣談》〔C〕，三秦出版社，2003 年 10 月版，第 225 頁。

〔註 76〕在清宮節令戲演出劇目中，有一部戲名曰《千春燕喜》。演二月十五日是百花之王牡丹花神的生日，花妃楊玉環前來朝賀。此處的牡丹花神也應是李隆基。見丁汝芹著：《清代內廷演戲史話》〔M〕，北京：紫禁城出版社，1999 年 9 月版，第 44 頁。

「在天願作比翼鳥，在地願爲連理枝」。陳鴻在傳奇《長恨歌傳》中也寫道：

> 昔天寶十載，侍輦避暑於驪山宮。秋七月，牽牛織女相見之夕……上憑肩而立，因仰天感牛女事，密相誓心，願生生世世爲夫婦。言畢，執手各嗚咽。

白、陳二人的詩文相應相和，對後世李隆基戲劇的創作產生了極大的影響。元代白樸的雜劇《梧桐雨》第一折就整齣鋪排二人在長生殿乞巧密誓並談論牛郎織女的故事；第四折中，李隆基一個人孤坐相思之時，又想到了七夕之事：

> 七夕會長生殿乞巧。誓願學連理枝比翼鳥，誰想你乘彩鳳返丹霄，命夭！〔註77〕

李、楊愛情不可避免的悲劇性，正是七夕神話傳說在現實世界的再現。

《驚鴻記》，第二十三齣《七夕私盟》中較爲具體地提到了七夕的「乞巧」習俗：

> （生對貼）今夕是七月七夕，牽牛織女相見之時，秦人風俗，張錦繡，陳飲食樹花，燔香於庭，號爲『乞巧』，宮掖間尤尚之。

不難發現，這段描寫主要源自於陳鴻的《長恨歌傳》。而洪昇的《長生殿》則是提到「七夕」元素最多的戲，共有十出之多。其中第二十二齣《密誓》整出都是「七夕密誓」的場面，與《梧桐雨》中的描寫大略相同〔註78〕。由此可見，「七夕」民俗意蘊在有關李隆基的戲劇中確實深得人心，是神話原型長期以來在人們心裏所形成的共同心理積澱的反映。下面，筆者以「七夕」這個歲時節令的民俗意義爲出發點，揭示作爲民間生育神偶像的李隆基與歲時節令之間存在的淵源。

首先，七夕佳節牛郎織女的傳說，屬於典型的「天鵝處女」型故事。其基本構成要素包括沐浴、羽衣和偶合。織女在沐浴時，牛郎在老牛的授意下，將織女衣服偷去，以至於「見膚爲夫」，成就一段姻緣。因此，七夕習俗不可避免地和沐浴有關。而沐浴在我們的先民看來就是通過洗濯自己的身體，達到避災祛邪、祈福降吉的目的。《周禮・春官・巫女》和應劭的《風俗通義》

〔註77〕〔元〕白樸撰：《唐明皇秋夜梧桐雨》，徐徵等主編：《全元曲》（第二冊）〔M〕，石家莊：河北教育出版社，1998年版，第793頁。

〔註78〕《長生殿》中提及「七夕」的，除了《密誓》之外，主要有以下這些：第一齣《傳概》第三十二齣《哭像》、第三十三齣《神訴》、第三十七齣《尸解》、第四十一齣《見月》、第四十四齣《慫合》、第四十五齣《雨夢》、第四十八齣《寄情》、第四十九齣《得信》。

中均有提及。中國古代的水邊祓除儀式大約是從殷商時期開始的。《史記・殷本紀》記載：殷契母曰簡狄，有娀氏之女……三人行浴，見玄鳥墜其卵，簡狄呑取之。因孕生契。

簡狄浴水、呑卵、孕契的神話，後來就逐步演化爲一種春季的祓禊風俗，即「三月三」或上巳的求生、求偶、求子的活動。而由此神話故事衍生出的「臨水浮卵」習俗在「七月七」也得到傳承，只是浮的「卵」不是原先的棗子（早立子）、李子這樣的簡單代替物，而是《東京夢華錄》中提到的「水上浮」：

> （七月七夕）以黃蝋鑄爲鳧、雁、鴛鴦、鸂鶒、龜魚之類，彩畫金縷，謂之「水上浮」。〔註 79〕

《武林舊事》卷三亦曰：「並以蠟印鳧雁、水禽之類浮之水上。」〔註 80〕這些「水上浮」的乞子意味也是十分明顯的。此外，漢魏時期就有秋季祓禊的記載：《宋書・禮二》云：

> 《漢書》八月祓於灞上。劉楨《魯都賦》「素秋二七，天漢指隅。人胥祓除，國子水嬉。」又是用七月十四日也，自魏以後但用三日，不以巳也。〔註 81〕

李道和先生指出引文中的「二七」應該是「七月七」，而非「七月十四」〔註 82〕。這就把秋季祓禊的具體日子都坐實了。然而由於氣候等原因，七月七的沐浴習俗可能會提前到六月六進行。康保成先生在《孟姜女故事與上古祓禊風俗》一文中就從氣候變遷的角度詳細地解釋了這一問題〔註 83〕。秋季祓禊的情形一直傳到唐代，因此「七夕」場景屢次在有關李隆基的戲劇裏出現，也就不足爲奇了。

其次，牛郎織女的故事，也是由上古的天象崇拜、神話傳說演變而來。《史

〔註 79〕〔宋〕孟元老撰：《東京夢華錄》，王靜悦等主編：《中國古代民俗》（一）〔M〕，哈爾濱：黑龍江人民出版社，2004 年 5 月版，第 54 頁。

〔註 80〕〔宋〕周密輯：《武林舊事》，劉坤等主編：《夢粱錄——外四種》〔M〕，哈爾濱：黑龍江人民出版社，2003 年 1 月版，第 295 頁。

〔註 81〕〔梁〕沈約撰：《宋書》（第二冊）〔M〕，北京：中華書局，1974 年 10 月版，卷十六，志第六，第 386 頁。

〔註 82〕李道和著：《歲時民俗與古小說研究》〔M〕，天津：天津古籍出版社，2004 年版，第 214～216 頁。

〔註 83〕康保成著：《儺戲藝術源流》〔M〕，廣州：廣東高等教育出版社，1999 年版，第 397 頁。

記・天官書》中有對牛女雙星天文學上的記載：「河鼓大星，上將；左右，左右將。婺女，其北織女。織女，天孫女也。」而最早記載牽牛、織女的文獻出現在周初至春秋中葉。《詩經・小雅・大東》云：

> 唯天有漢，監亦有光。跂彼織女，終日七襄。雖則七襄，不成報章。睆彼牽牛，不以服箱。〔註84〕

這裡所寫的牽牛和織女雖屬比興之詞，但兩個星宿名稱的表層意義卻被賦予了現實中的比附：「跂彼織女，終日七襄」，「睆彼牽牛，不以服箱」，不正隱喻著現實中的織布女和放牛郎嗎？到了東漢無名氏的筆下，織女的形象得到了進一步人格化：

> 迢迢牽牛星，皎皎河漢女。纖纖濯素手，劄劄弄機杼。終日不成章，泣涕零如雨。河漢清且淺，相去復幾許。盈盈一水間，脈脈不得語。〔註85〕

詩中的織女和現實中千千萬萬個思婦形象重疊在了一起。換個角度，從「牽牛星」「織女星」名稱上所蘊含的深層意義上分析。杜注《荊楚歲時記》引石氏《星經》云：「牽牛星，荊州呼爲『河鼓』，主關梁。織女則主瓜果」〔註86〕現代的天文學知識告訴我們，牽牛星有三顆，河鼓一、河鼓二、河鼓三。通常所說的牽牛星是河鼓二，而河鼓一和河鼓三則被附會成牛郎肩挑的兩個孩子。但是在這裡牽牛星的引渡功能卻是明晰可見。再加之，橋屬於關梁，因此牽牛實際上應是橋神。橋作爲連接兩岸的津梁，還有著溝通此岸世界與彼岸世界的寓意。通過走橋來溝通彼岸世界和此岸世界，成爲迎接生命的象徵行爲。這就是走橋生殖功能的象徵，尤其是已婚婦女走橋更是乞子的象徵。少數民族中，苗族、壯族都還保有這樣的習俗。

走橋的另一目的則是袪病消災。清人潘榮陛《帝京歲時記勝・走橋摸釘》稱走橋可以「度厄」。而「釘」和丁又是同音，意味著人丁興旺。《帝京景物略》卷二「燈市」條云，正月八日至十八日，北京婦人「相率宵行，以消疾病，曰走百病，又曰走橋」。《清嘉錄》卷一曰：「元夕，婦女相率宵行，以卻

〔註84〕〔清〕方玉潤撰、李先耕點校：《詩經原始》〔M〕，北京：中華書局，1986年版，第420頁。

〔註85〕〔梁〕蕭統編：《文選》〔M〕，上海：上海古籍出版社，1998年版，卷第二十九，第223頁。

〔註86〕〔梁〕宗懍撰：《荊楚歲時記》，劉坤等主編：《夢梁錄・外四種》〔M〕，哈爾濱：黑龍江人民出版社，2003年1月版，第208頁。

疾病，必歷三橋而止，謂之走三橋。」〔註 87〕「宵行」就恰巧和七夕的「守夜」習俗，以及鵲橋相會有關。至於織女，李道和指出織女亦爲橋，也是橋神〔註 88〕。其實，織女作爲生育神崇拜的對象，從「織女則主瓜果」中已可看出。後人在七夕星空下陳列瓜果，既是一種祭祀，也是一種祈求，因爲開花結果的過程其實恰好和女性的生育過程相呼應。「乞巧」這個詞本身也有女人希望能夠碰巧懷上子嗣的意思。

最後，七夕「乞巧」的諸多事項總體上是從西漢開始，至南北朝進一步沿襲成俗。陳鴻的《長恨歌傳》提及了秦人七夕乞巧的習俗：「秦人風俗，是夜張錦繡，陳飮食，樹瓜華，焚香於亭，號爲『乞巧』」。這和後人的乞巧習俗相比還只是稍具雛形。「乞巧」還有「蜘蛛網絲」和「金盤種豆」等事項。宋代吳自牧的《夢粱錄》對此則有詳細地說明：

> 七月七日謂之七夕節……或取小蜘蛛，以金銀小盒兒盛之，次早觀其網絲圓正，名曰得巧。〔註 89〕

南朝梁宗懔的《荊楚歲時記》云：

> 是夕，人家婦女結彩縷，穿七孔針，或以金、銀、鍮石爲針，陳几筵、酒、脯、瓜果、菜於庭中以乞巧。有喜子網於瓜上，則以爲符應。〔註 90〕

這裡的「喜子」指的就是蜘蛛。李商隱《辛未七夕》中有「豈能無意酬烏鵲，唯與蜘蛛乞巧絲」〔註 91〕。「喜子」在名稱上就可看出和生育的關聯——喜得貴子嘛！

「金盤種豆」見孟元老《東京夢華錄》卷八：

> 七月七夕……又以綠豆、小豆、小麥於磁器內，以水浸之，生芽數寸，以紅藍絲縷束之，謂之「種生」。〔註 92〕

〔註 87〕〔清〕顧祿撰：《清嘉錄》，王靜悅等主編：《中國古代民俗》（一）〔M〕，哈爾濱：黑龍江人民出版社，2004 年 5 月版，第 270 頁。

〔註 88〕李道和著：《歲時民俗與古小說研究》〔M〕，天津：天津古籍出版社，2004 年版，第 210 頁～第 211 頁。

〔註 89〕〔宋〕吳自牧撰：《夢粱錄》劉坤等主編：《夢粱錄——外四種》〔M〕，哈爾濱：黑龍江人民出版社，2003 年 1 月版，第 36 頁。

〔註 90〕〔梁〕宗懔撰：《荊楚歲時記》劉坤等主編：《夢粱錄——外四種》〔M〕，哈爾濱：黑龍江人民出版社，2003 年 1 月版，第 208～209 頁。

〔註 91〕〔宋〕蒲積中編、徐敏霞校點：《古今歲時雜詠》（二）〔M〕，瀋陽：遼寧教育出版社，1998 年 3 月版，第 285 頁。

〔註 92〕〔宋〕孟元老撰：《東京夢華錄》，王靜悅等主編《中國古代民俗》（一）〔M〕，哈爾濱：黑龍江人民出版社，2004 年 5 月版，第 54 頁。

關於「生化盆」的記載見《歲時廣記》卷二十六「生化盆」引《歲時雜記》「京師每前七夕十日，以水漬綠豆或豌豆，日一二回易水，芽漸長至五六寸許，其苗能自立，則置小盆中，至乞巧可長尺許，謂之『生花盆兒』」。「種生」、「生化盆兒」從名稱上講，均與乞子有關，這是顯而易見的。

「月下穿針」也是一項非常重要的七夕乞巧事項。《西京雜記》卷一云：「漢采女常以七月七日穿七孔針於開襟樓，俱以習之」。吟詠七夕之夜「月下穿針」的詩句有許多：〔梁〕劉遵有《七夕穿針》云：「向花抽一縷，舉袖弄雙針。」劉孝威的同題詩也有「故穿雙針眼，持縫合歡扇」〔註 93〕。「雙針雙眼」、「合歡之扇」均代表了男女之間的戀情，而穿針、合歡也有一種性的暗示。

七夕乞子的遺蹤到現在還能覓到。浙江溫嶺石塘鎮箬山東山村，在七夕過「小人節」，這一天是 1 歲到 16 歲小孩做生日的佳節。在當地，凡信佛的人家，小孩不論哪一天出生，皆在「七月七日」爲生日。是日，大人們將紙紮的彩亭（男孩用）或彩轎（女孩用）放在供桌上，點上香燭，擺上老酒、7 隻酒盅（杯）、香蕉、桃子、梨、葡萄等各種瓜果，以及糖龜（石塘當地的一種麵食）、豬肉、魚鯗等，再上三炷香，叫小孩或代小孩許願後，將彩亭（彩轎）在鐵鍋上焚燒，祈祝小孩健康快樂成長。民俗學家考證，「小人節」很可能是民間乞巧文化的一種遺留〔註 94〕。

李隆基是歷史上著名的道教皇帝。要解答李隆基如何成爲民間生育偶像的問題，還是要從道教文化入手。先來看唐代李德裕《次柳氏舊聞》中的兩則文獻資料：

> 玄宗之在東宮，爲太平公主所忌……時元獻皇后得幸方娠。玄宗懼太平，欲令服藥，陰除之，而無可與語者。張說以侍讀得進見太子宮中。玄宗從容謀及說，說亦密贊其事。它日，說又入侍，因懷去胎藥三煮劑以獻。玄宗得藥喜，盡去左右，獨篝火於殿，煮未

〔註 93〕〔宋〕蒲積中編、徐敏霞校點：《古今歲時雜詠》（二）〔M〕，瀋陽：遼寧教育出版社，1998 年 3 月版，第 271 頁。

〔註 94〕這條線索是華師大陳勤建先生在一次講座上提到的，後又在其著作：《民俗視野：中日文化的融合和衝突》中有所提及，見陳勤建著：《民俗視野：中日文化的融合和衝突》〔M〕，上海：華東師範大學出版社，2006 年 5 月版，第 39 頁。目前，石塘七月七「小人節」已被列入浙江省級非物質文化遺產代表作名錄，2010 年又入圍第三批國家級「非遺」代表作名錄。

及熟，怠而假寐。肸蠁之際，有神人長丈餘，具裝，身披金甲，操戈，繞藥鼎三匝，煮盡覆無餘流，玄宗起視異之，復增火又投一劑，煮於鼎，因就榻瞬目以候之。而神覆鼎如初，凡三煮皆覆之，乃止。

（上）乃以（三人）賜太子（注：此處的「上」就是李隆基，太子爲肅宗），而章敬吳皇后在選中。頃之，后侍寢不寤，吟呼若有痛苦氣不屬者。肅宗呼之不解，竊自計曰：「上始賜我，卒無狀不寤，上安知非護視不謹邪？」遽秉燭覷之，良久乃寤。肅宗問之，后以手按其左肋曰：「妾向夢中，有神人長丈餘，介金甲以操劍，顧謂妾曰：『帝命吾與汝爲子。』自左肋以劍決而入，決處痛怠不可忍，及今未之已也。」肅宗驗之於燭下，則有若綖而赤者存焉，遽以狀聞，遂生代宗。〔註95〕

以上兩段文字中的李隆基，並未直接以生育偶像的面目出現，相反，前一段文字中的李隆基是以一個「毀滅者」的形象出現在故事裏。他爲了除掉元獻皇后腹中的胎兒，處心積慮，三番五次煎藥，而最終未果。兩段文字中直接作爲生育神出現的，都是一位身披金甲、長丈餘的神人。然而前者操戈，後者拿劍，也許這是出於故事的不同需要。聯想到李隆基是道教皇帝，而「劍」在道教文化中又是一種非常厲害的法器，從宗教文化的角度看，後者受到李隆基的役使，也就不足爲怪了。總之，這兩段「舊聞」，至少把李隆基和生育偶像牽扯在了一起。李德裕在唐大和七年拜爲宰相，距離李隆基駕崩七十年左右，那麼李隆基能夠役神實施生育的傳說，應該在其死後不久就流傳了。而且，在流傳的過程中，從「戈」到「劍」的變化，又讓傳說平添了幾許道教文化的意味。如果能夠理清道教文化與七夕這個歲時節令之間的淵源關係，這將成爲李隆基作爲生育偶像的雙重證據，同時也爲本書的論述提供了文化理論上的依據，而絕非只是停留在表層現象的表述上。

道教文化與民間歲時祭祀有著千絲萬縷的聯繫。早在戰國時期，原始道教便開始孕育發展了。當時的民間祭祀中楚風崇巫術，而中原地區則盛行神仙方術，民間祭祀和盛行的神仙方術，都是漢代道教發端的源頭。只是後來，官方爲了限制道教在民間的力量，才將某些超過官方允許的祭祀活動稱爲「淫

〔註95〕以上引文分別見〔唐〕李德裕撰：《次柳氏舊聞》〔五代〕王仁裕等撰、丁如明輯校：《開元天寶遺事十種》〔M〕，上海：上海古籍出版社，1985年1月版，第2頁、第6頁。

祀」。因此道教文化和民間祭祀本就是同根而生的。從精神內核上講，中國百姓的民間祭祀具有較強的世俗性和功利性，講求現實的目的（如健康長壽、求子乞福等）和享受，而道教恰恰能從心理和一些具體手段上解決這個問題。比如道教的齋醮儀式，就是人們通過對神這種自然力化身的乞求，得到心理的寬慰，達到精神上的解脫。而道教的一系列修煉之法，如導引、服食、吐納、行氣、內丹、外丹、房中等，也確實達到了一定積極的效果。道教文化這種以貴生、樂生、成仙得道爲信仰的宗教，大大滿足了民間大眾的心理需求，「求子」正是其中的一部分。講到道教文化與七夕的直接關係，可以從地方志民俗資料中發現若干：

《江津縣志》（十六卷·民國十三年刻本）中在講到七夕時有這樣一段話：

> 按，鵲橋牛女之會，乃道流寓言，謂交任督也。丹經下鵲橋，正當牛女虛危之際。銀河謂脊髓，度此而穿鐵骨，過夾脊，泛銀河，透玉枕，上泥丸，降玄應，下重樓，歸土釜，其事至秘至神，毫釐差謬，皆不成功，故以爲巧。卦取於兑，兑數七七，而七巧合也。〔註 96〕

這就把「牛女之會」和道教修煉內丹中「交任督」的理論結合在了一起。如果用淺顯易懂的語言，對「交任督」原理表述，那就是：

> 吸入丹田的「氣」要在體内緩緩運行全身，最重要的是用意念打通周身的脈絡，如打通前後的任督二脈，即打通了「周天」，「氣」在全身運行，就好像在宇宙裏周流一周而成爲「先天元氣」，這就彷彿煉成了九轉還丹，便可以存入丹田。〔註 97〕

這應該也是「七月七」和道教淵源之明證了。想來此種說法在民間也是有著相當廣泛而又深入的影響。

道教儀式方法對民間祭祀的影響也很大。道教有許多儀式方法本就是從民間祭祀形式中來的，所以當它們在道教那裡尋到「理論」支持，並再度傳到民間時，就格外受到信仰。此處例舉的就是道教的齋醮儀式。《隋書·經籍志》對道教儀式「醮」的一段解釋：

〔註 96〕丁世良、趙放編：《中國地方志民俗資料彙編·西南卷上》〔M〕，北京：北京圖書館出版社，1991 年 6 月版，第 234 頁。

〔註 97〕葛兆光著：《古代中國社會與文化十講》〔M〕，北京：清華大學出版社，2002 年 1 月版，第 154 頁。

又有諸消災度厄之法，以陰陽五行之數術，推人年命書之，如章表之儀，並具贄幣，燒香陳讀，云奏上天曹，請爲除厄，謂之上章。夜中與星辰之下，陳設酒脯餅餌幣物，歷祀天皇太一，祀五星列宿，爲書如上章之儀以奏制，名之爲醮。

再來看《長生殿》中楊玉環「七夕乞巧」場面的描寫：

〔前腔〕〔換頭〕（旦引老旦、貼同二宮女各捧香盒、紈扇、瓶花、花生金盆上）宮廷，金爐篆靄，燭光掩映。米大蜘蛛廝抱定，金盤種豆，花枝招展銀瓶。（老旦、貼）已到長生殿中，巧筵齊備，請娘娘拈香。（作將瓶花、化生盆設桌上，老旦捧香盒，旦拈香介）……

兩相對照之下，我們發現這兩者之間既有「形似」（儀式），更有「神似」（「除厄」），足以體現七夕民俗和道教文化之間的關係。說的具體些，從形式上看，兩者都是通過一系列作爲祭祀的物品來達到與天溝通，完成自己的心願；至於「除厄」這一環節，楊玉環「乞巧」如果眞有其事的話，則必定與「乞子」有關，「她想以生子確保自己的地位」〔註 98〕，這可是關乎她在宮中前途和地位的事，乞子的成功，就意味著除去了厄運。

「七月七」這個日子本身，也具有較強的道教意味。西漢劉向在《列仙傳》中曾寫道王子喬的事迹。王子喬，年輕時好道，後被人引到嵩山學道，歷三十餘年後，於「七月七」日升仙。於是「七月七」這個日子，就蒙上了仙風飛升的寓意。這在《長恨歌》中表露無疑。「七月七日長生殿，夜半無人私語時。在天願爲比翼鳥，在地願爲連理枝」。詩中以「七月七日」作爲道教升仙的隱喻，是白居易深諳李隆基求仙心態的含蓄表達。而對李隆基、楊玉環來說，道教信仰是他們愛情生活的底色，白居易在篇末的傳神佳句，是融入了道教色彩的、充滿浪漫主義色彩的大手筆。同時詩中也蘊含了對李、楊眞摯愛情的讚頌。既然人間的「連理枝」夭折了，那麼只有寄希望與天上的「比翼鳥」，才能兌現曾經的誓言，惆悵傷感之情溢於言表。「七月七」在白居易的筆下早已不僅是一個時間概念，而是成爲了具有濃厚道教色彩的隱喻意象。而以《長恨歌》爲基礎創作的小說、戲劇作品，其精神內核也是一以貫之的。有關李隆基戲劇和七夕的關係說到此，已是相當明瞭。七夕之夜，祭祀求子，把道教皇帝李隆基作爲生育神膜拜，也許是再合適不過了。更何

〔註 98〕 康保成撰：《楊貴妃的被誤解和楊貴妃形象的被理解》〔A〕，《文學遺產》〔J〕，1998 年第 4 期。

況李隆基本人的子嗣就多達 59 人，簡直算是個令人咂舌的數目了。就這一點上來說，他被民間視作生育神偶像，無疑又增添了不少說服力。

3.5 蓬萊玉妃與西王母——楊玉環「不死」傳說的道教文化背景

對於李、楊愛情，隗芾在上個世紀八十年代，曾提出過一個非常有意思的觀點。他認爲：

> 李楊愛情是我國神妓文化的最末，在中國及其它國家人類活動中存在著「神妓」，現代社會中的「人妓」是由「神妓」逐漸轉化過來的，這個轉化過程就發生在唐代和唐宋之間。最後一環就是《長生殿》。〔註 99〕

在談論這個問題的過程中，他著重談到了西王母，以及與西王母相交的周穆王和漢武帝。對於「神妓」的內涵，弗雷澤在《金枝》中是這樣論述的：

> 一切自然的生產力的化身，一個偉大的母親女神爲西亞的許多民族所供奉，名字不同，而神話和儀式則實質類似，和她結合的有一個愛人。或說得准確一些，有一系列的肉身的神靈愛人，她每年與他們交合，人們認爲他們的結合是促進各種動物和植物繁殖所必需的。還有，這一對神靈的神話婚姻爲人類兩性的眞正的、雖是暫時的結合所模仿，地方就在女神的神殿裏，爲的是要用這種辦法保證大地豐產，人畜興旺。〔註 100〕

結合西王母的神職，以及她與帝王相交的傳說來分析，隗芾先生的觀點還是有可取之處的。更何況，民間還把與帝王李隆基相交的楊玉環附會作西王母，這絕非是牽強附會。

中山大學的鍾蘊晴則認爲，《長生殿》裏，只是套用了「長生殿」這個名詞。長生殿這個建築本身就是神妓文化的遺物，但作品表現的內容，並沒有多少神妓文化的東西。其中所宣揚的愛情，以及楊李是天上仙人，這是兩個分開來的部分。〔註 101〕

〔註 99〕中山大學中文系編：《〈長生殿〉討論集》〔M〕，北京：文化藝術出版社，1987 年 8 月版，第 63 頁～第 64 頁。

〔註 100〕〔英〕詹姆斯・弗雷澤著、劉魁立編：《金枝精要：巫術與宗教之研究》〔M〕，上海：上海文藝出版社，2001 年 1 月版，第 301 頁。

〔註 101〕中山大學中文系編：《〈長生殿〉討論集》〔M〕，北京：文化藝術出版社，1987 年 8 月版，第 65 頁。

筆者認爲，兩位學者觀點之間的差異，其實是由不同的研究視角造成的。隗芾用的是人類學、民俗學的眼光打量楊玉環，而鍾蘊晴則用的是文藝學的套路進行分析，這自然會產生意見上的分歧。不過，如果跳出文藝學的研究框框，順著隗芾所指出的線索，探究楊玉環作爲「神妓」之「神性」從何而來，以及楊玉環與西王母之間的比附關係，確實是一件有意思、有價值的事情。這還是要從道教文化出發，才能得出相對合理的解釋。

李隆基好道，寵妃楊玉環也深受其影響。早在冊封貴妃之前，楊玉環便有一段短暫的「度道」經歷，道號「太眞」，它原是道教修煉的用語，指黃金。以「太眞」爲號，體現了「宏道」的精神。唐宋文人的野史、詩文裏常以「太眞」、「貴妃太眞」稱之，宋代樂史的《楊太眞外傳》，更以「太眞」作爲篇名，足見楊玉環「太眞妃子」的稱號多麼深入人心。楊玉環被冊封爲貴妃后，對道術更加癡迷：《明皇雜錄．補遺》云：「唐天寶中，有孫甑生者，深於道術，玄宗召至京師……太眞妃特樂其術，數召入宮試之。」《太平廣記》卷第七十二「王旻」條曰：「帝與貴妃楊氏，旦夕禮謁，拜於床下，訪以道術」〔註102〕。李隆基對楊玉環篤信道教的行爲讚賞有加，在其天寶七載頒發的「冊尊號大赦」敕文中特別指出：

> 貴妃楊氏，稟性柔和，因心忠孝，克恭克愼，蹈禮循詩，加以勤志元宗，協成嚴奉，率勵宮掖，以迪關雎，宜賜物三千匹，……太眞觀雖先度人，住持尚少，宜更度道士七人。〔註103〕

敕文中的「元宗」，就是「玄宗」，即道教聖主玄元皇帝。在神化玄元皇帝的過程中，楊玉環「協成嚴奉」，「勤志」於玄元皇帝，其所作所爲，皆深受李隆基的影響。李、楊二人在藝術及宗教上的共同愛好和信仰，也使得他們的愛情生活日趨和諧，因此，白居易在《長恨歌》中，將二人盟誓之日選在一個頗具道教色彩的日子——七月七日，從文學角度上雖屬虛構，卻與兩人的宗教背景相當吻合。

楊玉環受到李隆基影響，精心修道，於是後世的詩文、戲劇作品中，把她附會成爲道教神祇，也自是在情理之中。洪昇在《長生殿．例言》中指出

〔註102〕〔宋〕李昉等編：《太平廣記》〔M〕，北京：中華書局，1961年9月版，卷七十二，第447頁。

〔註103〕〔宋〕曾敏求編：《唐大詔令集》〔M〕，北京：中華書局，2008年4月版，卷九，第53頁。

「史載楊妃多污爛事，予撰此劇，止按白居易《長恨歌》、陳鴻《長恨歌傳》爲之」〔註 104〕。白居易《長恨歌》中有「昭陽殿裏恩愛絕，蓬萊宮中日月長」的詩句，點明楊玉環蓬萊仙子的身份。詩中「忽聞海上有仙山，山在虛無縹緲間，樓閣玲瓏五雲起，其中綽約多仙子」，這些描寫蓬萊仙山的詩句，與史書、筆記上對於蓬萊仙島的記載相當吻合。陳鴻《長恨歌傳》中的情節與白詩所撰相仿：

> 方士乃竭其術以索之，……又旁求四虛上下，東極天海，跨蓬壺。見最高仙山，上多樓闕，西廂下有洞戶，東向，闔其門，署曰「玉妃太真院」。

引文中的「蓬壺」，即蓬萊山。東海三仙山，在六朝時期總稱爲「三壺」。前秦王嘉《拾遺記》卷一「高辛」條中記載：

> 三壺，則海中三山也。一曰方壺，則方丈也；二曰蓬壺，則蓬萊也；三曰瀛壺，則瀛州也。形如壺器。此三山上廣、中狹、下方，皆如工製，猶華山之似削成。〔註 105〕

楊玉環「蓬萊仙子」的身份，在明清傳奇中進一步得以彰顯。明代佚名的《驚鴻記》末齣《幽明大會》，臨邛道士口中念道：「天子使，玉妃府，東浮大海下蓬壺，山魅江魑不得阻」。洪昇的《長生殿》，則在第十一齣《聞樂》中，由嫦娥道出：「今下界唐天子，知音好樂。他妃子楊玉環，前身原是蓬萊玉妃，曾經到此」。《驚鴻記》、《長生殿》中的楊玉環被附會成了蓬萊玉妃，這與玉環好道，以及道教文化中對蓬萊仙境的向往不無關係。

康保成先生曾指出「唐人往往把唐玄宗說成漢武帝，把楊貴妃說成與漢武帝相交的西王母，民間還有楊貴妃即西王母的使女上元夫人的說法」〔註 106〕，此言著實不虛。在唐人的詩歌、筆記中，楊玉環和西王母之間確實有千

〔註 104〕〔清〕洪昇著、徐朔方校注：《長生殿》〔M〕北京：人民文學出版社，1983 年 10 月版，第一頁。

〔註 105〕〔前秦〕王嘉撰，〔梁〕蕭綺錄、王根林校點：《拾遺記》上海古籍出版社編：《漢魏六朝筆記小說大觀》〔M〕，上海：上海古籍出版社，1999 年 12 月，第 498 頁。

〔註 106〕康保成撰：《楊貴妃的被誤解和楊貴妃形象的被理解》〔A〕，《文學遺產》〔J〕，1998 年第 4 期。《〈長生殿〉箋注》一書對第四回《春睡》的箋注〔四〕對此有詳細地分析，見康保成、〔日〕竹村則行箋注：《〈長生殿〉箋注》〔M〕，鄭州：中州古籍出版，1999 年 2 月版，第 27 頁～第 28 頁。

絲萬縷的聯繫：首先是兩者的姓與號。《酉陽雜俎·前集》卷一四云：「西王母姓楊，諱回，治崑崙西北隅，以丁丑日死。一曰婉妗。」〔註 107〕《列仙全傳》中也有類似的說法〔註 108〕。由於二者之姓相同，民間順理成章地便把楊玉環附會爲西王母。不過，西王母姓楊，純屬唐人編造。此外，道教西王母號「太眞」，一說西王母之女爲「太眞夫人」〔註 109〕，這也讓「太眞玉妃」楊玉環和西王母之間搭上了關係；其次，是從西王母的居住地，將兩者聯繫在一起。李白《清平調詞三首》的第一首，盛讚楊玉環精美絕倫的舞姿，詞云：「雲想衣裳花想容，春風拂檻露華濃。若非群玉山頭見，會向瑤臺月下逢。」〔註 110〕《山海經·西山三經》中記載：「又西三百五十里，曰玉山，是西王母所居也。西王母其狀如人，豹尾虎齒而善嘯，蓬髮戴勝，是司天之厲及五殘」〔註 111〕。西王母信仰本流行於西北祁連山一帶，祁連山出玉，故有群玉山的說法。後人稱楊玉環爲「太眞玉妃」，恐怕也有這個因素在裏面；最後就是二者的容貌，及其與君王關係的比附。《山海經》中記載的西王母「豹尾虎齒」，形貌醜陋；而在《漢武帝內傳》中，西王母儼然成爲了一位絕代佳人：

> 王母上殿，東向坐，著黃錦袷襹，文採鮮明，光儀淑穆。帶靈飛大綬，腰分頭之劍，頭上大花結，帶太眞晨嬰之冠，履元瓊鳳文之舄。視之可年卅許，修短得中，天姿掩藹，容顏絕世，眞靈人也。〔註 112〕

〔註 107〕〔唐〕段成式撰、方南生點校：《酉陽雜俎》〔M〕，北京：中華書局，1981 年 12 月版，第 128 頁。

〔註 108〕《列仙全傳》卷一記載：西王母，即龜臺金母也。以西華至妙之氣，化而生於伊川。姓緱（一作何，一作楊）諱回，字婉妗。轉引自宗力、劉群編：《中國民間諸神》〔M〕，河北人民出版社，1986 年 9 月版，第 434 頁～第 435 頁。

〔註 109〕康保成、〔日〕竹村則行箋注：《〈長生殿〉箋注》〔M〕，鄭州：中州古籍出版社，1999 年 2 月版，箋注四，第 28 頁。

〔註 110〕〔唐〕李白：《清平調詞三首》〔清〕彭定求等編、中華書局編輯部點校：《全唐詩》（增訂本）第三冊〔M〕，北京：中華書局，1999 年 1 月版，卷 164，第 1705 頁。

〔註 111〕袁珂譯注：《山海經全譯》〔M〕，貴陽：貴州人民出版社，1991 年 12 月版，卷二，第 38 頁。

〔註 112〕〔漢〕佚名撰、王根林校點：《漢武帝內傳》上海古籍出版社編：《漢魏六朝筆記大觀》〔M〕，上海：上海古籍出版社，1999 年 12 月版，第 142 頁。西王母七夕拜訪武帝的故事在漢魏六朝筆記中多有記載：譬如〔漢〕佚名撰：《漢武故事》、〔晉〕張華：《博物志》卷之八等。

眞堪比史書記載上「資質豐豔」的楊玉環。至於《山海經》與《漢武帝內傳》中對西王母形貌描寫的巨大差異，筆者同意小南一郎先生的看法，這應該是西王母在神話的（宗教的）傳承與傳說的傳承兩個層面上不同面貌的展現〔註113〕。還有學者根據史上西王母信仰在中原地區的日趨盛行，對西王母形貌變化作出如下論斷：

> 東漢以來，鑒於西王母在民間的影響，新起的道教自然將其網羅門下。以後道士文人相繼推波助瀾，西王母竟成爲元始天尊之女，群仙之領袖，年三十許之麗質天仙。又以東王公與之相匹。其廟宇也不限西北一地。在這種情形下，《山海經》中記載的古代神話頗有礙其形象，於是好事者百般開解，爲蓬髮戴勝，虎齒善嘯者，乃王母之使，金方白虎之神，非王母之眞形。唐以來，又有爲其編造姓名的。〔註114〕

李隆基好道，唐代詩人常將其與漢武帝相比。這樣一來，筆記小說中漢武帝與西王母相會，在唐代詩人筆下，就直接照應成了李隆基與楊玉環相交：王建《霓裳詞十首》第六首寫道：「絃索摐摐隔彩雲，五更出發一山聞。武皇自送西王母，新換霓裳月色裙。」〔註115〕此處的「武皇」必是唐玄宗李隆基無疑，其所送的「西王母」，也非楊玉環莫屬了。

也許是受了唐人將楊玉環附會爲西王母，或西王母使女的影響，清代孫郁《天寶曲史》中《移宮》一齣，則有楊玉環夢遊瑤池拜見西王母，西王母送上偈語，警示玉環的情節：

> 〔小旦扮仙女〕爲傳青鳥信，徑到絳霄宮，西池王母有旨，請玉妃朝見哩。〔旦魂上介〕西池何地，王母何人，召我有何話說？〔小旦〕到那邊自有分曉，且騎上這柳枝，隨我去也。
>
> ……
>
> 〔旦入見俯伏介〕（老旦）玉妃別來無恙，這舊遊之地可還記得

〔註113〕〔日〕小南一郎著、孫昌武譯：《中國的神話傳說與古小說》〔M〕，北京：中華書局，2006年11月版，第41頁。

〔註114〕宗力、劉群編：《中國民間諸神》〔M〕，河北人民出版社，1986年9月版，第439頁～第440頁。

〔註115〕〔唐〕王建：《霓裳詞十首》〔清〕彭定求等編：《全唐詩》（增訂本）第三冊〔M〕，北京：中華書局，1999年1月版，卷301，第3419頁。詩人的另外一首詩《溫泉宮行》中亦有「武皇得仙王母去」這樣的句子。此外，杜甫：《宿昔》詩中有「落日留王母，微風倚少兒」兩句，也是把楊玉環比作西王母。

嗎？〔旦〕弟子愚昧，都忘懷了。〔老旦〕目下就膺皇宣，他年早登仙籙。莫戀塵世，忘卻歸路也。〔旦〕弟子一時不解，還求明白宣揚。〔老旦〕我有偈語四句，你須用心記取。〔旦〕曉得。〔老旦作念偈介〕燕市人皆去，函關馬不歸。若逢山下鬼，環上繫羅衣。

此處的楊玉環並非西王母，而是瑤池諸仙之一，其身份應與西王母使女上元夫人相仿。《陔餘叢稿》卷三四云「世以西王母爲女仙之宗」，《集說詮眞》也有「東王公爲男仙之主，西王母爲女仙之宗」。因此，楊玉環有時也會被附會爲以西王母爲保護神的諸女仙之一。《長生殿》中楊玉環故事的原型，亦能從神女降臨故事，再生故事之類，與西王母神話相關的系列故事中覓到蹤影〔註116〕。

西王母是崑崙神話系統的代表，而蓬萊仙子則產生於蓬萊神話系統，而這兩個道教神祇卻均附會在楊玉環身上，這確實是一個頗有意味的現象。關於這兩個神話系統的關係，顧頡剛先生分析道：

崑崙的神話發源於西部高原地區，它那神奇瑰麗的故事，流傳到東方以後，又跟蒼莽窈冥的大海這一自然條件結合起來，在燕、吳、齊、越沿海地區形成了蓬萊神話系統。此後，這兩大神話系統各自在流傳中發展，到了戰國中後期，在新的歷史條件下，又被人結合起來，形成了一個新的統一的神話世界。這個神話世界的故事和人物，在它的流傳過程中，有的又逐步轉化爲人的世界中的歷史事件和人物。〔註117〕

引文清晰地勾勒出兩個神話系統各自流傳與逐漸融合的軌迹。兩者在互相融合的過程中必定會產生一個交集，而這個交集又恰好與楊玉環民俗形象所代

〔註116〕有關神女降臨、再生故事的分析，見〔日〕小南一郎著、孫昌武譯：《中國的神話傳說與古小說》〔M〕，北京：中華書局，2006年11月版，第275頁～第291頁。

〔註117〕顧頡剛撰：《〈莊子〉和〈楚辭〉中崑崙和蓬萊兩個神話系統的融合》〔A〕，錢小柏編《顧頡剛民俗學論文集》〔C〕，上海文藝出版社，1998年10月版，第41頁。王小盾對顧頡剛的觀點不以爲然。他認爲，崑崙神話與蓬萊神話同出於先秦時代的「龜——日」神話。古人把龜設想爲太陽之舟，認爲它擔負了將夜間太陽送往東方的使命。如果按照王先生的邏輯，那麼把楊玉環附會爲西面崑崙山上的西王母與東面蓬萊仙境中的蓬萊仙子，則意味著在人們心目中楊玉環同時擁有了掌握生死、晝夜的能力，並維護著宇宙的秩序，這也正是代表了「永生」和「不死」。參看王小盾著：《中國早期思想與符號研究——關於四神的起源及其體系的形成》〔M〕，上海：上海人民出版社，2008年7月版，第582頁～第583頁。

表的文化意蘊相應和，故此才有了代表東、西兩個神話系統的道教神祇，附會在楊玉環一人身上的現象。筆者以爲這個交集就是「不死」，或是「永生」，而這一點也被洪昇巧妙地幻化在劇本的故事情節與場景之中，其中最具代表性的當屬《長生殿》第十一齣《聞樂》。

上文曾經探討過，李隆基借著道教文化的神壇，從「夢聞」到「夢遊」，最後直接變爲親歷月宮，其實質隱喻著神權與皇權的完美結合。而這條演變的線索，也可看作李隆基被世人逐漸「神化」的過程。唐玄宗李隆基遊月宮的故事，最早見於敦煌變文《葉淨能詩》。八月十五夜，在道士葉淨能的幫助下，李隆基來到了月宮，但見：

> （月宮）大殿，皆用水精琉璃瑪瑙，莫測涯際。……又見數個美人，身著三殊之衣，手中皆擎水精之盤，盤中有器，盡是水精七寶合成。見皇帝皆存禮度。淨能引皇帝直至娑羅樹邊看樹，皇帝見其樹，高下莫測其涯，枝條直赴三千大千世界。其葉顏色，不異白銀，花如同雲色。皇帝樹下徐行之次，踟躕踅立，冷氣凌人，雪凝徹骨。〔註 118〕

李隆基不勝月宮之寒，淨能做法，二人回到長安。這個故事產生以後，有複雜的流變過程，傳承影響深遠。柳宗元的《龍城錄》、薛用弱的《集異記》、盧肇的《逸史》和鄭綮的《開天傳信記》，代表了這個故事流變的四個階段，五代及宋代，情節上再無出新之處。其細節上的主要改動大致可以歸納爲：一、陪同者的改變（有申天師、葉法善、羅公遠等不同版本）；二、月宮美人的稱呼、人數及穿著的變化；三、娑羅樹變成了大桂樹；四、加入了楊玉環的因素，故李隆基創制了《霓裳羽衣曲》；五、唐人認爲月宮是中國的版圖，因此在月宮裏建立了中國的宮府。〔註 119〕

再看《長生殿》的《聞樂》：

> 〔錦漁燈〕指碧落，足下雲生冉冉，步青宵，聽耳中風弄纖纖。乍凝眸，星斗垂垂似可拈，早望見爛輝輝宮殿影在鏡中潛。
>
> （旦）呀，時當仲夏，爲何這般寒冷？（貼）此即太陰樂府，人間所傳廣寒宮是也。就請進去。（旦喜介）想我濁質凡姿，今夕得到月府，好僥倖也（作近看介）

〔註 118〕項楚著：《敦煌變文選注》上冊（增訂本）〔M〕，北京：中華書局，2006 年 4 月版，第 463 頁～第 464 頁。

〔註 119〕以上內容參考了高國藩著：《敦煌俗文化學》〔M〕，上海：上海三聯書店，1999 年 11 月版，第 390 頁～393 頁。

……

（內作樂介）（旦）你看一群仙女，素衣紅裳，從桂樹下奏樂而來，好不美聽。（貼）此乃「霓裳羽衣」之曲也。（雜扮仙女四人、六人或八人，百衣、紅裙、錦雲肩、纓絡、飄帶，各奏樂，唱，繞場行上介）（旦、貼旁立看介）（眾）

〔錦漁燈〕攜天樂花叢鬥拈，拂霓裳露沾。隔斷紅塵荏苒，直寫出瑤臺清豔。縱吹彈舌尖、玉纖、韻添；驚不醒人間夢魘，停不駐天宮漏簽。一枕遊仙曲終聞鹽，付知音重翻檢。

唐玄宗遊月宮的故事，徹底改寫爲楊玉環遊月宮，月宮中的娑羅樹成了桂樹，而李隆基從月宮歸來所製的《霓裳羽衣曲》，也直接成了楊玉環月宮所聞之樂。這些變化從情節結構上看，是爲日後楊玉環借所製之曲，贏得君王寵愛作下鋪墊，同時點明了其蓬萊玉妃的身份，與後面的情節相互照應。但究其實質，筆者認爲這些改動過的細節所組成的意象，可以從古代神話與傳說中找到原型，其共同的內涵均指向「不死」。

首先，楊玉環飛升月宮的情節，很容易讓人將其與「姮（嫦）娥奔月」〔註120〕的傳說聯繫在一起。《淮南子・覽冥訓》中記載「譬若羿請不死之藥於西王母，姮娥竊以奔月，悵然有喪，無以續之」〔註121〕。關於「嫦娥奔月」傳說，小南一郎是這樣進行詮釋的：

這是在雖爲極其曲折的形式之下，表明被認爲曾射落太陽的羿也是太陽神，它由於與月神姮娥有夫婦關係而產生永久的能力。這也是通過陰陽結合而獲得不死生命力的例子，而西王母就是在背後操縱著那生命力的。認爲不死的生命力落入到月神姮娥之手，一定是由於人們在月亮盈虧之中看到了再生的典型事例。〔註122〕

可見，西王母與嫦娥都具有操控不死生命力的能力，然而，嫦娥神話較西王

〔註120〕姮娥，即傳說中的月中仙子，因漢代人避漢文帝劉恒名，改稱爲嫦娥。下文皆以「嫦娥」之名稱之。

〔註121〕劉文典撰，馮逸、喬華點校：《淮南子鴻烈集解》〔M〕，北京：中華書局，1980年5月版，卷六，第217頁。至於明代楊慎：《升菴全集》七十四所列「嫦娥」條，乃是因「常儀占月」而誤。見顧頡剛撰：《嫦娥故事之演化》〔A〕，錢小柏編：《顧頡剛民俗學論文集》〔C〕，上海文藝出版社，1998年10月版，第22頁。

〔註122〕〔日〕小南一郎著、孫昌武譯：《中國的神話傳說與古小說》〔M〕，北京：中華書局，2006年11月版，第92頁。

母神話晚出，因此，將《長生殿》中的嫦娥、西王母視爲一體，亦不爲過。這從二者擁有同樣的陪伴物上，也能解釋得通〔註 123〕。

傳說中，與月中嫦娥相伴的有玉兔與蟾蜍。嫦娥對於生命力的掌控，也與這二者所體現出的象徵意義有關。《聞樂》中的嫦娥是這樣描繪月中仙境的：

〔南呂引子・步蟾宮〕〔老旦扮嫦娥，引仙女上〕清光獨把良宵占，經萬古纖塵不染。散瑤空風露灑銀蟾，一派仙音微颭。藥搗長生離劫塵，清妍面目本來眞。雲中細看天香落，仍倚蒼蒼桂一輪。吾乃嫦娥是也，本屬太陰之主，浪傳后羿之妻。七寶團圓，周三萬六千年內；一輪皎潔，滿一千二百里中。玉兔、金蟾，產結長明至寶；白榆、丹桂，種成萬古奇葩。

玉兔搗藥，以求長生。《太平御覽》卷四引晉傅玄《擬天問》亦曰：「月中何有，玉兔搗藥。」〔註 124〕其所搗之藥便是劇中所指的長生藥，或稱不死靈藥。有學者認爲這種不死藥是女性生育能力的象徵〔註 125〕。這和小南一郎對奔月傳說的解釋不謀而合。而蟾蜍則是傳說中嫦娥奔月後所化之物，張衡《靈憲》云：「羿請不死藥於西王母，羿妻姮娥竊以奔月託身於月，是爲蟾蜍」。在漢代以來的畫像裏，幾乎無例外地在月中繪有蟾蜍。這是由於從冬天不見蹤迹而春天再度出現的蛙身上看到了再生的象徵——蟾蜍是蛙類的代表。〔註 126〕

作爲中國古代神話體系中極爲重要的女性神祇，西王母的仙界的特徵包括其所處的「西」邊位置、陪伴主神的禽鳥與女侍從，西王母因此代表了陰的概念。在古代神話的符號系統中，明顯具有月神的品格。這一點可以從漢代西王母神話圖象系統中窺得端倪。四川新都縣清白鄉一號畫像磚墓出土：

磚正中爲西王母正面端坐於龍虎座上，西王母身後爲瓶形龕，上置華蓋，左右有云氣繚繞。西王母前面有三足烏和手舞足蹈的蟾

〔註 123〕呂微：《「崑崙」語義釋源》一文則直接指出，女媧和嫦娥均是西王母的變形。見游琪、劉錫誠編：《葫蘆與象徵》〔C〕，北京：商務印書館，2001 年 1 月版，第 197 頁。

〔註 124〕〔宋〕李昉等撰：《太平御覽》〔M〕，中華書局影印本，1960 年 2 月版，卷四，第 23 頁。

〔註 125〕呂微撰：《「崑崙」語義釋源》〔A〕，見游琪、劉錫誠編：《葫蘆與象徵》〔C〕，北京：商務印書館，2001 年 1 月版，第 197 頁。

〔註 126〕〔日〕小南一郎著、孫昌武譯：《中國的神話傳說與古小說》〔M〕，北京：中華書局，2006 年 11 月版，第 92 頁。

蜍。右邊上刻九尾狐，下刻捧靈芝的玉兔。〔註 127〕

玉兔和蟾蜍都是西王母圖像中重要的附屬物象。但在文獻記載的神話傳說中，西王母與這兩者均沒有任何聯繫。漢代藝術之所以把月中的兔與蟾轉嫁給西王母，其根本原因在於，這兩種動物具有和西王母同樣長生不死的神性，且象徵了西王母使人升仙的法力。《長生殿》中的楊玉環作爲蓬萊玉妃，其地位相當於月中嫦娥（西王母）身邊的使女，自然也就被賦予了一層長生不死的神性。

如果說嫦娥奔月是因爲偷了不死靈藥，那麼，《長生殿》中楊玉環夢遊月宮「聞樂」，則是偷師仙樂，兩者的故事結構有異曲同工之妙。霓裳羽衣曲從此成了楊玉環的標誌：楊玉環因此曲受到了君王的寵愛，也因此曲引發了戰亂——「漁陽鼙鼓動地來，驚破霓裳羽衣曲」。全劇第五十齣《重圓》，嫦娥在李、楊月宮重聚，同上忉利天之時，命仙女們再奏此曲：

〔貼〕妙哉，此曲！眞個擅絕千秋也。就藉此樂，送孔昇眞人同玉妃，到忉利天宮去。〔老旦〕天女每，奏樂引導。〔天女鼓樂引生、旦介〕

〔黃鍾過曲・永團圓〕神仙本是多情種，蓬山遠，有情通。情根歷劫無生死，看到底終相共。塵緣倥傯，忉利有天情更永。不比凡間夢，悲歡和閧，恩與愛，總成空。跳出癡迷洞，割斷相思鞚；金枷脫，玉鎖鬆。笑騎雙飛鳳，瀟灑到天宮。

《霓裳羽衣曲》可以視作楊玉環從肉體到精神走向「長生」的載體，這和嫦娥（西王母）神話所要表達的長生理念是相通的。

其次，敦煌變文中的月宮還提到了「高下莫測其涯」的娑羅樹。此樹屬於龍腦香科常綠喬木，佛經言釋迦牟尼於娑羅樹下圓寂。因此，娑羅樹的象徵意義是死。高國藩認爲：「遊月宮故事出現娑羅樹反映的是唐玄宗死後昇天的實質，說明遊月宮故事只能在他死後才能產生，並是他死的幻化。」〔註 128〕而在此後「唐玄宗遊月宮」故事裏，娑羅樹無一例外地被桂樹所替代，而民間也常把這兩種樹混淆在一起。其眞實情況則是這樣的：

洪邁《容齋四筆》卷六《娑羅樹》：「世俗多指月中桂樹爲娑羅

〔註 127〕牛天偉、金愛秀著：《漢畫神靈圖象考述》〔M〕，開封：河南大學出版社，2009 年 2 月版，第 53 頁。

〔註 128〕高國藩著：《敦煌俗文化學》〔M〕，上海：上海三聯書店，1999 年 11 月版，第 386 頁。

樹，不知所起。」明朗瑛《七修類稿》卷四〇《娑羅琪樹》:「俗以月中桂爲娑羅樹，而歐陽詠之亦曰『伊洛多奇木，娑羅舊得名。常於佛家見，宜在月宮生。』」《容齋隨筆》引證雖多，由未親見，徒使觀者尚疑，故自云「所謂七葉木未詳」也。殊不知七葉木即娑羅樹……〔註 129〕

可見娑羅樹與桂樹之間並無直接關聯，兩者所代表的象徵意義也不一樣。《酉陽雜俎》前集「天咫」云：

舊言月中有桂、有蟾蜍，故異書言月桂高五百丈，下有一人長斫之，樹創遂合。人姓吳名剛，西河人，學仙有過，謫令伐桂。〔註 130〕

月桂與娑羅樹均高聳入雲，但是月桂受斫之後「樹創遂合」，理應象徵著不死。筆者認爲，月中桂樹的原型就是所謂的世界樹，與崑崙神話、蓬萊神話之間有著密切地關係。

對於西王母與崑崙神話的融合，巫鴻先生是這樣論述的：

可以預見的是，一旦西王母的光榮達到頂點，她便自然而然地取代了原來佔據崑崙山的天帝。到了西漢中期，崑崙和西王母住處的界線日漸模糊，兩者都被認作是位於西方的不死無憂的樂園。崑崙和西王母仙境的逐漸混同反映了當時人們對一個單一、有力和個人化的永久幸福的象徵物的渴望。西王母和崑崙山最終的融合發生在公元 2 世紀左右。與這一發展相適應的，西王母仙境在漢代美術中也獲得了最充分的表現。〔註 131〕

東周之際，崑崙山的巍峨就已使得人們把它視爲接通天地的天柱，通過它便可以上達仙境。崑崙由此成爲了求仙的代名詞。關於崑崙山之高峻，記載頗多：《山海經・海內西經》:「海內崑崙之虛，在西北，帝之下都。崑崙之虛，方八百里，高萬仞。」〔註 132〕《淮南子》更是直接給出了崑崙山的高度「萬一千里百一十四步二尺六寸」。崑崙更是一個不死之境，「不死樹在其西」；疏

〔註 129〕項楚著：《敦煌變文選注》上冊（增訂本）〔M〕，北京：中華書局，2006 年 4 月版，注釋六，第 464 頁～第 465 頁。

〔註 130〕〔唐〕段成式撰、方南生點校：《酉陽雜俎》〔M〕，北京：中華書局，1981 年 12 月版，第九頁。

〔註 131〕〔美〕巫鴻著：《武梁祠——中國古代畫像藝術的思想性》〔M〕，北京：三聯書店，2006 年版，第 148 頁～第 149 頁。

〔註 132〕袁珂譯注：《山海經全譯》〔M〕，貴陽：貴州人民出版社，1991 年 12 月版，卷二，第 244 頁。

圃之池，其丹水，「飲之不死」〔註 133〕。《神異經》中還記載：「崑崙之山有銅柱焉，其高入天，所謂天柱也。」〔註 134〕對於崑崙山地理上的意義，《酉陽雜俎》前集卷二說到「崑崙爲天地之齊（臍）」，意指世界的中心。小南一郎是這樣概括艾里阿德關於大地中央的觀念：

> 世界的中心，以山嶽（宇宙山）、植物（世界樹）或柱子（或梯子）爲標識。它們垂直處理矗立，縱貫天上、地上、地下三個世界。只有在那裡，這三個世界才能互相交通。地上世界的人只有攀登處在世界中心的山和樹而穿過天門，才能獲取天上的不朽性質。〔註 135〕

崑崙山和山上的銅柱，上面的文獻已經提到。至於植物，也就是世界樹，其特徵以及其在畫像中的體現，小南一郎又指出：

> 在神話觀念中，世界樹的頂端上達天界，其上是宇宙最高神的座位……在裝飾陝西省北部後漢墓壁的被稱爲陝北畫像石上，可以看到繪有幾個坐在使人聯想到世界樹的頂端的西王母……西王母旁有侍女，還有調製靈藥的玉兔等動物。中間一株樹的左右較低的樹上，有鳥獸在嬉戲。〔註 136〕

聯繫到西王母兼具月神的品格，以及與崑崙山之間的關係等因素來考慮，那高大永生的月中桂樹，其原型極有可能就是世界中心崑崙山上的世界樹，中國文化圈中的世界樹，在各地域的文化中發生了種種變化，產生了各種名稱，但在貫通天地，傳達生命力這個神話觀念上卻是一致的。

以上圍繞《聞樂》一齣，所涉及的嫦娥奔月、西王母神話等頗具中國特質的文化元素，對日本古代文學中「物語」體小說的創作，亦產生過一定的影響，《竹取物語》就是其中具有代表性的例子。物語進行到結尾處，主人公輝夜姬向養父母吐露實情，她本爲月宮仙子，下凡來到人間。八月十五夜裏，月宮天人接輝夜姬返回月宮，輝夜姬偷偷把月中的不死靈藥添加在留給養父

〔註 133〕以上關於崑崙山的描述，見劉文典撰，馮逸、喬華點校：《淮南鴻烈集解》〔M〕，北京：中華書局，1980 年 5 月版，卷四，第 133 頁～第 134 頁。

〔註 134〕〔漢〕東方朔撰、王根林校點：《神異經》，上海古籍出版社編：《漢魏六朝筆記大觀》〔M〕，上海：上海古籍出版社，1999 年 12 月版，第 57 頁。

〔註 135〕〔日〕小南一郎著、孫昌武譯：《中國的神話傳說與古小說》〔M〕，北京：中華書局，2006 年 11 月版，第 67 頁。

〔註 136〕同上。

母的信中，然後穿上了天之羽衣昇天而去〔註 137〕。這則物語與嫦娥奔月的故事明顯有相似之處，其構思的各種情節，都是建立在日月神「客體論」觀念的基礎之上，而這種觀念並非日本文化的固有觀念，它是中國秦漢時期起所形成的一種新的文化形態〔註 138〕。物語中的主角輝夜姬，是作者「接受了漢代方士們所編造的嫦娥形象，並把它改造爲一個美貌無瑕的日本式女子」〔註 139〕。物語還將「嫦娥奔月」故事中的一個關鍵元素——不死之藥，與作爲日本國象徵的富士山聯繫在一起，構成了整個故事的尾聲，這些都可以看作是對中國漢民族神話的借鑒與改造。而物語中「飛升」的情節以及天宮與人間交往的盛大場面，則是借助了中國魏晉小說，特別是像《漢武故事》等這樣一類作品所提供的場景，從而擴大和豐富了自身的形象思維，得以勾畫出一個輝煌豔麗的場面，形成了獨特的形式〔註 140〕。

在傳達永生、不死觀念上，蓬萊神話與崑崙神話頗爲相似。甚至連產金玉的特點都極爲相似。《列子・湯問》云：

> 渤海之東，不知幾億萬里有大壑焉，實惟無底之谷，八紘九野之水，天漢之流，莫不注之，而無增無減焉。其中有五山焉：一曰岱輿，二曰員嶠，三曰方壺，四曰瀛洲，五曰蓬萊。其山高下周旋三萬里，其頂平處九千里。山之中間相去七萬里，以爲鄰居焉。其上臺觀皆金玉，其上禽獸皆純縞。珠玕之樹皆叢生，華實皆有滋味；食之皆不老不死。所居之人皆仙聖之種；一日一夕飛相往來者，不可數焉。〔註 141〕

遙遠的蓬萊仙島，同時也成了歷代帝王求訪不死仙藥的所在。《史記・封禪書》曰：

〔註 137〕相關內容見〔日〕無名氏著、唐月梅譯：《竹取物語圖典》〔M〕，上海：上海三聯書店，2005 年版，第 88 頁～第 113 頁。

〔註 138〕嚴紹璗著：《中日古代文學關係史稿》〔M〕，長沙：湖南文藝出版社，1987 年版，第 162 頁。

〔註 139〕同上，第 166 頁。

〔註 140〕同上，第 174 頁。另外《竹取物語圖典》一書，則認爲輝夜姬昇天故事，源於古來佛典飛天的傳說。日本古代佛教繪畫、雕塑藝術，很多是以飛天作爲主題的。見〔日〕無名氏著、唐月梅譯：《竹取物語圖典》〔M〕，上海：上海三聯書店，2005 年版，第 107 頁。這也是下文筆者把楊玉環形象與飛天形象進行對照的一個有力例證。筆者認爲，嫦娥奔月、楊玉環聞樂、輝夜姬昇天這三個故事與場景絕非毫無干係，而是可以作爲一個整體進行考察的對象。

〔註 141〕楊伯峻撰：《列子集釋》〔M〕，北京：中華書局，1979 年版，第 151 頁。

> 自威、宣、燕昭，使人入海，求蓬萊、方丈、瀛洲。此三種山者，其傳在渤海中，去人不遠；患且至，則船風引而去。蓋嘗有至者，諸仙人及不死之藥皆在焉。其物：禽獸盡白，而黃金爲宮闕。未至，望之如雲，及到，三神山反居水下，臨之，風輒引去，終莫能至云。世主莫不甘心焉。〔註 142〕

《史記·秦始皇本紀》云：

> 既已，齊人徐市等上書，言海中有三神山，名曰蓬萊、方丈、瀛洲，仙人居之。請得齋戒，與童男女求之，於是遣徐市發童男女數千人，入海求仙人。
>
> ……
>
> 方士徐市等入海求神藥，數歲不得，費多，恐譴，乃詐曰：「蓬萊藥可得，然常爲大鮫魚所苦，故不得至，願請善射與俱，見則以連弩射之。」〔註 143〕

秦始皇爲求不死之藥，被方士玩弄於掌故之中，實在令人歎息。漢武帝好道，對蓬萊仙境的向往更是超過秦始皇，到了癡迷的程度，以致對方士李少君之誑語深信不疑：

> 少君言上曰：「祠竈則致物，致物而丹砂可化爲黃金，黃金成以爲飲食器則益壽，益壽而海中蓬萊仙者乃可見，見之以封禪則不死，黃帝是也。臣嘗遊海上·見安期生，食巨棗，大如瓜。安期生仙者，通蓬萊中，合則見人，不合則隱。」於是天子始親祠竈，遣方士入海求蓬萊安期生之屬，而事化丹砂諸藥齊爲黃金矣。〔註 144〕

求仙問藥的事情，隨著李少君病死，也就沒了下文。且結果反而使「海上燕齊怪迂之方士多更來言神事矣」〔註 145〕。不僅如此，《漢武故事》還記載：「其北太液池，池中有漸臺，高三十丈。池中又作三山，以象蓬萊、方丈、瀛洲」〔註 146〕。武帝把東海三仙山複製到了自家的宮闕之中，足可其求仙問道之心

〔註 142〕〔漢〕司馬遷著：《史記》〔M〕，北京：中華書局，1959 年 9 月版，第 1369 頁～第 1370 頁。

〔註 143〕同上，第 247 頁、第 263 頁。

〔註 144〕同上，第 1385 頁。

〔註 145〕同上，第 1386 頁。

〔註 146〕〔漢〕佚名撰、王根林校點：《漢武故事》上海古籍出版社編：《漢魏六朝筆記大觀》〔M〕，上海：上海古籍出版社，1999 年 12 月版，第 174 頁。

切，祈求長生之癡妄。只是秦皇漢武都化作了土，蓬萊玉妃楊玉環卻在洪昇筆下得到了「長生」。有關馬嵬坡兵變時，楊玉環的生死，民間有多種傳說。俞平伯先生在《〈長恨歌〉及〈長恨歌傳〉的傳疑》一文中便指出「《長恨歌》中本有些微詞曲筆」，並結合《長恨歌》中的描寫論述道：

> 竊以爲當時六軍嘩潰，玉環直被劫辱，掙扎委頓，故釵鈿落地，錦襪脱落也。明皇則掩面反袂，有所不忍見，其爲生爲死，均不及知之，詩中明言「救不得」，則賜死之詔旨當時殆決無之。〔註 147〕

不僅如此，俞平伯還根據白居易詩歌的體裁特點進行分析：

> 《傳》爲傳奇體，小説家言或非信史，而白氏之歌行實詩史之巨擘，若所聞非實，又有關礙本朝，烏得而妄記耶？至少，宜信白氏之確有所聞，而所聞又愜合乎情理；否則，於尚論古人有所難通。〔註 148〕

然而，歷史學家的結論則是：貴妃必死無疑〔註 149〕。結局似乎未免有些殘酷，不過，民間對歷史人物的褒貶自有一番評價體系。人們幻想已經死去的楊玉環可以重新復活，從而寄以無限的追念。把楊玉環附會爲蓬萊玉妃和西王母，賦予其不死的神性，也許正是這追思的最好體現。洪昇的《長生殿》至今仍保持著強大的生命力，盛演不衰。於是楊玉環便一次又一次地在舞臺上「復活」，一遍遍重複著這神奇的「不死」傳說。

以上幾節，以道教文化爲線索，揭示了李、楊在民間偶像化的成因和文化機理。宗教與戲曲之間，本就有著極深的淵源。鄭傳寅先生指出：

> 戲劇表演有時被當作宗教祭儀的一部分（譬如社戲就是祭社活動的一部分），擔負著祀神與娛人的雙重職能。舊時演戲，開場前通常先由掌管科第功名和賞善罰惡的神祇魁星上場「賜福」，散場前則由手提青龍偃月寶刀的神祇關聖帝君上去「淨場」。宗教祭儀與戲曲表演不僅發生了功能上的混融，而且必然會有精神上的滲透。〔註 150〕

〔註 147〕俞平伯撰：《〈長恨歌〉及〈長恨歌傳〉的傳疑》〔A〕，俞平伯著、鮑霽主編：《俞平伯學術精華錄》〔C〕，北京：北京師範學院出版社，1988 年 6 月版，第 535 頁。

〔註 148〕同上，第 537 頁。

〔註 149〕許道勳、趙克堯著：《唐玄宗傳》〔M〕，北京：人民文學出版社，1993 年 1 月版，第 524 頁。

〔註 150〕鄭傳寅撰：《精神的滲透與功能的混融——宗教與戲曲的深層結構》〔A〕，《中國戲曲學院學報》〔J〕，2004 年 11 月第 25 卷第 4 期。

李、楊二人的特殊地位與身份，以及他們在政治和藝術上的不凡造詣，確實具備被民間偶像化的各種條件。而「一神多職」也是中國民間文化中所特有的現象，體現了民間文化豐富的聯想力，譬如伍子胥作過乞丐，吹過簫，丐幫群落和吹簫者便以其爲祖師。臺灣島內形形色色的行業，也各有不同的祖師爺，或稱「保護神」：警界拜關公，拜的是關羽「忠肝義膽」，可是有的警局卻拜「哪吒三太子」。關羽早年賣過豆腐，豆腐業也拜關公，關公還兼具武財神的職能；島內的財神也有很多，土地公、比干都被百姓求神祭拜；豬八戒好色，於是色情也就把他拜爲行業神；韓愈被貶時，曾吃過檳榔治病，所以島內檳榔西施的「保護神」就是韓愈〔註 151〕。每個行業都希望有一個神奇的保護神，保祐這個行業興旺發達，把具有傳說甚至神話色彩的名人附會爲本行業的保護神，自然是順情合理之事。這一些材料對上文的論述，也起到了補充的作用。

李、楊在民間的偶像化現象，還可以作爲大眾心理的經典案例進行研究。法國的勒龐著有《烏合之眾——大眾心理研究》，其中的一些片斷，也容易把這兩個問題結合起來思考：

> 那些在人類歷史上發揮過重大作用的偉大人物，如赫拉克利特、釋迦牟尼或穆罕默德，我們擁有一句眞實的記錄嗎？我們極有可能一句也沒有。不過實事求是地說，他們的眞實生平對我們無關緊要。我們想要知道的，是我們的偉人在大眾神話中呈現出什麼形象。打動群體心靈的是神話中的英雄，而不是一時的眞實英雄。
>
> 群體的信念有著盲目服從、殘忍的偏執以及要求狂熱的宣傳等這些宗教感情所固有的特點，因此可以說，他們的一切信念都具有宗教的形式。受到某個群體擁戴的英雄，在這個群體擁戴的英雄，在這個群體看來就是一個眞正的神。〔註 152〕

人類文化，尤其是群體文化和宗教文化，自有其相通之處。結合以上的文字，再來考察本書所論述的問題，應該是不無啓發的。

〔註 151〕以上材料來自《島內行業「保護神」形形色色》〔A〕，《環球時報》〔N〕，2010 年 8 月 18 日，《島內財神有十幾路》〔A〕，《環球時報》〔N〕，2010 年 8 月 23 日。

〔註 152〕〔法〕古斯塔夫·勒龐著、馮克利譯：《烏合之眾——大眾心理研究》〔M〕，桂林：廣西師範大學出版社，2007 年 9 月版，第 65 頁、第 86 頁。

《長生殿・例言》中寫道：「予撰此劇，止按白居易《長恨歌》、陳鴻《長恨歌傳》爲之」。《長恨歌》結尾處「天長地久有時盡，此恨綿綿無絕期」，分明讓我們感受到詩歌中蘊含的「冷清」之情。因此，以「白歌陳傳」爲藍本創作的《長生殿》，雖然把李、楊月宮重圓作爲結尾，但其本身也決非是一齣喜劇。儘管劇本有如此多的「鬧熱」元素，但是以靜襯動、以鬧襯悲的寫作技巧，也是中國古代文人所常用的。董每戡先生認爲：

> 李、楊即使有在天上重圓那麼回事，楊玉環畢竟是悲慘死亡的結果，正是一般悲劇以流血終的情況，這個重圓收煞便抵消不了那擺在觀眾面前十分具體地慘死的悲哀氣氛，所以它仍不配稱爲喜劇。那末，稱什麼呢？恐只能說它是個「正劇」罷。〔註153〕

董先生認爲此劇不是悲劇的原因，則是站在「當時人民的立場」看《長生殿》，這已經跳脫出戲劇研究的範圍，其立論自然無法自圓其說。華瑋認爲：「『鬧熱《牡丹亭》』的『鬧熱』二字，或許不應成爲今日編演《長生殿》的唯一指導思想，『冷清』或許是可以多加琢磨的方向。」〔註154〕因此，在前面三章探討《長生殿》場上、場下「鬧熱」元素的基礎上，在接下來的幾個章節裏，本書將從白居易的《長恨歌》入手，研究李、楊愛情在東亞戲劇中的嬗變，以及《長生殿》背後變幻莫測的時代政治風雲，揭示出蘊含在《長生殿》「鬧熱」表象背後的「冷清」內核。

〔註153〕董每戡著：《五大名劇論》（下）〔M〕，北京：人民文學出版社，1984年版，第387頁。

〔註154〕華瑋撰：《如何理解「鬧熱〈牡丹亭〉」》〔A〕，葉長海主編：《〈長生殿〉演出與研究》〔C〕，上海：上海文藝出版社，2009年版，第264頁。

第四章　《長恨歌》對佛經文學的借鑒及李、楊愛情在東亞戲劇的嬗變

4.1 白居易《長恨歌》對佛經文學的借鑒及其在域外的影響

所謂的盛唐氣象，不僅體現在國家內部繁榮昌盛，更體現在文化交流上的「拿來主義」，以及對外來學習者的包容氣度。彼時的中國是大國，難能可貴的是，還有著與其地位相匹配的大國心態。美國漢學家愛德華・謝弗對唐朝在文化上的傳播與接受，是這樣論述的：

> 唐朝怎樣將自身的藝術和風俗傳給它的鄰人——中世紀的遠東地區，尤其是日本、朝鮮、突厥斯坦、吐蕃和安南——對我們來說已經是耳熟能詳了。提到木版印刷術、城市規劃、服裝樣式以及詩歌體裁等等，這些其實都僅僅是顯示了唐朝對其四鄰地區在文化方面做出的巨大貢獻。
>
> 唐朝還扮演了將西方國家的技藝傳播到東方的文化媒介的角色。道璿是在唐玄宗開元廿三年（735）由一位印度婆羅門、一位林邑樂師和一位波斯醫生陪同，與回返日本的使臣多治比廣成一起到達日本的。雲集在大唐城市裏的外國人對唐朝本身的文化所作出的貢獻，這個課題在學術界已經進行了充分的研究，印度的宗教與天文學、波斯的紡織圖案與金屬工藝、吐火羅的音樂與舞蹈、突厥的

服飾與習俗等等，都對唐朝的文化產生過影響，然而就唐朝文化所接受的外來影響的總量而言，這些其實只是很小的一部分。〔註1〕

文化上的吸納和傳播，需要不同的個體去完成。鳥瞰整個唐代文壇，其中具有代表性的個體，非白居易莫屬，而對洪昇《長生殿》創作產生直接影響的《長恨歌》，更是集中體現了文化交融與流播的經典個案。

引文中，愛德華先生提到印度的宗教對唐朝文化的影響，其中伴隨著佛教傳播而發展起來的通俗講唱文學——變文，更是成爲了唐人精神文化生活的一個重要組成部分，皇室貴族，士人階層，無不爲之傾倒。李隆基對民間流行的變文、說話伎藝也頗爲喜愛，這爲其暮年帶來了不少精神上的愉悅。郭湜《高力士外傳》記載：

上元元年七月，太上皇（玄宗）移仗西內安置……每日上皇與高公（力士）親看掃除庭院、芟薙草木。或講經議論，轉變說話，雖不近文律，終冀悅聖情。〔註2〕

「轉變說話」的藝術魅力同樣感染著士大夫階層。元稹在《酬翰林白學士代書一百韻》中云：「翰墨題名盡，光陰聽話移。」並自注云：「樂天每與予遊從，無不書名屋壁，說一枝花，自寅至巳猶未畢詞也。」〔註3〕可見，作爲當時的文壇領袖，白居易對於變文、說話的興趣也是非同一般，而且還潛移默化地影響到《長恨歌》的創作。孟棨《本事詩・嘲戲第七》中記載：

（張祜）仰而答曰：「祜亦記得舍人目連變。」白曰：「何也？」祜曰：「上窮碧落下黃泉，兩處茫茫皆不見。非目連變何邪？」遂與歡宴竟日。〔註4〕

所謂「目連變」，指的就是敦煌變文《大目乾連冥間救母變文》，白居易與張祜「歡宴竟日」，顯然是對張祜說法的一種首肯。

「變文」從廣義上講，是流行在唐五代間佛教通俗宣傳講唱的一個總名稱。從嚴格意義上說，必須以轉變故事（主要是佛經的緣起）爲其圭臬的。

〔註1〕〔美〕愛德華・謝弗著、吳玉貴譯：《唐代的外來文明》〔M〕，西安：陝西師範大學出版社，2005年11月版，第18頁。

〔註2〕〔唐〕郭湜撰：《高力士外傳》〔A〕，五代王仁裕等撰、丁如明輯校：《開元天寶遺事十種》〔M〕，上海：上海古籍出版社，1985年1月版，第120頁。

〔註3〕〔清〕彭定求編、中華書局編輯部點校：《全唐詩》（增訂本）第六冊〔M〕，北京：中華書局，卷四零五，第4531頁。

〔註4〕轉引自陳友琴編：《白居易資料彙編》〔M〕，北京：中華書局，1962年12月版，第16頁。

它們一般都體現出較強的敘事文學特徵，具有首尾完篇的故事情節，在刻劃人物形象、描寫心理活動方面與那些純屬弘宣佛理的講經文不同〔註 5〕。「變文」與印度梵劇之間也有著千絲萬縷的聯繫，這其中的紐帶就是敦煌俗講。廖奔先生認爲：

> 敦煌俗講代表了梵劇在漢語地區蜕變後所產生的一種佛教藝術形式，即由過去利用戲劇形式轉而到運用梵唄説唱方法來宣揚佛法。俗講的形式多種多樣，我們今天看到的俗講底本有變文、講經文、押座文、緣起、話本以及歌、詩、詞、賦等各種文體，可見它是廣泛採取了當時民間流行的敘事吟詠方法。〔註6〕

《樂府雜錄》記載：「長慶中俗講僧文漵善吟經，其聲宛暢，感動里人。」〔註 7〕此後，隨著宋代城市勾欄瓦舍的興起，寺院俗講爲俗世說唱藝術所取代，講唱的內容也不只局限於佛經故事，大大地促進了市民文藝的繁榮發展。鄭振鐸先生認爲，變文文體的發現「在古代文學與近代文學之間得到了連鎖」〔註 8〕，直接影響了後世白話小說及眾多民間說唱藝術的形成，並爲唐代其他各種文學樣式的敘事化、通俗化提供了養料〔註 9〕。長篇敘事詩《長恨歌》就是在變文講唱影響之下產生的一首代表作。

對於《長恨歌》與變文之間的關係，當代學者已經有了較爲翔實的論述。陳允吉先生從《長恨歌》對《歡喜國王緣》故事敘述的承襲關係上，論述了《長恨歌》與佛經文學的關係。他明確指出：

> 它（《長恨歌》）所敘述的這個美麗曲折、又摻雜著佛教因果報應和諸行無常的故事，則十分明顯地受到《歡喜國王緣》、《目連變》等一些變文講唱的影響，其文學淵源可以追溯到印度佛經中的有相夫人

〔註 5〕以上關於「變文」的定義，參看陳允吉撰：《從〈歡喜國王緣〉變文看〈長恨歌〉故事構成》〔A〕，《復旦學報》（哲學社會科學版）〔J〕，1985 年第 3 期，第 142 頁。

〔註 6〕廖奔撰：《從梵劇到俗講——對一種文化轉型現象的剖析》〔A〕，《文學遺產》〔J〕，1995 年第 1 期，第 73 頁。

〔註 7〕〔唐〕段安節撰、羅濟平校點：《樂府雜錄》〔M〕，瀋陽：遼寧教育出版社，1998 年 12 月版，第 18 頁。

〔註 8〕鄭振鐸著：《中國俗文學史》〔M〕，上海：上海世紀出版集團，2006 年 5 月版，第 148 頁。

〔註 9〕在後文論及變文的體例結構時，鄭振鐸先生認爲：「從唐以後，中國的新興的許多文體，便永遠烙印上了這種韻文散文合組的格局。」同上，第 161 頁。

> 生天緣起和關於目連的若干傳說。從這一演進嬗變的全過程中顯示出來的複雜的多層次關係，反映了古代印度人民所創造的一些文學故事，是怎樣通過佛教東傳和佛經翻譯而逐漸爲中國讀者接觸和瞭解，以後又借助變文的弘宣和群眾的廣爲傳揚，終於把它們特有的精神面貌刻烙在一首中國文學史上流播最廣的詩作上面。〔註 10〕

在此基礎上，陳允吉的文章還談到《長恨歌》故事的構成，及其在印度文學史上的淵源〔註 11〕。劉安武對印度詩人迦梨陀娑的長篇抒情詩《雲使》和《長恨歌》之間異同的比較，對陳允吉的觀點作了材料上的補充。劉文的創新之處在於指出：兩首長詩中「處於第三者的旁觀者在證實自己的身份時所借助男女主人公的隱事的相同例子，表現了印度和中國兩個民族中類似的心理狀態。」〔註 12〕由此可見，《長恨歌》的後半部分，有關臨邛道士爲李隆基尋覓楊玉環的內容，不僅吸收了民間傳說的養料，而且還對印度詩歌以及變文的情節構思有所借鑒〔註 13〕。

〔註 10〕陳允吉撰：《從〈歡喜國王緣〉變文看〈長恨歌〉故事構成——兼述〈長恨歌〉與佛經文學的關係》〔A〕，《復旦學報》（社會科學版）〔J〕，1985 年第 3 期，第 155 頁。陳寅恪先生曾論述過「目連」故事的演變與由來，及其與中唐社會的關係：「唐時流行目連的故事，源自印度。印度和尚是靠施捨爲生的，雨季不能出外謀食，便在家裏拜佛說經懺悔。目連，是佛的大弟子，有神通。六朝《雜藏經》多述其神通故事，如到地獄看餓鬼。《說一切有部律》云：目連之母不在地獄，在光焰天，未受苦。這兩個故事合併，成了目連地獄找母的情節了，如西晉法護譯的《盂蘭盆經》所述。白香山時，宮廷盛行《盂蘭盆經》。」（見劉隆凱整理：《陳寅恪「元白詩證史」講習側記》〔M〕，武漢：湖北教育出版社，2005 年 3 月版，第 52 頁。）這也是《長恨歌》創作借鑒目連故事的一個旁證。

〔註 11〕陳允吉先生認爲：「早在梵語文學黎明時代產生的兩大史詩，即《摩訶婆羅多》和《羅摩衍那》，其主要部分就是描述演繹這樣的物語……都是在展現人物巨大命運簸蕩中去描寫這些貴族男女之間各種曲折的遭遇，賦予主人公以堅守信義和誓死不渝的精神品質。」《復旦學報》（社會科學版）〔J〕，1985 年第 3 期，第 156 頁。

〔註 12〕劉安武撰《〈雲使〉和〈長恨歌〉》〔A〕，《國外文學》（季刊）〔J〕，2001 年第 3 期，第 106 頁。文章在具體論述的時候提到：「《雲使》中委託人藥叉道出了一件只有他們夫妻兩人才知道的隱事。雲使向藥叉的妻子道出了這隱事時可以立即讓她明白這確是夫君派的使者了……而在《長恨歌》中，詩人出於同樣的考慮，即使有鈿盒金釵信物要帶回，但還是從楊玉環口中得知一件隱事，用以取信於委託者唐明皇。」此段論述見同刊第 112 頁～第 113 頁。

〔註 13〕陳寅恪先生還指出《長恨歌》後半部分的情節構思，是在《李夫人》一詩上的增益和拓展：「增加太眞死後天上一段故事之作者，即是白陳諸人，洵爲富於天才之文士矣。雖然此節物語之增加，亦極自然容易，即從漢武帝李夫人

論及白居易的《長恨歌》，則不得不提與之並稱的「陳傳」。陳鴻的《長恨歌傳》結尾處寫道：

> 元和元年冬十二月，太原白樂天自校書郎尉於盩厔。鴻與琅琊王質夫家於是邑，暇日攜遊仙遊寺，話及此事，相與感歎。質夫舉酒於樂天前曰：「夫希代之事，非遇出世之才潤色之，則與時消沒，不聞於世。樂天深於詩，多於情者也。試爲歌之。如何？」樂天因爲《長恨歌》。意者不但感其事，亦欲懲尤物，窒亂階，垂於將來者也。歌既成，使鴻傳焉。

陳寅恪先生對「白歌陳傳「之間的關係有以下論述：

> 就文章體裁演進之點言之，則《長恨歌》者，雖從一完整機構之小說，即《長恨歌》及《傳》中分出別行，爲世人所習誦，久已忘其與傳文本屬一體。然其本身無眞正收結，無作詩緣起，實不能脫離傳文而獨立也。〔註 14〕

他的觀點具有很大的影響力，但是爭議也頗多。廿一世紀出版的兩本《長恨歌》研究專著中，著者分別針對陳先生的觀點，提出了疑義。周相錄先生認爲：「歌、傳一體之說，誠不可取；歌、傳不相關之論，更毫不足觀。」〔註 15〕在此基礎上，周先生指出：

> 世事很複雜，我們也並不是非要作出非此即彼的選擇，有時也許還存在第三種選擇。只是必須同時注意，《長恨歌》與《長恨傳》畢竟是由兩位作家（一爲詩人，一爲史家）分別創制出來的，而且體裁不同，兩者存在些許差異——對李、楊感情上的傾斜度、寫法上的虛與實等——自是在所難免，所以，既要在必要的時候合併觀

故事附益之耳。陳傳所云：『如漢武帝李夫人。』者，是其明證也。」提到這兩首詩歌主旨之間的關聯時，陳先生認爲：「樂天之《長恨歌》以『漢皇重色思傾國』爲開宗明義之句，其新樂府此篇（《李夫人》），則以『不如不遇傾城色』爲卒章顯志之言……故讀《長恨歌》必須取此篇參讀之，然後始能全解，蓋此篇實可以《長恨歌》著者自撰之箋注視之也。」以上兩段內容摘自陳寅恪著：《元白詩箋證稿》〔M〕，上海：上海古籍出版社，1978 年版，第 13 頁、第 264 頁。

〔註 14〕陳寅恪著：《元白詩箋證稿》〔M〕，上海：上海古籍出版社，1978 年版，第 11 頁。

〔註 15〕周相錄著：《〈長恨歌〉研究》〔M〕，成都：巴蜀書社出版社，2003 年 10 月版，第 72 頁。

之，又要在必要的時候分別觀之，如此，庶幾可免偏狹之弊。〔註16〕

張中宇先生認爲陳寅恪的看法「比較極端」，其觀點與周相錄的有相似之處，同樣認爲這兩部作品畢竟是兩人所作，有很多不一致的地方，因此對「二者不應區分的極端看法更應謹慎」，並著重指出「不應將《長恨歌》與《長恨歌傳》思想等同」〔註17〕。

周、張二位學者的觀點，主要還是從「歌」、「傳」的主旨與內容出發，對二者的關係進行論述。二位學者的論述過程，及所引之相關文獻均未提到變文體例對《長恨歌》及《長恨傳》的影響，這是一個明顯的疏漏之處。早在上個世紀五十年代的「元白詩證史」的課堂上，陳寅恪先生對這個問題已經有所提及：

> 文備眾體的小說，起於貞元元和年間。宋人割裂開來，只看歌，不看傳，於是批評不當。或有以爲歌、傳重複，便又看歌了。這裡要連帶談到佛教的影響。佛經中有長行和偈頌，其實說的一個意思。但是，二者的文法全然不同。長行是今文，偈頌是古文。先有偈頌，後有長行。這是重複，宗教上允許的重複。〔註18〕

用來講唱佛經故事的變文，講的部分用散文，唱的部分用韻文。韻、散的組合大致有兩類：第一類是將散文部分僅作爲講述之用，而以韻文部分重複的來歌唱散文部分之所述的。這樣重疊的敘述，其作用，恐怕是作者們怕韻文歌唱起來，聽眾不容易瞭解，故先用散文將事實來敘述一遍，其重要還在歌唱的韻文部分；但比較的更合理的「變文」結構。仍是第二類的以散文部分作爲「引起」，而以韻文部分來詳細敘狀。在這裡，散文、韻文便成了互相的被運用，互相的幫助著，而沒有重床疊屋之嫌了〔註19〕。筆者贊同陳寅恪

〔註16〕同上，第73頁～第74頁。

〔註17〕兩段引文都出自張中宇著：《白居易〈長恨歌〉研究》〔M〕，北京：中華書局，2005年9月版，第68頁。

〔註18〕劉隆凱整理：《陳寅恪「元白詩證史」講習側記》〔M〕，武漢：湖北教育出版社，2005年3月版，第50頁。

〔註19〕以上關於變文結構的概括，參看鄭振鐸著：《中國俗文學史》〔M〕，上海：上海世紀出版集團，2006年5月版，第161頁～第162頁。王小盾先生在提及話本同講經文、變文的區別時，論述道：「講經文、變文中的韻文復述散文部分的內容，而話本中的韻文則是故事發展的必要部分，即直接推動情節的部分。」見《敦煌文學與唐代講唱藝術》〔A〕，《中國社會科學》〔J〕，1994年第3期。

先生「白歌陳傳」應視作一體的觀點，其結構與散韻結合的變文體例遙相呼應。

張中宇先生在他的研究著述中還提出，《白居易集》一般以《長恨歌傳》置於《長恨歌》前，並不理想。其原因是受到兩個重要因素的影響：其一是受到《太平廣記》本《長恨傳》「冠於歌之前」記載的影響；其二是受到現代史家陳寅恪「歌傳一體」說的影響，並認爲《白居易集》的編排是一個應當校正的「技術型」失誤〔註20〕。筆者認爲，如果考慮到「歌傳一體」的說法，來自於對變文體例借鑒的因素，那麼，張先生的論斷還有待商榷。綜上所述，《長恨歌》的創作，從故事情節到結構體例都受到了佛經文學的影響，但又不乏大膽的藝術創新與突破，這或許是本詩之所以能傳唱千古的重要原因吧〔註21〕。

日本那波道園在《白氏文集後序》中提到：

> 夫自寶之如此，人奉之如此，宜哉，稱於後世，稱於外國也矣！在雞林，則宰相以百金換一篇，所謂傳於日本、新羅諸國。嗚呼，菅右相者，國朝詩文之冠冕也。渤海客?其詩，謂似樂天，自書爲榮，豈復右相之獨然而已矣哉？昔者國綱之盛也，文章亦盛也，故世不乏人，學非不粹，大凡秉筆之士，皆以此爲口實。至若倭歌、俗謠、小史、雜記，暨婦人小子之書，無往而不沾溉斯集中之殘膏剩馥，專其美於國朝，何其盛也！〔註22〕

白居易及其作品在域外的流傳及影響，大致如那波道園所言。平安時期（大約公元九世紀——公元十二世紀），日本文壇因崇拜白居易而刮起了一陣「白旋風」，波及日本社會各階層，歷經四百餘年而不衰，構成了中古時期中日文

〔註20〕參看張中宇著：《白居易〈長恨歌〉研究》〔M〕，北京：中華書局，2005年9月版，第66頁～第67頁。

〔註21〕日本學者下定雅弘對「白歌陳傳」的關係有以下看法：一、由於有了《長恨歌傳》，「批判」的任務可由《傳》一力承擔下來，所以白居易就可以毫無顧忌地讓「深刻的愛情」成爲《歌》的焦點；二、當時以男女戀愛爲文學素材和主題本身並不普遍，只是處於開始時期。將具有諷刺意義的《傳》放在《歌》之前，可起到一種緩衝作用。白居易把《歌》放於《傳》之後，反映了他是從有效閱讀的策略上來考慮。〔日〕下定雅弘撰：《解讀〈長恨歌〉——兼述日本現階段〈長恨歌〉研究概況》〔A〕，《南開學報》（哲學社會科學版）〔J〕，2009年第3期，第79頁。

〔註22〕那波道園撰：《白氏文集後序》〔A〕，朱金城箋注：《白居易集箋校》（六）〔M〕，上海：上海古籍出版社，1988年12月版，第3975頁～第3976頁。

學交融的最主要內容，並推動了這個時期日本文學的發展。引文中提到的「菅右相」，乃是被日本人稱爲學問之神的菅原道眞，他尚且以自己的詩歌頗似白作爲榮，足可見白居易在日本平安時期的尊貴地位。

這裡有一個頗値得玩味的現象，兩位日本史研究權威在提到平安時期的中日文化交流時，都給出了「走下坡路」的結論：

> 這一時代的遣唐使有延曆二十三年（804）出發的和承和五年（838）出發的各一次。從次數來看。比奈良時代有顯著的減少，而且在承和年間派出之後，到寬平六年（894），雖又任命了遣唐使，可是根據該遣唐使的建議，竟停止了派遣。這種事實，不能不說是人們對輸入先進文化的熱誠，比起奈良時代來，已大大減退。這當然和當時唐朝在安史之亂以後，已顯出衰微的徵兆，文化也沒有往日那樣繁盛，行旅也有諸多不便等情況有密切關係，但除此以外，我們還應從另一個角度來考察這一問題……通商貿易的發達，已無須正式外交使節的往來了。遣唐使派遣次數的減少和最後的停止派遣，應該從這些事實來加以考慮。〔註 23〕

> 這種文化生產（攝關家全盛期時少數宮廷貴族創作文學藝術的數量和多樣化）可以從許多方面來考查，但有一些大的主題似乎値得再在這裡強調。首先，它顯示出日本對中國興趣的下降、在知曉中國上的減少。那些創作性的作品已經遠離了中國模本，豐富了本土的傳統，構成了被稱作古典日本文化的東西。〔註 24〕

兩位學者從經濟、社會及文化的角度，詮釋了平安時期，中日兩國文化的交流與學習，由於受到種種限制而逐漸走向式微。但是白居易及《長恨歌》卻逆勢而上，成爲中日文學交流的經典範例，其中原委，著實値得深入研究。

白居易在日本受到歡迎，是其個人魅力及創作理念與平安時代日本文化相契合的體現。那波道園認爲當時的日本人「好其爲人之醞藉，愛其集語意之平易率眞矣」〔註 25〕。「醞藉」從詞義上解釋，有「寬和有涵容」、「含蓄而

〔註 23〕〔日〕阪本太郎著、汪向榮等譯：《日本史》〔M〕，北京：中國社會科學出版社，2008 年 6 月版，第 122 頁。

〔註 24〕〔美〕康拉德·托特曼著，王毅譯、李慶校：《日本史》（第二版）〔M〕，上海：上海人民出版社，2008 年 12 月版，第 115 頁。

〔註 25〕那波道園撰：《白氏文集後序》〔A〕，朱金城箋注：《白居易集箋校》（六）〔M〕，上海：上海古籍出版社，1988 年 12 月版，第 3976 頁。

不顯露」兩層意思〔註26〕。平安時代的日本文化是一種貴族的、都會氣質的、女性氣質濃厚的王朝文化，這種王朝文化所尊崇的最高的審美意識即是「雅」。平安朝貴族文人大江維時編纂的《千載佳句》中，收錄了大量白居易的詩句，從輯錄的詩句中，日本文人所能領略到的白居易形象，是一個優雅、瀟灑、感情豐富細膩，且充滿王朝風流氣息的雅致文人。「爲人醞藉」堪稱是平安時期貴族文人舉止行爲崇「雅」的圭臬和典範，白居易受到平安時期文人的仰慕和喜愛，也就不足爲奇了；而語意上較中國其他詩人「平易率眞」，也是日本平安朝文人鍾愛白居易的一大重要因素〔註27〕。嚴紹璗先生指出，白居易文學在日本中古時代的廣泛傳播，「涉及到古代日本人對詩歌的審美旨趣」。這一點主要體現在，日本文學家「在自己的作品中追求『幽玄』——一種日本風格的美的境界」。而白居易的詩歌創作，「雖然與日本古代文學中的『幽玄』不完全相同，但卻是十分接近的，所以很容易在古代日本知識界的欣賞心理上，引起一種強烈的共鳴，正因爲這樣，他的詩作比同時期的其他中國作家，更能爲日本知識界所接受」〔註28〕。與《源氏物語》同一時代的藤原公任在選編《倭漢朗詠集》時，收錄的漢詩文中，以白居易的詩句居多，竟達到一百三十七句。第二位的元稹只有十一句，相差十分懸殊。白居易的詩文，還深受日本皇室的喜愛。據《江談抄》、《文德實錄》記載，《白氏文集》傳入日本後，立即被嵯峨天皇秘藏，從不示人；而仁明天皇對獻上《元白詩筆》者，竟然特予進階之賞〔註29〕。

日本人對白居易的態度，除了欣賞喜愛之外，還帶有一點酸酸的嫉妒，

〔註26〕辭海編輯委員會編纂：《辭海》（第六版縮印本）〔M〕，上海：上海辭書出版社，2010年4月版，第2364頁。

〔註27〕日本學者對於平安朝文人鍾愛白居易的原因，歸納出五條，除了以上所列還包括：白居易詩產生的社會背景與平安時代極爲相似；白居易的地位、身份與平安時代的文人頗爲相似；中唐時代出現的詩、文、傳奇等各個領域的新傾向都在《白氏文集》中有所反映，對日本人來說有新鮮感；白居易基於佛教信仰的人生觀被日本人視爲通達、聰明的人生態度。引自雋雪豔著：《文化的重寫：日本古典中的白居易形象》〔M〕，北京：清華大學出版社，2010年6月版，第7頁。關於白居易在平安時期受容的論述，對本書有所借鑒，特此說明。

〔註28〕以上三處所引嚴先生的論述，見嚴紹璗著：《中日古代文學關係史稿》〔M〕，長沙：湖南文藝出版社，1987年版，第194頁、第198頁。

〔註29〕參看〔日〕丸山青子著、申非譯：《源氏物語與白氏文集》〔M〕，北京：國際文化出版公司，1985年1月版，第121頁。

畢竟那麼優秀的詩人，非本國之人，這不能不說是一個遺憾。不過這個遺憾，在世阿彌原作，觀世信光修改的謠曲《白樂天》中得到了彌補，故事大意說的是：

> 白樂天受到唐明皇帝的敕命，來到了日本。皇帝派白樂天來到日本的目的，是爲了測定日本人的智力水平。白樂天乘船來到日本的肥前國松浦舄，在這裡他遇到了裝扮成漁翁的住吉明神。白樂天沒有想到，在國外連漁翁這樣的人都知道自己的名字。白樂天爲了測定日本人的智力水平，就賦詩描寫眼前的景色，並考問住吉明神。經過一番較量，白樂天輸給了漁翁，住吉明神就刮起神風，把白樂天送回了中國。然後住吉明神與日本的其它神一起歡樂地起舞。〔註30〕

故事中的住吉明神，就是《萬葉集》中最偉大的歌人之一的柿本人麻呂。在虛構的謠曲作品中，歌人戰勝了詩人，並把其送回了中國。作品表現的思想情感還是中日文化與文學關係中日本作家矛盾的民族情感。

謠曲中的白居易雖然被神風送回了中國，但是他的作品《長恨歌》卻流傳到了日本，那優美的詩句，感傷的意境永駐於日本人民的心中，並且對日本的文學創作產生了深遠的影響，《源氏物語》就是其中具有代表性的例子。《源氏物語》與白詩的聯繫非常多，其中以《長恨歌》最爲密切〔註31〕。日本學者中西進從內容以及主旨上，揭示了二者之間的淵源：

> 《源氏物語》是以《李夫人》收篇的，而《長恨歌》不僅在《源氏物語》一開篇就予以引用，並且貫穿於此後的十八卷中。這種引用方法，儘管說明兩篇作品有類似之處，同時也令人考慮到作者的特殊用意，表明了《源氏物語》的主題。
>
> 明確地以《長恨歌》爲例寫下更衣物語，這是毋庸置疑的。然而，引用方法卻稍有不同，或許稱之爲對其他作品的復述，《源氏物語》就先是用這種方法講述出的大作巨製，這一點在作品造型上不容忽視。不僅如此，以下各卷中作者也引用了《長恨歌》，也就是說

〔註30〕故事梗概參考了張哲俊著：《中國題材的日本謠曲》〔M〕，銀川：寧夏人民出版社，2005年2月版，第241頁～第242頁。

〔註31〕據丸山清子統計，在《源氏物語》中，《長恨歌》被吸收利用的次數約占整個《白氏文集》的百分之二十四，其中引用爲七比四，借用爲十六比八，類似爲六十九比十二。參看〔日〕丸山清子著、申非譯：《源氏物語與白氏文集》〔M〕，北京：國際文化出版公司，1985年1月版。

> 在長久地回響著玄宗（漢皇）與楊貴妃長綿不盡的恨的同時，作者憑這一「長恨」把握住了圍繞源氏的宿命，這就是作者的「長恨歌」。〔註32〕

從引文中不難看出《源氏物語》的作者紫式部對《長恨歌》的喜愛甚至於偏愛的程度了。

《長恨歌》在日本之所以產生如此深遠的影響，筆者認爲可以從以下幾個角度來分析：

首先是時代的原因。白居易寫作《長恨歌》的年份（公元806年），距離「安史之亂」結束（公元762年），已將近半個世紀。李唐王朝經過此次大劫後一蹶不振，從此陷入政治局面混亂的時期。文人士子們心懷「中興」的理想，卻看不到任何希望。開、天盛世對他們來說一去不復返，只能成爲一種遙遠的追憶，或者說是一件壓在人們心頭，而又無可挽回的恨事。《長恨歌》能引起如此廣泛的影響，其原因在於它通過對極具象徵意味的李、楊愛情悲劇的敘述，傳遞和宣泄出了中唐整整一代人感歎世事變遷的感傷情緒。而在日本平安時代末期，白河天皇退位後實行的院政，從一開始就沒有很高的理想和嚴格的規律，是違反了律令政治精神的專制，其具體表現就是奢侈與腐敗，是與國利民福無緣的自私自利的政治。古代律令制國家慢慢走向瓦解，保元之亂後，貴族政治爲新興的武家政治所替代，日本進入了中世。隨著政治上的腐敗和墮落，日本在文化上也走向了因循守舊，缺乏獨特的優秀風格。對往昔的追憶以及對現實的不滿，同樣牽動著平安時期文人的心緒，《長恨歌》的流傳，正是他們這種情緒的體現和蔓延〔註33〕。值得一提的是，到了平安末期，日本出現了白居易爲文殊菩薩化身的傳說，這個傳說的產生，從側面說明，在當時嚴峻的社會現實中，日本人更爲注重白居易的佛教思想，希望在白氏文集中獲得新的精神糧食。注重吸收白居易的佛教思想，成了日本中世時代對白居易受容的主要特徵。

其次，《長恨歌》一詩所體現出的藝術審美特質，與日本書學的審美理念相吻合。物哀，是日本書學中的一個重要的文藝理念，在平安時代趨向於成

〔註32〕〔日〕中西進著，馬興國、孫浩譯：《源氏物語與白樂天》〔M〕，北京：中央編譯出版社，2001年12月版，第1頁、第15頁。

〔註33〕有關平安末期政治與文化上的論述，參看了〔日〕岅本太郎著、汪向榮等譯：《日本史》〔M〕，北京：中國社會科學出版社，2008年6月版，第153頁～第159頁。

熟。18 世紀的日本學者本居宣長在《紫文要領》一文中，對「物哀」一詞作如下詮釋：

> 對於不同類型的「物」與「事」的感知，就是「物哀」。例如，看見異常美麗的櫻花開放，覺得美麗，這就是知物之心。知道櫻花之美，從而心生感動，心花怒放，這就是「物哀」。
>
> 世上萬事萬物，形形色色，不論是目之所及，抑或耳之所聞，抑或身之所觸，都收納於心，加以體味，加以理解，這就是感知「事之心」、感知「物之心」，也就是「知物哀」。〔註 34〕

白居易詩歌中間那些對自然、人事的細膩感受，以及對世事變幻無常的深深慨歎，引起了平安朝文人的強烈共鳴，李、楊愛情悲劇，正體現了世事的變幻無常：從「春寒賜浴華清池，溫泉水滑洗凝脂」到「春宵苦短日高起，從此君王不早朝」，兩人間的感情逐漸升溫；從「承歡侍宴無閒暇，春從春遊夜專夜」到「金屋妝成嬌侍夜，玉樓宴罷醉和春」，兩人間的感情發展到了巔峰。楊玉環的受寵，甚至影響了時人的生育觀：「遂令天下父母心，不重生男重生女」。可是，好景不長，「漁陽鼙鼓動地來，驚破霓裳羽衣曲」，貴妃死於馬嵬坡下。起駕回鑾的李隆基在宮中「秋雨梧桐葉落時」，抒發對愛妃無盡的思念。季節的交替變化，映襯著人事的更迭，世事的無常，兩者結合得渾然一體。這樣的藝術表現手法，也是平安時期的文人所喜聞樂見的。詩句最後「天長地久有時盡，此恨綿綿無絕期」的悲劇結尾，更是符合日本民族的傳統審美心理，無論是文學還是戲劇，莫不如斯。美國人類學家魯思·本尼迪克特在《菊與刀》一書中，在談到日本的小說和戲劇時這樣說：

> 日本的小說和戲劇中，很少見到「大團圓」的結局……日本的觀眾則含淚抽泣地看著命運如何使男主角走向悲劇的結局和美麗的女主角遭到殺害。只有這樣的情節才是一夕欣賞的高潮。人們去戲院就是爲了欣賞這種情節。〔註 35〕

日本著名歌舞伎演員岅東玉三郎在談到演出《牡丹亭》的體會時曾說過：「《牡丹亭》最打動我的一點，是男女在正常情況下無法相見相愛，只有在夢裏或

〔註 34〕〔日〕本居宣長著、王向遠譯：《日本物哀》〔M〕，長春：吉林出版集團有限公司，2010 年 10 月版，第 66 頁。

〔註 35〕〔美〕魯斯·本尼迪克特著、呂萬和等譯：《菊與刀》〔M〕，北京：商務印書館，1990 年 6 月版，第 133 頁。

者隔著生死才能相愛，這與日本文化裏某些東西不謀而合。但最後，杜麗娘和柳夢梅的眞情感動上天，神讓杜麗娘起死回生了。這個（大團圓）結局就是典型的中國文化，日本文化裏是不會有這一齣的。」〔註 36〕這種文化上的差異，在表現李、楊愛情悲劇的中日戲劇中，也得到了淋漓盡致地體現，這在下文還會有詳細地論述。

此外，《長恨歌》在日本受到歡迎，與詩中的女主角楊貴妃之間不無關係。鑒眞和尚於天寶元年，爲了「興隆佛法，普救眾生」，答應去日本，經五次渡海失敗，才得以完成東渡之行〔註 37〕。此次東渡得到了唐玄宗的首肯，受到了楊貴妃的幫助，乘遣唐使便船到了日本，貴妃死後，鑒眞立一蓮座在今招提寺中。日本人民對楊貴妃心存感激，同時，《長恨歌》中「馬嵬坡下泥土中，不見玉顏空死處」，以及「忽聞海上有仙山，山在虛無縹緲間」這樣的詩句，又激發了人們貴妃東渡去了日本的幻想。於是，貴妃東渡的傳說便也在日本流傳開來，而且還繪聲繪影：有的傳說認爲，楊貴妃未死，而是在日本遣唐使節回國時，一同東航去了日本；楊貴妃既然來到了日本，那麼葬在日本也就順情合理了，在山口縣向津具半島油谷町久津二尊院境內的右邊，有所謂楊貴妃墓的五輪塔，京都泉湧寺還有她的像；貴妃曾經生活在日本，那麼留有後代也是可能的。據臺灣學者南宮搏先生介紹，1963 年，一位日本少女出現在電視上，自稱是楊貴妃的後裔，並展現古代文字資料爲證。甚至連影視明星山口百惠也曾自稱是楊貴妃的後代；最爲奇特的說法則是，楊貴妃是熱田大明神的化身。其傳說的背景建立在唐玄宗要征服日本上，是以素知的日本種種神祇，用劍象徵熱田大明神作爲楊貴妃形體的化身送去唐土，而以她的美色、風韻迷惑了唐玄宗，戢止了他征服日本的野心。不僅如此，當時的傳說，還把楊貴妃和日本政治掛上了鈎。貴妃來到日本時，正是孝謙女帝掌權的時候，在政敵企圖政變的前夕，孝謙取得消息，逮捕了叛亂分子四百四十人。由於楊貴妃的大力協助，敉平了叛變，博得了日本人民的讚美〔註 38〕。有學者認爲：「以上這些傳說內容，不能簡單地用嘩眾取寵來解釋，其最深遠的心理原因恐怕是出於對楊貴妃這一人物形象的喜愛。日本人民對楊貴妃的

〔註 36〕蒯樂昊撰：《「美人爺爺」岠東玉三郎》〔A〕，《南方人物周刊》〔J〕，第 184 期。

〔註 37〕鑒眞東渡事，見〔宋〕贊寧撰：《宋高僧傳》〔M〕，北京：中華書局，1987 年 8 月版，卷十四《鑒眞傳》，第 349 頁～第 350 頁。

〔註 38〕以上內容，部分參考了〔日〕渡邊龍策著、閻肅譯：《楊貴妃復活秘史》〔M〕，石家莊：河北人民出版社，1987 年 8 月版，第 133 頁～第 170 頁。

喜愛不但是常常用封建禮教看待楊貴妃的古代文人所不及，即使是今天的我們，恐也難以與他們比肩。」〔註 39〕這樣的論述，恐怕只是見到表面現象，而隱藏在這背後的文化因素，值得進一步深入挖掘。

上文著重論述了《長恨歌》對佛教變文在內容與結構上的擷取與借鑒，及其在東亞，尤其是在日本的影響。洪昇的《長生殿》「止按白居易《長恨歌》、陳鴻《長恨歌傳》爲之」，它與佛教藝術的傳承體現在何處？它與同題材的日、韓戲劇作品之間，又存在哪些文化上的差異，則是以下幾節將要展開論述的內容。

4.2「變文」與「變相」——《長生殿》中李、楊形象與佛教藝術中的飛天

上文提到了《長恨歌》與「變文」之間的淵源。還有一種喚作「變相」的藝術形式與「變文」也有著密切聯繫。鄭振鐸先生曾指出：

> 在唐代有所謂「變相」的，即將佛經的故事，繪在佛舍壁上的東西。張彥遠《歷代名畫記》記之甚詳。吳道子便是一位最善繪「地獄變」(「變相」也簡稱爲「變」)的大畫家。

像沒有一個寺院的壁上沒有「變相」一樣，大約，在唐代，許多寺院裏，也都在講唱著「變文」吧。〔註 40〕

然而，變相是否爲了配合變文所作，它與變文各自的特點和用途等問題，鄭振鐸先生並未深入闡述。李小榮在《變文變相關係論——以變文的創作和用途爲中心》一文中對以上問題進行了詮釋：變文與變相的相同處在於均具有藝術與宗教的二元化傾向，都遵循由宗教向世俗衍化的規律，生成年代及巔峰期、衰落期，都保持一致；變文講唱與變相雖分屬不同的藝術類型，但是釋家講唱者巧妙地把它們配在一起，才出現「×處」、「×時」之類的特殊用語。也正是由於兩者的精妙結合，才使變文講唱在唐五代家喻戶曉成爲釋家最通俗、最有效的宣教藝術。當然作者也指出，變文講唱中雖常用變相，但兩者之間還是不能劃等號，變相在變文講唱中僅爲

〔註 39〕周相錄著：《〈長恨歌〉研究》〔M〕，成都：巴蜀書社出版社，2003 年 10 月版，第 185 頁。

〔註 40〕鄭振鐸著：《中國俗文學史》〔M〕，上海：上海世紀出版集團，2006 年 5 月版，第 152 頁。

輔助手段，而非唯一手段〔註 41〕。美術史專家巫鴻先生，通過對敦煌晚期「降魔」壁畫的考察，指出「敦煌石窟的變相壁畫不是用于口頭說唱的『視覺輔助』」。他的觀點則是：

> 初唐出現的一種新的繪畫形式則根據其自身邏輯將文獻轉化成一種空間性的表現方式。這種圖像一旦出現，便激發起人們的巨大想像力並影響到了變文的寫作，變文反過來又成爲創作變文表演中所使用的畫卷以及石窟内大幅變相壁畫的一個重要的源泉。〔註 42〕

雖然兩人的說法存在著一定差異，但是他們關於敦煌壁畫與文學交互影響，共同發展的總體觀點還是一致的。

變文有變相相配合，那麼《長恨歌》是否也有畫像相配呢？答案是肯定的。丸山清子就特意提出：

> 《源氏物語》本書中反復提到「《長恨歌》畫」、「畫中的楊貴妃」。我們就此可以推斷，《長恨歌》在當時已經通俗入畫，或畫之於屏風，或繪之爲故事連環畫，業已風行於世，特別是已成爲婦女中流行的文娛讀物。這樣的屏風畫、故事畫，一定是一個畫面、一個畫面的，寫上漢文原詩以作說明。〔註 43〕

《長恨歌》入畫，方便了當時日本人對詩歌的欣賞和理解，此外，還有一個非常値得注意的現象，那就是平安前期弘仁時代的美術，其特徵是密教色彩占統治地位。因爲密教重視事相，所以非常尊崇圖象，從「兩部」的「曼荼羅」到諸佛的面容、形狀、手持物品等具有嚴密的格式，作爲禮拜的對象。入唐僧人帶回的東西當中也經常有許多這類圖象〔註 44〕。而變文據說原來就是曼荼羅的銘文。融佛、道思想於一身的《長恨歌》，其風靡日本併入畫的時

〔註 41〕 李小榮撰：《變文變相關係論——以變文的創作和用途爲中心》〔A〕，《敦煌研究》〔J〕，2000 年第 3 期。

〔註 42〕 〔美〕巫鴻撰：《何爲變相——兼論敦煌藝術與敦煌文學的關係》（下卷）〔A〕，〔美〕巫鴻著，鄭岩、王睿編，鄭岩等譯：《禮儀中的美術——巫鴻中國古代美術史文編》〔C〕，北京：三聯書店，2005 年 7 月版，第 389 頁。

〔註 43〕 〔日〕丸山清子著、申非譯：《源氏物語與白氏文集》〔M〕，北京：國際文化出版公司，1985 年 1 月版，第 124 頁。文豔蓉的：《日本白集版本源流綜論》一文也曾指出：「《長恨歌》在流傳過程中與繪畫藝術相結合，產生了圖抄本」，並列舉了眾多繪卷本。本文刊載於《文獻季刊》〔J〕，2010 年 7 月第 3 期。

〔註 44〕 〔日〕峅本太郎著、汪向榮等譯：《日本史》〔M〕，北京：中國社會科學出版社，2008 年 6 月版，第 132 頁。

段，與密教藝術發展、興盛的時期相彷彿，「《長恨歌》畫」的創作是否與宗教美術世俗化有所關聯呢？托特曼對平安時期宗教繪畫的論述，讓我們看到了這種可能：

> 創造性藝術家作爲宗教機構與善男信女們的連結作用，在敘事性繪畫卷軸（繪卷物）上也顯示得很清楚。或者使用色彩，或者是黑白顏色，這些繪卷物畫家精心安排文字和圖案，當觀看者從右到左打開卷軸畫時，看到的就是連貫一致的描繪。這種描繪可以是解說佛經或「說話」中的一個故事，描敘一個著名人物的生活、展示這幅卷軸畫的這座寺院或神社的力量和神奇、或者是畫相應的宗教表演來提供教喻。〔註 45〕

引文中提到的繪卷物，並不限於宗教主題，一些最著名的作品是世俗題材，其中就包括《源氏物語繪卷》。雖然，現在沒有文獻直接論述「《長恨歌》畫」與繪卷物之間的關聯，但是，作爲平安時期流傳甚廣的詩歌，《長恨歌》很可能就是作爲「說話」的一個故事被描繪。這與變文、變相逐步世俗化，敘述與描摹不局限於佛經故事本身的軌迹非常相似。

變文與變相相互影響，《長恨歌》有「《長恨歌》畫」爲伴，且都與佛教藝術有著千絲萬縷的聯繫。那麼，《長生殿》傳奇這個「變文」，是否也有「《長生殿》畫」這個「變相」的影子呢？梅蘭芳先生在《漫談戲曲畫》一文，以戲曲史爲線索，談了戲曲與繪畫的關係，梅先生認爲：

> 我們看到故宮博物院所藏宋人畫的南宋雜劇《眼藥酸》等冊兩幅，陝西洪趙縣廣勝寺明應王殿的彩繪元劇壁畫，元明以來傳奇刊本中的木刻插畫，明清兩代畫家所繪有關戲曲的作品——臉譜、戲象、身段譜……這些都說明了戲曲和繪畫這兩種藝術，一向是親如手足，緊密聯繫著的。〔註 46〕

戲曲與繪畫之間渾然天成的親密關係，則爲下文的論述奠定了理論上的基礎。

唐朝，是中國歷史上封建社會達到頂峰的朝代。在歷經百餘年的穩定發展後，唐玄宗李隆基更是在先人的基礎上，開創了「開、天盛世」的鼎盛局

〔註 45〕〔美〕康拉德·托特曼著，王毅譯、李慶校：《日本史》（第二版）〔M〕，上海：上海人民出版社，2008 年 12 月版，第 133 頁。

〔註 46〕中國戲劇家協會編：《梅蘭芳文集》〔C〕，北京：中國戲劇出版社，1962 年 8 月版，第 143 頁。

面。唐代大詩人杜甫《憶昔》(其二),曾這樣緬懷這個時代:

憶昔開元全盛日,小邑猶藏萬家室。稻米流脂粟米白,公私倉廩俱豐實。九州道路無豺虎,遠行不勞吉日出。齊紈魯縞車班班,男耕女桑不相失。宮中聖人奏雲門,天下朋友皆膠漆。百餘年間未災變,叔孫禮樂蕭何律。〔註47〕

在這個繁榮昌盛的歷史時期,佛教藝術也得到了空前的發展,與整個時代的精神氣質與風貌相應和。如果擷取佛教文化中的一類藝術形象,來體現盛唐蓬勃向上的恢宏氣象,飛天應該是一個恰當的選擇。

飛天,通常學者們認爲,就是乾闥婆與緊那羅。起源於印度的古神話中專司音樂和歌舞的神。傳說每當佛在講法時,他們便淩空飛舞,奏樂散花,全身會散發芬芳的香氣,所以又稱爲「香音神」。他們往往同時出現,相互配合,形影不離,兩者共同彈琴歌舞以娛佛。且常常以多姿的飛行形象同時出現在一個畫面中,因此被形象地稱之爲「飛天」〔註48〕。敦煌學研究專家趙聲良認爲:

我們知道在有關佛的本生故事、佛傳故事以及佛說法時的情景,往往有諸天人、天女做歌舞供養。這些天人、天女如果飛行於天空,以雕刻或繪畫的形式表現出來,自然就是我們在很多石窟雕刻和壁畫中所看到的飛天了。〔註49〕

伴隨著佛教傳入中國後,飛天發生了脫胎換骨的變化,成爲中國化了的天神形象,貫穿於各地、各個時期的石窟寺院,形成一種獨立的藝術形式。飛天中的人物起初是男女都有,進入敦煌石窟之後,大都爲女性。至唐代開始,敦煌飛天已全部女性化,成爲能歌善舞、風姿翩翩的仙女形象。她們姿態生動,造型優美,不僅給人一種「天衣飛揚、滿壁風動」的直觀形象,也將女

〔註47〕〔清〕仇兆鼇注:《杜詩詳注》(第三冊)〔M〕,北京:中華書局,1979年10月版,第1163頁。

〔註48〕對於「飛天」一詞的緣起,日本的吉村憐先生曾作過詳細地考證。他認爲「(在中國)把曾是神仙名稱的『天人』一詞借用爲佛教詞,根據其天上的神的意思,改爲在虛空中飛行的天人,也許反而是很自然的」。因此,這也可以看作佛教藝術本土化的一個例證。見〔日〕吉村憐著、卞立強譯:《天人誕生圖研究——東亞佛教藝術史論文集》〔C〕,上海:上海古籍出版社,2009年12月版,第358頁。

〔註49〕趙聲良著:《飛天藝術——從印度到中國》〔M〕,南京:江蘇美術出版社,2008年10月版,第2頁。

性的美貌、風度和神韻發揮到了頂峰。佛教文化研究專家陳允吉先生對此曾作過深入論述：

> 洎自十六國時期至於唐代，在我國北方很廣大的一個地域範圍內，如雲崗、龍門、麥積、響堂、天龍、炳靈寺、文殊山諸石窟，都曾出現過一些飛天的浮雕和壁畫圖象，其中有不少作品是相當出色的……其藝術成就均屬上乘。但這些事實顯然被大多數人忽略了。獨有敦煌莫高窟的飛天，卻時久不衰地受到大家的青睞和讚揚。試求此中的原委，除了數量上的優勢之外，更主要的恐怕還在於莫高窟飛天本身具備的特殊的美和魅力。它們就像開放在藝術之枝條上的奇葩，顯得格外的鮮豔耀眼。從很準確的意義上來說，飛天乃是敦煌壁畫藝術的突出標誌之一，它們堪稱鳴沙山麓的驕子，歷百千年而始終在吸引著世人的注意。〔註 50〕

天女們在空中無拘無束、自在翺翔，這種灑脫、成熟與自信的美，不正是那個時代的完美寫照嗎？

關於飛天形象的來源，趙聲良先生則認爲：

> 在佛教產生之前，印度已有了天人（阿卜莎羅）的美麗傳說，後來，佛教中也吸收了這些天人，成爲佛國世界的天人。每當佛在講經說法或者某些重要事件發生時，天人們就會歌舞供養，或者天上散花。這樣的場面就是在很多經變畫和故事畫場面中，飛天形象的來源。〔註 51〕

飛天形象進入中國，並被本土化之後〔註 52〕，壁畫上的飛天，也隨著朝代的更替，分別以不同的面貌示人，體現了不同時代的藝術趣味和審美理想。李澤厚先生在論述唐代佛教藝術的特徵時認爲：

> 唐代壁畫「經變」描繪的並不是現實的世界，而是以皇室宮

〔註 50〕陳允吉撰：《敦煌壁畫飛天及其審美意識的歷史變遷》〔A〕《復旦學報》（社會科學版）〔J〕，1990 年第 1 期。

〔註 51〕趙聲良著：《飛天藝術——從印度到中國》〔M〕，南京：江蘇美術出版社，2008 年 10 月版，第 4 頁。

〔註 52〕吉村怜先生在《雲岡石窟中蓮花化生的表現》與《龍門北魏窟天人誕生的表現》兩篇文章中分別指出，印度傳來的西方式的天人像是以俯衝似的姿勢在空中飛行，而中國式的、南朝式的天人像是駕著流雲輕快地飛行。見吉村怜著、卞立強譯：《天人誕生圖研究——東亞佛教藝術史論文集》〔C〕，上海：上海古籍出版社，2009 年 12 月版，第 28 頁、第 51 頁。

> 廷和上層貴族爲藍本的理想藍圖；雕塑的佛像也不是以現實的普通的人爲模特兒，而是以享受著生活、體態豐滿的上層貴族爲標本。〔註 53〕

《酉陽雜俎・續集卷之五》所載唐代道政坊寶應寺裏的「釋梵天女，悉齊公妓小小等寫眞也」〔註 54〕，即是一例。這一特徵還體現在仕女畫風格的變化上：早期壁畫上的仕女，面瘦削而細腰；盛唐以後，畫中的仕女大多較爲豐滿健碩，完全符合當時的審美趣味。莫高窟壁畫上的仕女，與唐代畫家周昉以貴婦爲模特的仕女畫風格也完全契合，而能夠代表盛唐時期女性美的上層貴婦，則非唐玄宗的寵妃楊貴妃莫屬。

史書上稱楊貴妃「資質豐豔」，「每倩盼承迎，動移上意」〔註 55〕，堪稱盛唐美人中的典範。由於受到印度健陀羅藝術的影響，盛唐以「方額廣頤」爲美，上下勻稱，面如佛相，形如蓮子，玄宗稱之爲「蓮臉」。唐玄宗《好時光》詞中道：「賓髻偏宜宮樣，蓮臉嫩，體紅香」〔註 56〕，其描繪對象很可能就是楊貴妃〔註 57〕。楊貴妃除了外貌有佛教藝術形象的特點，其「體香」的特徵也與印度神話中的飛天相一致。楊貴妃出「紅汗」、配「香囊」，史料筆記中多有記載。五代王仁裕《開元天寶遺事》中就提到：「貴妃每至夏月，常衣輕綃，使侍兒交扇鼓風，猶不解其熱。每有汗出，紅膩而多香，或拭之於巾帕之上，其色如桃紅也。」〔註 58〕這「紅汗」當是貴妃搽用的胭脂紅粉染色所致；楊貴妃還喜愛胸佩「香囊」。在唐朝，香囊屬於珍稀之物，玄宗只用

〔註 53〕李澤厚著：《李澤厚十年集・美的歷程》〔M〕，合肥：安徽文藝出版社，1994 年 1 月版，第 118 頁。

〔註 54〕〔唐〕段成式撰、方南生點校：《酉陽雜俎》〔M〕，北京：中華書局，1981 年 12 月版，第 250 頁～第 251 頁。

〔註 55〕〔後晉〕劉昫等撰：《舊唐書》〔M〕北京：中華書局，1975 年 5 月版，卷五十一，第 2178 頁。

〔註 56〕曾昭岷、曹濟平等編著：《全唐五代詞》〔M〕，北京：中華書局，1999 年 12 月版，第六頁。

〔註 57〕孫小布的文章中提到，唐代女性美的標準是以豐滿爲美，並提出楊妃「風姿」的「豐」，「既包含有生殖功能上的實用意義，也包含有性美上的審美意蘊的。我們從敦煌壁畫上也可找到佐證。魏至中唐的壁畫上飛天及眾女神都是非常豐滿腴豔的。」孫小布撰：《人類學・性與〈長生殿〉》〔A〕，《戲劇藝術》〔J〕，1988 年第 4 期。

〔註 58〕〔五代〕王仁裕撰：《開元天寶遺事》見〔五代〕王仁裕等撰、丁如明輯校：《開元天寶遺事十種》〔M〕上海：上海古籍出版社，1985 年 1 月版，第 98 頁～第 99 頁。

來賞賜寵臣與愛妃。據史料記載其死後葬在馬嵬坡，香囊亦不離身：「(貴妃）初瘞時以紫褥裹之，肌膚已壞，而香囊仍在。」〔註59〕張祜亦有詩云：「蹙金妃子小花囊，銷耗胸前結舊香。誰爲君王重解得，一生遺恨繫心腸。」〔註60〕綜上所述，「體紅香」〔註61〕也可算作楊貴妃標誌性特徵了。以上這幾種美的元素疊加在一起，就已經能勾勒出一個唐代壁畫上的飛天形象了。

楊貴妃不僅受寵於君王，而且還深受普通百姓的喜愛，被民間譽爲「四大美人」之一。歷代文人在以「李、楊愛情」爲題材的劇本中，也都曾稱道過楊貴妃的美：元代白樸的《唐明皇秋夜梧桐雨》，借玄宗之口讚歎楊貴妃之美「絕類嫦娥」〔註 62〕；明代佚名的《驚鴻記》也是借玄宗之口稱道楊貴妃「纖紅婉翠，似凝酥絕世無雙」；清代孫郁的《天寶曲史》，借高力士之口形容楊貴妃「七寶琉璃堪供，瓊玉一團」〔註 63〕。以上這些劇作，均以男性視角爲出發點，對楊貴妃的美加以描摹，充斥著男權社會對女性的賞玩意味。楊貴妃身上盛唐女性成熟自信的美，並沒有得到充分體現。因此，這些劇作中的楊貴妃既沒能烙印在讀者心底，更沒能「活」在舞臺上。

眞正在劇作中對貴妃之美進行正面謳歌與讚美的，當屬洪昇的傳奇巨製《長生殿》。他在《長生殿・自序》中鮮明地提出「凡史家穢語，概削不書」〔註 64〕。作者這樣做的目的，就是要竭力描摹出一個符合時代特質的，具有美好形象的楊貴妃。這其中包括由白居易《長恨歌》中的詩句「回眸一笑百媚生，六宮粉黛無顏色，春寒賜浴華清池，溫泉水滑洗凝脂，侍兒扶起嬌無力，始是新承恩澤時」演化而來的「浴貴妃」，更有春睡初醒的「倦貴妃」和

〔註59〕〔後晉〕劉昫等撰：《舊唐書》〔M〕北京：中華書局，1975 年 5 月版，卷五十一，第 2181 頁。

〔註60〕〔唐〕張祜：《太眞香囊子》，〔清〕彭定求等編：《全唐詩》（增訂本）第八冊〔M〕，北京：中華書局，1999 年 1 月版，卷五一一，第 5884 頁。

〔註61〕《長生殿》第四齣《春睡》楊貴妃自報家門說自己「漫揩羅袂，淚滴紅冰，薄試霞綃，汗流香玉」。其所據便是來源於《開元天寶遺事》。此外，李隆基揭開幔帳「龍腦微聞，一片美人香和。瞧科，愛她紅玉一團，壓著鴛衾側臥」，說的也是楊貴妃「體紅香」。

〔註62〕〔元〕白樸：《唐明皇秋夜梧桐雨》徐徵等主編：《全元曲》（第二卷）〔M〕，石家莊：河北教育出版社，1998 年 8 月版，第 769 頁。

〔註63〕〔清〕孫郁：《天寶曲史上卷》（第三齣《試歌》）古本戲曲叢刊編輯委員會編：《古本戲曲叢刊三集》〔M〕，北京圖書館藏稿影印本。

〔註64〕〔清〕洪昇撰：《長生殿自序》〔清〕洪昇著、徐朔方校注：《長生殿》〔M〕，北京：人民文學出版社，1983 年 10 月版。

千嬌百媚的「醉貴妃」〔註 65〕。然而，要還原出一個符合時代精神的楊貴妃形象，光憑以上所舉的幾例，顯然還遠遠不夠。佛教藝術中的飛天，要「飛」起來，「舞」起來，才能顯露出盛唐高蹈昂揚的時代特徵。而洪昇的過人之處，就是在劇作也讓楊貴妃「飛」起來，「舞」起來，飛天與楊貴妃的形象在此過程中逐漸融合。這不僅體現出作者對楊貴妃美的禮贊，同時還寄予了他對美的不幸凋零，以及盛唐歲月一去不返的落寞與感傷。

楊貴妃善舞，史料筆記上多有記載，《舊唐書》中就記載太眞「善歌舞，通音律，智算過人」〔註 66〕。《驚鴻記》第十八齣「花萼霓裳」便有貴妃「舞霓裳」的情節：

> （生）當此良夜，甚思《霓裳羽衣》，就宣承應的樂工上來，歌的歌，舞的舞，博一大醉，不知妃子意下如何？（貼）賤妾當漫舞纖腰，陛下需連浮大白。（內樂工上，鼓吹，貼作舞了，眾合唱）

此處提及貴妃起舞，僅一句「貼作舞了」一筆帶過。《霓裳羽衣舞》的舞容，楊貴妃精湛的舞藝，皆無從知曉，失之太簡矣。

《長生殿》中的「舞盤」一齣，則全方位展現了楊貴妃精妙絕倫的舞姿：

> 〔旦起福介〕告退更衣。整頓衣裳重結束，一身飛上翠盤中……〔樂止，旌扇徐開，旦立盤中舞，老、貼、淨、副唱，丑跪捧鼓，生上坐擊鼓，眾在場內打細十番合介〕
>
> 〔羽衣第二疊〕〔畫眉序〕羅綺合花光，一朵紅雲自空漾。〔皂羅袍〕看霓旌四繞，亂落天香。〔醉太平〕安詳，徐開扇影露明妝。〔白練序〕渾一似天仙，月中飛降。〔合〕輕揚，彩袖張，向翡翠盤中顯伎長。〔應時明近〕飄然來又往，宛迎風菡萏，〔雙赤子〕翩翻葉上。舉袂向空如欲去，乍回身側度無方。〔急舞介〕〔畫眉幾〕盤旋跌宕，花枝招展柳枝揚，鳳影高騫鸞影翔。〔拗芝麻〕體態嬌難狀，天風吹起，眾樂繽紛響。〔小桃紅〕冰弦玉柱聲嘹亮，鸞笙象管音飄蕩，〔花藥欄〕恰合著羯鼓低昂。按新腔，度新腔，〔怕春歸〕蝸金裙，齊作留仙想。

〔註 65〕本書第一章曾對《長生殿》中楊貴妃形態各異的美進行過分析，此處不再展開。

〔註 66〕〔後晉〕劉昫等撰：《舊唐書》〔M〕，北京：中華書局，1975 年 5 月版，卷五十一，第 2178 頁。

楊貴妃起舞爲唐玄宗助興，跳起了《霓裳羽衣舞》。此舞之所以聞名於世，主要是由於它成功地表現了仙女優美的藝術形象，給人以美的享受。白居易的《霓裳羽衣歌》寫道：「飄然轉旋回首輕，嫣然縱送遊龍驚。小垂手後柳無力，斜曳裾時雲欲生。煙蛾略斂不勝態，風袖低昂如有情。上元點鬟招萼綠，王母飛袂別飛瓊……翔鸞舞了卻收翅，唳鶴曲終長引聲」〔註 67〕。通過以上詩句，不難概括出《霓裳羽衣舞》的特點：一、舞蹈中有舒緩的旋轉動作；二、表演時多用衣袂，給人以飄飄欲仙之感；三、《霓裳羽衣歌》中，不僅涉及西王母、許飛瓊、上元夫人等道教神祇，還提到「翔鸞」「鳴鶴」等道教祥瑞之動物，說明此舞被賦予了較強的道教色彩。其中第一個特點，不由讓人聯想到唐代著名的《胡旋舞》。在編排《霓裳羽衣舞》時，楊貴妃明顯將當時流行的胡旋舞中的旋轉動作運用其中，增強了舞姿的流動飄逸感。舞蹈史專家認爲：

> 敦煌莫高窟 220 窟唐代壁畫「東方藥師淨土變」上，在華麗燦爛的燈樓、燈樹下，有四個翩翩飛舞的伎樂天，其中兩個髮帶飛揚，衣裙配飾飄起，正展臂旋轉。這一畫面，展示了快節奏連續旋轉的舞態，中外學者一致認爲這可能就是唐代風行的《胡旋舞》。壁畫表現的舞蹈動勢，與唐詩中描繪的《胡旋舞》形象，確是相當吻合的。〔註 68〕

這就把楊貴妃跳《霓裳羽衣舞》的造型，經由《胡旋舞》，與飛天藝術聯繫起來了。白居易《胡旋女》一詩中寫道「弦鼓一聲雙袖舉，迴學飄颻轉蓬舞，左旋右轉不知疲，千匝萬周無已時」〔註 69〕。因此，「旋轉」這個核心要素，把《霓裳羽衣舞》、《胡旋舞》以及飛天造型這三者緊密地聯繫在了一起。近幾年的戲曲舞臺上，能把貴妃「舞盤」演活的還眞不多，這對楊貴妃形象的塑造來說實屬憾事。敦煌壁畫中的飛天造型對於盡快解決這個遺憾，無疑是有借鑒作用的。

〔註 67〕〔唐〕白居易：《霓裳羽衣歌》，朱金城箋注：《白居易集箋校》（第三冊）〔M〕，上海：上海古籍出版社，1988 年 12 月版，第 1410 頁。

〔註 68〕王克芬著：《中國舞蹈發展史》（增補修訂本）〔M〕，上海：上海人民出版社，2003 年 11 月版，第 213 頁。

〔註 69〕〔唐〕白居易：《胡旋女》，朱金城箋注：《白居易集箋校》（第一冊）〔M〕，上海：上海古籍出版社，1988 年 12 月版，第 161 頁。

《舞盤》一折，形容楊貴妃「渾一似天仙，月中飛降」。既然把楊貴妃的舞臺形象與飛天聯繫在一起，那麼，楊貴妃還應有緩緩向上飛升的造型才行。同劇《聞樂》一齣，正表現了楊貴妃「飛升」月宮的情節：

〔錦漁燈〕指碧落，足下雲生冉冉，步青宵，聽耳中風弄纖纖。乍凝眸，星斗垂垂似可拈，早望見爛輝輝宮殿影在鏡中潛。

（旦）呀，時當仲夏，爲何這般寒冷？（貼）此即太陰樂府，人間所傳廣寒宮是也。就請進去。（旦喜介）想我濁質凡姿，今夕得到月府，好僥倖也（作近看介）

……

（内作樂介）（旦）你看一群仙女，素衣紅裳，從桂樹下奏樂而來，好不美聽。（貼）此乃「霓裳羽衣」之曲也。（雜扮仙女四人、六人或八人，百衣、紅裙、錦雲肩、纓絡、飄帶，各奏樂，唱，繞場行上介）（旦、貼旁立看介）（眾）

〔錦漁燈〕攜天樂花叢鬥拈，拂霓裳露沾。隔斷紅塵荏苒，直寫出瑤臺清豔。縱吹彈舌尖、玉纖、韻添；驚不醒人間夢魘，停不駐天宮漏簽。一枕遊仙曲終聞鹽，付知音重翻檢。

楊貴妃飛升月宮，眾仙女也「從桂樹下奏樂而來」，「纓絡」、「飄帶」等是她們的主要裝扮。陳允吉先生曾指出：

照例佛國應該是永恒清淨的彼岸世界，但鋪展在壁畫觀賞者面前的卻是一個個繁麗喧鬧的藝術王國，飛天則是其中最令人注目的角色。如在 172、200 窟「淨土變」的上方，即有眾多飛天出沒於天華祥雲之間，她們一邊奏樂舞蹈，一邊往空中散花，紛眾的飄帶隨著風勢翻飛卷揚，宛如無數被曳動著的彩虹映在藍天，給人的感受眞是美極了。〔註 70〕

洪昇筆下的仙女們，從穿著到舉止神態，與上述祥雲間的眾飛天簡直是如出一轍。堪稱一幅「天女伎樂圖」。

然而，楊貴妃遊月宮的故事，正史、筆記均無記載，李隆基遊月宮的傳說倒是不少：

〔註 70〕陳允吉撰：《敦煌壁畫飛天及其審美意識的歷史變遷》〔A〕，《復旦大學學報》（哲學社會科學版）〔J〕，1990 年第 1 期。

> 又嘗因八月望夜，師與玄宗遊月宮，聆月中天樂，問其曲名，曰：「《紫雲曲》」。玄宗素曉音律，默記其聲，歸傳其音，名之曰《霓裳羽衣》。〔註71〕
>
> 唐玄宗常夢仙子十餘輩，御青雲而下列於庭，各執樂器而奏之。其度曲清越，眞仙府之音也。及樂闋。有一仙人前而言曰：「陛下知此樂乎，此神仙《紫雲回》曲也。今願傳授陛下，爲聖唐正始音。與夫《咸池》、《大夏》固不同矣，玄宗喜甚。〔註72〕
>
> 法善又嘗引上游月宮，因聆其天樂，上自曉音律，默記其曲，而歸傳之，遂爲《霓裳羽衣曲》。〔註73〕

《開天傳信記》也有類似的敘述：

> 上嘗坐朝，以手指上下按其腹。朝退，高力士曰：「陛下向來數以手指按其腹，豈非聖體小不安耶？」上曰：「非也。吾昨夜夢遊月宮，諸仙娛予以上清之樂，寥亮清越。殆非人間所聞也。酣醉久之，合奏諸樂以送吾歸。其曲悽楚動人，杳杳在耳，吾回，以玉笛尋之，盡得之矣。坐朝之際，慮忽遺忘，故懷玉笛，時以手指上下尋，非不安。」〔註74〕

筆者認爲，《聞樂》一齣中楊貴妃代替唐玄宗遊月宮，作者乃是有意爲之，目的就是要刻畫出楊貴妃飄飄欲仙的美，且與楊貴妃道教神祇的身份遙相呼應。値得一提的是，中國早期佛教造像，尤其是銅鏡的圖象中，有把神仙圖象原封不動地置換爲佛教圖象的例子，道教神祇與佛教天人的形象往往難分彼此。因此，楊貴妃雖被後人附會爲蓬萊仙子、西王母等道教神仙，但從圖像學的角度，依然能把她與飛天聯繫在一起，其根源就在此處。談到這一點，趙聲良與葛兆光的論述也對我們有所啓發：

> 在古代中國人常用「天人」一詞，以表現中國傳說的神仙和佛教的飛天。有時，會用「天仙」、「仙女」等稱呼，這是因爲中國人

〔註71〕〔宋〕李昉等編著：《太平廣記》〔M〕，北京：中華書局，1961年9月新一版，卷26引《集異記》，第172頁。

〔註72〕同上，卷29引《神仙感遇傳》，第188頁。

〔註73〕同上，卷77引《廣德神異錄》，第487頁。

〔註74〕〔唐〕鄭綮撰：《開天傳信記》〔五代〕王仁裕等撰、丁如明輯校：《開元天寶遺事十種》〔M〕，上海：上海古籍出版社，1985年1月版，第54頁。

> 總是把佛教的形象與道家神仙聯繫起來，佛教的飛天稱作「天仙」、「仙女」也就不足爲怪了。〔註75〕

葛兆光認爲：

> 在研究中國佛教史與中國道教史時，人們常常忽略了這樣一個事實，即唐宋以來，尤其是明清時代，在民間所流傳的佛、道兩教並不像在士大夫所流傳的佛、道兩教那樣涇渭分明，而是常常攪成一團。〔註76〕

這兩位學者的觀點，爲上文的論述提供了有力的注腳。

把楊貴妃的舞臺形象與飛天聯繫在一起，這與史上李、楊二人與佛教之間的淵源也不無關係。李隆基，廟號「玄宗」，體現了此君是一個道教皇帝，極其好道，還利用道教來達到統治天下，自我造神的目的〔註77〕。究其實質，無論是道教還是佛教，李隆基所代表的王權政治，只是將它們玩弄於掌股之間，爲自己所用而已。所以在武則天及韋后大興土木，興建佛寺，勞民傷財之後，李隆基痛下重手，實施了三大舉措：一、批判造寺造佛；二、關閉無盡藏院；三、斷然實行僧尼拜君親，抑制佛門發展，使其不得與王權對抗。同時，他又與有「開元三大士」之稱的不空、善無畏、金剛智相交甚篤，對他們也頗爲器重：

> 不空還京，進師子國王尸羅迷伽表及金寶瓔珞，般若梵筴，雜珠白氎等；奉敕權止鴻臚，續詔入內立壇，爲帝灌頂。後移居淨影寺，是歲終夏愆陽，詔令祈雨……空奏立孔雀王壇，未盡三日，雨已浹洽……帝乃賜號爲智藏。〔註78〕
>
> 開元初，玄宗夢與眞僧相見，姿狀非常，躬御丹青，寫之殿壁。及畏至此，與夢合符，帝悅有緣，飾內道場，尊爲教主。〔註79〕
>
> 玄宗時留心「玄牝」，未重「空門」，所司希旨，奏外國蕃僧遣令歸國。行有日矣。侍者聞之，智曰：「吾是梵僧……吾終不去。」

〔註75〕趙聲良著：《飛天藝術——從印度到中國》〔M〕，南京：江蘇美術出版社，2008年10月版，第4頁。

〔註76〕葛兆光著：《道教與中國文化》〔M〕，北京：人民出版社，1987年9月版，第324頁。

〔註77〕這一點，筆者在上文已有所提及，此處不再展開。

〔註78〕〔宋〕贊寧撰：《宋高僧傳》〔M〕，北京：中華書局，1987年8月版，卷一，《不空傳》，第8頁。

〔註79〕同上，卷二，《善無畏傳》，第20頁。

數日，忽乘傳將之雁門，奉辭，帝大驚，下手詔留住。〔註 80〕

李隆基爲了利用釋、道之間的矛盾，還曾在花萼樓召釋道二教論議：

> 開元十八年，於花萼樓對御定二教優劣，氤雄論奮發，河傾海注。道士尹謙對答失次，理屈辭殫，論宗乖舛。帝再三歎羨，詔賜絹五百匹用充法施。〔註 81〕

李隆基在宗教政策上下其手的手腕，確實厲害。因此，佛、道二教在玄宗執政時期，均在王權控制的範圍內，獲得了一定的發展空間。正所謂上行下效，玄宗手下重臣高力士也是個忠實的佛教徒。史書記載力士「於西京作寶壽寺，寺鐘成，力士作齋以慶之，舉朝畢集。擊鐘一杵，施錢百緡，有求媚者至二十杵，少者不減十杵」〔註 82〕。天寶時期上層貴族階層的奢靡生活，與佛教文化之間的密切關係，由此可見一斑。

唐代敦煌石窟壁畫上的飛天形象雖然主體爲女性，不過陳允吉先生還談到另外一個有趣的現象：

> 唐代藝術崇尚駢偶，如建築、舞蹈、詩歌、工藝美術莫不如此。莫高窟唐代飛舞圓滿具足的創造，無過於雙飛天形象的出現。雙飛天是由兩身姿態優美的飛天在空中追逐周旋，各自的舞蹈動作和情感傳遞都能得到對方的回響，兩個形象的組合就構成了一個靈動的空間。與單個飛天和飛天群相比，雙飛天顯然更符合於對稱均衡的原則，也更富有抒情味和音樂舞蹈美。〔註 83〕

「雙飛天」這種造型是印度傳統藝術的一大特點。印度教藝術中很多有關濕婆的印度教神的雕刻中，常有兩邊各雕成一組的雙飛天，藝術家有意強調男女性別特徵，表現兩者親昵歡愛的動作。這在古印度藝術中稱爲「豔情味」。其中阿瑪拉瓦提（古代南印度的佛教中心）尚存雕刻作品《伎樂天》中，有兩個天人分別演奏橫笛和琵琶，顯然是以音樂來供養佛的〔註 84〕。而琵琶與

〔註 80〕同上，卷一，《金剛智傳》，第 5 頁。

〔註 81〕同上，卷五，《道氤傳》，第 98 頁。

〔註 82〕〔宋〕司馬光著、〔元〕胡三省音注：《資治通鑒》（第八冊）〔M〕，北京：中華書局，1956 年版，卷二百一十六，唐紀三十二，玄宗天寶七載（七四八）第 6889 頁～第 6890 頁。

〔註 83〕陳允吉撰：《敦煌壁畫飛天及其審美意識的歷史變遷》〔A〕，《復旦學報》（社會科學版）〔J〕，1990 年第 1 期。

〔註 84〕趙聲良著：《飛天藝術——從印度到中國》〔M〕，江蘇美術出版社，2008 年 10 月版，第 4 頁。

橫笛恰恰是唐代敦煌飛天伎樂中手持的樂器。有學者指出：

隋唐時代是敦煌飛天完善的高峰，她們動感靈活、姿態豐富，所持樂器及演奏狀態，充分反映了當時的音樂水平。觀察此時樂伎飛天持奏的樂器主要有橫笛、篳篥、排簫、笙、胡角、琵琶、五弦、阮、箜篌、腰鼓、方響、鑼等，許多樂器延傳至今仍在使用。〔註 85〕

上面我們在文獻中曾提到，唐玄宗遊月宮聽仙樂，回來以後記譜吹奏的樂器就是玉笛。這裡再補充兩段資料：

唐玄宗自蜀回……遂命歌《涼州詞》，貴妃所製，上親御玉笛爲之倚曲。

明皇自爲上皇，嘗玩一紫玉笛。一日吹笛，有雙鶴下，顧左右曰：「上帝召我爲孔昇眞人。」未幾果崩。〔註 86〕

而楊貴妃與琵琶之間的關係，也有文獻上的記載：

有中官白秀貞，自蜀使回，得琵琶以獻……貴妃每抱是琵琶奏於梨園，音韻淒清，飄如雲外。而諸王貴主洎虢國以下，競爲貴妃琵琶弟子，每授曲畢，廣有進獻。〔註 87〕

時新豐初進女伶謝阿蠻，善舞。上與妃子鍾念，因而受焉。就按於清元小殿，寧王吹玉笛，上羯鼓，妃琵琶，馬仙期方響，李龜年篳篥，張野狐箜篌，賀懷智拍板。〔註 88〕

張祜的《玉環琵琶》詩也將楊貴妃與琵琶聯繫在一起：

宮樓一曲琵琶聲，滿眼雲山是去程。回顧段師非汝意，玉環休把恨分明。〔註 89〕

李、楊與眾梨園弟子的合奏樂器，與敦煌眾飛天手中的相合，這一組形象與阿瑪拉瓦提的《伎樂天》之間有異曲同工之妙。《長生殿》結尾，李、楊在月宮重聚，不正是一組「雙飛天」的造型嗎？從全劇來看，李、楊雙雙「飛升」月宮，既可看作盛唐時代最後的一抹輝煌，也可視爲大唐盛世不再的輓歌。

〔註 85〕石應寬撰：《敦煌飛天及古代音樂審美意識》〔A〕，貴州大學學報（藝術版）〔J〕，2007 年第 4 期。

〔註 86〕引自〔唐〕鄭處誨撰，田廷柱點校：《明皇雜錄》。

〔註 87〕〔唐〕鄭處誨撰：《明皇雜錄》。

〔註 88〕〔宋〕樂史撰：《楊太眞外傳》卷上。

〔註 89〕〔唐〕張祜：《玉環琵琶》，〔清〕彭定求等編、中華書局編輯部點校：《全唐詩》（增訂本）第八冊〔M〕，北京：中華書局，1999 年 1 月版，卷五一一，第 5888 頁。

作者所要抒發的興亡之感，由人物的飛天造型中，亦可窺得一斑。

劇本從案頭之作，最終要通過搬演成爲場上之曲，才能體現其價值與生命力。「楊貴妃聞樂」、「楊貴妃舞盤」的場上演出對飛天藝術的借鑒，並非毫無根據，戲曲舞臺實踐中，不乏演員借鑒佛教題材繪畫，在舞臺上進行表演的實例，梅蘭芳先生就有過這樣的經歷。在梅先生的回憶錄《舞臺生活四十年》一書中曾談到佛教題材劇《天女散花》編演的緣起：

> 《天女散花》的編演，是偶爾在一位朋友家裏，看到一幅《散花圖》，見天女的樣子風帶飄逸，體態輕靈，畫得生動美妙；我正在凝神欣賞，旁邊有位朋友說：「你何妨繼《奔月》之後，再排一齣《天女散花》呢？」我笑著回答說：「是呵！我正在打主意哩！」因爲這樣的體裁很適宜於編一齣歌舞劇。〔註90〕

當時的梅蘭芳已認識到繪畫藝術與舞臺表演之間的緊密關聯，正著手研習繪畫藝術，在一段時間的積累後，《奔月》和《葬花》兩齣戲裏的服裝與扮相，已經借鑒了繪畫藝術中的一些形象，而《天女散花》的編排更是直接取自於《散花圖》。這部戲的劇本是由齊如山、梅蘭芳根據佛教裏的《維摩詰所說經》編撰而成，又名《天女宮》。故事說的是維摩詰居士患疾，釋迦如來命天女至病室散花，以驗結習。天女至，維摩詰參禪說經，天女乃散花復命。梅先生演此戲時如此穿戴：

> 俊扮，貼兩條大柳，垂小髮穗，戴古裝頭套，梳古裝正髻，插水鑽大正鳳（梅插大珠花），穿無領小水衣，黃色繡花帔，繫白色繡邊花裙，穿白彩褲、白襪子、彩鞋。拿雲帚……尾聲：花籃，花鎬，花長彩綢。〔註91〕

這個「天女」形象與敦煌的飛天畫像正好相契合。梅先生回憶說：

> 敦煌的各種「飛天」的畫像，同《天女散花》裏的「天女」形象，現在一看竟有相似之處，我想敦煌雕刻的介紹對於戲劇會有很大的幫助。我們大家應該根據這些寶貴的資料，作深刻的研究，來豐富我們的人民戲劇，發揚我們的民族藝術。〔註92〕

〔註90〕梅蘭芳口述，許姬傳、許源來、朱家溍記：《舞臺生活四十年》（下）〔M〕，北京：團結出版社，2005年10月版，第474頁。

〔註91〕劉月美著：《中國戲曲衣箱——角色穿戴》〔M〕，北京：中國戲劇出版社，2006年10月版，第452頁。

〔註92〕梅蘭芳口述，許姬傳、許源來、朱家溍記：《舞臺生活四十年》（下）〔M〕，北京：團結出版社，2005年10月版，第476頁。

梅蘭芳先生能夠成爲藝術大師，這與他對各門藝術的深入鑽研是分不開的。有學者是這樣評論他的：

> 他對於事情的領悟能力不是屬於一學就會，一點就透，靈氣逼人的那一種，可是他一旦銘記在心就能夠細心揣摩、舉一反三，他常常認定自己「很笨」，其實笨也有笨的好處。〔註 93〕

對姐妹藝術的觸類旁通，刻苦鑽研，這就是個典型的例子。在《舞臺生活四十年》這部回憶錄中，梅先生還特地提到了《天女散花》中的舞蹈，最重要的《雲路》和《散花》兩場，都是連唱帶舞的，尤其是綢舞的一些動作編排，可謂是煞費苦心。長綢舞別具特色，堪稱梅蘭芳對京劇舞蹈的革新貢獻。《舞盤》一齣中楊貴妃「飛上翠盤」、「彩繡輕揚」，這身段、造型與梅蘭芳所飾演的「天女」何其相似。筆者以爲，她們的形象本源，都能在敦煌壁畫飛天中覓到蹤影，而這恰恰是當今舞臺表演應該繼承的一筆寶貴財富〔註 94〕。

4.3 謠曲中哀怨的「病貴妃」與喜慶的唐玄宗——李、楊形象及愛情故事在日本文化中的重塑

白居易的《長恨歌》在日本影響深遠，日本學者用本國的文化視角對其詮釋與解讀，得出的結論自然與中國學者的不盡相同。這種文化視角上的差異，對於理解中日古典戲劇中不同的李、楊形象及愛情表述，也是不無裨益的。相對於中國學者對《長恨歌》主題的多元闡釋〔註 95〕，日本學術界的觀點則傾向於「歌頌愛情」爲主，既吟詠玄宗皇帝對楊貴妃的愛之深，又抒發了失去貴妃的痛恨之情。其中有學者更是認爲：「《長恨歌》表現的是付出傾國的代價也在所不惜、跨越生死並貫徹如一的愛情。所以，這種感情應該是

〔註 93〕 么書儀著：《程長庚・譚鑫培・梅蘭芳——清代至民初京師戲曲的輝煌》〔M〕，北京：北京大學出版社，2009 年 1 月版，第 293 頁～第 294 頁。

〔註 94〕 臺灣的蘭亭崑劇團，別出心裁，將國立故宮博物院的國寶：《明皇幸蜀圖》與《長生殿》演出結合在一起，由李龜年指《明皇幸蜀圖》，引出天寶年間這段帝妃之愛。這齣戲有一個珠聯璧合的名字：《〈明皇幸蜀圖〉——經典崑劇〈長生殿〉》。

〔註 95〕 張中宇的：《白居易〈長恨歌〉研究》列舉了六種學術界的主要觀點，其中包括：愛情主題說、「隱事」說、諷喻說、感傷說、雙重及多重主題說以及無主題說與泛主題說。而作者自己的觀點則是「動之以情」的婉諷主題。有關論述參看張中宇著：《白居易〈長恨歌〉研究》〔M〕，北京：中華書局，2005 年 9 月版。

美麗並具有令人顫慄的魔力。」〔註 96〕日本學者對中國學者眼中顯而易見的政治因素基本忽略，從文學批評上也繼承了「日本文學與政治無涉」〔註 97〕的基本特點。《長恨歌》打動日本人心坎的，是愛情攝人心魄的魅力，及其最終不得圓滿的「長恨」，而這恰恰是最符合日本民族傳統的審美心理。

在以李、楊愛情爲題材的日本謠曲中，《楊貴妃》和《皇帝》都受到了《長恨歌》及《長恨歌傳》的影響〔註 98〕，尤其是《楊貴妃》，作品選取了「歌」、「傳」後半部分方士前往蓬萊的情節：

> 方士奉玄宗皇帝之命來訪楊貴妃的魂魄到蓬萊宮，當楊貴妃出現時，方士要求楊貴妃贈與見面的物證——釵。楊貴妃把玄宗贈給她的裝飾品以及跟玄宗發誓之言告訴了方士。並應方士的請求跳起了華麗的霓裳羽衣舞。不久，方士回去，楊貴妃也留下了眼淚。〔註 99〕

謠曲《楊貴妃》是一部悲劇作品。楊貴妃與唐玄宗陰陽相隔，無法相見，其哀怨之情溢於言表。這種哀怨也就自然而然地體現在其形象上。

《皇帝》中的楊貴妃則是以病態的形象出現：

> 楊貴妃患了重病，唐玄宗整日爲楊貴妃的病心焦如焚。這時出現了鍾馗的幽靈，他講述了自己科舉落第而自殺之事，唐代皇帝憐憫鍾馗，封賜了官，厚葬了鍾馗。爲此鍾馗的幽靈特來報恩，願意爲唐玄宗治療楊貴妃的疾病。鍾馗請唐玄宗將明皇鏡立於楊貴妃的枕邊，說過之後就離開了皇宮。病鬼出現在了明皇鏡中，

〔註 96〕以上觀點出自日本學者諸田龍美。引自〔日〕下定雅弘撰：《解讀〈長恨歌〉——兼述日本現階段〈長恨歌〉研究概況》〔A〕，《南開學報》（哲學社會科學版）〔J〕，2009 年第 3 期，第 78 頁。此外，後文出現有關下定雅弘的學術觀點，皆出自此文，不再出注。

〔註 97〕王向遠著：《中國題材日本書學史》〔M〕，上海：上海古籍出版社，2007 年 9 月版，第 33 頁，有類似觀點。翁敏華撰：《〈長生殿〉系列與系列外的〈楊貴妃〉》一文中也有類似的觀點。參看翁敏華著：《中國戲劇與民俗》〔M〕，臺北：學海出版社，1997 年 12 月版，第 474 頁。

〔註 98〕日本學者下定雅弘還指出，日本還流傳著由本國人撰寫的《長恨歌序》，而謠曲《楊貴妃》則是以《序》爲鋪墊創作的。有意思的是這篇序的結尾部分加了：「今世人猶言：『玄宗與貴妃處世間爲夫婦之至矣』」的美好結局。不過這樣的結局，只會深埋在人們心中，而不會在謠曲作品和能樂舞臺上展現。

〔註 99〕故事梗概出自《新潮日本古典集成》，轉引自〔日〕下定雅弘撰：《解讀〈長恨歌〉——兼述日本現階段〈長恨歌〉研究概況》〔A〕，《南開學報》（哲學社會科學版）〔J〕，2009 年第 3 期，第 80 頁。

唐玄宗要以劍刺殺病鬼的時候，病鬼的身影就消失了。恰在這時鍾馗的幽靈捉住了病鬼，殺掉了病鬼。由此楊貴妃的病就治癒了，鍾馗與唐玄宗相約，鍾馗成了楊貴妃的守護神，鍾馗的身影就消失了。〔註100〕

唐玄宗爲愛妃之疾心焦如焚，因此，表面上一個「鍾馗除鬼」的故事，其中還暗含著李、楊愛情的線索。總之，兩部作品中楊貴妃的形象較爲統一，均帶有不同程度的感傷色彩。

對於中日古典戲劇中楊貴妃形象的差異，學術界已有專文進行討論：下定雅弘認爲，謠曲中的楊貴妃是一位對玄宗摯愛不盡的極爲可愛的女主人公。而在中國，楊貴妃一直被看成壞女人。清代以後，才終於有了洪昇的《長生殿》之類表現純粹愛情女主人公楊貴妃形象的作品，其中最重要的原因有二個：

第一、中國詩歌中排斥戀愛的這一傳統成爲大家正確解讀此詩的一個障礙，使得大家不能感覺到《長恨歌》裏所表達的深切之愛，認爲《長恨歌》是批判李楊情愛的作品。

第二、在中國，天子被賦予絕對權力，同時也有絕對義務在身。而在日本，天皇並無統治的實權，所以日本人無法也不可能眞正理解中國人對「天子」那種人格要求。日本人只是從直覺感官出發，如實地把玄宗當作一個淒美愛情故事的主人公去體會玄宗和貴妃的這段感情。

這其實還是《長恨歌》研究「去政治化」後得出的學術成果。翁敏華的觀點與下定雅弘的基本相同，但在《長生殿》中楊貴妃的形象，是一個「純粹愛情的女主人公」這個觀點上，兩者的看法有著明顯的不同。翁敏華認爲，在中國本土的李楊愛情系列作品中，楊貴妃是以「美女加蕩婦」的雙重形象出現，這與中國的傳統社會性質有關。在論及中日戲劇對李楊愛情的不同處理上，她認爲，中國作品重李、楊「生戀」，反映了中國人重視實際、重視現世的文化心理；而能樂則將「死戀」展示給人看，歌頌忠貞不渝、超越生死的愛。楊貴妃的「純愛」形象，只有經過像能樂這樣的處理後方能形成。即便是《長生殿》這樣的佳作，對楊貴妃形象的處理也未能完全脫離窠臼〔註101〕。

〔註100〕張哲俊著：《中國題材的日本謠曲》〔M〕，銀川：寧夏人民出版社，2005年2月版，第219頁。

〔註101〕詳見翁敏華：《〈長生殿〉系列與系列外的〈楊貴妃〉》一文的相關論述。翁敏

總的來說，兩位學者已經從中日不同的文化背景及審美習慣出發，對兩國戲劇文學中的楊貴妃形象進行了梳理和比較。但是，對於謠曲中楊貴妃形象形成的文化背景，兩位學者的論述也留下了進一步探討的空間。

筆者在上文已經從道教文化的角度，解析了楊貴妃被民間附會爲蓬萊仙子與西王母的成因，及其不死傳說的形成。論及中日兩國的文化交流，「蓬萊」是一個無法繞過的關鍵詞，對於「蓬萊仙子」楊貴妃來說尤甚。日本作家渡邊龍策就曾提到，楊貴妃之墓的所在地久津，在日本有著「蓬萊之地」的名望。在日本各地，到處有稱作「蓬萊」的地方，而日本人對蓬萊的信仰，和楊貴妃有很大的關聯。他還認爲，楊貴妃在日本被附會爲熱田大明神的化身，其精神統合著蓬萊信仰和鎮護國家的信仰〔註 102〕。因此，如果探明蓬萊在日本文化中的特殊意義，也就自然能理解楊貴妃爲何在日本受到如此禮遇，而她的「哀怨」形象，不僅符合能樂「幽玄」的美學特徵，而且更具有文化闡釋上的空間和意味〔註 103〕。

眾所周知，日本選擇的文化之路，其難度是世界上少見的。儘管中日兩國語言極不相似，然而，由於歷史和地理的原因，日本人採用了從中國引入的書寫系統，以此來表達自己的語言。在日本，書寫漢字最初是由移民充任的書吏擔當，到了 7 世紀，少數日本貴族學者才慢慢開始閱讀和書寫漢字。因此，日本人對本國文化的想像和認同，在最初階段必定是受到了大陸文化的影響，尤其是體現在文獻典籍之中。中日之間的交流至少可以溯源到先秦時期，《山海經》卷十二《海內北經》記載：「蓋國在鉅燕南倭北，倭屬燕。」從現在的地理學知識上說，《山海經》中記述的倭的地理位置大致是正確的。《尚書・禹貢》中有：「島夷卉服，厥篚織貝」的記載，中國古代文獻中最初的倭國形象即與「島夷卉服」聯繫在了一起：「島夷」，有原始落後的意思；而「卉服」，在中國人的想像中指未經文明污染的純淨自然。因此，在中國文化中倭國的最初形象，就包含了原始野人的非人類形象與禮樂仙人的非人類

華著：《中國戲劇與民俗》〔M〕，臺北：學海出版社，1997 年 12 月版，第 463 頁～第 475 頁。

〔註 102〕〔日〕渡邊龍策著、閻肅譯：《楊貴妃復活秘史》〔M〕，石家莊：河北人民出版社，1987 年 8 月版，第 139 頁～第 149 頁。

〔註 103〕張哲俊的：《母題與嬗變——從〈長恨歌〉到〈楊貴妃〉》一文，曾提到過蓬萊仙境的出現，在謠曲《楊貴妃》中的意義。他指出：「（作品中）蓬萊仙境象徵意義的改變，使蓬萊並沒有成爲消解悲劇的因素」，「越是『長生」，便越是「長恨』」。《外國文學評論》〔J〕，1997 年第 3 期。

形象，並始終不同程度地存在於中國文學的發展過程之中〔註 104〕。

《後漢書·東夷傳》中設置了倭國傳，中國對倭國的瞭解也有了進一步地深入與發展。《後漢書·東夷傳》開篇即曰：

> 《王制》云：東方曰夷。夷者，柢也，言仁而好生，萬物柢地而出。故天性柔順，易以道御，至有君子、不死之國焉。夷有九種，曰畎夷、於夷、方夷、黄夷、白夷、赤夷、玄夷、風夷、陽夷，故孔子欲居九夷也。〔註 105〕

倭國居於九夷之一，故「言仁而好生」、「天性柔順」自然也體現了倭國的形象特徵。至於「君子不死之國」，說的也應是倭國。這裡的「君子」與「不死」是構築在儒家語境的基礎上，強調的是「仁」與「不死」之間的關係。倭人在生活習俗方面，如「女人不淫不妒。又俗不盜竊，少爭訟」；「男子皆黥面文身，以其文左右大小別尊卑之差」等均符合儒家意識中的規約，故仁者長壽。《後漢書》記載：「（倭國）多壽考，至百餘歲者甚眾。」能夠在當時有百歲之壽，確實也配得上「不死」的稱號。

先秦、漢唐時期方術道教盛行，時人以方術道教來注釋「君子不死之國」，又以之解釋道教神山。《後漢書·東夷傳》記載：

> 會稽海外有東鯷人，分爲二十餘國。又有夷州及澶州。傳言秦始皇遣方士徐福，將童男童女數千人，入海求蓬萊神仙不得，徐福畏誅，不敢還，遂止此州。代代相承，有數萬家人。

引文中的東鯷人也是倭人。東鯷與夷州、澶州都在東海，與方士所說的蓬萊仙境位置相同。地理位置上的相近，使得「君子不死之國」、倭國與道教蓬萊仙境三者產生了一定的關聯，再加之上文提到的，中國文化中倭國禮樂仙人的非人類形象，這些都是把倭國與神仙傳說聯繫起來的基礎。這些典籍上的記載，對於日本人對本國的認識，以及自我身份的認同，都起到了深遠的影響，在日本流傳甚廣的，與蓬萊仙境密切相關的「徐福故事」就是一例。

關於徐福東渡的歷史記載，《史記》、《三國志》、《後漢書》中均有記載

〔註 104〕有關倭國地理與形象的文化想像部分，參考了張哲俊著：《中國古代文學中的日本形象研究》〔M〕，北京：北京大學出版社，2004 年 4 月版，第 12 頁～第 19 頁。後面的論述對本書也有所借鑒，特此說明。

〔註 105〕〔南朝〕范曄撰、〔唐〕李賢等注：《後漢書》〔M〕，北京：中華書局，1965 年 5 月版，卷八十五，東夷列傳第七十五，第 2807 頁。後引「東夷列傳」有關內容，皆出自此版本，不再出注。

〔註 106〕。五代後周和尚義楚著有《義楚六帖》，該書《城廓・日本》一章，以來華僧人弘順的敘述爲藍本，講述了徐福如何東渡日本的故事：

> 日本國亦名倭國，在東海中。秦時，徐福將五百童男、五百童女止此國，今人物一如長安……又東北千餘里，有山名「富士」，亦名蓬萊……徐福至此，謂「蓬萊」，至今子孫皆曰「秦氏」。〔註 107〕

可見五代時期「徐福故事」在日本已經相當流行。在眾多日本的民間傳說中，徐福不僅爲人重情重義，而且還教日本人養蠶、紡織、耕作、造船和捕鯨等技能。在日本民間，他被視作日本文化的始祖神。徐福傳說在中日兩國文化的交流史上具有非凡的地位，究其原因，嚴紹璗認爲：

> 徐福東渡日本的故事，是中世紀時代，在日本的中國早期「歸化人」後裔尋根意識的幻覺表現。「歸化人」的後裔無從知曉自己眞實的祖先及歷史，但是，世代的實際生活卻又提醒他們身上存在著的中國人血統，時時產生尋「根」的意識。人們就把自己無法解開的迷惑，附會到了一個可以被附會的事件，這個事件，便是徐福求不死之藥的故事。〔註 108〕

「歸化人」認爲自身就是徐福當年所攜童男童女合婚的後裔，中國史書中的「三神山」就是「富士」，因爲富士山上，長滿了常春藤和不死草〔註 109〕。把富士山比附爲蓬萊，很可能是受到了大陸蓬萊仙話的影響。可以說，地理上的蓬萊與文化上的蓬萊相結合，體現了古代日本人對本國及其文化的一種想像和認同。蓬萊可以視作日本的代名詞。除徐福之外，傳說最多的中國歷史人物是楊貴妃。換句話說，楊貴妃最終替代徐福，成爲了可以代表蓬萊仙境以及日本的文化符號。這一方面是白居易詩歌中的描寫，激發了日本人對於蓬萊仙境的聯想；另一方面，這與日本人喜歡用女性形象表

〔註 106〕相關記載在第三章及本節中都有引用，且內容相似，此處不再贅引。

〔註 107〕轉引自嚴紹璗著：《中日古代文學關係史稿》〔M〕，長沙：湖南文藝出版社，1987 年 9 月版，第 281 頁。

〔註 108〕同上，第 288 頁。

〔註 109〕張哲俊曾對「不死草」的來歷作了一下論述：「十洲三島的祖洲、瀛洲、方丈、蓬萊皆位於東海。祖洲也是十洲三島之中與倭國關係較爲密切的一個仙境。祖洲上生長著不死草，這一仙草的傳說通過徐福東渡的故事，與倭國發生了聯繫。祖洲也就成了倭國的代稱之一。張哲俊著：《中國古代文學中的日本形象研究》〔M〕，北京：北京大學出版社，2004 年 4 月版，第 56 頁。

達自我有關〔註110〕。因此，分析謠曲中的楊貴妃形象，決不能脫離其背後蘊含著的豐富文化意蘊。

正因爲楊貴妃與日本文化有著那麼深的淵源，所以，日本人把楊貴妃這個大唐貴妃，視爲日本貴妃。雖然她的精神統合著蓬萊信仰和鎮護國家的信仰，但是日本人對貴妃更多的是寄予深深的同情，是一種夾雜著憐和愛的情感。這些情感直接體現在能樂謠曲中楊貴妃那哀怨、甚至病態的形象上〔註111〕。白居易筆下的貴妃之死令人嗟歎：「六軍不發無奈何，宛轉蛾眉馬前死，花鈿委地無人收，翠翹金雀玉搔頭。君王掩面救不得，回看血淚相和流。」貴妃以死換取君王的安全，當時的玄宗竟束手無策，只能痛苦掩面，任一切發生。楊貴妃那年輕美麗的生命曾驚豔地綻放，卻又在剎那間枯萎、凋謝。於死亡、消亡中感受到美，是日本人獨特的審美意識與理念，在日本文藝中，死與美融爲一體的文藝表象處處可見。楊貴妃在頃刻間命殞，對日本人來說，體現了死與美、無常與美結合的生命美學，更具有強烈的震撼力。日本佛教思想強調因果報應，以及世間固有的不和諧和短暫易逝，這無疑對能樂謠曲中楊貴妃形象的塑造也產生了影響：

> 楊貴妃：君王共賞花色好，昔日驪山春園中。世間幻化無定乃定規，如今卻在蓬萊秋洞裏。可憐孤自望月影，淚滴面頰濕衣袂，月如有情亦同泣。啊！往昔已去，何等令人思戀。
>
> 楊貴妃：遠古遙遙令人思，眾生始源無人曉。未來永永不見期，生死流轉終更渺。

這些詞句體現了佛、道的無常思想，折射出的是對人類生命的絕望認識。楊

〔註110〕〔日〕河合隼雄著、范作申譯：《日本人的傳說與心靈》〔M〕，北京：三聯書店出版社，2007年6月版，第31頁。此外，還有一個重要例證：日本歌舞伎演出《新三國志》，劇中的女主角原名爲玉蘭，後女扮男裝，戎馬倥傯，爲了方便起見，取一男性之名，名爲劉備。足可見，日本人心目中的女性地位有多高，能耐有多強了。

〔註111〕張哲俊認爲，楊貴妃「病態」形象的形成，與《長恨歌》及《長恨歌傳》的相關描寫有關。白、陳筆下的楊貴妃給人以強烈的病態感，病貴妃的形象應當是源於《長恨歌》。見張哲俊著：《中國題材的日本謠曲》〔M〕，銀川：寧夏人民出版社，2005年2月版，第222頁～第223頁。筆者認爲，《長恨歌（傳）》中如：侍兒扶起嬌無力」、「太液芙蓉未央柳」，「既出水，弱力微，若不任羅綺」等對楊貴妃的描寫，應該是突出楊貴妃在謁見君王時的嬌態和怯態。唐朝以胖爲美，試想一個病怏怏的貴妃，如何討得君王的歡心。白、陳筆下的楊貴妃，是對其嬌與怯的藝術化處理，而絕非病態。

貴妃的形象與其說是哀怨，更可稱之爲淒美〔註112〕。

楊貴妃在《長恨歌（傳）》中爲君王而死，在中國「君即社稷」的語境下，亦屬於爲國捐軀。在日本的傳說中，楊貴妃所「爲」之國竟成了日本。爲了破壞唐玄宗進攻日本的計劃，熱田大明神化身楊貴妃用美色迷惑唐玄宗，在她自縊之後，靈魂返回東海蓬萊，被祭祀在熱田的內天神社。後來，道士楊通幽奉唐玄宗之命尋找楊貴妃，來到日本熱田，與貴妃相見。回去把情況通報給玄宗，玄宗聽罷，因過度驚詫而猝死。這算在傳說裏爲楊貴妃報了仇〔註113〕。楊貴妃東渡日本後，又因協助孝謙女帝平亂，而被日本人尊崇爲護國神。作爲代表儺戲系統最高水準的能樂，《楊貴妃》的表演應該同時還兼具祭祀、鎮魂、安魂、禮魂等功能，因此，與中國那個豐碩、健美，生氣勃勃的大唐貴妃相比，謠曲中的楊貴妃的形象在哀怨、淒美之外，還平添了幾分宗教上的神秘色彩。

謠曲中的楊貴妃身處常世國蓬萊宮太眞殿。這是個中日合璧的名字。「常世」一詞，最早出現在《日本書紀》之「神代篇」，原意是永生的意思。常世之國曾被等同於「根之國」，也就是生活本源之國，死的世界。然而，常世在古代日本人心目中並不是一個晦暗的地方。《常陸國風土記》記載：「所謂水陸之府藏，物產膏腴之所。古人云常世之國，蓋疑此地。」把常世之國描繪成了一個桃花源般的世界。在平安時代以前的日本，常用「常世國」、「常世鄉」來表達仙人所在的神秘之地。隨著與唐朝交流的深化，傳說中常世的永生色彩，逐漸與中國的神仙思想相結合，常世國位與東方盡頭的想像，就是源於蓬萊思想。此後，蓬萊仙境開始替代常世國的稱謂，人們對仙境的向往逐漸又與青年的情愛相結合，並產生了不少神話故事與文藝作品。陳鴻筆

〔註112〕以上謠曲唱詞轉引自張哲俊撰：《母題與嬗變——從〈長恨歌〉到〈楊貴妃〉》〔A〕，《外國文學評論》〔J〕，1997年第3期。日本佛教對楊貴妃形象的影響不僅體現在謠曲中，在現實社會裏也有所表現。京都泉湧寺，由楊貴妃觀音堂，供奉著楊貴妃觀音像。據日本作家說，安史之亂後，玄宗爲了祈禱楊貴妃冥福，用香木製作成聖觀世音菩薩像，一五七九年，僧湛海留學中國時，從中國帶回。參看〔日〕渡邊龍策著、閻肅譯：《楊貴妃復活秘史》〔M〕，石家莊：河北人民出版社，1987年8月版，第143頁～第144頁。《長生殿·哭像》一齣中，楊貴妃之木雕像，也許與上述香木所製之像有關。

〔註113〕陳鴻的：《長恨歌傳》是這樣描寫玄宗之死的：「使者還奏太上皇，皇心震悼，日日不豫。某年夏四月，南宮晏駕。」與日本傳說中帶有貶義的驚詫猝死，還是有所不同的。

下的蓬萊，突出描繪了與人間相對的仙家之境：「上多樓闕，西廂下有洞戶，東向，闔其門，署曰：『玉妃太眞院』」，「於時，雲海沉沉，洞天日曉，瓊戶重闔，悄然無聲。」謠曲《楊貴妃》中的蓬萊仙境則是突出了其華麗優美：「宮殿盤盤更無際，莊嚴巍巍碧色輝；七寶處處金光閃。漢宮萬里長，長生驪山闊，不及蓬萊色。噢，此處實爲美景。」〔註 114〕無論是逍遙自在的仙家之境，還是華麗優美的蓬萊宮殿，楊貴妃對自己與玄宗的愛情始終不能忘懷。洪昇筆下的《長生殿》，李、楊二人最終月宮重聚，完全是中國式的「大團圓」結局；而謠曲中的楊貴妃則指只能孤獨地苦捱長生，且越是「長生」，便越是「長恨」，這與《長恨歌》中：「昭陽殿裏恩愛絕，蓬萊宮中日月長」的意境，無疑是相通的。謠曲《楊貴妃》中的李、楊愛情，留下了太多缺憾，是不完美的。這種「不圓滿的美」根植於日本文化土壤中的審美情感，以佛教的「無常」思想爲背景，可以看作日本中世以來所形成的「死之美」的延伸。

謠曲《楊貴妃》創作於十五世紀中葉，其對應的時期大約是中國明代的中葉。距離菅原道眞終止遣唐使（公元 893 年），已經有五百多年了，中日之間的文化交流逐漸趨淡。當時的日本室町幕府統治力脆弱，內亂不斷，統治著中世武家社會的封建制瀕於崩潰，莊園制趨於衰亡，社會處於大變動時期。最後，應仁之亂宣告日本中世紀的終結，日本從此進入了戰國時期。在對外關係上，社會紊亂，濫用武力，並形成了威脅中國和朝鮮的倭寇。雖然日本的文學與政治遠遠地脫離，但筆者還是生發出了文化意義上的聯想和解讀：即謠曲中楊貴妃對唐玄宗的思念，是否可以看作是曾經的文化上的「他者」——日本，對於「我者」——中國的一種文化上的懷念和依戀呢？是否也是對曾經的輝煌歲月一去不返的「長恨」呢？

與日本文學、戲劇中，承載了太多文化觀照的楊貴妃形象相比，唐玄宗形象身上的「文化包袱」明顯要輕了許多，因此能樂謠曲中的唐玄宗基本上是以喜慶吉祥的形象出現，這與其道教皇帝的身份也是不無關係。《鶴龜》就是具有代表性的例子。這部作品屬於祝福類的脅能物，作者不明。作品的故事背景在新春佳節之際：

> 侍臣：我乃是大唐玄宗皇帝的侍臣。當今皇上是位賢君，因此

〔註 114〕謠曲曲詞轉引自張哲俊撰：《母題與嬗變——從〈長恨歌〉到〈楊貴妃〉》〔A〕，《外國文學評論》〔J〕，1997 年第 3 期。

上，風和樹靜，民不閉户，眞個是太平盛世。因了這個緣故，四季節會從不怠慢，每次舉辦都極隆盛。這次春日節會也要演奏舞樂，連那千年丹頂之鶴，萬壽綠毛之龜，也將載舞載遊，果然是好一派昇平景象。〔註 115〕

有學者認爲「《鶴龜》可以用於各個朝代所有的天皇。從這個意義上唐玄宗沒有實際意義，龜鶴之舞與唐玄宗沒有多大的關係。作者將作品的背景設定爲唐玄宗時期，主要是與《長恨歌》有關。」〔註 116〕本書第三章曾專門論述過唐玄宗與道教文化之淵源，而「萬壽綠毛」龜與「千年丹頂」鶴，又都是道教的祥瑞長壽之物，所以，要說兩者沒多大關係，這結論未免有點草率。除了這一點之外，還能證明此處的皇帝應該是唐玄宗的，那就是本曲的另一個名字叫作《月宮殿》，估計是根據「唐玄宗遊月宮」的傳說附會出來的名字。而《長恨歌》中並未提到「遊月宮事」，這也從側面證明，此曲的主人公應是唐玄宗，而且並無牽強之處。此外，本曲中又提到了蓬萊仙境：

伴唱：（高長調）庭前耀眼金銀砂，（鶴龜在伴唱聲中從橋臺步入正臺）庭前耀眼金銀砂，床上玉白百重錦；琉璃爲門硨磲椽，瑪瑙作橋太液波；池水蕩漾鶴龜遊，蓬萊仙境又若何。多幸居此月宮殿，聖明君王厚恩澤。〔註 117〕

《山海經》中記載：「蓬萊山在海中：郭璞云『上有仙人宮室，皆以金玉爲之，鳥獸盡白，忘之如雲，在碧海中也』」〔註 118〕謠曲中的描寫明顯借鑒了《山海經》中的內容。再來看《海內十洲記》中對扶桑的記載：「（扶桑）地生紫金，丸玉如中夏之瓦石。」〔註 119〕在古人的地理觀念中，扶桑國即爲倭國，都屬於長生不死的神仙世界。在「皆金玉」這一點上，倭國也堪比蓬萊。謠曲中的唱詞恐怕是借蓬萊與月宮殿的對比，來誇讚本國（日本）的風土。鶴、龜

〔註 115〕申非譯：《日本謠曲狂言選》〔M〕，北京，人民文學出版社，1985 年 5 月版，第 14 頁～第 15 頁。

〔註 116〕張哲俊著：《中國題材的日本謠曲》〔M〕，銀川：寧夏人民出版社，2005 年 2 月版，第 77 頁。

〔註 117〕申非譯：《日本謠曲狂言選》〔M〕，北京，人民文學出版社，1985 年 5 月版，第 15 頁。

〔註 118〕袁珂譯注：《山海經全譯》〔M〕，貴陽：貴州人民出版社，1991 年 12 月版，第 260 頁。

〔註 119〕〔漢〕東方朔撰、王根林校點：《海內十洲記》上海古籍出版社編：《漢魏六朝小說選》〔M〕，上海：上海古籍出版社，1999 年 12 月版，第 69 頁。

和著伴唱翩翩起舞，皇帝也開始慢慢起舞：

> 伴唱：往昔佳例萬萬千，豈有禎祥似當前。青松不老稱少女，福如東海壽無邊。丹頂鶴遊綠龜舞，祝君高壽越千年。（鶴、龜向皇帝禮拜）參謁內庭表賀意，（鶴、龜在大臣上首落座）獻奏舞樂君開顏。（皇帝答拜）
>
> 〔奏樂〕
>
> 〔皇帝在原地起舞，然後和著伴唱邊舞邊行，到主角位坐定。〕
>
> 〔註 120〕

能樂作爲一種戲劇形式，集中體現動作及舞蹈中表達出來的人類情感，帶有強烈的宗教色彩。劇中的皇帝以及鶴、龜翩翩起舞，其舞姿也應有其特定的宗教內涵，但肯定是與祈祝新春吉祥，國運昌盛，政治賢明有關。因此，劇中的唐玄宗也自然被賦予了喜慶吉祥的意味。此外，謠曲中的唐玄宗還能逢凶化吉、遇難成祥。《皇帝》中的楊貴妃病了，鍾馗的幽靈爲了報玄宗的厚葬之恩，用明皇鏡抓住病鬼並殺之，楊貴妃的病痊愈了，鍾馗還作了楊貴妃的守護神。這部戲很可能是以《夢溪筆談》的記載爲藍本，並加入了鍾馗爲楊貴妃治病的情節捏合而成的。鍾馗用鏡捉鬼，在中國的道教文化裏，鏡子是道士做法、治病的主要法器。白居易有《百鍊鏡》一詩，記載了唐代揚州五月端午鑄鏡事，詩中曰：「江心波上舟中鑄，五月五日日午時」，端午乃是一個具有驅疾除疫色彩的道教節日，在這個特殊節日的正午鑄鏡，與先民的原始信仰不無關係。端午節，有的家門口貼上鍾馗捉鬼的畫像避邪，以保祐家庭平安。《開元天寶遺事》中記載了道士葉法善用鏡治病的故事：

> 葉法善有一鐵鏡，鑒物如水，人每有疾病，以鏡照之，盡見腑髒中所滯之物，後以藥療之，竟至痊愈。〔註 121〕

謠曲中驅儺的鍾馗，照鬼的明皇鏡，這些具有道教色彩的元素，與以上所提到的道教文化與信仰應該不無關係〔註 122〕。

〔註 120〕申非譯：《日本謠曲狂言選》〔M〕，北京，人民文學出版社，1985 年 5 月版，第 15 頁。

〔註 121〕〔五代〕王仁裕撰：《開元天寶遺事》〔五代〕王仁裕等撰、丁如明輯校：《開元天寶遺事十種》〔M〕，上海：上海古籍出版社，1985 年 1 月版，第 74 頁。

〔註 122〕張哲俊認爲，明皇鏡應當與漢代《洞冥記》中的青金鏡有關，明皇鏡功能的構思應該受到青金鏡的啓發。見張哲俊著：《中國題材的日本謠曲》〔M〕，銀川：寧夏人民出版社，2005 年 2 月版，第 231 頁。筆者認爲，明皇鏡的功能，其實是由鏡子在中國道教文化中的特殊作用決定的，未必是某一面鏡子。而

狂言，是一種和能樂演出有密切關係的喜劇形式。它可以作爲獨立的戲劇形式表演，也可以作爲幕間劇穿插在正劇中間，這種幕間表演，又稱「間狂言」。狂言的喜劇表演形式，決定了《唐相撲》中的唐玄宗一定是最具有「喜感」的中國皇帝：

> 一名日本相撲手在從唐土回國之前，在唐皇帝前表演相撲。最後與皇帝做對手，差點拉著皇帝的小腿將皇帝摔在地上，令文武百官大驚失色。最後多名臣子擡著皇帝下場。〔註 123〕

此處的唐皇帝就是李隆基，這個形象明顯帶有滑稽、搞笑的色彩，讓人忍俊不禁。不像君王，倒有幾分潑皮的味道。唐玄宗是盛唐一代明君，在狂言中竟然成了被戲謔、取笑的對象，這和謠曲《白樂天》中白居易被住吉明神用神風刮回中國的結局，有異曲同工之處。

同樣是以白居易的詩歌爲藍本，《長生殿》中的李、楊愛情，其結局是「鬧熱」的大團圓，而日本謠曲中的李、楊愛情卻是「冷清」的獨角戲；《長生殿》中琴瑟和諧的李、楊形象，到了日本戲劇中卻成了陰陽兩隔的「病貴妃」和「喜慶帝」。文化「改造」的魅力和魔力，由此得以管窺。

4.4 葫蘆裏走出了楊貴妃——韓國唱劇《興夫哥》裏的楊貴妃、葫蘆文化及其他

中日戲劇作品中不同的楊貴妃形象，體現了兩國在文化上的審美差異。有趣的是，韓國唱劇《興夫哥》中的楊貴妃，與李、楊愛情毫無關係，只是作爲一個充滿象徵意味的文化符號出現。

唱劇是韓國的「國劇」，是朝鮮民族特有的歌劇形式，形成於 17 世紀末到 18 世紀初，是由一種說唱藝術中脫胎而來。「唱劇」一詞，拼寫作「Pansori」，中文音譯叫做「盤騷裏」或「半索利」。據十八世紀中葉文人宋晚載《觀優戲》詩所載，共有十二篇劇本，其中的《興夫哥》就出現了楊貴妃，其故事梗概如下：

且，日本人的太陽神信仰中，把銅鏡看作天照大神神體的象徵，古代日本王權的神器，它同時也具有驅邪、升仙的功能。也就是說，明皇鏡的功能，早就源於日本先民的原始信仰之中，中國的道教文化與典籍，只是讓這樣的描寫更具合理性。

〔註 123〕翁敏華著：《中日韓戲劇文化因緣研究》〔M〕，上海：學林出版社，2004 年 3 月版，第 37 頁～第 38 頁。

> 興夫是一個窮農夫，他的哥哥獨佔了所有田地，什麼也不給弟弟。一天，心情憂鬱的興夫發現了一隻折斷了腿的燕子，便抱起它來，爲他包紮治傷。第二年，燕子送給興夫一粒葫蘆籽。葫蘆長得很大，到了秋天把它鋸開，裏面全是金銀財寶、房屋土地，最後竟然還走出了楊貴妃！興夫一夜之間便成了大富翁。哥哥看見了，眼饞嫉妒至極。他把那隻燕子捉來，弄斷了他的腿再治好，於是也得了一葫蘆籽。但他的葫蘆中，卻走出了手持奴婢文書的債主、乞丐和張飛等人。他一夜之間便身無分文了。〔註 124〕

《興夫歌》後來又發展成爲小說《興夫傳》，與《沈清傳》、《春香傳》並稱爲三大傳。關於這個故事的來歷，學界有不同的說法：有的認爲，「興夫故事」，大概是《酉陽雜俎》中新羅國童話《旁㐌兄弟》〔註 125〕的繼承和發展，是世界上最早的「兩兄弟型」故事〔註 126〕；也有學者認爲，「興夫故事」〔註 127〕是以「葫蘆和富人」爲核心發展起來的傳說，產生於蒙古，而後流傳到朝鮮，伴隨著變化進入日本並改變自己以適應當地「氣候」的國際性傳說類型〔註 128〕。關於這個問題，筆者限於篇幅不作深入討論，把關注點聚焦在《興夫歌》、《興夫傳》以及《旁㐌兄弟》之間的差異上。

在討論這三個故事之前，首先還必須要明確一點：中國與朝鮮半島自古地理接近，東北地區不僅與古朝鮮地區山水相連，而且民族雜居，且都以農業立國。相同的生產方式也決定了半島地區容易接受社會類型相似的中國文化。中國的殷商文化、儒家文化、道教文化，很早就傳入了半島地區，佛教也是中國再傳入半島地區。因此，朝鮮古典文學（亦可稱韓國古典文學）受

〔註 124〕故事梗概轉引自翁敏華撰：《從韓國「唱劇」看中韓古代演藝文化的交流》〔A〕，翁敏華著：《中國戲劇與民俗》〔M〕，臺北：學海出版社，1997 年 12 月版，第 526 頁～第 527 頁。日文版《興夫傳》裏，興夫哥哥的道白：「弟弟的葫蘆裏走出了楊貴妃，我的葫蘆裏一定會走出越國美女西施。」

〔註 125〕參看〔唐〕段成式撰：《酉陽雜俎》〔M〕，北京：中華書局，1981 年 12 月版，續集卷一，支諾皐上，第 199 頁。以下《旁㐌兄弟》的引文，均出自該卷，本書不再出注。

〔註 126〕本觀點參看〔韓〕權錫煥、〔中〕陳蒲清編著：《韓國古典文學精華》〔M〕，湖南：嶽麓出版社，2006 年 12 月版，第 361 頁。

〔註 127〕爲了讓本書論述更加明確，筆者將《興夫歌》、《興夫傳》這兩個非常相似的故事，統稱爲「興夫故事」。

〔註 128〕本觀點參看〔韓〕宋上光撰、穆仁譯：《蒙古和朝鮮民間故事之比較研究》〔A〕，《蒙古學信息》〔J〕，2001 年第 4 期。

中國文化思想影響頗深，也形成了儒、釋、道三教合一的基本思想格局，兩者之間關係密切。因此，只有在地理與文化思維方式相近這個基礎上，我們的分析才有進一步深入的可能。

篇　目	主要人物	故事起因	給予者、物品	回　報	懲　罰
《旁㐌兄弟》	旁㐌兄弟	兄求蠶穀種於弟，後稻穗忽爲鳥所折，銜去，旁㐌逐之。	鳥兒與一把金錐	所欲者隨擊（金錐）而辦。	群鬼乃拔其鼻，鼻如象而歸。
《興夫歌》	樂夫和興夫	弟弟興夫發現一隻折了腿的燕子，便抱起它來，爲它包紮治傷。	燕子與一粒葫蘆籽	金銀財寶、房屋土地、楊貴妃。	債主、乞丐、張飛，令其身無分文。
《興夫傳》	樂夫和興夫	小燕子的腳被蛇咬傷，掉在地下掙扎。弟弟興夫可憐燕子，就治療餵養它。	燕子與幾粒葫蘆籽	金銀寶物、糧食布匹、華麗的房屋。	童子、老和尚等人將其搶得身無分文。

相比之下，新羅時期的童話，故事情節比較複雜。和「興夫故事」有所不同的是，《旁㐌兄弟》的故事中，還加進了旁㐌問弟弟借蠶穀種養蠶種稻的情節線索，故事後半部分的發展也更加離奇，有鳥兒（並未指明是燕子）忽然將稻穗折斷並銜去。旁㐌隨鳥兒跟到一處石罅，恰遇群鬼以金錐鑿物爲戲，旁㐌拾得金錐而歸，從此便富甲一方。「興夫故事」在情節上明顯較前作簡單，但故事卻更加緊湊，集中反映了有關善、惡、財富、友誼和感恩等問題，隨著時代的變遷，佛教因果報應的色彩逐漸淡化。到了小說《興夫傳》，興夫不計前嫌，把樂夫夫妻接到自己家，還給他們造了大房子，樂夫最終懺悔，下決心要做個好人。結尾上的變化，使得小說中重視孝悌人倫的儒教意味明顯加強了。

儘管在不少細節上，《旁㐌兄弟》與「興夫故事」有所不同，但是其中蠶種、鳥兒等關鍵元素，使得這三個故事還是形成了有機的關聯。《旁㐌兄弟》中哥哥問弟弟借蠶種，「至蠶時，有一蠶生焉，日長寸餘，居旬大如牛，食數樹葉不足」。這裡的「樹葉」應該是桑葉，它與蠶寶寶快速生長之間有密切的關係。桑在上古先民的思維觀念中，有生殖崇拜的意味在其中。《春秋・元命苞》與《呂氏春秋》中分別記載了「姜嫄生稷」、「伊尹出生「的故事，均與桑有關。有關伊尹的故事，日後還演化爲一種生殖崇拜——空桑崇拜。自然而然的，桑林也和性、與生殖有關的場所聯繫在了一起。上古先民的巫術性思維中，認爲仲春時節，男女間的兩性關係會對植物生長產生影響。依照弗雷澤《金枝》中所提到的「交感巫術思維」的理論，人們相信，在桑林裏進行兩性交歡，就能確保桑葉的茂盛生長，於是就形成了「桑林淫奔」的古俗。故事中出現的鳥兒，也明顯帶有鳥圖騰與生殖崇拜的意味在其中，東方民族神話「玄鳥生商」中的「卵生」表明了鳥圖騰的原始性質——鳥卵和男性生殖器相似，符合圖騰崇拜所要求的生殖觀念〔註 129〕。桑和鳥都同樣與日神崇拜有著密切的聯繫。古代神話中，太陽升起時要登扶桑昇天，扶桑樹與長生不死相關。屈原的《離騷》是最早使用扶桑的作品：「飲余馬於咸池兮，總余轡乎扶桑。」《淮南子・天文訓》則曰：「日出於暘谷，浴於咸池，拂於扶桑。」這些作品中，扶桑成了太陽初升的象徵，屬於太陽神話的一部分。而飛鳥晨出暮歸，隨季節遷徙的特徵，是古人建立鳥神靈感的源泉。它既代表太陽的晨出，也代表春日的回歸〔註 130〕。這樣兩個具有相似性質的元素集中在一起，爲下半部分故事的發展作了鋪墊，不難想像，鳥兒銜走的「長尺餘」的稻穗，很可能就是後文「金錐」的變體：稻穗本身就寓有生長、成熟的意味，而「錐」可以視作男性生殖器的象徵，同樣是生產、生育的源泉；而金色，則暗含著日神崇拜的影子在裏面。

同樣的，「興夫故事」系列中的燕子和葫蘆籽，也都具有生殖崇拜的意味，它們與「葫蘆生萬物」的原始信仰有關。中國的葫蘆神話，其分佈呈半弧形，其中的雲南、廣西，正好是國內外學者肯定的「亞洲栽培稻起源地之一」；這一半弧形地帶，則是國外學者提出的與「絲綢之路」相似的栽培稻傳播到日本的路線——「稻米之路」〔註 131〕，稻作文化與葫蘆神話的形成

〔註 129〕郭沫若在《先秦天道觀之進展》中也提到：「無論是鳳還是燕子，我相信這傳說是生殖器的象徵，鳥直到現在都是生殖器的別名，卵是睾丸的別名。」郭沫若著：《郭沫若全集》歷史卷（1）〔M〕，北京：人民出版社，1982 年版，第 329 頁。

〔註 130〕王小盾著：《四神：起源和體系形成》〔M〕，上海：上海人民出版社，2008 年 6 月版，第 68 頁。

〔註 131〕李子賢撰：《傣族葫蘆神話溯源》〔A〕，游琪、劉錫誠主編：《葫蘆與象徵》〔C〕，北京：商務印書館，2001 年版，第 171 頁。

與傳播不無關係〔註132〕。因此，與「興夫故事」類似的傳說，中國也不少。流行於山東泰安的傳說故事《紅葫蘆》即是一例：善良的老二夫婦救了一隻摔斷腿的小燕子，並種下了燕子銜來的紅葫蘆籽，收穫了一個大大的紅葫蘆。鋸開葫蘆後，一位老頭吐了許多金子，使得老二發家致富；而不務正業的老大，鋸開葫蘆後，被裏面的白鬍子老頭戲耍，只得活活地受罪〔註133〕。葫蘆傳說還經常與洪水神話聯繫在一起，海南樂東縣昌化江流域流傳著這樣一個傳說：

> 遠古的時候，有兩個人，老宜善種瓜，老艾善種白藤。老宜種的瓜，前四次被老鼠吃了，第五次才又長出了芽，第十四天後，結了一個又圓又大的葫蘆，據說要用五個大嶺才能把葫蘆盛起來，葫蘆成熟後，他們剖開一看，裏面裝滿了許多東西，有人、牛、豬、雞、飛鳥、蛇、蜈蚣、穀子等等，應有盡有。事後，漫天陰雲，下了五天大雨，這時候出現一位巨人，牽起白藤，捆住葫蘆。洪水退了之後，五嶺不見了，巨人變成了山峰，只有葫蘆裏的兄妹和動植物保存了下來。然後，兄妹結婚，人類得以繁衍。〔註134〕

聞一多認爲，在這些洪水故事中「造人傳說，實是故事最基本的主題，洪水只是造人事件的特殊環境，所以應居於從屬地位，依照這觀點，最妥當的名稱該是『造人故事』。如果再詳細點，稱之爲『洪水造人故事』」〔註135〕。

至於葫蘆裏爲何走出了楊貴妃，《中國象徵辭典》裏「葫蘆」一詞的詳細釋義，對這個問題做出了間接的回答：首先，葫蘆象徵了人類始祖和保護神。雲南鎮源流傳著一個葫蘆神話說的是，洪水年代，世界上只有一個孤兒。一次，孤兒從一條小紅魚口裏得到一粒葫蘆籽，孤兒將它種在房外，結出了葫蘆，後葫蘆炸開，裏面走出一位美麗的姑娘，與孤兒結爲夫妻，人類得以繁

〔註132〕與中國「以農立國」相類似的朝鮮半島，不會不受到稻作文化的影響。《旁㐌兄弟》中出現稻穗的例子就是一個明證。

〔註133〕轉引自山曼撰：《葫蘆文化的民俗地位》〔A〕，游琪、劉錫誠主編：《葫蘆與象徵》〔C〕，北京：商務印書館，2001年版，第111頁～第112頁。本書有所刪節。

〔註134〕轉引自李露露撰：《海南黎族古老的水上交通工具》〔A〕，游琪、劉錫誠主編：《葫蘆與象徵》〔C〕，北京：商務印書館，2001年版，第49頁～第50頁。本書在引用中有所刪節。

〔註135〕聞一多撰：《伏羲考》〔A〕，聞一多著、田兆元導讀：《伏羲考》〔M〕，上海：上海古籍出版社，2006年版，第55頁。

衍〔註136〕。《興夫歌》中，從興夫種下的葫蘆裏走出的楊貴妃，很可能與興夫結爲夫妻，爲其生育子女〔註137〕；而樂夫種下的葫蘆裏走出的張飛，應該是走出來教訓他的，估計以老張的脾氣，下手輕不了。其次，葫蘆還是女性美的象徵。雲南鎮源一帶，若姑娘的胸部、腹部和臀部等部位的形狀與葫蘆相似，則被認爲是女性健康的表現，美的象徵，多子的徵兆，是男子擇偶的標準。這個觀念反映了原始母系氏族社會中婦女的崇高地位。盛唐貴妃，健碩豐腴，其形體特點，完全符合以上標準。因此，葫蘆賜予興夫的是一個眞正能夠給他帶來子嗣，且美豔異常的妻子，是對仁慈者的恩賜。此外，葫蘆還是愛情的象徵，姑娘和小夥傳遞愛情的信物上往往有葫蘆的圖案，楊貴妃與唐玄宗之間纏綿悱惻的愛情，足以讓葫蘆文化烙印上她的痕迹。

下面再從楊貴妃所蘊含的民俗文化積澱來詮釋和考察這個問題。上文提到，有學者認爲，「興夫故事」是新羅時期童話《旁㐌兄弟》的繼承和發展。新羅時期的朝鮮與中國，文化與貿易交往非常頻繁。白居易的《長恨歌》在新羅也廣爲流傳。楊貴妃被唐人附會爲西王母，杜甫《宿昔》詩曰「落日留王母，微風倚少兒」〔註138〕即是一例。像這樣的民間信仰，在文化交流的過程中亦會逐漸流傳開來。神話中原初的西王母是體現宇宙秩序的絕對者，也可以說它就是宇宙秩序和生命力。其直接表現就是，原初的西王母是以兩性共具的形式表現其絕對的權力，堪稱人類的始祖神。隨著絕對神信仰的減退，原初的西王母分裂爲各種各樣的互相對待的成對的神，其中包括西王母與東王公，伏羲與女媧，牛郎與織女等〔註139〕。聞一多指出：「然則伏羲與女媧，名雖有二，義實只一。二人本皆謂葫蘆的化身，所不同者，僅性別而已。稱其陰性的曰「女媧」，尤言「女匏瓜」、「女伏羲」也。葫蘆被視爲人類的始祖

〔註136〕劉錫誠、王文寶主編：《中國象徵辭典》〔M〕，天津：天津教育出版社，1991年12月版，第116頁。

〔註137〕《興夫歌》的故事梗概中，並未說明興夫是否結婚，因此此說極有可能成立；《興夫傳》的故事梗概裏，清楚地寫明興夫有妻兒，因此，楊貴妃也就不再出現葫蘆裏。《興夫傳》的故事梗概，參看〔韓〕權錫煥、〔中〕陳蒲清編著：《韓國古典文學精華》〔M〕，湖南：嶽麓出版社，2006年12月版，第359頁～第360頁。

〔註138〕〔清〕彭定求等編、中華書局編輯部點校：《全唐詩》（增訂本）〔M〕，北京：中華書局，1999年1月版，卷230，第2520頁。

〔註139〕此處關於西王母的論述，參看了〔日〕小南一郎著、孫昌武譯：《中國的神話和傳說》〔M〕，北京：中華書局，2006年11月版，第128頁。

〔註 140〕。從這個角度來看，楊貴妃和葫蘆其實是一體的，都是人類始祖神的象徵。既然葫蘆是人類的始祖神，那麼它與生殖崇拜之間也必然有密切的聯繫。葫蘆象徵母體，葫蘆崇拜也就是母體崇拜，象徵著繁育人類的子宮和母體的生殖力。葫蘆多子，是子孫繁殖的最好象徵。《詩經・小雅・瓠葉》曰：「幡幡瓠葉，採之亨之。」《詩經・大雅・緜》曰：「緜緜瓜瓞，民之初生。」其中的「瓠」和「瓜」，指的都是葫蘆，「民之初生」，即意味著葫蘆生人。葫蘆象徵人類繁衍這個古義，還在婚禮中有所體現。《禮記・昏義》詳細記載了古代結婚大典的過程。新娘來到夫家時，要「婿揖以入」，接著舉行婚禮，夫婦「共牢而食，合巹而酳；所以合體同尊卑，以親之也」。「巹」就是把葫蘆一分爲二成兩個瓢，「合巹」即象徵了夫妻「合體」。而被附會爲西王母的楊貴妃，自然也與生殖崇拜也有著千絲萬縷的聯繫，這一點，本書已經多次提到，此處不再展開。楊貴妃一心修道，葫蘆與道教文化也有著不解之緣。葫蘆是道士做法的法器，也是他們度脫凡人悟道的工具。湯顯祖《邯鄲夢》第四齣「入夢」，呂洞賓用枕讓盧生入夢，從而點化他。盧生的唱詞道：「緣何即留即漸的光明大，待俺跳入壺中細看他」〔註 141〕。枕即葫蘆的變體。類似的故事，還有葛洪《神仙記》中神仙壺公的傳說，壺公的壺，是葫蘆的變形物，每一個都蘊藏著自成格局的世界，源源不斷的財富。這些故事都具有較強的道教色彩，體現了人們離奇而又美麗的幻想，。因此，枕、壺還有葫蘆，這三者的文化意義都是相通的，可以相互代替。

隨著白居易《長恨歌》遠播新羅，想來，楊貴妃所居住的「海外仙山」、「蓬萊宮」，也給古代朝鮮人留下了深刻的印象。求道之人向往蓬萊仙境，葫蘆與其也有著不解之緣。前秦王嘉《拾遺記》卷一「高辛」條中記載：

> 三壺，則海中三山也。一曰方壺，則方丈也；二曰蓬壺，則蓬萊也；三曰瀛壺，則瀛州也。形如壺器。此三山上廣、中狹、下方，皆如工製，猶華山之似削成。〔註 142〕

把三山說成葫蘆形狀，其眞正的寓意是把他們比作仙境。其原因在於，葫蘆

〔註 140〕聞一多撰：《伏羲考》〔A〕，聞一多著、田兆元導讀：《伏羲考》〔M〕，上海：上海古籍出版社，2006 年版，第 59 頁。

〔註 141〕〔明〕湯顯祖著，李曉、金文京校注：《邯鄲夢記校注》〔M〕，上海：上海古籍出版社，2004 年 12 月版，第 30 頁。

〔註 142〕〔前秦〕王嘉撰、〔梁〕蕭綺錄、王根林校點：《拾遺記》，上海古籍出版社編：《漢魏六朝筆記小說大觀》〔M〕，上海：上海古籍出版社，1999 年 12 月版，第 498 頁。

成爲道家的法器和特殊標誌後，顯得越來越神秘，擔負的功能越來越多，便逐漸變成了神仙之境的代名詞。因此，楊貴妃從葫蘆（蓬壺）中走出，那是再恰當不過的了。

韓國唱劇《興夫歌》中的「葫蘆生人（楊貴妃）」，屬於人類起源神話中的「植物生人型」，這樣的傳說日本也有，如寶葫蘆的傳說。故事大意說的是：

> 有一位老頭，膝下沒有子女。一日，朝拜過清水觀音之後，老人得到了一隻葫蘆，從葫蘆裏跳出了兩個小孩，自稱是受觀音之命，以償老人之心願。此後，這兩個娃娃悉心伺候老人，葫蘆裏美酒佳肴，應有盡有，不久，老人變成了財主。後來，有一個馬販子，起了邪念，用錢和馬買了寶葫蘆，準備獻給侯爺邀功。沒想到，葫蘆到了他手裏，卻什麼東西都出不來，馬販子只能倉皇逃竄。老人和兩個葫蘆娃則過上了舒心、幸福的日子。〔註 143〕

很明顯，這也是一個關於善惡有報的故事，與「興夫故事」在情節結構上有相似之處。此外，在日本還流傳著一種「果生型」傳說，與「葫蘆生人」傳說相映成趣，桃太郎的故事就是一例。在早期的讀物中，桃太郎不是直接從桃子裏生出來，而是老奶奶吃了一個從上游漂來的很好看的桃子後，突然變得年輕並懷了孕，生下的孩子就叫桃太郎。這種類型的桃太郎故事稱爲「回復青春型」或「返老還童型」。日本學者認爲這種吃了桃子能變得年輕，並且長生不老的說法，很可能來源於中國有名的西王母與仙桃傳說。民間流傳著桃子是三千年開一次花而結出的靈異之果，桃太郎的故事應該與這樣的信仰有關。「仙桃長生」類故事在日本謠曲《西王母》和《東方朔》中也有所體現：前者說的是西王母向周穆天子獻仙桃的故事；後者的內容與前者相似，但是作品背景設置在漢武帝時期，東方朔引著西王母與女神從天而降，向漢武帝奉獻仙桃，祝其長壽〔註 144〕。上述「回復青春型」故事中，桃太郎的出生爲胎生，屬於平凡而普通的人間事項，奇異之處在於老人吃了桃子後變得年輕並懷孕。之後，桃太郎的故事進一步演化，桃太郎從「胎生」轉爲「果生」，也就是從桃子裏生出桃太郎，這種類型的桃太郎故事被稱爲「果生型」。「果

〔註 143〕此故事梗概參照了日本民間故事《寶葫蘆》，〔日〕關敬吾主編、連湘譯、紫晨校：《日本民間故事選》〔M〕，上海：上海文藝出版社，1983 年 5 月版，第 171 頁～第 173 頁。

〔註 144〕關於兩部謠曲的內容，參看了張哲俊著：《中國題材的日本謠曲》〔M〕，銀川：寧夏人民出版社，2005 年 2 月版，第 81 頁～第 93 頁。

生型」後來淘汰了「回復青春型」，出生方式的變化極大地改變了故事的趣味，使桃太郎故事更富有美麗的幻想意味。除了桃太郎外，日本還有從胡瓜中生出的瓜姬，從竹節中生出的竹姬的故事。把植物作爲生命母胎的信仰的最早源頭當屬「萬物有靈論」。就這樣，葫蘆裏走出的楊貴妃，把東亞三國的戲劇與傳說牽扯在了一起，其蘊含著的文化淵源，頗值得深思和玩味。

第五章　「鬧熱」背後的「冷清」

5.1「神道設教」與李、楊之「悔」——「白歌陳傳」佛、道思想在《長生殿》中的演進

上一章節，論及「白歌陳傳」與佛經文學變文之間的淵源，其中包括在結構體例上對變文的模仿，故事上對《歡喜國王緣變文》的借鑒，以及據《大目乾連冥間救母變文》爲原型，演化出「上窮碧落下黃泉，兩處茫茫皆不見」等詩句。不僅如此，《長恨歌》在藝術構思上，也貫穿著佛教因果緣起和苦空無常的人生觀：「漢皇重色思傾國，御宇多年求不得」，這在封建士大夫眼中，便是一個「惡因」，結出的則是具有毀滅性的「惡果」——「漁陽鼙鼓動地來，驚破霓裳羽衣曲」。「安史之亂」一場浩劫，盛唐逐漸走向衰敗，與國勢衰落相照應的還有君王自己晚景的淒涼，以及對貴妃的深深思念。李、楊二人陰陽相隔，留給他們的只有「天長地久有時盡，此恨綿綿無絕期」的嗟歎，以及對世事無常的感喟。這從一個側面也反映出中唐士大夫階層整體的惆悵與失落。然而，對李、楊愛情的「長恨」，盛唐氣象的衰微，陳鴻則以儒家之教概之曰：「意者不但感其事，亦欲懲尤物，窒亂階，垂於將來者也」，此說未免失之太簡，且略嫌突兀，與《長恨歌》的整體情感基調不諧，白居易將《長恨歌》放在「感傷類」而不是「諷喻類」即是一明證。不過，後世關於《長恨歌》主題的研討，「諷喻說」和「懲戒說」卻都有著一定的影響，這應該和中國自古以來「文以載道」的文學傳統不無關係。

與《長恨歌》所具有的佛教元素相比，其道教色彩更是濃鬱。詩歌的後半部分大膽地馳騁藝術想像，對道教蓬萊仙境的描寫，既神秘莫測，又令人

神往：「忽聞海上有仙山，山在虛無縹緲間。樓閣玲瓏五雲起，其中綽約多仙子」。另外，蓬萊宮的「金闕西廂」、「玉扃」，「珠箔銀屏」，給人以目不暇接、金碧輝煌之感。最値得一提的，便是詩的結尾處提及「七月七日長生殿，夜半無人私語時」，詩中的「七月七」日是道教作爲升仙的隱喻，是白居易深悉玄宗求仙心態的含蓄表達。按照道教的「齋法」，「七月七」爲「迎秋齋」，道教徒都要齋戒祭禱。同時，七月七，也是道教祖師張道陵獲授《盟威妙經》的日子，這和七夕傳說的時間正好吻合，故爲道教徒所津津樂道。李、楊七夕之盟，與兩人道教帝妃的身份相符，學界對七夕之盟存在的可能性，也作出了論斷〔註1〕。以上這些富有道教色彩的元素，爲《長恨歌》平添了不少瑰麗的藝術色彩。

不過，「白歌陳傳」中的佛、道元素更多地是對李、楊愛情的敘述起到烘託和點染的作用，作者注重的是借宗教的藝術構思，凸顯詩歌的審美效應與浪漫效果。其間，雖然有一定的「教化」意味，但是在「歌」、「傳」之中，與佛、道思想之間的聯繫並不緊密；此外，「歌」、「傳」主要是以文字、傳唱的形式在民間流傳，傳唱者大多爲倡妓。白居易在《與元九書》中提及：

> 及再來長安，又聞有軍使高霞寓者，欲娉倡妓。妓大誇曰：「我誦得白學士《長恨歌》，豈同他妓哉？由是增價。又足下書云：「到通州日，見江館柱間有題僕詩者，復何人哉？又昨過漢南日，適遇主人集眾樂娛他賓，諸妓見僕來，指而相顧曰：「此是《秦中吟》、《長恨歌》主耳。〔註2〕

《長恨歌》之流播程度可見一斑。然而，從「娛眾」的角度上說，諸妓於宴會、青樓之上吟唱《長恨歌》，受眾面難免狹窄。再加之，受體裁與篇幅的限制，「歌」、「傳」將著眼點主要放在對於李、楊愛情的描述上，對於大唐王朝盛極而衰的歷史教訓，「安史之亂」造成的嚴重後果，無法深入展開進行剖析，

〔註1〕許道勳、趙克堯兩位學者認爲，李、楊二人有「七月七」緱山之期，這在玄宗頒佈的《敕冀州刺史原復邊仙觀修齋詔》中有所體現。見許道勳、趙克堯著：《唐玄宗傳》〔M〕，北京：人民文學出版社，1993年1月版，第434頁。駱希哲在探討長生殿的性質與用途時就認爲；「白居易眞實地將玄宗和楊貴妃『七月七』盟誓用妙句「七月七日長生殿『記述而不用七月七日飛霜殿，足見白居易並不認爲長生殿是華清宮內的寢殿而是與祭神有關的殿。」見《對〈長恨歌〉中長生殿引發諸說之管見》〔A〕，《文博》〔J〕，2007年第6期。

〔註2〕朱金城箋校：《白居易集箋校》（第五冊）〔M〕，上海：上海古籍出版社，第2793頁。

只能單純地因襲「君王重色」、「紅顏禍水」等陳辭以蔽之，不能不說有些遺憾。「止按白居易《長恨歌》、陳鴻《長恨歌傳》爲之」的《長生殿》則彌補了「歌」、「傳」留下的這些缺憾。這集中體現在以下三個方面：

首先，《長生殿・自序》中說得明白，洪昇是「借天寶遺事，綴成此劇」，「然而樂極哀來，垂戒來世，意即寓焉」。在作品中，李、楊愛情與天寶年間的政局變幻緊密聯繫在了一起，各色人等隨情節發展紛紛出場：奸詐狡猾的安祿山，色厲內荏的楊國忠，極盡奢侈的三國夫人，忠義愛國的郭子儀等主要角色自不必說，就連直言進諫的郭老漢，罵賊死節的雷海青，彈詞說愁的李龜年，看襪斂財的老王婆等次要角色，也一個個生動形象，活靈活現。一部《長生殿》傳奇，堪稱一幅大唐王朝由盛至衰的歷史畫卷。同時，這宏大的歷史背景，坎坷的人物命運，驚心的家國動蕩，無常的人事變幻融合在一起，也加強了作品的深度和力度。尤其是作品中散發出的「興亡之感」，更是令經歷了王朝更替的民間大眾「心有戚戚焉」。如此浩繁複雜的情節內容，非傳奇的容量和表現手法無以承載。

其次，洪昇撰寫傳奇的目的，最終是爲了舞臺上的搬演。作品中闡述佛、道思想的載體——天上神祇，以一個個具體可感的藝術形象出現，感染著普通觀眾，從而爲營造良好的舞臺演出效果奠定了基礎。月中嫦娥，天上牛女，馬嵬土地本就是民間津津樂道的道教神祇，在劇中，這些神祇並不只是作爲陪襯出現，他們對於昭示情節走向，推動故事發展，促成李、楊二人最終月宮重聚，情證前盟，起到了相當關鍵的作用。就像古希臘神話中奧林匹斯山上的諸神一般，《長生殿》中的神祇也並非高高在上，不食人間煙火。他們與世人一樣，也有著七情六欲，也有著火熱心腸。尤其是下半部分出現的土地神，他雖然地位卑微，但卻有熱血一腔：《冥追》、《情悔》中，土地對楊玉環的遭遇深表同情，安慰她「這一悔能教萬孽清」，並發給楊玉環一紙路引，千里之內，任她魂遊；《神訴》中，他又極力向織女求情，痛陳楊玉環悔改之情，最終感動了織女，令玉環重歸仙位；《尸解》一齣，又是土地神，扶出玉環屍體，並令玉環元神入殼，「冷骨重生，離魂再合」。牛郎、織女在作品中的重要地位，上文已經有過論述。《慫合》一齣，也是多虧得牛郎一番美言，才讓織女消了氣，促成了李、楊重聚。仙人們身上透著的人情味，令觀眾感動，同時，也是《長生殿》取得成功的重要因素。

另外，戲曲「始於窮愁泣別，終於團圞宴笑」的雙重結構，與佛、道二教中的因果業報觀念有關。因果報應思想是國人自古以來就有的道德基準與信仰，也是儒、釋、道三教所共同弘揚的。儒家典籍《尚書・湯誥》中有「天道福善禍淫」之說；道教經書《太平經》中「善惡報應」被概括爲「善自命長，惡自命短」；六朝僧人慧遠作《三報論》、《明報應論》等文章，發揮了「現報」、「生報」、「後報」的三報理論，這些都對民間建立世俗道德規範產生了深遠的影響，作爲傳奇劇本的《長生殿》，還擔負著戲曲「高臺教化」的職能，而教化職能巧妙地與佛、道因果業報的思想相融合，恰是普通民眾最樂意接受的一種傳播方式。筆者用「神道設教」來概括劇本這一特徵，此語源自《易・觀》中：「聖人以神道設教，而天下服矣。」意思是統治者通過祭祀，借助神道的力量教化臣民，而使臣民懾服，天下歸心。《長生殿》中的佛、道思想對推動情節發展，塑造人物形象，樹立全劇主旨等都起到了至爲關鍵的作用。以「神道設教」這個方式完成對「白歌陳傳」佛、道思想的演進，還從側面反映了作者洪昇所接受的哲學思想，並與清初的時代風雲息息相關〔註 3〕。

把「神道設教」和中國古代小說聯繫起來進行研究，在學術界已經出了不少成果〔註 4〕，筆者認爲，此法對明清傳奇的研究同樣適用，尤其對《長生殿》研究來說，更是如此。先來看一下，「神道設教」與中國古代小說的聯繫及其作用：

> 古代小說三位一體的思想結構的另一表現形式是以儒家思想爲主導，以佛、道宗教思想作爲表現儒家思想或相關觀念的一種工具，一種輔助力量；儒與佛、道表現爲主從關係。這是古代小說思想結構的基本形式。這一形式主要導源於儒家「以神道設教」的思想。

唐宋之際三教合一，逐步調和，儒和佛、道彌漫交織，雙向互補：

> 作家一方面以儒家思想爲準繩，對進入作品的生活現象進行價值判斷，一方面又以佛、道宗教思想進行玄學哲思，力求探尋生活的深層底蘊。或者，以現實主義筆觸對人物的命運遭際進行描繪，

〔註 3〕以上論述部分參考了鄭傳寅撰：《精神的滲透與功能的混融——宗教與戲曲的深層結構》〔A〕，《戲曲藝術》〔J〕，2004 年第 25 卷第 4 期；孫遜著：《中國古代小說與宗教》〔M〕，上海：復旦大學出版社，2000 年 7 月版，第 238 頁。

〔註 4〕見張稔穰、劉連庚撰：《佛、道影響與中國古代小說的民族特色》〔A〕，《文學評論》〔J〕，1989 年第 6 期；孫遜著：《中國古代小說與宗教》〔M〕，上海：復旦大學出版社，2000 年 7 月版；吳光正撰：《神道設教：明清章回小說敍事的民族傳統》〔A〕，《文藝研究》〔J〕，2007 年第 12 期。

又以佛、道宗教思想解釋造成人物特定命運的宿因。作品中既充斥著現實生活的眞實圖景和儒家思想觀念，又彌漫著佛、道宗教思想氣氛。〔註5〕

從文本的角度分析，《長生殿》的主題與內容，包含了儒、釋、道三教的思想，並被洪昇巧妙地糅合在一起。吳光正指出：「下凡歷劫，悟道成仙，成仙考驗和濟世降妖則是道教仙語的四大敘事母題，也是道教仙語的四大核心故事類型。色欲考驗與因果報應是佛教佛語的兩大敘事母題，也是佛教兩大核心故事類型，分別是佛教禁欲思想和果報理論的神語——文字再現。」〔註6〕筆者著重從佛教的因果報應觀念與李、楊「下凡歷劫」（道教），痛「悔」其過這兩個角度展開論述。

先請看下表：

	安祿山	楊國忠及三國夫人	郭子儀	梨園弟子
《長恨歌（傳）》	天旋日轉回龍馭（暗示祿山已滅）；傳曰：明年，大凶歸元，大駕還都。	國忠奉氂纓盤水，死於道周。	未提	梨園弟子白髮新。
《楊太眞外傳》	至德二年，既收復西京。（暗示祿山已滅）	國忠被誅，虢國夫人「血凝其喉而死」。	未提	翌日，力士潛求於里中，因召與同去，果梨園弟子也。
《唐明皇秋夜梧桐雨》	第四折，（正末上，云）太子破了逆賊，即了帝位。	第三折，眾殺國忠。	未提	未提
《驚鴻記》	第三十三齣《大駕還宮》借房琯之口道：「賊寇盡滅」。	第二十七齣《馬嵬殺妃》中交代，國忠被誅。	第三十二齣《靈武破賊》、第三十三齣《大駕還宮》均齣現，進爵汾陽王。	未提

〔註5〕以上兩段引文摘自張稔穰、劉連庚撰：《佛、道影響與中國古代小說的民族特色》〔A〕，《文學評論》〔J〕，1989年第6期。

〔註6〕吳光正著：《中國古代小說的原型與母題》〔M〕，北京：社科文獻出版社，2002年10月版，第13頁～第14頁。

	安祿山	楊國忠及三國夫人	郭子儀	梨園弟子
《彩毫記》	第三十二齣《官兵大捷》，借報子之口報「安祿山被賊子安慶緒弒死了。	未提	第三十二齣《官兵大捷》中，誅滅史思明。	第二十三齣《海青死節》中，海青被剮。
《天寶曲史》	下卷《收京》一齣交待：「祿山被其子安慶緒同李豬兒謀殺。	下卷《投繯》一齣，國忠與秦國、韓國夫人等三人被誅。	下卷《收京》一齣率官兵剿賊。	下卷《罵賊》一齣，雷海青死節。
《長生殿》	第三十四齣《刺逆》，李豬兒奉安慶緒之命，刺死安祿山。	第二十四齣《埋玉》，交待楊國忠被殺；第二十七齣《冥追》，交待虢國夫人之魂被拖進枉死城，楊國忠之魂則進了酆都城。	第三十五齣《收京》，郭子儀平亂進京，收拾殘局。	第二十八齣海青《罵賊》，第二十八齣李龜年《彈詞》說舊事。(《私祭》結尾，李龜年現身。)

從上表中不難看出，《長生殿》是有關「李、楊愛情」的主要文學作品中，對各色人物的結局，交待得最完整的一部。其中的反面人物尤甚：如楊國忠和虢國夫人，不僅被官兵殺死，到了陰曹地府，還要被群鬼捉到酆都城和枉死城：

〔南江兒水〕豔治風前謝，繁華夢裏過。風流誰識當初我？玉碎香殘荒郊臥，雲拋雨斷重泉墮。〔二鬼卒上〕哇！那裡去？〔貼〕奴家虢國夫人。〔鬼卒笑介〕原來就是你。你生前也忒受用了，如今且隨我到枉死城中去。〔貼哭介〕哎喲，好苦呵！怨恨如山堆垛。只問你多大幽城，怕著不下這愁魂一個！

〔南僥僥令〕〔副淨扮楊國忠鬼魂跑上〕生前遭劫殺，死後見閻羅。〔牛頭執鋼叉，夜叉執鐵錘、索上攔介〕〔副淨跑下〕〔牛頭、夜叉復趕上〕楊國忠那裡走！〔副淨〕呀，我是當朝宰相，方才被亂兵所害。你每做甚，又來攔我？〔牛頭〕奸賊，俺奉閻王之命，特來拿你。還不快走！〔副淨〕那裡去？〔牛頭、夜叉〕向小小酆都城一座。教你去劍樹與刀山尋快活。

楊國忠、虢國夫人生前驕妄無比，目中無人，到了陰森可怖的冥間還要繼續遭罪，這種震懾效果比起普通的宣教來不知強出多少；對於安祿山，作品更是用了整整一齣的內容，交待他是如何被自己親人和寵愛的太監聯手謀殺的。祿山出場，先是交待他戰場失敗沉湎酒色，雙目失明已成廢人：

> 〔淨作醉態，老旦、中淨、二宮女扶侍，二雜扮內侍、提燈上〕〔淨〕孤家醉了，到便殿中安息去罷。〔雜引淨到介〕〔淨坐介〕〔二雜先下〕〔淨〕宮娥，段夫人可曾回宮？〔老旦、中淨〕回宮去了。〔淨〕看茶來吃。〔老旦、中淨應下〕〔淨作醒歎介〕唉，孤家原不曾醉。只爲打破長安之後，便想席卷中原。不料各路諸將，連被郭子儀殺得大敗，心中好生著急。又因愛戀段夫人，酒色過度，不但弄得孤家身子疲軟，連雙目都不見了。因此今夜假裝酒醉，令他回宮，孤家自在便殿安寢，暫且將息一宵。

然後便是李豬兒行刺：

> 〔內打四更介〕殘更頻報，趁著這殘更頻報，赤緊的向心窩刺一刀。〔刺淨急下〕〔淨作大叫一聲跌地，連跳作死介〕〔老旦、中淨驚醒介〕那裡這般響動？〔看介〕啊呀，不好了！〔向外叫介〕外廂直宿軍士快來！〔四雜軍上〕爲何大驚小怪？〔老旦、中淨〕皇爺忽然夢中大叫，急起看時，只見鮮血滿身，倒在地下。

想那安祿山，在《長生殿》上半部分專橫跋扈，壞事做絕。如今落得個眾叛親離，慘死刀下，眞可謂大快人心。當然，作品中郭子儀拳拳衛國，終得旌表；海青、龜年雖身爲藝人，地位不高，但是前一個痛罵反賊，英勇死節；後一個彈詞說愁，追悼國事。二人的行爲可圈可點，堪稱世人表率。對這些作惡者「惡有惡報」，行善者「善有善果」的具體呈現，符合百姓的道德觀念與審美期待，是洪昇高明的地方，也是《長生殿》舞臺搬演超過前作之處。

《長生殿·重圓》一齣，點明李、楊二人仙身，「本係元始孔昇眞人，蓬萊仙子，偶因小譴，暫住人間。今謫限已滿……命居忉利天宮，永爲夫婦」。引文體現了道教的「謫世」觀念。但「謫世」原本指天上神仙直接謫降至人世，開始從空中而來，最後復淩空而去。後這種「謫世」說又糅合進了佛教的「轉世」說，演變爲上界仙人重新託生於人世的模式〔註 7〕。《長生殿》中

〔註 7〕孫遜著：《中國古代小說與宗教》〔M〕，上海：復旦大學出版社，2000 年 7 月版，第 280 頁。

的李、楊，就應該屬於這種情況。佛、道「轉世」、「謫世」觀念對於古代小說結構模式上的意義，有學者專門指出：佛、道「轉世」、「謫世」觀念作爲一種結構形式，它使我國古代小說取得了一定的時空自由，從而增加了小說的容量和表現力；提供了一種宗教的人生關懷，並使其中的佼佼者具有一種哲學的意味；還使得我國古代小說在結構上具有迴環兜鎖、圓如轉環的特點，從而形成了我國古代小說特有的形式美感〔註8〕。這些特點也同樣適合用於對《長生殿》的研究與分析，此處不再展開。孔昇眞人和蓬萊仙子託生於李、楊，下凡歷劫而後重歸仙班，其關鍵在於二人之「悔」，正應了土地神「一悔能教萬孽清」的話了。

楊玉環之悔，起於《埋玉》一齣。馬嵬兵變，楊玉環爲保護君王，主動赴死，死前還不忘讓佛超度她：

（轉做到介）（丑）這裡有佛堂在此。（旦作進介）且住，待我禮拜佛爺。（拜介）佛爺！佛爺！念楊玉環呵，

〔中呂過曲〕〔越恁好〕罪孽深重，罪孽深重，望我佛超度咱。

《舊唐書》中對楊於環之死作以下描述：「帝不獲已，與妃訣，遂縊死於佛室。時年三十八，瘞於驛西道側」。〔註9〕但同一件事，與《新唐書》相比照，在細節上就有了些小出入：「帝不得已，與妃訣，引而去，縊路祠下，裹屍以紫茵，瘞道側，年三十八」〔註10〕。很明顯，楊玉環死的地點是不一樣的，「佛室」和「路祠」不能混爲一談。洪昇取《舊唐書》的說法，讓楊玉環在劇中命殞佛堂，這與洪昇本人與佛教的淵源，以及《長生殿．自序》中所體現的佛教題旨也是一脈相承〔註11〕。第二十七齣《冥追》，在看到楊國忠和虢國夫人在陰間受到的

〔註8〕同上，第283頁～第285頁。關於《長生殿》的對稱結構和前後照應，曾永義先生已經有專文論述，此處不贅。見曾永義著：《〈長生殿〉研究》（增訂本）〔M〕，臺北：臺灣商務印書館，1980年2月版，第59頁～第64頁。

〔註9〕〔後晉〕劉昫等撰：《舊唐書》〔M〕，北京：中華書局，1975年5月版，卷五十一，第2180頁。〔宋〕樂史撰：《楊太眞外傳卷下》則有「力士遂縊於佛堂前之梨樹下」的敍述，對於楊貴妃殞命的地點，兩者基本是一致的。

〔註10〕〔宋〕歐陽修撰：《新唐書》〔M〕，北京：中華書局，1975年2月版，卷七十六，第3495頁。

〔註11〕在1688年洪昇完成《長生殿》之前，曾多次遊歷佛寺（22歲時，即與仲弟昌及好友陸寅游學於南屏僧舍，31歲遊佛日寺，34歲寓武康時曾遊烏回山寺、竹隱寺），且與僧人智樸相交甚篤（洪昇37歲時曾往晤盤山釋智樸，41歲時還作詩，感謝智樸寄贈黃精）。這些無疑會對洪昇的創作產生影響。以上事例分別見章培恒著：《洪昇年譜》〔M〕，上海：上海古籍出版社，1979年2月版，

種種報應，玉環從內心感到震懾，不由產生了主動的懺悔意識：

〔北收江南〕呀，早則是五更短夢瞥眼醒南柯。把榮華拋卻只留得罪殃多。唉，想我哥哥如此，奴家豈能無罪？怕形銷骨化懺不了舊情魔。且住，一望茫茫，前行無路，不如仍舊到馬嵬驛中去罷。

此處之「悔」，悔在對榮華富貴的貪戀，如今則要拋卻榮華，洗心革面。與「欲悔」相對應的則是「情悔」：

〔前腔〕對星月發心至誠，拜天地低頭細省。皇天，皇天！念楊玉環呵，重重罪孽，折罰來遭禍橫。今夜呵，懺愆尤，陳罪眚，望天天高鑒，宥我垂證明。只有一點那癡情，愛河沈未醒。說到此悔不來，惟天表證。縱冷骨不重生，拚向九泉待等。那土地說，我原是蓬萊仙子，譴謫人間。天呵，只是奴家恁般業重，敢仍望做蓬萊座的仙班，只願還楊玉環舊日的匹聘。

楊玉環低頭自省，抒發了對自己沉溺於情欲的悔恨，這種由耽於「情欲」到痛心「情悔」的內心掙扎，充分體現了楊玉環個人的自我舊贖，也爲第三十三出土地向織女訴說楊玉環悔過，以及織女赦免楊玉環埋下了伏筆。

其實，有關楊玉環身份與命運的信息，在《長生殿》上半部分就已「泄露」：第十齣《疑讖》，新豐館大酒樓上，郭子儀發現了術士李遐周的四句詩，「燕市人皆去，函關馬不歸。若非山下鬼，環上繫羅衣。」安祿山造反，楊玉環馬嵬坡縊死等相關情節，此處已埋有伏筆。下半部分郭子儀「收京」(《收京》)，重提此事，方將謎團解開；第十一齣《聞樂》，嫦娥口中道出「楊玉環前身原是蓬萊玉妃」，眾仙女「縱彈舌尖玉纖韻添」，可當時的楊玉環尚貪戀富貴，劫數未盡，故「驚不醒人間夢魘，停不住天宮漏簽」。等楊玉環復位仙班之後，天上佳音，已成就人間佳話，此曲自然要重歸天庭，於是才有仙女寒簧索譜〔註12〕；第二十二齣《密誓》，天寶十載七夕，李、楊月下盟誓，羨煞天上牛、女。然天孫卻道：「只是他兩人劫難將至，免不得生離死別。若果

第72頁、第144頁、第171頁、第204頁、第232頁。《長生殿·自序》中「雙星作合，升忉利天」，「情緣總歸虛幻」，「蘧然夢覺」等句，帶有很強的佛教意味，與佛教中「空」的理念完全一致。

〔註12〕在《長恨歌傳》、《楊太眞外傳》中均提到楊玉環「進見之日，(宮中)奏《霓裳羽衣曲》」的情節。此曲與「釵、盒」均是貫穿全劇的線索。以「釵盒之盟」爲始，「《霓裳》重奏」爲尾，結構安排上顯得錯落有致，避免了重複，顯示出洪昇巧妙的藝術構思。寒簧索曲事，見第四十齣《仙憶》；《霓裳》重奏事，則見第五十齣《重圓》。

後來不背今盟，決當爲之綰合。」第四十四齣《慫合》，上元二年七月七夕，牛、女見面又憶舊事，牛郎在天孫面前爲李隆基求情，方令得二人月宮重聚〔註13〕。從上述情節不難看出，道教術士、天界仙人，在楊玉環重返仙籍的過程中起到了主要作用，眞是屬於「神道教化」。

和身爲妃子的楊玉環不同，一國之君的李隆基除了「情悔」之外，還要「政悔」——爲他在政治上的昏庸與不作爲後悔。而在這方面「教化」他的，也並非仙界神祇，只是一個普通的扶風老漢郭從謹。郭從謹爲皇上獻飯，故能直面君王，直陳朝弊：

> （外）陛下，今日之禍，可知爲誰而起？〔生〕你道爲著誰來？（外）陛下若赦臣無罪，臣當冒死直言。〔生〕但說不妨。〔外〕只爲那楊國忠呵。
>
> 〔前腔換頭〕猖狂，倚恃國親，納賄招權，毒流天壤。他與安祿山，十年構釁，一旦裏兵戈起自漁陽。〔生〕國忠構釁，祿山謀反，寡人那裡知道？〔外〕那祿山呵，包藏禍心日久，四海都知逆狀。去年有人上書，告祿山逆迹，陛下反賜誅戮。誰肯再甘心鐵鉞，來奏君王！
>
> 〔生作恨介〕此乃朕之不明，以致於此。
>
> 〔前腔換頭〕斟量，明目達聰，原是爲君的理當察訪。朕記得姚崇、宋璟爲相的時節，把直言數進，萬里民情，如在同堂。不料姚、宋亡後，滿朝臣宰，一味貪位取容。郭從謹呵，倒不如伊行，草野懷忠，直指出逆藩奸相。〔外〕若不是陛下巡幸到此，小臣那裡得見天顏？〔生淚介〕空教我噬臍無及，恨塞饑腸。

郭從謹的一番肺腑之言，令李隆基痛悔不已，簡直無地自容。原來「爲君的理當察訪」，體恤民情，不料，卻在倉皇幸蜀的路上，才得以與百姓相見。洪

〔註13〕作品中李、楊七夕定情，是在天寶十載（公元751年）。徐朔方先生指出這不符合史實。他認爲「從李、楊愛情故事看來，《密誓》可說是一次新的《定情》，則又不能太遲」，所以作者如此安排；其實《慫合》一齣的時間定在上元二年七夕，李、楊月宮團圓，應該是同年的八月十五，也就是公元761年8月。可是，史實卻是李隆基死於寶應元年（公元762年4月）。因此，戲曲文學有其自身的時間邏輯，之所以故意與史實不符，恐怕作者本意就是不讓後人將其與眞實的歷史事件或歷史劇畫上等號，有提醒和間離的效果。後世的研究者，也應該盡量揣摩作者的心思，莫辜負了其一番深意。

昇如此安排，用意頗深。朝政的衰微，同時也造成了君王的無力，連保護自己心愛的女人都力所不及：

〔脱布衫〕羞殺咱掩面悲傷，救不得月貌花龐。是寡人全無主張，不合呵將他輕放。

〔小梁州〕我當時若肯將身去抵搪，未必他直犯君王；縱然犯了又何妨，泉臺上，倒博得永成雙。

洪昇筆下的李隆基，悔恨自己政治上的荒廢，悔恨自己關鍵時候的猶豫。其實，作者所要傳遞的題旨就是：「政悔」和「情悔」對於一朝之君來說，根本就是不可割裂的一回事情，「政荒」必定造成「情毀」，這是毫無疑問的。而楊玉環耽於情欲，也是造成「政荒」的一個因素。李隆基爲「色」所惑，楊玉環爲「欲」所迷，佛教故事中「色欲考驗」的母題，恰恰是二人沉溺紅塵，不能幡然醒悟的魔障。作品下半部分，用了大段的篇幅，著力表現李、楊之「悔」，足可見作者對色欲禍國，色欲亡身的後果有多麼痛心疾首。洪昇在《山中寄朱若始》中有「餘生漸悔浮華誤」的詩句，那麼，究竟洪昇所指「浮華」爲何，而他又爲何要「悔」，他的「悔」與李、楊之「悔」間是否存在關聯，這還得從洪昇的師承，以及清初前朝遺民的文化思潮說起。

洪昇出身錢塘望族，父親與族叔也是先朝遺民，他們和當時錢塘的名流「西泠十子」交往頻繁，洪昇以子侄輩的身份處於其間，自小耳濡目染，深受他們的薰陶。洪昉思二十二歲以前，在家鄉所受的教育，大多來自「十子」，其中，毛先舒更是對他悉心點撥。說到毛、洪二人的師承關係，論者大多會提及毛先舒在音韻知識與道德修養方面對洪昇的諄諄教誨，這對於《長生殿》創作及昉思爲人處事都有著潛移默化的影響〔註 14〕。而毛先舒在個人修養方面學說上的主要特色，便是「物欲格去」說，其理論闡述如下：

人禽狂聖之攸分，理欲而已。欲盡則還於理，故古人於大學功夫，必先教人格去物欲，聖經所謂格物是也。今人但能去物欲，則此中自然虛明，則致知也。人之意不誠而心不正者，只爲多欲而中昏耳。欲去而中且虛名，則意自誠，心自正矣。功夫一貫而來，簡易直捷。若作窮致事物之理，反繁難而委曲矣。〔註 15〕

〔註 14〕相關內容可參看冷桂軍撰：《毛先舒對洪昇的教誨及對其創作的影響》〔A〕，《蘇州大學學報》（哲學社會科學版）〔J〕，2006 年 11 月第 6 期。

〔註 15〕《蕠書》，卷 5，《格物說》，頁 695。轉引自〔日〕荒木見悟著、廖肇亨譯：《明末清初的思想與佛教》〔C〕，上海：上海古籍出版社，2010 年 6 月版，第 98 頁。

他主張「去欲」而致良知，「去欲」被視爲顯現天賦良知的絕對條件，故而提出「格去物欲是格物，擴充良知是致知」的主張。不過，欲望也有合理、不合理之分，若欲除去不合理的層面，同時也有可能犧牲掉合理的層面，格去物欲也有可能抑制了合理的欲望的延伸，喪失了心活潑的生機。毛先舒對此以「去欲復性」作爲回答。他的欲望格去說就是要透過對欲望的否定而回復眞的本性，並據此發動無窮的生機。李、楊二人爲紅塵之欲所迷，沉溺其中不可自拔，一旦「物欲格去」，便恢複本性，歸入仙班。他們的經歷，簡直是對毛先舒「物欲格去」說的絕好詮釋。值得一提的是，毛先舒的欲望否定論並不只是常識的情欲否定，而應該理解爲貫穿衣食住行的簡樸與愛護生命的身心悲願的證明，這和他曾目睹過舉國規模的殺戮，以及身染重疾，與父親永訣等個人經歷不無關係〔註 16〕。毛先舒的思想學說，深受清初大儒李二曲的影響，李二曲早期的主要思想學說便是「悔過自新」說。對於個人來說，李二曲的「悔過自新」說是「立人之本」，其實質就是要實現人的至善本性，能使人有理想和信仰，從而安身立命。在經歷了明清易代之際的家國巨變，目睹了理學末流空談誤國的種種流弊之後，李二曲又在「悔過自新」說的基礎上，提出了「明體適用」說。將對個人的終極關懷輻射至現實的人生與社會，力圖改造社會，康濟時艱。《長生殿》後半部分所展現的李、楊之「悔」，與李二曲的「悔過自新」說中的「悔」，在精神上無疑也有著相通的地方。

晚明最後二十年，文化界已經開始出現兩種明顯的分流，一方面是盡情享受明代文化的多元活潑或是腐敗墮落，另一方面是想竭力維持傳統文化理想中以農業社會爲主的生活形態，這兩種勢力互相爭持著〔註 17〕。李二曲對前者採取了嚴厲的排斥態度，他和顧炎武、顏元等文化精英理想中的方式是農村社會的。「物欲格去」正是體現了明代遺民對亡國之痛的一種深刻反思。因此，筆者認爲，深受毛先舒、李二曲哲學思想影響的洪昇，用大量筆墨著力描寫李、楊之「悔」，不僅與塑造人物形象，推動劇情發展有關，同時還意在表現當時的文人階層，尤其是明朝遺民對晚明士人風習和生活態度的一種

〔註 16〕以上關於毛先舒的哲學思想的論述，參看了〔日〕荒木見悟撰：《毛稚黃的格去物欲説》〔A〕，〔日〕荒木見悟著、廖肇亨譯：《明末清初的思想與佛教》〔M〕，上海：上海古籍出版社，2010 年 6 月版。

〔註 17〕王汎森著：《晚明清初思想十論》〔M〕，上海：復旦大學出版社，2008 年 11 月版，第 194 頁。

追思與懺悔〔註18〕。蕭一山的論斷，無疑爲筆者的觀點提供了注腳：

> 孔尚任、洪昇之傳奇，吳敬梓、蒲松齡之小說，金人瑞、何焯之書評，彭貽孫、尤侗之雜纂，均有可稱。方苞開桐城派之先聲，然見輕於李紱，屈（大均）、陳（恭尹）、梁（佩蘭）是嶺南的宗匠，而尤重於氣節。其餘名家，多不勝數，要皆爲明學反動之產物，而以讀書躬行爲能事的。〔註19〕

清初興起了一種反映當時社會風氣的「夢憶體」作品，如《談往》、《遺事瑣談》、《閒思往事》、《憶記》、《陶庵夢憶》等。張岱說他的《夢憶》是在「國破家亡，無所歸止」後，回思平生，「種種罪案，從種種果報中見之」，故將過去五十年的種種，「持向佛前，一一懺悔」〔註20〕。此等表白，與《長生殿》中的李、楊之「悔」何其相似！

前朝夢憶，然終究要醒來面對著慘淡的人生與冷酷的現實，夢醒後無路可走的「冷清」，才是這一代士人的宿命結局，蘊含著他們的大悲涼、大痛苦，洪昇亦然。

5.2「邯鄲夢醒」與「蘧然夢覺」——清初江南文人的兩難境地

《長生殿·傳概》云：「今古情場，問誰個眞心到底？但果有精誠不散，終成連理……借太眞外傳譜新詞，情而已」。《長生殿》如此高擎「情」字大旗，這與《牡丹亭》對作者的影響不無關係〔註21〕。因此，學界在對《長生殿》進行比較研究的時候，也大多會以兩部作品中的「情至」主題爲切入點，

〔註18〕王汎森先生對晚明士人風習和生活態度歸結爲：首先是文人數量多、「山人」多、活動多，而且這些活動多帶有標榜應酬的特色；第二，文人好遊，喜歡東奔西跑，享受著商業社會及城市文化所帶來的樂趣；第三，文人文化中脫離儒家禮法的傾向，爭相在行爲上求「新」、求「奇」，以求突出於文人社群，並獲得某種聲譽；第四，好講學、結社；第五，明代士人的驕橫。他還提到，從個人的字號，社團的名字，都充斥著「愧」、「慚」、「棄」、「愼」、「止」、「省」等消極字眼。王汎森撰：《清初士人的悔罪心態與消極行爲》〔A〕，王汎森著：《晚明清初思想十論》〔M〕，上海：復旦大學出版社，2008 年 11 月版，第 193 頁～第 194 頁。本書在引用時，略有刪節。

〔註19〕蕭一山撰、杜家驥導讀：《清史大綱》〔M〕，上海：上海古籍出版社，2005 年 12 月版，第 64 頁。

〔註20〕〔明〕張岱撰：《夢境序》〔A〕，〔明〕張岱著《張岱詩文集》〔M〕，上海：上海古籍出版社，1991 年版，第 110 頁～第 111 頁。

〔註21〕參看本書第一章第一節相關論述。

進行深入比較〔註 22〕。但是，很少有學者將《長生殿》與「臨川四夢」中的《邯鄲夢記》進行比較〔註 23〕。《長生殿・自序》曰：「雙星作合，升忉利天，情緣總歸虛幻。清夜聞鐘，夫亦可以蘧然夢覺矣。」《長生殿》亦可以看作是洪昇筆下的一場「大夢」，而失意文人所謂的「夢」，儘管內容各異，但實質卻是相通的。湯顯祖筆下盧生的「邯鄲夢醒」與洪昇的「蘧然夢覺」之間，便有了天然的聯繫。清初文人對《邯鄲夢記》評價頗高，就其影響與藝術成就而言，僅次於《牡丹亭》。梁廷楠《曲話》中曰：

> 玉茗四夢，牡丹亭最佳，邯鄲次之，南柯又次之，紫釵則強弩之末耳。〔註 24〕

焦循評《邯鄲夢》爲「別是傳奇一天地」〔註 25〕。黃周星甚至將其置於《牡丹亭》之上：

> 曲至元人，尚矣。若近代傳奇，余惟取《臨川四夢》。而「四夢」之中，《邯鄲》第一，《南柯》次之，《牡丹亭》又次之。若《紫釵》，不過與《曇花》、《玉合》相伯仲，要非臨川得意之筆也。〔註 26〕

〔註 22〕這些文章主要有：鄒自振撰：《〈牡丹亭〉與〈長生殿〉》〔A〕，《撫州師專學報》〔J〕，1994 年第 4 期；董雁撰：《〈長生殿〉：一部「鬧熱」的〈牡丹亭〉——〈長生殿〉與〈牡丹亭〉「至情」文化主題比較》〔A〕，《陝西師範大學繼續教育學報》〔J〕，2007 年 9 月第 24 卷第 3 期；鄭尚憲、黃雲撰：《激越的浪漫淒美的傷感——〈牡丹亭〉和〈長生殿〉「情至」理想比較》〔A〕，《東南大學學報（哲學社會科學版）》〔J〕，2007 年 9 月第 9 卷第 5 期等。

〔註 23〕將《邯鄲夢記》和《長生殿》這兩部作品並列加以對比，原因有三：一來，因爲《南柯夢記》在藝術水準上，明顯遜色於《邯鄲夢記》，屬於平庸之作。《邯鄲夢記》與《南柯夢記》，一「仙」一「佛」，均有體現文人出世心態的題旨，但《邯鄲夢記》較前作加強了現實批判的力度，有更深的社會意義；二來，《長生殿》在創作上有借鑒《邯鄲夢記》的地方。吳梅先生在《中國戲曲概論》中指出，《長生殿・合圍》折詞，純仿若士《邯鄲記・西諜》。此外，《長生殿》第四十二齣《驛備》的〔梨花兒〕以及後面馬嵬驛丞的大段說白，都來自《邯鄲記》第十三齣《望幸》的同一曲牌和新河驛丞的大段說白；最後，也是最重要的一點，《邯鄲夢記》是湯顯祖最後一部傳奇作品，歷經人生磨難的他，對於描寫盧生之「黃粱美夢」，有著更加清醒與透徹的人生體悟，這與洪昇寫作《長生殿》時的心態和情境相仿。

〔註 24〕〔清〕梁廷楠撰：《曲話》〔A〕，俞衛民、孫蓉蓉編：《歷代曲話彙編・清代編》（第四集）〔M〕，安徽：黃山書社，2008 年版，第 43 頁。

〔註 25〕〔清〕焦循撰：《劇說》〔A〕，俞衛民、孫蓉蓉編：《歷代曲話彙編・清代編》（第三集）〔M〕，安徽：黃山書社，2008 年版，第 435 頁。

〔註 26〕〔清〕黃周星撰：《製曲枝語》〔A〕，俞衛民、孫蓉蓉編：《歷代曲話彙編・清代編》（第一集）〔M〕，安徽：黃山書社，2008 年版，第 225 頁。

湯顯祖的《邯鄲夢記》寫成於萬曆二十九年（1606 年），在這之前，他經歷了人生中的兩大磨難：其一，繼湯顯祖四十五歲那年，七歲的女兒湯詹秀故去六年之後，湯顯祖寄予厚望的長子湯士蘧也不幸夭折。這對湯顯祖來說，無疑是相當沉痛的打擊。他一口氣寫了三十二首悼詩《庚子八月五日得南京七月十六日亡蘧信十首》和《重得亡蘧訃二十二絕》，以孔子哭顏回、王安石哭子同自己的處境相比，內心之淒苦無以復加；其二，在仕途上，湯顯祖也遭到了無情的排擠。萬曆二十九年，湯顯祖以「浮躁」落得「閒住」處分，徹底斷了他的仕途。如果說萬曆二十六年，遂昌罷官之後，湯顯祖「並不是從此消沉，自動退出政治舞臺，有朝一夕時機成熟，他將重新出仕」〔註 27〕。那麼，創作《邯鄲記》時的湯顯祖已經跨到了人生窘境的邊沿。然而，正是他多舛的人生經歷，爲「臨川四夢」打上了一個重重的句點。

湯顯祖在《邯鄲夢記題詞》中曰：

> 士方窮苦無聊，倏然而與語出將入相之事，未嘗不撫然太息，庶幾一遇之也。及夫身都將相，飽厭濃酲之奉，迫束形勢之務，倏然而語以神仙之道，清微閒曠，又未嘗不欣欣然而歎，惝然若有遺，暫若清泉之活其目，而涼風之拂其軀也。又何況有不意之憂，難言之事者乎？回首神仙，蓋亦英雄之大致矣。〔註 28〕

一上來，湯顯祖便提出「回首神仙，蓋亦英雄之大致矣」，體現了其對神仙之道的仰慕之情，並揭示全劇題旨。接下來，闡明此劇之故事大意及所取素材：

> 邯鄲夢記盧生遇仙旅社，授枕而得婦遇主，因入以開元時人物事勢，通漕於陝，拓地於番，讒構而流，讒亡而相。於中受寵辱得喪生死之眞情甚具。大率推廣焦湖祝枕事爲之耳。

《邯鄲夢記》中所提「焦湖祝枕」事，即南朝劉義慶《幽明錄》之《楊林》事，魯迅《古小說鈎沈》輯有古本《幽明錄》，有「焦湖祝枕」一則：

> 焦湖廟祝有柏枕，三十餘年，枕後一圻孔。縣民湯林行賈經廟祈福，祝曰：「君婚姻未？可就枕圻邊。」令林入圻內，見朱門瓊宮瑤臺勝於世；見趙太尉爲林婚，育子六人，四男二女，選林秘書郎，

〔註 27〕徐朔方著：《湯顯祖評傳》〔M〕，南京：南京大學出版社，1993 年 7 月版，第 123 頁。

〔註 28〕湯顯祖撰：《邯鄲夢記題詞》〔A〕，俞衛民、孫蓉蓉編：《歷代曲話彙編．明代編》（第一集）〔M〕，安徽：黃山書社，2009 年 3 月版，第 603 頁。下文出現的《題詞》內容同出於此文，本書不再出注。

> 俄遷黃門郎。林在枕中永無思歸之懷。遂遭違忤之事。祝令林出外間，遂見向枕，謂枕內歷年載，而實俄乎之間。〔註 29〕

《太平廣記》卷八二三亦輯有《幽明錄》此則，題作《楊林》，相比之下，兩則故事的核心主線相似，魯迅輯錄的版本較早。其實，入枕求得妻兒、富貴的故事母題，其源頭應當上溯到葫蘆文化〔註 30〕。「焦湖祝枕」的故事，隨著時間的流逝不斷豐富，最終成熟定形爲沈既濟的《枕中記》，《邯鄲夢記》便本之《枕中記》，但又有了更多地豐富和創新。尤其是作者借盧生在夢中經歷的開元時事勢，來影射明代社會現實，這種「以虛而用實」〔註 31〕的手法，使得二十六齣的夢境既具有奇幻的欣賞趣味，同時又蘊含著深刻的思想內容，拓寬了作品的精神內涵和境界。

盧生在夢中所經歷的開元時人物事勢，用姦佞當道、官貪吏虐來形容毫不過分。傳奇中所有人物都和欲望緊緊地糾纏在一起，沉溺其中，不能自拔。作品第四齣《入夢》，呂洞賓點化盧生之前，「（噀訣介）那驢兒雞兒犬兒和那塵世中一般人物，但是精靈合用的，都要依吾法旨聽用，不得有違。敕！」〔註 32〕第二十九齣《生寤》，呂洞賓向盧生道明其幾個兒子都「是那店中雞兒狗兒變的」。就連夫人崔氏「也是你（盧生）胯下青驢變的，盧配馬爲驢」。盧生當即醒悟，感歎道：「人生眷屬，亦猶是耳，豈有眞實相乎？其間寵辱之數，得喪之理，生死之情，盡知之矣。」呂洞賓爲盧生設局，讓其看盡世間之相，悟透人生之理，這其中蘊含著極深的佛學教義。順著這個思路，也可以想見，盧生入枕後，所見之人，所經之事，也很有可能均是牲畜變化後所爲。只有動物才會在欲望面前不加節制，醜態百出。湯顯祖把當朝的權臣顯貴、貪官惡吏視爲那「驢兒雞兒犬兒」般的東西，足可見其心中的憤懣。

〔註 29〕《魯迅全集》（第八卷）〔M〕，北京：人民文學出版社，1973 年 12 月版，第 428 頁。

〔註 30〕本書第四章第四節已經有所論述，此處不贅。

〔註 31〕王驥德：《曲律》中曰：「戲劇之道，出之貴實，而用之貴虛。明珠、浣紗、紅拂、玉合，以實而用實者也；還魂、「二夢」，以虛而用實者也。以實而用實也易，以虛而用實也難。俞衛民、孫蓉蓉編：《歷代曲話彙編・明代編》（第二集）〔M〕，安徽：黃山書社，2009 年 3 月版，第 114 頁。

〔註 32〕〔明〕湯顯祖著，李曉、金文京校注：《邯鄲夢記校注》〔M〕，上海：上海古籍出版社，2004 年 12 月版，第 27 頁。下文所引《邯鄲夢記》原文，皆依此版本，本書不再出注。此外，本書論述湯顯祖與《邯鄲夢記》的相關內容，對本書也有所借鑒，特此說明。

作品主人公盧生的經歷，是對明朝官場政治、精英階層的絕好諷刺。盧生初出茅廬，便能夠在殿試中脫穎而出，拔得頭籌，這其中的奧妙，崔氏一語道破：

〔前腔〕（旦）有家兄打圓就方，非奴家數白論黃。少了他呵，紫閣金門路渺茫，上天梯有了他氣長。（合前）

（生）這等，小生到不曾拜得令兄。（旦）你到家兄是誰？家兄者，錢也。奴家所有金錢，盡你前途賄賂。（生笑介）原來如此，感謝娘子厚恩。聽的黃榜招賢，盡把所贈金資，引動朝貴，則小生之文字珠玉矣。

這眞是錢能通神，所謂爲國選材的科舉考試，不過只是「敗絮其中」罷了。錢財雖能助盧生奪取狀元，卻不能保其仕途一路平坦。只緣他以鑽刺搶去狀元，卻未曾拜謁權相宇文融，故引出後面禍事連連〔註 33〕。盧生遭禍之後，夫人崔氏被編入織布作坊作了織婦，不禁感歎這三年多來，「滿朝仕宦，沒個給相公（盧生）表白冤情」（《織恨》）。一句話道盡官場之人情冷暖。盧生發達之後，皇上獻給他女樂二十四名，他卻正色道：

哎呦，我只道是家常雅樂，原來教坊之女，咱人不可近他。（旦）怎生不可近他？（生）尋常女子，有色無聲，名爲啞巴。其次有聲而未必有色，能舞未必能歌。只有教坊之女，攙琵琶，舞《霓裳》，喬合生，大迓鼓，醉羅歌，調笑令，但是標清奪趣，他所事皆知。所以君子可視也，不可陷也；可棄也，不可往也。

所以，小人戒色，須戒其足。君子戒色。須戒其眼。相似這等女樂，咱人再也不可近他。

當崔氏勸盧生寫一奏本，將女樂送還朝廷時，盧生又以「卻之不恭」加以推辭。當晚，他便露出了「假道學」的原形，依次進房尋歡作樂，並下令「倘有高興，兩人三人臨期聽用。」盧生在「驢兒雞兒犬兒」一般「人物」的浸淫之下，終於褪去了儒家道德的外衣，蛻變成了他們的同類。

黃仁宇先生在談及明代的衰落時指出：「中國二千年以來，以道德代替法

〔註 33〕湯顯祖年少成名，二十一歲時，江西省秋試以第八名中舉。他參加春試到第五次，總算考中會試第六十五名，殿試卻以第三甲第二百一十名的低名次錄取爲進士。此後，他還拒絕了首輔張居正的拉攏，而受到排擠。因此，湯顯祖對科舉制之黑暗、官場之險惡有著自己清醒而又深刻的認識，並將其人生體驗巧妙地蘊含在作品之中，盧生的遭遇便是如此。

制，至明代而極，這就是一切問題的癥結。」他同時對明代萬曆十五年所發生的一系列事件歸結道：

> 當一個人口眾多的國家，個人行動全憑儒家簡單粗淺而又無法固定的原則所限制，而法律又缺乏獨創性，則其社會發展的程度，必然受到限制，即便是宗旨善良，也不能補救技術之不足，1587年，是爲萬曆十五年，次歲丁亥，表面上似乎是四海昇平，無事可記，實際上我們的大明帝國卻已經走到它發展的盡頭。〔註34〕

朱明王朝建立以後，吸取了元蒙統治者放鬆思想控制，從而導致社會混亂的教訓，在精神領域採取了高壓政策，大力提倡孔孟之道和程朱理學。「不關風化體，縱好也徒然」〔註35〕的《琵琶記》，便成了朱元璋大力推崇的對象：「五經、四書，布、帛、菽、粟也，家家皆有；高明《琵琶記》，如山珍、海錯，富貴家不可無。」〔註36〕明代前期的傳奇創作，如丘濬的《五倫全備記》、邵璨的《香囊記》等專重教化，藝術水準卻較低的作品，一時也是大行其道。然而，極具諷刺意味的是，明代政府宣傳教化之力度越強，道德水準退化之幅度越大。居高位者更是將鼓吹道德，作爲其玩弄權術的途徑與手段。以張居正的支持者徐階爲例：

> 在16世紀30年代，徐在京城受到冷遇，就到外省任職，並在士子中樹立了威望。他與王陽明的一些主要弟子關係良好，並引人注目地參與了1553～1554年及其後在京城的講學。有人可能玩世不恭地認爲，徐（階）向其不求甚解的士子聽眾賣弄玄虛道德探究，他們大多數人似乎並不介意徐階通過其兒子在家鄉松江府圈佔了大量土地……黃宗羲指出，徐階同時代的人頌揚他的成就，並認爲他肯定理解道，因爲他曾致力於講學。在黃看來，他們都被矇騙了，要不就是在騙人。〔註37〕

當時的「異類」，如李贄，則對這一切洞若觀火：

〔註34〕以上兩段引文，見〔美〕黃仁宇著：《萬曆十五年》〔M〕，北京：中華書局，2006年版，自序第3頁，正文第205頁。

〔註35〕〔元〕高明撰：《琵琶記・副末開場》俞衛民、孫蓉蓉編：《歷代曲話彙編・唐宋元編》〔M〕，安徽：黃山書社，2006年版，第520頁。

〔註36〕〔明〕徐渭撰：《南詞敘錄》俞衛民、孫蓉蓉編：《歷代曲話彙編・明代編》（第一集）〔M〕，安徽：黃山書社，2009年版，第483頁。

〔註37〕〔英〕崔瑞德、〔美〕牟復禮主編：《劍橋中國明代史：1368～1644年》（下卷）〔M〕，北京：中國社會科學出版社，2006年版，第705頁～第706頁。

> 在這些著作（《焚書》、《藏書》）中，他再三抨擊那些僞裝的儒家及宋代道學的追隨者們，極盡嘲諷之能事。他指責講學而不是提升道德，而是把人從道德行爲引入歧途，故而是有害的。教人學孝不能取代基於人的內在道德能力的孝的行爲。那些講學者都是追逐名聲、高官厚祿和榮譽的僞善者。〔註 38〕

但是，這根本無法阻擋文人士人的道德「滑坡」。因此，寫於 1606 年的《邯鄲夢記》，從儒家標榜的道德廉恥徹底淪喪的角度，對明朝社會的腐朽墮落作出了總結與反思。類似的內容還出現在《牡丹亭》中：

> 昨日聽見本府杜太守，有個小姐，要請先生。好些奔競的鑽去。他可爲甚的？鄉邦好說話，一也；通關節，二也；撞太歲，三也；穿他門子管家，改竄文卷，四也；別處吹噓進身，五也；下頭官兒怕他，六也；家裏騙人，七也。爲此七事，沒了頭要去。他們都不知官衙可是好踏的！況且女學生一發難教，輕不得，重不得。倘然間體面有些不臻，啼不得，笑不得。似我老人家罷了。〔註 39〕

無論是高高在上的宰相盧生，還是地位卑微的腐儒陳最良，作爲傳奇作品中的人物，他們的言行儘管帶有一定的誇張成分，但終究折射出了晚明士人階層道德層面上的總體腐朽。清朝開國者如摧枯拉朽般地吞噬著大明江山，這些道德上毫無準則的官員和士人，可謂「功勞」不小〔註 40〕。洪昇在《長生殿・罵賊》一齣，借雷海清之口痛罵貪生怕死、追名逐利的僞官，其所指對象不言自明：

> 〔外扮雷海青抱琵琶上〕「武將文官總舊僚，恨他反面事新朝。綱常留在梨園內，那惜伶工命一條。」自家雷海青是也。蒙天寶皇

〔註 38〕同上，第 715 頁。

〔註 39〕〔明〕湯顯祖著、徐朔方校注：《牡丹亭》〔M〕，北京：人民文學出版社，1963 年版，第 13 頁。

〔註 40〕蕭一山先生在《清史大綱》中提及：皇太極死後，多爾袞督政。這時清國的戰鬥力業已衰退（觀《太宗實錄》可知），要不是多個漢奸——如孔有德、耿仲明、尚可喜、洪承疇、范文程等，爲虎作倀，又遇著一個開門揖盜的吳三桂，他們哪能夠進據中原呢？他還提到：清人進關，不費一兵一矢（觀《明史紀事本末》及乾隆帝修改該書的詔諭可知），就奠定了北京，招撫了河朔，接承中國累代傳統的皇位，享有二百六十八年的江山，這眞是一種幸運。對照著兩段文字，明顯能感覺到「幸運」二字隱含著的莫大諷刺。參看蕭一山撰、杜家驥導讀：《清史大綱》〔M〕，上海：上海古籍出版社，2005 年 12 月版，第 8 頁、第 11 頁～第 12 頁。

帝隆恩，在梨園部内做一個供奉。不料祿山作亂，破了長安，皇帝駕幸西川去了。那滿朝文武，平日裏高官厚祿，蔭子封妻。享榮華，受富貴。那一件不是朝廷恩典！如今卻一個個貪生怕死，背義忘恩，爭去投降不迭。只圖安樂一時，那顧罵名千古。唉，豈不可羞，豈不可恨！我雷海青雖是一個樂工，那些沒廉恥的勾當，委實做不出來。今日祿山與這一班逆黨。大宴凝碧池頭，傳集梨園奏樂。俺不免乘此，到那廝跟前，痛罵一場，出了這口憤氣。便粉骨碎身，也説不得了。且抱著琵琶，去走一遭也呵！

〔上馬嬌〕平日價張著口將忠孝談，到臨危翻著臉把富貴貪。早一齊兒搖尾受新銜，把一個君親仇敵當作恩人感。咱，只問你蒙面可羞慚？

海青殉節之後，幾個僞官竟然還叫起了好：

〔四僞官起介〕殺得好，殺得好！一個樂工，思量做起忠臣來。難道我每吃太平宴的，倒差了不成！

〔尾聲〕大家都是花花面，一個忠臣值甚錢。〔笑介〕雷海青，雷海青，畢竟你未戴烏紗識見淺！〔註41〕

《長生殿》對無恥僞官的描繪，與《邯鄲夢記》中所揭示的晚明士大夫階層道德上的整體墮落，兩者在實質上是一以貫之的。

湯顯祖在《邯鄲夢記》題詞中，對全劇的結尾又有一番慨歎：

獨歎枕中生於世法影中，沉酣啽囈，以至於死，一哭而醒。夢死可醒，眞死何及。

這句話對於文人士子有著極強的警示作用，尤其是「夢死可醒，眞死何及」，不啻是對沉溺欲海、執迷不悟者的拍案猛嚇。盧生的「黃粱夢」做到了頭，作品結尾處的唱詞也頗耐人尋味：

〔註41〕有學者認爲，康熙對《長生殿》的「厭惡説」不成立，其主要原因就是洪昇等人在國恤期間演出，犯了朝廷大忌。而且兩部作品（還包括《桃花扇》）也在一定程度上契合了清初統治者的某種現實需要。關於康熙對《長生殿》與《桃花扇》兩劇所採取的文藝政策，本書第二章已經有所論述。清廷對《桃花扇》與《長生殿》還是輕重有別，不應混在一起加以論述。以上雷海清「罵賊」，那麼激烈的言語針對僞官，説的不就是投降清廷的那些「貳臣」嗎？康熙面對如此明顯的「借古諷今」，不會完全無動於衷吧。參看譚學亮撰：《〈長生殿〉之禍與清初社會關係》〔A〕，《求索》〔J〕，2008年第9期。

〔前腔〕(生)除了籍看秫黍邯鄲縣人,著了役掃桃花閬苑童身。老師父,你弟子癡愚,還怕今日遇仙也是夢哩。雖然妄早醒,還怕眞難認。(眾)你怎生只弄精魂?便做的癡人說夢兩難分,畢竟是遊仙夢穩。

從「邯鄲夢醒」到「遊仙夢穩」,湯顯祖在作品中傳達出的消極避世觀念得以進一步加強,而這也是作者在屢遭生活與仕途打擊後的無奈之歎,充滿著人生的兩難和糾結。湯顯祖在給友人的一封信中歎道:「詞家四種,里巷兒童之技。人知其樂,不知其悲。」〔註 42〕看來,在作者眼中,形「樂」神「悲」才是「臨川四夢」眞正的共同之處。同樣的,以這個角度來看《長生殿》或許又能讀出另一番滋味:

〔黃鍾過曲・永團圓〕神仙本是多情種,蓬山遠,有情通。情根歷劫無生死,看到底終相共。塵緣倥偬,忉利有天情更永。不比凡間夢,悲歡和鬨,恩與愛總成空。跳出癡迷洞,割斷相思鞚;金枷脫,玉鎖鬆。笑騎雙飛鳳,瀟灑到天宮。

〔尾聲〕舊《霓裳》,新翻弄。唱與知音心自懂,要使情留萬古無窮。

結尾處,李、楊瀟灑生忉利天宮,正是《長生殿》演到最「鬧熱」之際。洪昇的《長生殿・自序》中卻寫得明白:「生忉利天,情緣總歸虛幻。清夜聞鐘,夫亦可以蘧然夢覺矣。」《〈長生殿〉箋注》對這句話作如下注釋:

清夜聞鐘,夫亦可以蘧然夢覺矣:謂頓悟,警醒。鐘爲佛寺所用朝暮共擊一百零八下,稱百八鐘,佛家謂可警覺僧徒,斷除百八煩惱……洪昇這裡是說,悟出「情緣總歸虛幻」,就好比聽到佛鐘鳴響,把凡間的夢幻一下子驚醒了……這與《長生殿》立意勸懲的創作意圖是完全一樣的。〔註 43〕

湯顯祖筆下的盧生在即將死去的時候醒來,萬幸之外還是心有餘悸。而洪昇卻在李、楊情留萬古之時,突然「驚覺」,將這一切歸結爲「虛幻」。這其實是在暗示讀者,李、楊情留萬古的「鬧熱」並不存在,一切都是虛構的,一

〔註 42〕〔明〕湯顯祖撰:《答李乃始》〔A〕,〔明〕湯顯祖著、徐朔方箋校:《湯顯祖詩文集》(下)〔M〕,上海:上海古籍出版社,1982 年 6 月版,第 1385 頁。

〔註 43〕康保成、〔日〕竹村則行箋注:《〈長生殿〉箋注》〔M〕,河南:中州古籍出版社,1999 年版,第 4 頁~第 5 頁。

切都是「空」。「鬧熱」戛然而止，彌漫在四周的則是揮之不去的「冷清」。探尋這「冷清」的由來，還是要結合作者的生平以及時代的風雲變幻進行分析。

《長生殿》付梓之後，多位洪昇的好友乃至師長都欣然爲其作序，但是這些序言中大多都提到了洪昇的「不得志」：

> 錢塘洪子昉思不得志於時，寄情詞曲，所作《長生殿》傳奇，三易稿而後付梨園演習，匪直曲律之精而已。其用意一洗太眞之穢，稗觀覽者只信其爲神山仙子焉。方之元人蓋不啻勝三十籌也。秀水弟朱彝尊題。〔註 44〕
>
> 昉思懷才不得志於時，胸中鬱結不可告語，偶託於樂府，遂極其筆墨之致以自見。其文雖爲昉思之文，而其事實天寶之遺事，非若《西廂》、《琵琶》、《牡丹亭》者，皆子虛無是之流亞也。〔註 45〕
>
> 才人不得志於時，所至詘抑，往往借《鼓子》、《調笑》爲放遺之音。原其初，本不過自攄性情，並未嘗怨尤於人。而人之嫉之者，目爲不平，或反因其詞而加詘抑馬（焉）。然而其詞則往往藉之以傳。〔註 46〕

還有人將洪昇與湯顯祖相提論之，可謂這二人之知音也。

> 孰知先生有齟齬於時宜者，故託以次佯狂玩世，而自晦於玉簫檀板之閒耶。使遇臨川，定應默契而笑。〔註 47〕

洪昇與湯顯祖均是「不得志」之人，兩人的人生軌迹實在有太多的相似之處：都是年少成名，但卻仕途受阻；都是性情疏狂，卻不容於世〔註 48〕；也都是

〔註 44〕朱彝尊撰：《〈長生殿〉序》〔A〕，吳毓華編著：《中國古代戲曲序跋集》〔M〕，北京：中國戲劇出版社，1990 年版，第 397 頁。以下所引之序言，無特別說明，均出自此版本。

〔註 45〕朱襄撰：《〈長生殿〉序》。

〔註 46〕毛奇齡撰：《〈長生殿〉序》。

〔註 47〕吳作梅撰：《〈長生殿〉跋》。

〔註 48〕〔清〕徐麟：《〈長生殿〉序》中道：「稗畦洪先生以詩鳴長安，交遊宴集，每白眼踞坐，指古摘今，無不心折。」見〔清〕洪昇著、徐朔方校注：《長生殿》〔M〕，北京：人民文學出版社，1983 年版，第 259 頁。曾永義先生在提及洪昇的交遊時，就認爲：「洪昇性格孤傲狂放，因此得罪的人必很多，他自然也爲「朝貴所輕」，再加之，父親「被誣戍讁」，犯了爲時所諱的罪名，那麼他在功名上就更難有遂意的日子了。曾永義著：《〈長生殿〉研究》（增訂本）〔M〕，臺北：臺灣商務印書館，1980 年版，第 32 頁。

家庭不幸，遂喪失愛子〔註 49〕。但是，洪昇較湯顯祖，還多了一層明清易代後的辛酸和苦楚。

蕭一山在談及清代統治者的治國之術時，有精闢的的論斷：

> 清朝所以能成功，不是武力的關係而是政治的關係。政治上的最大因素，就是它把握著中國社會的基層，認識了中國人民的特性，一鬆一緊，一張一弛，深得兩重政策的運用，使漢人「啼笑皆非」，不知不覺地上了圈套。〔註 50〕

這一套也同樣用在知識分子身上：

> 清朝政治的成功，不僅在對於一般人民的心理感情之控制，而尤在對一般士大夫的寵絡和駕馭，因爲中國社會組織的基層，是中間讀書作官的士大夫，而不是下級勞苦的民眾。他們對於士大夫的利用是煞費苦心的。所有官吏降附者，各與升級，殉難者各予謚立廟，建言罷謫諸臣及山中隱逸懷才報德者，縉紳士大夫清望所歸者，皆徵辟錄用。使一般士大夫不致因亡國而失掉職業。〔註 51〕

滿清統治者針對晚明文人士大夫使用的招數，確實非常奏效。除了少數的幾個還寧死不從，大多數汲汲於功名的文人士子紛紛變節投靠，不惜被稱爲「貳臣」。洪昇交遊的對象，很多也是出於博學鴻詞科，或是朝中重臣〔註 52〕。當然，順、康年間對於漢族士人的控制也非常嚴厲。順治時期，就給江南士族精英來了個下馬威，接連製造「哭廟案」、「通海案」與「江南奏銷案」，史稱「江南三大案」。康熙繼承了乃父風範，上臺伊始（1662 年），他就處理了莊廷鑨修《明史》案，牽涉此案者，共死七十餘人；康熙六年（1667 年）和康熙七年（1668 年）分別處理了江南民沈天甫等造作「逆詩」案，萊州姜元衡

〔註 49〕 1671 年，洪昇遭「家難」，爲家庭所棄，不得不「流寓困窮」。王世禎：《香祖筆記》卷九：「（昇）遭家難，流寓困窮，備極坎壈。」王麗梅認爲，洪昇遭「家難」的主要原因是流連詞曲，無意於科舉，故爲父母處罰。王麗梅著：《曲中巨擘——洪昇傳》〔M〕，杭州：浙江人民出版社，2007 年版，第 132 頁。此後，1677 年，洪昇長女夭折；1679 年冬，「昉思父以事戍譴」，後遇赦，得免。以上二事見章培恒著：《洪昇年譜》〔M〕上海：上海古籍出版社，1979 年版，第 161 頁、第 184 頁。

〔註 50〕 蕭一山撰、杜家驥導讀：《清史大綱》〔M〕，上海：上海古籍出版社，2005 年 12 月版，第 12 頁。

〔註 51〕 同上，第 14 頁。

〔註 52〕 這其中包括尤侗、朱彝尊、陳維崧、毛奇齡等人，均是首次博學鴻詞科錄取之人。

訐告顧炎武輯刻「逆詩」案，多人被處死。此後，康熙忙於「平三藩」、收復臺灣等一統天下的事務，但對文化方面依然控制甚緊，這與清初統治者無法釋懷的「江南情結」大有干係。「江南」在當時社會語境中不僅代表著地域，而且還有一層特殊的文化意味，楊念群指出：

> 清朝君主入關後需要處理好兩大關係，其一是疆域邊界的拓展和底定問題，以使得自己在空間意義上居於合法的地位；其二就是面對以「江南」地區爲核心的「漢族文明」的挑戰，因漢族文明歷史傳承悠久，只有消化和模仿漢人文化，才能有效地治理漢族地區，也才能使得制度安排有效地延續以往王朝的統治機制和風格，減少過渡期遭遇的諸種難題。〔註 53〕

這場清朝君主與江南文人的「角力」，最終毫無懸念地以前者的勝利而告終。雖然，清初的一批遺民，因爲亡國而產生反省、追憶、悔恨、捨棄的意識，並對晚明學風進行反省與檢討。他們用不入城、不赴講會、不結社的消極行爲，表示自己的對抗心理和不合作姿態。但是，現實的名和利，還是令許多文人把持不住誘惑，快快樂樂地投奔清廷的懷抱。更令那些自我邊緣化的遺民意想不到的是，對於新朝統治者而言，舊文化風格及舊文化精英的隱沒，不僅對新政權穩定與新文化形態的確立有利無弊，而且還間接幫助了新朝的鞏固〔註 54〕。清初江南文人走入了兩難的境地，無論是消極抵抗，還是出仕投靠，在強大的集權體制的誘惑或碾壓下，都顯得脆弱無力。

在這樣一個嚴酷的時代背景下，南宋洪皓後裔的錢塘洪氏家族會有怎樣的結局與命運，似乎已經約略可知了。出生於順治二年（1645 年）的洪昇，雖然身處易代之時，但是並無切膚之痛。在其年少成名，婚姻美滿之後，自然會到京城國子監深造，尋找機會踏上仕途。就在赴京一年之後，他還作了多首「頌聖」之作，表達對康熙的景仰之情。然而，洪昇的仕途卻始終不順，這一方面和他的性格脾氣有關，不適宜在官場周旋，也決定了他命運落拓；另一方面，激發洪昇進行戲曲創作的誘因，還與其多災多難的家庭處境有關〔註 55〕：1671 年秋，洪昇遭「天

〔註 53〕楊念群著：《何處是「江南」：清朝正統觀的確立與士林精神世界的變異》〔M〕，北京：三聯書店，2010 年版，第 1 頁。

〔註 54〕以上論述部分參考了王汎森撰：《清初士人的悔罪心態與消極行爲》〔A〕，王汎森著：《晚明清初思想十論》〔M〕，上海：復旦大學出版社，2008 年 11 月版，第 242 頁。

〔註 55〕以下對於洪昇經歷的敘述，皆出自章培恒著：《洪昇年譜》〔M〕上海：上海古籍出版社，1979 年版。

倫之變」，窮困潦倒；1673年，他與嚴曾榘坐皐園，談及開元天寶間事，感李白之遇，作《沉香亭》傳奇，當時恐怕還想有朝一日，得明主賞識，大展宏圖；1675年秋末，洪昇父因事獲罪，自遠道赴京，昉思往謁之，因泣下；1679年，對於洪昇家庭與他的創作來說，又是重要的一年，在毛玉斯的建議下，洪昇「去李白，入李泌輔肅宗中興事」，將《沉香亭》更名爲《舞霓裳》。從劇名來看，此劇的主角無疑應當是楊玉環。用李泌代替李白，很重要的一點，是因爲《沉香亭》傳奇已經「排場近熟」。而且李泌的生平，既有年少穎悟，爲君王所重用的經歷，也有數被讒議，爲權倖所疾的遭遇，不僅與李白身世相似，同時也投射了作者個人經歷在其中。可是，這一年的冬天，昉思父以事遣戍，母亦同戍。洪昇奔走求助，侍親北行，又一次經歷了重大的家庭變故。最終，1688年問世的《長生殿》中，已經沒有李白和李泌的半點痕迹，只有那總歸虛幻的李、楊情緣了〔註56〕。從以上分析不難看出，洪昇的創作經歷與家庭罹難之間，關係頗爲緊密。雖然，目前還沒有現成的資料明確說明洪昇因何事蒙受「天倫之變」，其父又是具體因何事屢屢獲罪，以致被誣遣戍，但這和彼時的政治風雲肯定有著直接的聯繫，其江南名門望族的身份，自然會樹大招風，遭小人暗算。「國破」才會造成「家亡」，這種唇齒之痛，對於受過「西泠十子」遺民思想教誨的洪昇，又怎會沒有切膚之痛呢。就這樣，洪昇同樣步著明代遺民的後塵，走進了人生的兩難境地。無論如何，前方還會有很多的「華蓋運」等著他。

明末四公子之一的冒襄，其家班在清初頗負盛名，經常演出劇目有：《浣紗記》、《牡丹亭》、《邯鄲夢》等〔註57〕。其好友陳瑚曾受冒氏之邀，於得全堂觀《邯鄲夢》，觀罷之後，「一座唏噓」：

> 主人顧余而言曰，嗟乎。人生固如是夢也。今日之會，其在夢中乎。予仰而歎，俯而躊躕。〔註58〕

洪昇「蘧然夢覺」，恐怕也要生發出人生如夢般的幻滅感和悽楚之情。這正是《長生殿》「鬧熱」背後的「冷清」。

〔註56〕江興祐撰：《〈長生殿〉「三易稿」創作時間考》一文認爲：「《沉香亭》創作時間爲康熙十四年（1675），《舞霓裳》的創作時間至遲不會超過康熙十五年（1676年）」。如果這一觀點成立的話，亦可説明家庭變故對於洪昇的創作有著多麼大的影響。本書刊載於《浙江社會科學》〔J〕，2002年第4期。

〔註57〕胡忌、劉致中著：《崑曲發展史》〔M〕，北京：中國戲劇出版社，1989年版，第331頁。

〔註58〕陳瑚撰：《得全堂夜燕後記》出自冒襄編《同人集》卷三。

結 語

一部「鬧熱」《長生殿》，其背後卻蘊含著作者無法言說的「冷清」，實在令人慨歎。明明一齣悲劇，偏偏作成「喜劇」給觀眾看，其間蘊含的痛苦和悽楚又有誰知。「蘧然夢覺」後的洪昇，在完成《長生殿》的創作後，還要面對更加冷酷的現實和人生。所幸，《長生殿》於 1695 年付梓，其好友、師長紛紛為其作序，這是洪昇行冠禮之後少有的溫暖時光。1704 年，就在他溺水而死那年，他還被兩次奉為上賓，親眼目睹了耗盡一生心血的作品，在紅氍毹上的華麗演出：這年春末，應江南提督張雲翼之聘，往遊松江。雲翼延為上客，開長筵，盛集賓客，為演《長生殿》；曹寅聞之，亦迎致昉思於江寧，集南北名流為勝會，獨讓昉思居上座，以演《長生殿》劇〔註 1〕。是眞乎，亦夢乎？在半夢半醒之間，洪昇結束了自己疲憊的一生，可以說，毫無遺憾的完美謝幕了。他人生最後的經歷，不也正是「鬧熱」背後的「冷清」嗎？

就在我們為洪昇的一生唏嘘慨歎的時候，不知不覺，雅部崑曲也成了明日黃花，「花部」替代「雅部」，登上了歷史舞臺。究其原因，乾嘉時期焦循的觀點極富代表性：

> 蓋吳音繁縟，其曲雖極諧於律，而聽者使未睹本文，無不茫然不知所謂。其《琵琶》、《殺狗》、《邯鄲夢》、《一捧雪》十數本外，多男女猥褻，如《西樓》、《紅梨》之類，殊無足觀。花部原本於元

〔註 1〕章培恒著：《洪昇年譜》〔M〕，上海：上海古籍出版社，1979 年版，第 363 頁。此事還可見〔清〕金埴撰、王湜華點校：《不下帶編・巾箱說》〔M〕，北京：中華書局，1982 年版。此處不贅引。

劇，其事多忠、孝、節、義，足以動人；其詞直質，雖婦孺亦能解；其音慷慨，血氣爲之動蕩。〔註2〕

「繁縟」和「直質」,「猥褻」與「慷慨」，在焦循的筆下顯得如此涇渭分明，「吳音」(雅部）和「亂彈」(花部）高下立判。後世學者著書立史，論及「花」、「雅」之爭的時候，也大多從曲律文詞、作品題材、審美情趣等角度進行分析：

「花部」戲曲在形式內容兩個方面都有超越崑曲之處，這使它得以很容易地吸引了下層群眾的注意力。文人在崑曲傳奇中津津樂道的書生小姐的姻緣豔遇，離普通人的生活太遠，也提不起他們的興趣。一般民眾喜歡看的是那些情節緊湊、故事集中、舞臺戲劇性強的戲，喜歡看動作戲、鬼戲、武戲、功夫戲。

雅部崑曲，劇本多爲文人所寫，文辭深奧難懂，內容不出生旦傳奇，演出都在庭堂，節奏緩慢，一唱三歎，觀眾多爲士人，而不爲大眾所賞。花部地方戲，劇本乃優伶自爲，語言平淺通俗，內容多爲歷史演義、悲歡離合，舞臺節奏緊促，以情節性見長，演出在茶園廟臺，受到百姓歡迎。〔註3〕

當然，戲曲史寫作也會把這個現象和時代的因素聯繫起來進行分析，青木正兒認爲：

一至乾隆，清朝基礎已達確立之域，同時其文化漸有新意，遂成與明代相異之特色焉。劇界亦不能趨避此種大勢，漸生厭舊喜新之傾向，遂現漸趨與明代戲曲之崑曲相距甚遠之花部氣勢也。此蓋爲時勢所趨。今察其狀：第一，厭舊喜新之趨勢；第二，看客趣味之低落；第三，因北京人不喜崑曲，其因可歸於此三點焉。〔註4〕

青木正兒把戲劇界如此重大之變化，歸爲「厭舊喜新」，並認爲乾隆朝的文化「漸有新意」。那麼，究竟是何等「新意」，讓人們開始「厭舊喜新」了呢？還是讓我們把眼光轉向清初政壇。

一至乾隆，清代統治者已經完成了集「道統」與「治統」爲一身的過程。

〔註 2〕〔清〕焦循撰：《花部農譚》〔A〕，俞衛民、孫蓉蓉編：《歷代曲話彙編·清代編》(第三集)〔M〕，安徽：黃山書社，2008 年 9 月版，第 472 頁。

〔註 3〕廖奔、劉彥君著：《中國戲曲發展史》(第四卷)〔M〕，太原：山西教育出版社，2003 年版，第 108 頁～第 109 頁。

〔註 4〕〔日〕青木正兒著、王古魯譯著、蔡毅校訂：《中國近世戲曲史》〔M〕，北京：中華書局，2010 年版，第 332 頁。

這樣一來，清朝帝王不僅使「治統」的佔有合法化，而且打破了「道」、「治」分離的傳統，或者「勢」（治）受牽制於「理」（道）的格局，通過大興「文字獄」等一系列的治理設計，使得士階層的精神氣質發生了巨大的變異，成爲歷代以來與君王博弈的最大失敗者。「江南」也隨即成爲士文化委靡敗落的縮影和象徵〔註5〕。朱維錚先生早在上個世紀八十年代，就對所謂的康雍乾「盛世」提出質疑，認爲這三朝只不過是「戮心的盛世」：

所謂清朝的康雍乾「盛世」，且不説無法上追漢唐了，甚至連明朝嘉靖、萬曆的統治也不如。嘉、萬年間，無論皇帝如何昏庸，政治如何腐敗，終究還出了張居正，出過戚繼光。但清朝那百年間，除了出過大批在學術史上閃爍光芒的竟是考證學者外，文臣武將中有誰能像海、張、戚那樣逆君心，假君權或自練兵呢？〔註6〕

龔自珍更是對所謂的「盛世」，洞察得一清二楚：

左無才相，右無才史，閫無才將，庠序無才士，隴無才民，廛無才工，衢無才商，抑巷無才偷，市無才駔，藪澤無才盜；則非但少君子也。亦小人甚少。當彼其世也，而才士與才民出，則百不才督之，縛之，以至於戮之。戮之非刀，非鋸，非水火，文亦戮之，名亦戮之，聲音笑貌亦戮之。戮之權不告於君，不告於大夫，不宣於司市，君大夫亦不任受，其法亦不及要領，徒戮其心。〔註7〕

在這樣惡劣的社會「土壤」裏，文人創作又怎能結出累累的「碩果」呢？「花部」戲曲向保留在民間儺戲系統地北雜劇汲取養料，從劇目和精神兩者予以傳承，這當然和戲曲發展的規律有關，但是，這是否也同時意味著，在當時「避席畏聞文字獄，著書皆爲稻粱謀」的嚴苛環境下，文人創作的集體「失語」，令戲曲不得已沉入民間，向元雜劇「藉故」（借用故事），以拓寬其生存與發展之路呢。不過，乾隆對「花部」戲曲也採取了禁抑之舉，檢查重點放在有可能影射清廷的內容上面，例如「南宋、金朝故事」、「明季國初之事」，以及「關涉本朝字句」的「違礙之處」等。可是沒想到數量浩如煙海的花部

〔註5〕楊念群著：《何處是「江南」：清朝正統觀的確立與士林精神世界的變異》〔M〕，北京：三聯書店，2010年版，第406頁。

〔註6〕朱維錚著：《走出中世紀》〔M〕，上海：上海人民出版社，1987年版，第105頁。

〔註7〕龔自珍撰：《乙丙之際箸議第九》〔A〕，周予同主編、朱維錚修訂：《中國歷史文選》（下冊）〔C〕，北京：中國古籍出版社1980年版，第274頁。

劇目，連審查都不可能實現，將統治者已經刪改好的崑曲排擠得無法生存。清廷一再禁演「花部」，但禁令卻很快被自己打破了。乾隆八十壽辰時，徽班進京祝壽，演爲皮黃聲腔的一代之勝，令日後的清朝帝王浸淫其中，不可自拔。這堪稱是一種絕妙的諷刺〔註 8〕。

中國戲劇史發展到清初，「南洪北孔」分別以《長生殿》和《桃花扇》，將傳奇創作提升到一個前所未有的高度。以《長生殿》爲例，我們不難發現：傳奇中蘊含的「鬧熱」元素，完全可以做到令雅俗共賞；傳奇中的男女之情，也完全可以跳出單純的「才子佳人」模式，站在家國興亡的高度予以展現與反思；傳奇中的「神道設教」，完全可以滿足下層勞動人民的審美期待。像這樣經典作品的出現，爲傳奇創作提供了一個絕佳的範本與契機，我們完全有理由認爲，一大批優秀的作品應該如雨後春筍般出現，與這兩部作品比肩，甚至超越它們，形成清代戲劇創作百花爭豔的繁榮景象。然而，這兩部作品卻成了傳奇創作的絕響，它們的回聲，直到今天還嫋嫋不絕於耳。這是屬於洪昇和孔尚任的榮耀，但更是傳奇創作的悲哀。

吳梅在論及清代戲曲遜於明代之緣由時，對康熙至同光的文人創作作了一番梳理：

> 大抵順康之間，以駿公、西堂、又陵、紅友爲能，而最著者厥爲笠翁。翁所撰述，雖涉俳諧，而排場生動，實爲一朝之冠。繼之者獨有云亭、昉思而已。南洪北孔，名震一時，而律以詞範，則稗畦能集大成，非東塘所及也。迨乾嘉間則笠湖、心餘、惺齋、蝸寄、恒岩耳。道咸間則韻珊、立人、蓬海耳。同光間則南湖、午閣，已不足入作家之列矣。一代人文，遠遜前明，抑又何也？〔註 9〕

在一代不如一代的嗟歎聲中，我們分明感受到了，「花部」戲曲「鬧熱」背後的「冷清」！

走筆至此，再將本書的線索與脈絡加以簡單歸納：本書以「鬧熱」與「冷清」作爲貫穿全文的線索，不僅歸納了洪昇如何讓《長生殿》「鬧熱」起來的創作技巧，李、楊形象在民間節令狂歡時，被偶像化的「鬧熱」機理，以及

〔註 8〕以上內容部分參考了廖奔、劉彥君著：《中國戲曲發展史》（第四卷）〔M〕，太原：山西教育出版社，2003 年版，第 111 頁～第 113 頁。

〔註 9〕吳梅著、江巨榮導讀：《顧曲麈談・中國戲曲概論》〔M〕，上海：上海古籍出版社，2000 年版，第 176 頁～第 177 頁。

李、楊愛情故事在東亞戲劇中的嬗變等問題，更要藉此展現《長生殿》背後變幻的時代風雲，作者創作所經歷的坎坷之路，以及蘊含在作品「鬧熱」背後的「冷清」之情。這「冷清」不僅體現在作者的生平，《長生殿》的意旨，更體現在清代文人傳奇創作的「集體失語」。一部傳奇作品，一位失意文人，一個「戮心」時代，就這樣被本書有機地串聯在一起，並將其提升到戲曲史的高度加以反省與思考。同時，「鬧熱」與「冷清」之間的辯證關係也在本書的論述過程中，也得以淋漓盡致地體現。不過，由於本書涉及的領域較廣，牽涉的學科知識較多，許多地方還存在著缺憾與漏洞，章節與章節之間更需要加強相互間的呼應和連接，這些問題還希望大方之家能夠不吝賜教。

參考文獻

典籍著作

1.〔美〕愛德華·謝弗著、吳玉貴譯：《唐代的外來文明》〔M〕，西安：陝西師範大學出版社，2005年版。

2.〔俄〕巴赫金著，錢中文主編、李兆林等譯：《巴赫金全集》（第六卷）〔M〕，石家莊：河北教育出版社，1998年版。

3.〔日〕岅本太郎著、汪向榮等譯：《日本史》〔M〕，北京：中國社會科學出版社，2008年版。

4.〔日〕本居宣長著、王向遠譯：《日本物哀》〔M〕，長春：吉林出版集團有限公司，2010年版。

5.〔英〕崔瑞德、〔美〕牟復禮主編：《劍橋中國明代史：1368～1644年》（下卷）〔M〕，北京：中國社會科學出版社，2006年版。

6. 陳友琴編：《白居易資料彙編》〔M〕，北京：中華書局，1962年版。

7. 陳寅恪著：《元白詩箋證稿》〔M〕，上海：上海古籍出版社，1978年版。

8. 陳勤建著：《民俗視野：中日文化的融合和衝突》〔M〕，上海：華東師範大學出版社，2006年版。

9. 陳勤建著：《文藝民俗學》〔M〕上海：上海文化出版社，2009年版。

10. 陳多、葉長海主編：《中國歷代劇論選注》〔M〕，上海：上海古籍出版社，2010年版。

11.〔法〕丹納著：《藝術哲學》〔M〕，北京：人民文學出版社，1963年版。

12.〔清〕董誥等編：《全唐文》〔M〕，北京：中華書局，1983年11月版。

13. 董每戡著：《五大名劇論》（下）〔M〕，北京：人民文學出版社，1984年版。

14.〔日〕渡邊龍策著、閻肅譯：《楊貴妃復活秘史》〔M〕，石家莊：河北人民出版社，1987 年版。
15. 丁世良、趙放主編：《中國地方志民俗資料彙編》〔M〕，北京：北京圖書館出版社，1991 年版。
16. 丁汝芹著：《清代內廷演戲史話》〔M〕，北京：紫禁城出版社，1999 年版。
17. 戴燕著：《文學史的權力》〔M〕，北京：北京大學出版社，2002 年版。
18.〔清〕福格撰、汪北平點校：《清代史料筆記叢刊・聽雨從談》〔M〕，北京：中華書局，1984 年版。
19.〔日〕關敬吾主編，連湘譯、紫晨校：《日本民間故事選》〔M〕，上海：上海文藝出版社，1983 年版。
20.〔法〕葛蘭言著、趙丙祥等譯：《古代中國的節慶與歌謠》〔M〕，桂林：廣西師範大學出版社，2005 年版。
21.〔法〕古斯塔夫・勒龐著、馮克利譯：《烏合之眾——大眾心理研究》〔M〕，桂林：廣西師範大學出版社，2007 年版。
22. 郭沫若著：《郭沫若全集》（歷史卷）〔M〕，北京：人民出版社，1982 年版。
23. 葛兆光著：《道教與中國文化》〔M〕，北京：人民出版社，1987 年版。
24. 故宮博物院掌故部編纂：《掌故叢編》〔M〕，北京：中華書局，1990 年版。
25. 高國藩著：《敦煌俗文化學》〔M〕，上海：上海三聯書店，1999 年版。
26. 葛兆光著：《古代中國社會與文化》〔M〕，北京：清華大學出版社，2002 年版。
27.〔宋〕洪邁著：《容齋筆記》〔M〕，上海：上海古籍出版社，1996 年版。
28.〔清〕洪昇著：《稗畦集・稗畦續集》〔M〕，上海：古典文學出版社，1957 年版。
29.〔清〕洪昇著、徐朔方校注：《長生殿》〔M〕，北京：人民文學出版社，1983 年版。
30.〔清〕洪昇著、李悔吾注釋：《長生殿》王季思主編《十大古典悲劇集》〔M〕，山東：齊魯書社，1991 年版。
31.〔日〕河合隼雄著、范作申譯：《日本人的傳説與心靈》〔M〕，北京：三聯書店出版社，2007 年版。
32.〔日〕荒木見悟著、廖肇亨譯：《明末清初的思想與佛教》〔M〕，上海：上海古籍出版社，2010 年版。
33.〔美〕黃仁宇著：《萬曆十五年》〔M〕，北京：中華書局，2006 年版。
34.〔英〕哈里森著、劉宗迪譯：《古代藝術與儀式》〔M〕，北京：三聯書店出版社，2008 年版。

35. 胡忌、劉致中著：《崑曲發展史》〔M〕，北京：中國戲劇出版社，1989年版。

36. 胡新生著：《中國古代巫術》〔M〕，山東：山東人民出版社，1998年版。

37. 〔清〕蔣良騏著：《東華錄》〔M〕，北京：中華書局，1980年版。

38. 〔清〕金埴撰、王湜華點校：《不下帶編・巾箱說》〔M〕，北京：中華書局，1982年版。

39. 江巨榮、盧壽榮校注：《閒情偶寄》〔M〕，上海：上海古籍出版社，2000年版。

40. 雋雪豔著：《文化的重寫：日本古典中的白居易形象》〔M〕，北京：清華大學出版社，2010年版。

41. 〔美〕康拉德・托特曼著、王毅譯，李慶校：《日本史》（第二版）〔M〕，上海：上海人民出版社，2008年版。

42. 康保成著：《儺戲藝術源流》〔M〕，廣州：廣東高等教育出版社，1999年版。

43. 康保成、〔日〕竹村則行箋注：《〈長生殿〉箋注》〔M〕，河南：中州古籍出版社，1999年版。

44. 〔南朝〕劉義慶撰：《世說新語》〔M〕，長沙：嶽麓書社，1989年版。

45. 〔後晉〕劉昫撰：《舊唐書》〔M〕，北京：中華書局，1975年版。

46. 〔宋〕李昉等編著：《太平廣記》〔M〕，北京：中華書局，1961年版。

47. 劉文典撰，馮逸、喬華點校：《淮南鴻烈集解》〔M〕，北京：中華書局，1980年版。

48. 〔美〕魯斯・本尼迪克特著、呂萬和等譯《菊與刀》〔M〕，北京：商務印書館，1990年版。

49. 李澤厚著：《李澤厚十年集・美的歷程》〔M〕，合肥：安徽文藝出版社，1994年版。

50. 廖奔、劉彥君著：《中國戲曲發展史》（1～4卷）〔M〕，太原：山西教育出版社，2003年版。

51. 劉坤等主編：《夢梁錄・外四種》〔M〕，哈爾濱：黑龍江人民出版社，2003年版。

52. 李道和著：《歲時民俗與古代小說研究》〔M〕，天津：天津古籍出版社，2004年版。

53. 李曉、金文京校注：《邯鄲夢記校注》〔M〕，上海：上海古籍出版社，2004年版。

54. 郎淨著：《董永故事的展演及其文化結構》〔M〕，上海：上海古籍出版社，2005年版。

55. 劉隆凱整理：《陳寅恪「元白詩證史」講習側記》〔M〕，武漢：湖北教育出版社，2005 年版。
56. 劉曉峰著：《東亞的時間——歲時文化的比較研究》〔M〕，北京：中華書局，2007 年版。
57. 李道和著：《民俗文學與民俗文獻研究》〔M〕，成都：四川出版集團巴蜀書社，2008 年版。
58. 劉月美著：《中國崑曲裝扮藝術》〔M〕，上海：上海辭書出版社，2009 年版。
59.〔明〕毛晉編：《六十種曲》（第六冊）〔M〕，北京：中華書局，1982 年版。
60. 孟繁樹著：《洪昇及〈長生殿〉研究》〔M〕北京：中國戲劇出版社，1985 年版。
61. 梅蘭芳口述，許姬傳、許源來、朱家溍記：《舞臺生活四十年》（下）〔M〕，北京：團結出版社，2005 年版。
62. 牛天偉、金愛秀著：《漢畫神靈圖像考述》〔M〕，開封：河南大學出版社，2009 年版。
63. 歐陽予倩著：《歐陽予倩全集》（第六卷）〔M〕，上海：上海文藝出版社，1990 年版。
64.〔宋〕蒲積中編、徐敏霞校點：《古今歲時雜詠》〔M〕，瀋陽：遼寧教育出版社，1998 年版。
65.〔清〕彭定求等編、中華書局編輯部點校：《全唐詩》（增訂本）〔M〕，北京：中華書局，1999 年版。
66.〔清〕仇兆鼇注：《杜詩詳注》（第一冊）〔M〕，北京：中華書局，1979 年版。
67.〔清〕錢德蒼編撰、汪協如點校：《綴白裘》（第一冊）〔M〕，北京：中華書局，2005 年版。
68.〔韓〕權錫煥、〔中〕陳蒲清編著：《韓國古典文學精華》〔M〕，湖南：嶽麓出版社，2006 年版。
69.〔日〕青木正兒著、王古魯譯著、蔡毅校訂：《中國近世戲曲史》〔M〕，北京：中華書局，2010 年版。
70.〔漢〕司馬遷著：《史記》〔M〕，北京：中華書局，1959 年版。
71.〔宋〕司馬光撰、〔元〕胡省三音注：《資治通鑒》〔M〕，北京：中華書局，1956 年版。
72.〔宋〕宋祁、歐陽修等撰：《新唐書》〔M〕，北京：中華書局，1975 年版。
73. 申非譯：《日本謠曲狂言選》〔M〕，北京，人民文學出版社，1985 年 5 月版。

74. 上海古籍出版社編：《漢魏六朝筆記大觀》〔M〕，上海：上海古籍出版社，1999 年版。
75. 孫遜著：《中國古代小說與宗教》〔M〕，上海：復旦大學出版社，2000 年版。
76. 〔明〕湯顯祖著、徐朔方校注：《牡丹亭》〔M〕，北京：人民文學出版社，1963 年版。
77. 〔明〕湯顯祖著、胡士瑩校注：《紫釵記》〔M〕，北京：人民文學出版社，1982 年版。
78. 〔清〕湯斌撰、范志亭等輯校：《湯斌集》〔M〕，鄭州：中州古籍出版社，2003 年版。
79. 〔日〕田仲一成著，雲貴彬、于允譯，黃美華校譯：《中國戲劇史》〔M〕，北京：北京廣播學院出版社，2002 年版。
80. 〔日〕田仲一成著，王文勳、雲貴彬譯：《明清的戲曲——江南宗族社會的表象》〔M〕，北京：北京廣播學院，2004 年版。
81. 〔五代〕王仁裕等撰、丁如明輯校：《開元天寶遺事十種》〔M〕，上海：上海古籍出版社，1985 年版。
82. 〔明〕王秀楚：《揚州十日記》（中國歷史研究資料叢書）〔M〕，上海：上海書店印行，1982 年版。
83. 〔明〕吳承恩著：《西遊記》〔M〕，上海：上海古籍出版社，1999 年版。
84. 〔清〕王應奎撰：《柳南隨筆・柳南續筆》〔M〕，北京：中華書局，1983 年版。
85. 王利器輯錄：《元明清三代禁燬小說戲曲史料》（增訂本）〔M〕，上海：上海古籍出版社，1982 年版。
86. 王永健著：《洪昇和〈長生殿〉》〔M〕，上海：上海古籍出版社，1982 年版。
87. 〔日〕丸山青子著、申非譯：《源氏物語與白氏文集》〔M〕，北京：國際文化出版公司，1985 年版。
88. 王麗娜主編：《中國古典小說戲曲名著在國外》〔M〕，上海：學林出版社，1988 年版。
89. 王秋桂主編：《善本戲曲叢刊第六輯・納書楹曲譜》〔M〕，臺北：臺灣學生書局，1988 年版。
90. 吳毓華編著：《中國古代戲曲序跋集》〔M〕，北京：中國戲劇出版社，1990 年版。
91. 翁敏華著：《中國戲劇與民俗》〔M〕，臺北：學海出版社，1997 年版。
92. 王國維著、葉長海導讀：《宋元戲曲史》〔M〕，上海：上海古籍出版社，1998 年版。

93. 吳梅著、江巨榮導讀：《顧曲麈談・中國戲曲概論》〔M〕，上海：上海古籍出版社，2000年版。
94. 王文錦譯解：《禮記譯解》（下）〔M〕，北京：中華書局，2001年版。
95. 吳光正著：《中國古代小說的原型與母題》〔M〕，北京：社科文獻出版社，2002年版。
96. 王克芬著：《中國舞蹈發展史》（增補修訂本）〔M〕，上海：上海人民出版社，2003年版。
97. 吳天明著：《中國神話研究》〔M〕，北京：中央編譯出版社，2003年版。
98. 翁敏華著：《中日韓戲劇文化因緣研究》〔M〕，上海：學林出版社，2004年版。
99. 王靜悅等編：《中國古代民俗》（一）〔M〕，哈爾濱：黑龍江人民出版社，2004年版。
100. 王政堯著：《清代戲劇文化史論》〔M〕，北京：北京大學出版社，2005年版。
101. 〔日〕無名氏著、唐月梅譯：《竹取物語圖典》〔M〕，上海：上海三聯書店，2005年版。
102. 聞一多著、田兆元導讀：《伏羲考》〔M〕，上海：上海古籍出版社，2006年版。
103. 〔美〕巫鴻著：《武梁祠——中國古代畫像藝術的思想性》〔M〕，北京：三聯書店，2006年版。
104. 王向遠著：《中國題材日本書學史》〔M〕，上海：上海古籍出版社，2007年版。
105. 王麗梅著：《曲中巨擘——洪昇傳》〔M〕，杭州：浙江人民出版社，2007年版。
106. 王小盾著：《中國早期思想與符號研究——關於四神的起源及其體系的形成》〔M〕，上海：上海人民出版社，2008年版。
107. 王汎森著：《晚明清初思想十論》〔M〕，上海：復旦大學出版社，2008年版。
108. 〔元〕辛文房撰、徐明霞校點：《唐才子傳》〔M〕，瀋陽：遼寧教育出版，1998年版。
109. 〔清〕徐珂撰：《清稗類鈔》〔M〕，北京：中華書局，1986年版。
110. 許道勳、趙克堯著：《唐玄宗傳》〔M〕，北京：人民出版社，1993年版。
111. 徐朔方著：《湯顯祖評傳》〔M〕，南京：南京大學出版社，1993年版。
112. 徐徵等主編：《全元曲》〔M〕，石家莊：河北教育出版社，1998年版。

113. 蕭一山撰、杜家驥導讀：《清史大綱》〔M〕，上海：上海古籍出版社，2005年版。

114. 項楚著：《敦煌變文選注》（上冊）（增訂本）〔M〕，北京：中華書局，2006年版。

115.〔日〕小南一郎著、孫昌武譯：《中國的神話傳說與古小說》〔M〕，北京：中華書局，2006年版。

116.〔明〕佚名撰、康保成點校：《明清傳奇選刊・驚鴻記・鹽梅記》〔M〕，北京：中華書局，2004年版。

117. 楊伯峻撰：《列子集釋》〔M〕，北京：中華書局，1979年版。

118. 嚴紹璗著：《中日古代文學關係史稿》〔M〕，長沙：湖南文藝出版社，1987年版。

119. 袁珂譯注：《山海經全譯》〔M〕，貴陽：貴州人民出版社，1991年版。

120. 俞衛民、孫蓉蓉編：《歷代曲話彙編・唐宋元編》〔M〕，安徽：黃山書社，2006年版。

121. 俞衛民、孫蓉蓉編：《歷代曲話彙編・明代編》（1～3集）〔M〕，安徽：黃山書社，2009年版。

122. 俞衛民、孫蓉蓉編：《歷代曲話彙編・清代編》（1～5集）〔M〕，安徽：黃山書社，2008年版。

123. 俞衛民、孫蓉蓉編：《歷代曲話彙編・近代編》（1～3集）〔M〕，安徽：黃山書社，2009年版。

124. 么書儀著：《程長庚・譚鑫培・梅蘭芳——清代至民初京師戲曲的輝煌》〔M〕，北京：北京大學出版社，2009年版。

125. 楊念群著：《何處是「江南」：清朝正統觀的確立與士林精神世界的變異》〔M〕，北京：三聯書店，2010年版。

126.〔唐〕鄭處誨撰、田廷柱點校：《唐宋史料筆記・明皇雜錄》〔M〕，北京：中華書局，1994年版。

127.〔宋〕贊寧撰：《宋高僧傳》〔M〕，北京：中華書局，1987年版。

128.〔宋〕曾敏求編：《唐大詔令集》〔M〕，北京：中華書局，2008年版。

129.〔明〕朱子素撰：《嘉定屠城記略》（中國歷史研究資料叢書）〔M〕，上海：上海書店印行，1982年版。

130.〔明〕張岱著：《陶庵夢憶・西湖夢尋》〔M〕，北京：中華書局，2007年版。

131. 章培恒著：《洪昇年譜》〔M〕，上海：上海古籍出版社，1979年版。

132. 張友鶴選注：《唐宋傳奇選》〔M〕，北京：人民文學出版社，1979年版。

133. 曾永義著：《〈長生殿〉研究》（增訂本）〔M〕，臺北：臺灣商務印書館，1980 年版。
134. 張庚、郭漢城主編：《中國戲曲通史》〔M〕，北京：中國戲劇出版社，1981 年版。
135. 宗力、劉群編：《中國民間諸神》〔M〕，石家莊：河北人民出版社，1986 年版。
136. 朱維錚著：《走出中世紀》〔M〕，上海：上海人民出版社，1987 年版。
137. 朱金城箋校：《白居易集箋校》（1～6 冊）〔M〕，上海：上海古籍出版社，1988 年版。
138. 張次溪著：《清代燕都梨園史料》〔M〕，北京：中國戲劇出版社，1988 年版。
139. 曾昭岷、曹濟平等編著：《全唐五代詞》〔M〕，北京：中華書局，1999 年版。
140.〔日〕中西進著，馬興國、孫浩譯：《源氏物語與白樂天》〔M〕，北京：中央編譯出版社，2001 年版。
141.〔英〕詹姆斯·弗雷澤著、劉魁立編：《金枝精要：巫術與宗教之研究》〔M〕，上海：上海文藝出版社，2001 年版。
142. 趙世瑜著：《狂歡與日常——明清以來的廟會與民間社會》〔M〕，北京：三聯書店出版，2002 年版。
143. 詹石窗著：《道教文化十五講》〔M〕，北京：北京大學出版社，2003 年版。
144. 周相錄著：《〈長恨歌〉研究》〔M〕，四川：巴蜀書社，2003 年版。
145. 周貽白著：《中國戲劇史長編》〔M〕，上海：上海書店出版社，2004 年版。
146. 張哲俊著：《中國古代文學中的日本形象研究》〔M〕，北京：北京大學出版社，2004 年版。
147. 張哲俊著：《中國題材的日本謠曲》〔M〕，銀川：寧夏人民出版社，2005 年版。
148. 張中宇著：《白居易〈長恨歌〉研究》〔M〕，北京：中華書局，2005 年版。
149. 鄭振鐸著：《中國俗文學史》〔M〕，上海：上海世紀出版集團，2006 年版。
150. 朱家溍、丁汝芹著：《清代內廷演劇始末考》〔M〕，北京：中國書店出版社，2007 年版。
151. 趙聲良著：《飛天藝術——從印度到中國》〔M〕，南京：江蘇美術出版社，2008 年版。
152. 曾永義著：《戲曲源流新論》（增訂本）〔M〕，北京：中華書局，2008 年版。

學術期刊

1. 陳允吉撰：《從〈歡喜國王緣〉變文看〈長恨歌〉故事構成——兼述〈長恨歌〉與佛經文學的關係》〔A〕，《復旦學報》（社會科學版）〔J〕，1985年第3期。
2. 陳允吉撰：《敦煌壁畫飛天及其審美意識的歷史變遷》〔A〕《復旦學報》（社會科學版）〔J〕，1990年第1期。
3. 蔡運長撰：《淺析〈長生殿〉中的〈哭像〉》〔A〕，《戲曲藝術》〔J〕，2000年第4期。
4. 陳勁松撰：《再生信仰與西王母神話——淺論杜、柳愛情的神話原型及〈牡丹亭〉主題再探》〔A〕，《江西社會科學》〔J〕，2010年第12期。
5. 黃天驥撰：《元劇的「雜」及其審美特徵》〔A〕，《文學遺產》〔J〕，1998年第3期。
6. 黃天驥、徐燕琳撰：《「鬧熱」的〈牡丹亭〉——論明代傳奇的「俗」與「雜」》〔A〕，《文學遺產》〔J〕，2004年第2期。
7. 胡啓文撰：《〈長生殿〉與道教文化的積澱》〔A〕，《阜陽師範學院學報》（社會科學版）〔J〕，2008第2期。
8. 黃天驥撰：《〈長生殿〉藝術構思的道教內涵》〔A〕，《文學遺產》〔J〕，2009年第2期。
9. 江興祐撰：《〈長生殿〉「三易稿」創作時間考》〔A〕，《浙江社會科學》〔J〕，2002年第4期。
10. 康保成撰：《楊貴妃的被誤解與楊貴妃形象的被理解》〔A〕，《文學遺產》〔J〕，1998年第4期。
11. 康保成撰：《回歸案頭——關於古代戲曲文學研究的構想》〔A〕，《文學遺產》〔J〕，2004年第1期。
12. 廖奔撰：《從梵劇到俗講——對一種文化轉型現象的剖析》〔A〕，《文學遺產》〔J〕，1995年第1期。
13. 李偉平撰：《洪昇〈長生殿〉中的道教文化》〔A〕，《上海道教》〔J〕，1999年第3期。
14. 李曉撰：《二十世紀的〈長生殿〉研究》〔A〕，《戲曲藝術》〔J〕，2000年第2期。
15. 李小榮撰：《變文變相關係論——以變文的創作和用途爲中心》〔A〕，《敦煌研究》〔J〕，2000年第3期。
16. 劉安武撰：《〈雲使〉和〈長恨歌〉》〔A〕，《國外文學》（季刊）〔J〕，2001年第3期。
17. 冷桂軍撰：《毛先舒對洪昇的教誨及對其創作的影響》〔A〕，《蘇州大學學報》（哲學社會科學版）〔J〕，2006年11月第6期。

18. 李曉撰：《〈長生殿〉南北合套藝術》〔A〕，《戲曲研究》〔J〕，2007 年第 74 輯。

19. 孫小布撰：《人類學・性與〈長生殿〉》〔A〕，《戲劇藝術》〔J〕，1988 年第 4 期。

20.〔韓〕宋上光撰、穆仁譯：《蒙古和朝鮮民間故事之比較研究》〔A〕，《蒙古學信息》〔J〕，2001 年第 4 期。

21. 孫京榮撰：《〈長生殿〉與洪昇晚年心態發微》〔A〕，《中國古代小說戲劇叢刊》〔J〕，2003 年第 1 輯。

22. 王小盾撰：《敦煌文學與唐代講唱藝術》〔A〕，《中國社會科學》〔J〕，1994 年第 3 期。

23. 萬春撰：《從楊貴妃形象塑造看〈長生殿〉的美人崇拜》〔A〕，《戲曲研究》〔J〕，2003 年第 61 輯。

24·翁敏華撰：《三月三上巳節失落之謎初探》〔A〕，《雲南藝術學院學報》〔J〕，2006 年第 1 期。

25. 吳晟撰：《不同文體對同一題材的表現比較——從〈長恨歌〉到〈長生殿〉》〔A〕，《廣州大學學報》（哲學社會科學版）〔J〕，2007 年 10 月第 6 卷第 10 期。

26. 吳光正撰：《神道設教：明清章回小說敘事的民族傳統》〔A〕，《文藝研究》〔J〕，2007 年第 12 期。

27. 翁敏華撰：《元宵節俗及其戲曲舞臺表述》〔A〕，《上海師範大學學報》（哲學社會科學版）〔J〕，2008 年 9 月第 37 卷第 5 期。

28. 王永健撰：《何謂「鬧熱〈牡丹亭〉——與黃天驥、徐燕琳先生商榷》〔A〕，《中國古代小說戲劇研究叢刊》〔J〕，2008 年第 6 輯。

29. 翁敏華撰：《〈紫釵記〉的季節感與生命意識》〔A〕，《上海戲劇》〔J〕，2009 年第 3 期。

30. 徐扶明撰：《試論〈長生殿〉排場藝術》〔A〕，《中國文學研究》〔J〕，1988 年第 1 期。

31. 徐龍飛撰：《「霓裳羽衣」——〈長生殿〉中的一個重要物象研究》〔A〕，《中國戲曲學院學報》〔J〕，2007 年 11 月第 28 卷第 4 期。

32. 熊晏櫻撰：《〈長生殿〉後半部分之我見》〔A〕，《文學教育》〔J〕，2008 年第 10 期。

33. 徐洪撰：《「情」與「臣忠子孝」——〈長生殿〉與〈桃花扇〉的思想意蘊比較》〔A〕，《中國戲曲學院學報》〔J〕，2009 年 5 月第 30 卷第 2 期。

34.〔日〕下定雅弘撰：《解讀〈長恨歌〉——兼述日本現階段〈長恨歌〉研究概況》〔A〕，《南開學報》（哲學社會科學版）〔J〕，2009 年第 3 期。

35. 葉樹發撰：《論〈長生殿〉中李隆基形象的人性化》〔A〕，《江西財經大學學報》〔J〕，2002 年第 4 期。
36. 張稔穰、劉連庚撰：《佛、道影響與中國古代小說的民族特色》〔A〕，《文學評論》〔J〕，1989 年第 6 期。
37. 〔日〕竹村則行撰、朱則傑節譯：《論〈長生殿〉的季節推移》〔A〕，《戲曲研究》〔J〕，1991 年第 38 輯。
38. 鄒自振撰：《〈牡丹亭〉與〈長生殿〉》〔A〕，《撫州師專學報》〔J〕，1994 年第 4 期。
39. 張哲俊撰：《〈梧桐雨〉和〈長生殿〉：兩種悲劇模式》〔A〕，《文學遺產》〔J〕，1997 年 2 期。
40. 張哲俊撰：《母題與嬗變——從〈長恨歌〉到〈楊貴妃〉》〔A〕，《外國文學評論》〔J〕，1997 年第 3 期。
41. 鍾東撰：《月亮與李隆基和楊玉環的故事》〔A〕，《中山大學研究生學刊》（社會科學版）〔J〕，1998 年第 19 卷第 2 期。
42. 鍾東撰：《論〈長生殿〉中的楊玉環形象的塑造》〔A〕，《中山大學學報》（社會科學版）〔J〕，1998 年第 5 期。
43. 鍾東撰：《道教文化與〈長生殿〉》〔A〕，《中山大學學報》（社會科學版）〔J〕，2001 年第 4 期。
44. 鄭傳寅撰：《節日民俗與古代戲曲文化的傳播》〔A〕，《東南大學學報》（哲學社會科學版）〔J〕，2004 年 1 月第 6 卷第 1 期。
45. 鄭傳寅撰：《精神的滲透與功能的混融——宗教與戲曲的深層結構》〔A〕，《中國戲曲學院學報》〔J〕，2004 年 11 月第 25 卷第 4 期。
46. 趙山林撰：《「專寫釵盒情緣」——〈長生殿〉如何寫情》〔A〕，《東南大學學報》（哲學社會科學版）〔J〕，2006 年 1 月第 8 卷第 1 期。
47. 周錫山撰：《帝王后妃情愛題材的發展和〈長生殿〉的重大藝術創新》〔A〕，《浙江藝術職業學院學報》〔J〕，2006 年 3 月第 4 卷第 1 期。
48. 鄭尚憲、黃雲撰：《激越的浪漫淒美的傷感——〈牡丹亭〉和〈長生殿〉「情至」理想比較》〔A〕，《東南大學學報（哲學社會科學版）》〔J〕，2007 年 9 月第 9 卷第 5 期。
49. 張福海撰：《洪昇的疏狂於《長生殿》的審美意韻》〔A〕，《上海戲劇學院學報》〔J〕，2008 年第 3 期。
50. 張宇聲撰：《「〈長生殿〉案件」新論》〔A〕，《管子學刊》〔J〕，2009 年第 2 期。

論文集

1. 陳勤建主編：《文藝民俗學論文集》〔C〕，上海：上海文化出版社，2009 年版。

2. 鄧小南主編：《唐宋女性與社會》（下）〔C〕，上海：上海辭書出版社，2003年版。
3. 復旦大學文史研究院編：《都市繁華——一千五百年來的東亞城市生活史》〔C〕，北京：中華書局，2010年版。
4. 韓兆琦等主編、李修生等著：《中國古代戲劇研究論辯》〔C〕，南昌：百花洲文藝出版社，2007年版。
5. 〔日〕吉村憐著、卞立強譯：《天人誕生圖研究——東亞佛教藝術史論文集》〔C〕，上海：上海古籍出版社，2009年版。
6. 林富士主編：《禮俗與宗教》〔C〕，北京：中國大百科全書出版社，2005年版。
7. 李倫新等主編：《海派文化與城市創新——第八屆海派文化學術研討會論文集》〔C〕，上海：文匯出版社，2010年版。
8. 寧銳、談懿誠主編：《中國民俗趣談》〔C〕，西安：三秦出版社，2003年版。
9. 蒲慕州主編：《生活與文化——臺灣學者中國史研究論叢》〔C〕，北京：中國大百科全書出版社，2005年版。
10. 錢小柏編：《顧頡剛民俗學論文集》〔C〕，上海：上海文藝出版社，1998年版。
11. 陶瑋選編：《名家談牛郎織女》〔C〕，北京：文化藝術出版社，2006年版。
12. 陶瑋選編：《名家談孟姜女哭長城》〔C〕，北京：文化藝術出版社，2006年版。
13. 王季思等著：《中國古代戲曲論集》〔C〕，北京：中國展望出版社，1986年版。
14. 吳光主編：《中華道學與道教》〔C〕，上海：上海古籍出版社，2004年版。
15. 〔美〕巫鴻著，鄭岩、王睿編，鄭岩等譯：《禮儀中的美術：巫鴻中國古代美術史文編》（下卷）〔C〕，北京：三聯書店出版社，2005年版。
16. 謝柏梁、高福民主編：《千古情緣：〈長生殿〉國際學術研討會論文集》〔C〕，上海：上海古籍出版社，2006年版。
17. 俞平伯著、鮑霽主編：《俞平伯學術精華錄》〔C〕，北京：北京師範學院出版社，1988年版。
18. 游琪、劉錫誠編：《葫蘆與象徵》〔C〕，北京：商務印書館，2001年版。
19. 葉長海主編：《〈長生殿〉演出與研究》〔C〕，上海：上海文藝出版社，2009年版。
20. 中國戲劇家協會編：《梅蘭芳文集》〔C〕，北京：中國戲劇出版社，1962年版。

21. 周予同主編、朱維錚修訂：《中國歷史文選》（下冊）〔C〕，北京：中國古籍出版，1980 年版。
22. 中山大學中文系編：《〈長生殿〉討論集》〔C〕，北京：文化藝術出版社，1987 年版。
23. 章培恒、王靖宇主編：《中國文學評點研究論集》〔C〕，上海：上海古籍出版社，2002 年版。
24. 周星主編：《民俗學的歷史、理論與方法》（下冊）〔C〕，北京：商務印書館，2006 年版。

學位論文

1. 朱錦華撰：《〈長生殿〉演出史研究》〔D〕，上海戲劇學院，2007 年。

報紙文獻

1. 林培撰：《島內財神有十幾路》〔N〕，《環球時報》2010 年 8 月 23 日。
2. 張華撰：《島內行業「保護神」形形色色》〔N〕，《環球時報》2010 年 8 月 18 日。

後　記

與自己所要研究的課題相遇，需要一種緣分。2005 年，應詹丹教授之邀，導師帶領我和師妹爲大雅圖書出版公司分別點評了「四大名劇」，我負責點評的是《長生殿》。於是乎，和它的緣分一定就是六年。碩士論文開題之時，我把李隆基作爲自己的研究對象，並以《李隆基的舞臺形象及其民俗偶像化》爲題，撰寫了畢業論文。最初接觸李隆基這個歷史人物，還是通過《唐玄宗傳》這部佳作。本書的撰寫者是復旦大學歷史系的趙克堯和許道勳兩位教授，他們在歷史學界是非常拔尖的學者，在爲人與治學上均是我所敬仰的榜樣。如今，這兩位先生已先後駕鶴西行。本書在撰寫過程中，汲取了他們著作中的許多「養料」，想來，也是另一種形式上的薪火相傳吧。

與自己所要跟隨的導師相遇，更需要一種緣分。小時候的我，酷愛曲藝表演，一心想當一名演員。沒料到，兒時的夢想，卻以另一種形式——作爲戲曲的研究者——得以間接實現。2003 年 9 月，我終於如願得償，拜在翁敏華教授門下學習。這一「拜」，斷斷續續就是八年的時間！至今我還清晰地記得，翁老師在看過我寫的第一篇作業後，便直接對我說:「寫論文還是不行！」當時，我心裏還有點不服氣，但是，此後自己寫的一系列文章，逐漸印證了翁老師的評價。對於我學術增長的緩慢，翁老師充滿了焦慮。「你要知道，你是曾經浪費過時間的人！」翁老師一再地這樣提醒我，這是針對我曾經在一所中專學校教書，蹉跎過八年歲月而言。翁老師對待時間的態度，就像她散文集的名字《討好歲月》。唯有在歲月的長河中，以謙卑的態度來對待時間，你才能在人生的旅途中有更多的收穫。一個眞正的學者教會你的，遠不止是寫論文，她是以自己的言傳身教告訴你，應該如何面對事業和人生。翁老師有她嚴厲的一面，但是，在弟子取得哪怕一點點進步的時候，她都會興奮不已。我的碩士論文盲評成績較好，翁老師知道後第一時間就打手機給我，告訴我這個好消息。聽筒那邊，傳來翁老師清脆而又喜悅的聲音，就彷彿她本人寫了一篇妙文似的。這些點點滴滴的溫馨細節還有很多，伴隨著我度過了碩、博時代，成爲我一生都難以磨滅的美好記憶。

此外，我還要眞誠地感謝那些幫助我完成論文的有緣人：感謝葉長海、朱恒夫兩位教授對本書提出的寶貴意見和建議，讓本人受益匪淺；感謝朱易安、劉旭光兩位教授，在學術史與美學理論上的悉心點撥；感謝李曉老師對本書撰寫提出的寶貴意見，和對本人曲學理論上的指導；感謝復旦大學歷史系傅德華教授，在寒假期間讓我到歷史系資料室查閱資料，大開方便之門；感謝顧振濤先生和鹿鳴書店十幾年來對我的鼓勵和支持；感謝王珂師兄傳授論文撰寫的寶貴經驗，奕禎師弟、培毅和建華兩位師妹，爲我查詢資料所作的幫助；還要感謝家人對我的默默付出和支持。寫作論文的時候，持續晝夜顛倒，只顧自己神遊快樂，把家庭重擔都拋在了一邊，對他們道一聲：「辛苦啦！」

最後，我要把這部專著獻給遠在天堂的母親。她生前是一個喜歡「鬧熱」的人，想必在那邊也一樣不會「冷清」！

癸巳年初秋陳勁松記於復旦涼城七區